विवेचना ही विवेचक की ताकत

लेखक

प्रेमचन्द करमपुरी

सेवानिवृत्त पुलिस इन्सपेक्टर (उ0प्र0)

अंजुमन प्रकाशन

अंजुमन प्रकाशन
942, मुट्ठीगंज, प्रयागराज-3 उत्तर प्रदेश, भारत
वेबसाइट - www.anjumanpublication.com
ईमेल - contact@anjumanpublication.com

आवरण व टाइप सेटिंग : अंजुमन प्रकाशन, प्रयागराज

ISBN : 978-93-88556-25-5

प्रथम संस्करण : अगस्त 2020

स्व0 श्रीमती मानकेशरी देवी

(पत्नी स्व0 श्री लौटन चौधरी)

निवासी – ग्राम करमपुर पो0 औड़िहार

जिला गाजीपुर उ0प्र0 (भारत)

को श्रद्धांजलि एवं समर्पित।

दो शब्द

'विवेचना ही विवेचक की ताकत' यह शब्द या यह मुहावरा या लोकोक्ति... पुस्तक में यह शीर्षक क्यों लिखा गया। धारा 154 द0प्र0सं0 कहती है कि जब भी थाना इंचार्ज या थानाध्यक्ष या प्रभारी निरीक्षक को संज्ञेय अपराध की सूचना मिले; वह सूचना संज्ञेय अपराध की झूठी हो या सही, दर्ज की जाएगी। धारा 156 द0प्र0सं0 के तहत पंजीकृत अभियोग की विवेचना थानाध्यक्ष/थाना प्रभारी या प्रभारी निरीक्षक स्वयं करे या विवेचना किसी उप निरीक्षक से कराये। धारा 157 द0प्र0सं0 के तहत विवेचना की शक्तियाँ प्रदान की गयी हैं। विवेचक उप निरीक्षक के पद से नीचे का नहीं होना चाहिए। यह कानूनी शक्तियाँ पदाधिकारी को शक्तिशाली बनाती हैं।

विवेचना के क्रम में विवेचक को वरिष्ठ अधिकारी/न्यायालय उच्च न्यायालय, लिखित रूप में यह कहने का अधिकार नहीं रखती कि अमुक मुकदमे की विवेचना का विवेचक अपनी विवेचना में आरोप–पत्र या अन्तिम रिपोर्ट लगाये। यानी किसी को लिखित अधिकार विवेचना में हस्तक्षेप का नहीं है। इससे स्पष्ट हो गया कि विवेचना ही विवेचक की ताकत कैसे बना।

विवेचक पुलिस रेगुलेशन 1860 के प्राविधानों, पुलिस अधिनियम 1861 के नियमों, तथा साध्य अधिनियम 1872 के प्राविधानों एवं द0प्र0संहिता 1973 में प्राप्त शक्तियों के क्रम में आगे बढ़ता है।

इस पुस्तक में ''विवेचना ही विवेचक की ताकत'' को कुल आठ खण्डों एवं अड़तालीस अध्याय में बाँटा है, प्रत्येक खण्ड में विवरण अंकित है। खण्ड 1 में (1) विवेचक को क्या करना चाहिए, (2) प्रथम सूचना रिपोर्ट,(3) विवेचक द्वारा केस डायरी का उपयोग करना यानी पर्चा काटना, (4) घटना–स्थल का निरीक्षण, (5) साक्षियों के बयान, (6) पीड़िता का मजिस्ट्रेट के सामने बयान, (7) मृतक का पंचायतनामा, (8) पूछताछ, (9) गिरफ़्तारी, (10) रिमाण्ड,(11) विधि विज्ञान/विशेषज्ञ की रिपोर्ट (12) अभियोजन स्वीकृत, (13) कुर्की की कार्यवाही, (14) जमानत प्रार्थना पत्रों का निस्तारण (15) मुखबिर की

उपयोगिता/सूचना (16) फर्द बरामदगी (17) आरोप–पत्र/अन्तिम रिपोर्ट यानी पुलिस रिपोर्ट अंकित है।

भाग 2 में विवेचना में आने वाली अड़चनें/बाधा, (18) वादी द्वारा (19) वरिष्ठ अधिकारी द्वारा, (20) अभियुक्त द्वारा (21) जनप्रतिनिधि द्वारा

विवेचक को परेशानियाँ या दिक्कतें पैदा की जाती हैं का विवरण अंकित है। यह भाग समस्त पदों के लिये उपयोगी है।

भाग 3 में विवेचना के अतिरिक्त काम (22) शान्ति व्यवस्था ड्यूटी, (23) मेला या वी0आई0पी डियूटी, (24) जनता एवं पुलिस के बीच सामंजस्य (25) प्रार्थना पत्रों, वारण्ट अन्य अधिपत्रों का निस्तारण, (26) साक्ष्य हेतु जिले में या जिले से बाहर जाना (27) माननीय न्यायलय से उपस्थित होना प्रदर्शित है।

भाग 4 में विवेचक की व्यक्तिगत जिम्मेदारी, (28) परिवारिक जिम्मेदारी, (29) सामाजिक जिम्मेदारी, (30) रिश्तों को समेटना व निभाना है। यह भाग समस्त पदों के लिये उपयोगी है।

भाग 5 में विवेचक को परेशानी तनाव होता है। (31) काम के बोझ से दबना, (32) स्वास्थ्य का खराब होना (33) रहन–सहन से प्रभाव, (34) अवकाश चिकित्सक (35) तनाव के कारण (36) तनाव को दूर करने का उपाय अंकित है। यह भाग समस्त पदों के लिये उपयोगी है।

भाग 6 में पुलिस विभाग में यू0पी0 112 शाखा की परियोजना का विवरण, (37) मुख्यालय का विवरण (38) उप शाखा प्रयागराज व गाजियाबाद, (39) जिले की पी0आर0वी0, यू0पी0 112 परियोजना में उपकरण जनता के लिये कितना लाभ जिम्मेदारी प्रशासन/प्रसार आदि।

भाग 7 में विवेचक को अलिखित कानून से काम करना (40) पदों के अनुरूप काम करना, (41) वरिष्ठ अधिकारी का दबाव (42) जनप्रतिनिधि का दबाव (43) स्टाफ से मुधर सम्बन्ध, (44) अन्य विभाग से सम्पर्क, (45) स्वास्थ्य के कारण परेशानी (46) लिपिक वर्ग का कार्य मानसिकता बदलने की आवश्यकता है।

भाग 8 में परिभाषायें एवं विवरण अध्याय 48 जो विवेचना के क्रम में आवश्यक है (क) द0प्र0स0 (ख) भा0द0प्र0स0 (ग) पुलिस रेगुलेशन

(घ) साक्ष्य अधिनियम (ड.) मोटर वाहन अधिनियम (च) जन सूचना अधिकार अधिनियम (छ) सूचना प्रौद्योगिकी 2000 अधिनियम (त) बालकों का संरक्षण अधिनियम आदि आदि।

वैसे तो इस पुस्तक में हर अध्याय का उपयोग प्रत्येक विवेचक के लिए है, परन्तु भाग 1 एवं अध्याय 31, 32, 34, 35, 36, 43, 44 एवं भाग 8 विशेष महत्त्वपूर्ण एवं उपयोगी है।

हमें आशा ही नहीं विश्वास है कि यह पुस्तक हर विवेचक को चाहे जिस रैंक का होगा। सब इन्सपेक्टर इन्सपेक्टर व पुलिस उपअधीक्षक के पदाधिकारी नया या पुराना या अन्तिम सेवा काल के पास या प्रशिक्षणधीन हो, विवेचना कर रहे थे या भविष्य में करेंगे, पर्याप्त होगी तथा किसी अन्य पुस्तक का सहारा लेने की आवश्यकता कम पड़ेगी । अब हर विवेचक से अनुरोध है कि इस पुस्तक को जरूर पढ़ें और महसूस करें कि इसकी आवश्यकता है, तभी इसको अपने पास रखें जिसका समय पर सहारा ले सकें या उपयोग कर सके। कुछ भाग समस्त पदों के लिये उपयोगी है।

सभी पाठकों को मेरी शुभकामनाएँ।

– प्रेमचंद करमपुरी

(सेवानिवृत्त पुलिस इंसपेक्टर)

मो0 9450225935, 8400845935, 0532–2568052
मेल– premchand02759@gmail.com
website- https//premchandkarampuri.com

अनुक्रम

भाग - 2

विवेचना में विवेचकों की बाधा

भाग-3

विवेचना के अतिरिक्त विवेचक का काम

भाग-4

विवेचक की व्यक्तिगत जिम्मेदारी

भाग-5

विवेचक की परेशानी

भाग-6

पुलिस की नयी शाखा का अवतरण
यू0पी0 100/112 परियोजना

भाग-7

अलिखित संविधान! कानून का पालन

भाग-8

विभिन्न आवश्यक परिभाषाएँ या कानून

परिशिष्ट

पुलिस की भूमिका

हर शासक को अपना शासन चलाने के लिये एसे विभागों का गठन करना पड़ता है जो जनता की सुरक्षा उसकी सम्पत्ति की सुरक्षा राज्य सरकार या केन्द्र के सरकार द्वारा शांति व्यवस्था बनाये रखने में अपनी भूमिका अदा करते हैं ताकि शासन ठीक ढंग से सुचारु ढंग से चले। समाज में अच्छे लोग हैं तो असामाजिक अपराधिक तत्व भी हैं। इनके सुधारने इनको दण्ड देने के लिये कानून का पालन करने वाले न्यायिक पदाधिकारी क्षेत्र या पुलिस की आवश्यकता होती है।

संविधान एवं कानून कहता है कि हर व्यक्ति को दण्ड देने से पहले उसको सफाई का अवसर दिया जाय। तभी तो अपराध का पंजीकरण, विवेचना, परिणाम एवं न्यायिक कार्यवाही की आवश्यकता पड़ती है।

यह काम पुलिस विभाग का है कि पीड़ित व्यक्ति की सूचना दर्ज करे विवेचना कराये। विवेचना के उपरांत दोष परिलक्षित होने पर या आरोपी पाये जाने पर माननीय न्यायालय के सामने लाये। यदि हत्या जैसी घटना हो तो मृतक का पंचनामा कराये एवं पोस्टमार्टम कराये, आरोप सिद्ध होने पर आरोप माननीय न्यायालय में प्रेषित करे इसी के साथ-साथ पुलिस को आने वाली समस्या को सामने पाकर निस्ताकरण कराये। विवेचना के अलावा पुलिस का काम शांति व्यवस्था ड्यूटी, मेला ड्यूटी, प्रार्थना-पत्रों की जाँच जनता एवं पुलिस का मधुर सम्बन्ध बना रहे। इसके बाद ऐसा नहीं कि पुलिस ने आरोप-पत्र दे दिया तो उसका काम खत्म हो गया। साक्षी के रूप में स्वयं न्यायालय में पेश हो तथा साक्षीगण को पेश कराये, आरोपी को पेश कराये।

वर्ष 2020 में प्रारम्भ से पुस्तक लिखे जाने तक यानी वर्तमान में कोराना वायरस का संक्रमण चल रहा है, जिसमें पुलिस अपनी ड्यूटी करते हुये लोगों की सुरक्षा में लगी रही। इसलिये कोरोना वायरस संक्रमण काल पर नहीं यह पुलिस पर लिखी पुस्तक है।

क्षेत्र में पड़ने वाले मेला को सकुशल सम्पन्न कराये एवं क्षेत्र में आने वाले वी0आई0पी0 लोगों को सुरक्षित रखे एवं अपने क्षेत्र से सुरक्षित पहुँचाये।

ऐसा नहीं है कि जो विवेचक है मानव नहीं है। उन्हें राजकीय कार्य के साथ साथ अपने पद का निर्वहन करते हुए अपने परिवार अपने घर समाज अपने

रिश्तेदारों को भी बनाये रखना चाहिए।

पुलिस विभाग में सकुशल संचालन के लिये राज्य सरकार के सलाहकार या पुलिस विभाग के प्रमुख के पद का निर्धारण किया गया है, जिसके मुखिया को पुलिस प्रमुख या पुलिस महानिदेशक कह सकते है। इनके सहयोग के लिये कहे या राज्य सरकार के काम के लिये अपर पुलिस महानिदेशक (ए0डी0जी0) का पद का निर्माण हुआ पुलिस महानिरीक्षक उसी कनिष्ठ क्रम में पुलिस उपमहानिरीक्षक, पुलिस अधीक्षक, सहायक पुलिस अधीक्षक, अपर पुलिस अधीक्षक एवं उप पुलिस अधीक्षक पदाधिकारी हैं। जहाँ उपरोक्त सभी राजपत्रित अधिकारी हैं। उसमें दो कैडर के पदाधिकारी होते हैं। आई0पी0एस0 संवर्ग के जो सीधे संघ लोक सेवा आयोग से चुनकर आते हैं। जिसे सहायक पुलिस अधीक्षक या उससे ऊपर के पुलिस अधीक्षक होते हैं तथा दूसरा कैडर पी0पी0एस0 संवर्ग के यानी राज्य के लोक सेवा आयोग से आते हैं। इनका सम्बन्ध उप पुलिस अधीक्षक, अपर पुलिस अधीक्षक प्रोन्नति पाये पुलिस अधीक्षक हैं।

तीसरा संवर्ग अराजपत्रित अधिकारी का है जो निरीक्षक, उप निरीक्षक, हे0 कांस्टेबल तथा कांस्टेबल का पद होता है तथा चतुर्थ पद या अन्तिम पद को कुक, प्यून आदि कहते हैं।

इसी संवर्ग की देखभाल जैसे वेतन भत्ता, चरित्र पंजिका या इनकी जाँच आदि की रख रखाव के लिये मिनिस्ट्रीयल पदों का स्टाफ है। जिसमें (क) संवर्ग आशुलिपिक वर्ग यानी टंकण सहित होते हैं तथा दूसरा क्लर्क/लिपिक इसको मिनीस्ट्रीरियल विभाग कहते हैं पुलिस का काम मानव जीवन की सुरक्षा करना या उनकी जान बचाना उनकी सम्पत्ति बचाना उनकी स्वयत्ता या मौलिक अधिकारों की रक्षा करना है।

राज्य सरकारें राज्य को सुचारु रूप से चलाने के लिये पुलिस विभाग के अलावा इसी विभाग की तरह एस0टी0एफ0 विभाग, सी0बी0आई0डी0 विभाग, एण्टी करप्शन विभाग, अभिसूचना विभाग (एल0आई0यू0) यातायात विभाग, जल पुलिस, फायर पुलिस, रेडियो शाखा की शाखाएँ हैं।

जो वर्दी में रहते हैं, निर्धारित पद धारक निर्धारित पद चिह्नों को पहनकर चलता है जिसके कारण व्यक्ति पदों को देखकर जान सके।

इन पुलिस बल का काम अपराध रोकना, अपराध हो गया तो उसका

पंजीकरण करना एवं विवेचना करना है साथ ही दण्ड दिलवाना है।

पुलिस विभाग जहाँ पुलिस अधिनियम 1861 में निर्धारित नियमों के अनुसार भर्ती एवं अधिकारों के अनुसार कार्य करती है वही पुलिस रेगुलेशन 1860 के द्वारा बनाये गये नियमों से प्रदर्शित होती है तथा द0प0प्र0 संहिता के अनुसार पदों को सशक्त बनाती है। भादवि की धारा 21 के अनुसार लोक सेवक की परिभाषा देती है।

पुलिस अधिनियम की धारा 22 के अनुसार प्रत्येक पुलिस अधिकारी को जिलों में किसी समय ड्यूटी पर लगाया जा सकेगा। धारा 23 पुलिस अधिनियम के तहत हर पुलिस अधिकारी का कर्तव्य होगा लोक शान्ति बनाये रखने में काम करे, न्यायालय का आदेश वारण्ट की तामील करे, अपराधों को रोके अपराधियों का पता लगाये तथा उच्च अधिकारी का आदेश न मानना धारा 29 दण्ड का प्राविधान भी करती है।

पुलिस रेगुलेशन की पैरा 190 कहती है कि सिविल पुलिस गश्त करे, सुरक्षा करे। पुलिस रेगुलेशन पैरा 104 कहती है कि थाने पर पंजीकरण अभियोग की विवेचना करे एवं द0प्र0 संहिता की धारा 154 में संज्ञेय अपराध की सूचना सही हो या गलत तत्काल दर्ज करेगी, पुलिस को द0प्र0सं0 156 में विवेचना का अधिकार प्रदान करती है। एवं धारा 157 सी0आर0पी0सी0 के तहत विवेचना प्रारम्भ कर दी जाती है।

अक्सर जब हम पुलिस विभाग पर चर्चा करते हैं तो यही कहते हैं हमारा ध्यान पूर्व ब्रिटिश शासन तथा उसकी बनायी पुलिस अधिनियम की 1861 पर जाता है। पुलिस की बर्बरता उसके द्वारा प्रताड़ना दुर्व्यवहार की ओर ध्यान आकर्षित हो जाता है या किसी पिक्चर की सीन देखकर जिसमें पुलिस इन्सपेक्टर या एस0पी0 का कार्य देखते हैं उससे ऊपर के अधिकारी मंत्री विधायक को बेइमान देखकर ईमानदारी का परिणाम या परेशानी या उलझन उस पदाधिकारी को देखने को मिलता है, इस कारण हमारा मन भटकता है तथा मन पुलिस विभाग के प्रति अच्छा नहीं बन पाता।

हम यह भूल जाते हैं कि हमारा देश 1947 में स्वतन्त्र हो गया। ब्रिटिश शासन चला गया तथा हमारा देश हमारी पुलिस हो गयी जो शासक नहीं सेवक हो गयी। रही पिक्चर की बात तो यह पर्दे की कहानी है, पर्दा खत्म कहानी खत्म यानी नाटक व कल्पना का दृश्य है।

यह सत्य है कि हमारे राज्य की पुलिस चाहे जितना बड़ा अधिकारी हो। प्रदेश की राजनीतिक पार्टियों से विशेष कर रूलिंग पार्टी या सत्ताधारी पार्टी से जुड़ा है। मगर ध्यान रखना है, सत्ताधारी पार्टी है जनता की सरकार है।

हाँ यह सत्य है कि हमारा पुलिस का कानून भले ही ब्रिटिश शासन चला गया हो, भले ही बहत्तर साल देश को स्वतन्त्र हुए हुआ हो, पुलिस रेगुलेशन 1860 का ही प्रयोग होता है, पुलिस अधिनियम 1861 का ही प्रयोग होता है। भा0द0वि0 1860 की अपराध की श्रेणी में है तथा साक्ष्य अधिनियम 1872 ही लागू है अधिकारिता भारत के स्वतंत्रता के बाद द0प्र0सं0 1973 लागू है। फिर कानून नहीं बदले तो उसका असर मन मस्तिष्क पर पड़ेगा चाहे कानून पढ़ने में या पालन कराने में। हाँ केन्द्र सरकार ने संविधान की धारा 370 अनुच्छेद व 35ए को 5 अगस्त 2019 को समाप्त कर जम्मू कश्मीर को भी भारत का हिस्सा बना दिया। तो पुलिस अधिनियम भारतीय द0सं0 या द0प्र0सं0 या साक्ष्य अधिनियम में धारा जिसमें लिखा है जम्मू कश्मीर में यह कानून छोड़कर लागू होगा। अब बेईमानी हो गयी अब पूरा कानून पूरे देश में लागू होगा।

अब जनता कितना विश्वास पुलिस पर करती है, समय की बात है। चाहे कानून देखकर चाहे पुलिस का रवैया देखकर चाहे पुलिस के कृत्य देखकर। यही पुलिस विभाग की भूमिका रही है।

वर्दी-पहचान-चिह्न

बिना वर्दी के काम करने वालों को छोड़कर वर्दी धारक पद पर डी0जी0 (पुलिस महानिदेशक एवं निदेशक अपने कन्धे पर तलवार व डण्डे का क्रास सफेद रंग का चिह्न तथा अशोक स्तम्भ दोनों ओर लगाएँगे एवं आई0पी0एस0 के साथ कॉलर बैन्ड पर गेहूँ के बाली के आकार का दोनों कालरों पर कॉलर बैन्ड एवं पी0कैप पर सफेद रंग का गेहूँ के बाली की चिह्न लगायेगे तथा वाहन पर तीन स्टार आगे तीन पीछे लगायेगें गाड़ी पर झण्डा आयताकार लगाएँगे एवं पुलिस महानिदेशक डी0जी0 की तरह घटते पद के अनुसार

पुलिस महानिरीक्षक कॉलर बैण्ड पर तलवार व डण्डे के क्रास के साथ कॉलर पर नीले रंग की पट्टी लगाएँगे तथा गाड़ी पर दो स्टार आगे, दो पीछे लगाते हैं तथा झण्डा आगे कटा हुआ होगा।

अब पुलिस उपमहानिरीक्षक आई0पी0एस0 कन्धे पर दोनों तरफ तीन स्टार एक आगे दो पीछे त्रिभुज आकार में एवं गाड़ी पर एक स्टार तथा कॉलर बैण्ड होगा। वरिष्ठ पुलिस अधीक्षक एवं पुलिस अधीक्षक में केवल एक स्टार का अन्तर रहेगा आई0पी0एस0 स्टार एवं सीनियर वरिष्ठ पुलिस अधीक्षक में दो स्टार कॉलर बैन्ड हो जाएगा। अशोक स्तम्भ सभी के कॉलर पर रहेगा।

सहायक पुलिस अधीक्षक आई0पी0एस0 एवं तीन स्टार होगा। अपर पुलिस अधीक्षक यू0पी0पी0 तथा अशोक स्तम्भ पुलिस उपाधीक्षक तीन स्टार एवं यू0पी0पी0। ध्यान रहे सभी उपरोक्त सफेद रंग की सफेद घातु का प्रयोग करेंगे। पहनने में लाल जूते।

अब पुलिस निरीक्षक तीन स्टार लाल नीला रिबन कंधे पर उ0प्र0 पुलिस, सब इन्सपेक्टर दो स्टार लाल नीला रिबन एवं उ0प्र0 उपरोक्त अपने पहनावे के जूते में लाल जूता का प्रयोग करेंगे तथा पीतल धातु का प्रयोग करेंगे साथ में पी कैप लगाएँगे हे0का0 के दोनों बाजू पर तीन फीता तथा कांस0 के पद पर दोनों बाजू में उ0प्र0 पुलिस हे0कां0 व कांस0 अपने वर्दी में काला जूता पहनेगें।

राजपत्रित अधिकारी सीटी डोरी नीले रंग की तथा अराजपत्रिक अधिकारी खाकी रंग की डोरी लगाएँगे सब इन्सपेक्टर या उससे ऊपर वाले पी कैप को धारण करेंगे तथा राजपत्रित अधिकारी नीली टोपी तथा अराजपत्रिक अधिकारी

खाकी रंग की टोपी धारण करेगा टोपी गोल सब इन्सपेक्टर या इन्सपेक्टर अपने टोपी में चिन्दी धारण करेंगे तथा चिह्न सहित उ0प्र0 का ताज मगर हे0कां0 व कांस0 चिन्दी धारण नहीं करेंगे जूते में मोजा खाकी रंग का होना चाहिए। राजपत्रित अधिकारी एवं सब इन्स्पेक्टर से ऊपर लाल जूता पहनेंगे।

वर्दी का निर्धारण, राज्य सरकार के अनुमति से विभाग समय-समय पर बदलाव करता रहता है।

भाग -1

विवेचना में आवश्यक तत्व

अध्याय - 1

विवेचक को निम्नांकित कार्य करना चाहिए

1. हर विवेचक विवेचना के दौरान विवेचना सम्पादन हेतु एक विवेचना रजिस्टर बनाये, जिसका रख-रखाव स्वयं विवेचक करे या अपने पर्यवेक्षण में कराये। जब तक रजिस्टर पूरी तरह समाप्त न हो जाए तब तक उस रजिस्टर की उपयोगिता बनाये रखे। यह रजिस्टर विवेचक का खुद का होगा।

2. रजिस्टर में निर्धारित कॉलम क्रम अनुसार अंकित करे। (1) वादी का नाम (2) प्रतिवादी का नाम (3) ता0 घटना व समय (4) तारीख सूचना व समय (5) घटना-स्थल (6) किस तारीख को पर्चा कटा यानी पर्चा का क्रमांक व दिनांक (7) साक्षीगणों का नाम जो गवाह के रूप में प्रस्तुत हुए। (8) अभियुक्त की गिरफ्तारी का दिनांक (9) अभियुक्त गिरफ्तार नहीं हुआ तो उसको द0प्र0सं0 की धारा 82/23 की कार्यवाही की तिथि (10) परिणाम यानी द0प्र0सं0 की धारा 173 के तहत पुलिस रिपोर्ट। यह कार्य कॉलम रजिस्टर के दोनो पेजों को पैरलल/समान्तर मिलाकर होगा बनाना चाहिए यानी जो विवेचक को कराना है।

3. विवेचक एक प्रकार की सूची बनाएँगे जो हर माह के प्रथम सप्ताह तैयार करेंगे। यह रफ सूची होगी माह के प्रारम्भ में कितनी विवेचना मिली, माह में कितनी बढ़ी माह में कितनी निस्तारित हुई। इस सूची में क्रमांक अपराध संख्या धारा अंकित होगी। जैसे-जैसे विवेचना बढ़ती जाएगी वैसे-वैसे विवेचना बढ़ती जाएगी। जैसे-जैसे विवेचना निस्तारण होगी वैसे-वैसे सूची में विवेचना सूची क्रमांक में निशान क्रास का लगते जाएँगे। यदि अर्दली रूम में किसी वरिष्ठ अधिकारी द्वारा विवेचना लम्बित होने का कारण जाने या पूछे कि कौन-कौन सी विवेचना लम्बित है तो विवेचना रजिस्टर देखकर बता सकते हैं। यह आपकी व्यक्तिगत रफ होगी अभिलेखीय या विभागीय नहीं होगा न ही प्रदर्शित होने वाली सूची है। अब तैनाती कहाँ है। बड़े शहरों में विवेचना की संख्या सैकड़ो में है तो वहाँ सूची न होकर संख्या होगी... किस मद की कितनी विवेचना (संख्या) में शेष है।

4. विवेचना रजिस्टर में यही क्रमांक या इण्डेक्स माह के अन्त में अर्दली रूप से एक दो दिन पहले या माह के अन्त में बनाएँगे उसमें क्रमांक संख्या विवेचना

माह में प्राप्त, संख्या विवेचना माह में बढ़ी संख्या विवेचना माह में निस्तारित हुई संख्या विवेचना शेष कितनी रही साथ में अगर विवेचना लम्बित सूची का हिसाब (यदि संख्या 5 से 10 तक है) तो अंकित किया जाएगा इससे ज्यादा है। तो अनावश्यक समय बर्बाद करने का उद्देश्य नहीं है। अन्त में लम्बित रहने का कारण यह भी पैरलल/समान्तर पेज में रजिस्टर में बनेगा ताकि स्थान छोटा न पड़े। बड़े-बड़े शहरों में विवेचना सैकड़ों में रहती है अतः इन्डेक्स में लम्बित विवेचना की संख्या होगी।

5. विवेचक को विवेचना करते समय एक फाइल बना ले ताकि उसी फाइल में विवेचना के सभी कागजात रख ले जो उपयोगी हो। अगर ढूँढना पड़े कोई अभिलेख तो विवेचना फाइल देखे।

6. विवेचक को विवेचना फाइल के अलावा (1) प्रार्थना-पत्र की फाइल (2) वारंट/कुर्की की फाइल (3) निस्तारण प्रपत्र की फाइल (न्यायालय से सम्बन्धित कागजात की फाइल (4) रोज देखो फाइल बनाना चाहिए। प्रार्थना-पत्र भी तीन खण्ड स्थानीय प्रार्थना-पत्र, वरिष्ठ अधिकारी का प्रार्थना-पत्र शासन का प्रार्थना पत्र यानी तीन फाइल और जुड़ेगा)

7. विवेचक के पास एक डुप्लीकेटर अवश्यक होना चाहिए जिससे रिपोर्ट भेजने के बाद कार्बन कॉपी पास रहे ताकि भविष्य में जवाब या अवलोकन/देखना पड़े तो देख ले। या याददाश्त ताजा कर ले डुप्लीकेट रखने की अवधि कार्बन कॉपी पाँच वर्ष निर्धारित करना चाहिए।

8. एक फाइल जी0आर0 की या पासपोर्ट की या लाइसेंस की होनी चाहिए ताकि रख-रखाव सही रहे आवश्यकता पड़ने पर ढूँढ़ सके।

9. प्रतिदिन देखो फाइल में न्यायालय से (कुर्की, वारण्ट, जमानत प्रार्थना-पत्र या विवेचना का कुछ अंश जो आवश्यक है) देखते रहना चाहिए ताकि जरूरत पड़ने पर समयानुसार निस्तारण कर सके।

10. प्रत्येक विवेचक को विवेचना का काम प्रतिदिन करना चाहिए 60 मिनट से 120 मिनट समय निकालकर लिखना चाहिए परन्तु 90 मिनट से कम नहीं लिखना चाहिए। वैसे भी शान्ति व्यवस्था ड्यूटी न्यायालय के काम से बाहर जाना साक्ष्य में जाना, घर पर अवकाश में जाना एवं मन नहीं करता है के कारण आपने आप लिखावट बन्द होना स्वाभाविक है। कभी अस्वस्थ होने पर या गम्भीर घटना पर ऐसे ही शान्ति व्यवस्था में समय लग जाता है, जिसके कारण

लेखन स्वतः छूट जाता है। विवेचना की केस डायरी अब तो कम्प्यूटर से कटने लगी है इसको ध्यान देना आवश्यक है।

11. प्रार्थना-पत्र की फाइल पाँच दिवस में एक बार अवश्य देखे परन्तु न्यायालय के पत्र की फाइल प्रतिदिन जरूर देख ले।

12. प्रार्थना पत्र की जाँच रिपोर्ट में जो तहसील-दिवस उच्च अधिकारी के प्रार्थना-पत्र की जाँच अवश्य जानकारी करके ही लिखे। ध्यान रहे हर प्रार्थना-पत्र किसी की पीड़ा किसी के साथ अपराध की घटना या प्रथम सूचना रिपोर्ट रहती है। बिना जाँच किये प्रार्थना-पत्र न लिखें जाँच का तरीका आप का खुद का है। मौके पर जाकर, लोगों से पूछताछ कर या फोन से जानकारी कर सकते हैं।

13. धारा 172 द0प्र0सं0 की व पुलिस रेगुलेशन की पैरा 104 के तहत प्राप्त विवेचना का मार्गदर्शन एवं धारा 157 द0प्र0सं0 के तहत प्राप्त अधिकार के अनुरूप केस डायरी स्वयं लिखे कानूनी प्राविधान के साथ-साथ आपको स्वयं का विश्वास रहेगा। अब कम्प्यूटर से केश डायरी का पर्चा काटना है।

14. विवेचना की प्रक्रिया है माह में कम से कम 6 विवेचना का निस्तारण तथा वर्ष में 60 विवेचना निस्तारित होना चाहिए ज्यादा की सीमा आप पर निर्भर है। हाँ ध्यान रहे जब पेण्डिंग कोई काम रहेगा तो पूछा जाएगा जहाँ काम शेष नहीं तो फिर डाँट फटकार जवाबदेही किस बात की।

कभी-कभी असंज्ञेय अपराध की विवेचना हल्के में लेते हैं। ध्यान रहे यदि विवेचना प्राप्त कर लिया तो ग्रहण कर पर्चा जरूर काट दें। कभी-कभी जहाँ बड़े बड़े शहरों नगरों में लम्बित विवेचना की सूची आसमान छूती है वहीं छोटे-छोटे जिला एवं शहरों देहातों में लेशमात्र रहती है। नौकरी का सफर है कभी कहाँ कभी कहाँ यानी हर जगह जाने परखने का अवसर रहता है। इसलिए कोशिश रहे आप की कार्य क्षमता कम न हो ताकि विवेचक पर किसी परिस्थिति में किसी भी प्रकार का तनाव या बोझ न साबित हो सके। समयानुसार आप बदले अपने काम को बदलते रहे यही मानवीय एवं पदेन गुण है।

विवादित या दबाव वाली विवेचना मिलने पर-

(i) कहावत है खिचड़ी ठंण्डी करके खाना चाहिए फिर न मुंह न जलेगा न पेट अधूरा रहेगा। उद्देश्य यानी विवेचना को लिगर आन विलम्ब करना चाहिए। जब किसी प्रकार का मुकदमा विवादित मिल जाय तो। यानी विवेचक रहे या मुकदमा

पास में रहे दोनों साथ रहेंगे तो दण्ड सुनिश्चित है। या तो शीघ्र निस्तारित करे या स्वयं निस्तारित हो जाए।

(ii) विवादित विवेचना में जब विलम्ब से काम न चले तो विवेचना को स्थानान्तरण करा लें फिर अपने आप विलम्ब हो जाएगा। यानी नुकसान की स्थिति में ऐसा होना चाहिये।

स्पष्ट इन्कार न करें-

(iii) विवेचना अधिकारी किसी वरिष्ठ अधिकारी को किसी काम को करने में भले परेशानी या नौकरी में परेशानी आने की सम्भावना हो, मगर सीधे तौर पर स्पष्ट रूप में ना न करे। किसी क्षेत्रीय जनप्रतिनिधि को स्पष्ट कहकर काम को ना न करे, यदि काम करने में दिक़्क़त हो आप की कलम फँसती नजर आये तो स्वयं व्यक्तिगत उपस्थित होकर उसे अपनी बातों से अपने वरिष्ठ अधिकारी को अवगत कराए। यदि मजबूरी होगी तो आप को कहना नहीं पड़ेगा न अस्वीकार शब्द निकल ही आएगा। क्योंकि अपनी फँसाकर किसी की मदद नहीं करनी चाहिए जब आप ही नहीं रहेंगे तो मदद क्या करेंगे। ध्यान रहे आप जाँच करने आये हैं जाँच कराने नहीं। यही सूत्र रखे। आगे आपकी अपनी खुद की मर्जी आप कैसे सफर करते हैं।

(iv) कभी-कभी ऐसी परिस्थिति आती है जिस मुकदमा की विवेचना कर रहे हैं आपको पूरब दिशा में जाना है चल रहे हैं। कोई स्पष्ट कह दे वरिष्ठ अधिकारी या जनप्रतिनिध आप पूरब दिशा में न चलकर पश्चिम दिशा में चले तो स्वयं ऐसी गलती विवेचना में न करे, जो करना हो सोच-समझकर शुरू करे फिर वापस पैर करने का अर्थ अपने आप को फँसाना है। अपनी सत्यनिष्ठा दाँव पर रखना कहावत है। काम करने से पहले सोचे काम करने के बाद क्या सोचना है। नहीं सोचना चाहिए। ऐसा उलटा पाँव करने से अभिलेखीय सत्यानिष्ठा सन्देह के घेरे में आ जाएगी या दण्ड का समाना करना पड़ेगा।

(v) विवेचक का अपने पद का विश्वास जनता में है। ध्यान रखे कभी अपने नाम का, पद का, काम का बना विश्वास न खोये। विश्वास पर ही समाज चलता है चल रहा है भविष्य में चलेगा रिश्तों में रिश्तों का विश्वास समाज में व्यक्ति का विश्वास नौकरी में पद का विश्वास। यही विवेचक की धरोहर है विश्वसनीयता बनाये रखने की।

(vi) नौकरी में विवेचना में अपने व्यवहार में चाहे अपने अधीनस्थ से चाहे सीनियर से चाहे जनप्रतिनिधि से, चाहे जनता से कटुभाषा का प्रयोग न करे। जब सत्य बोलने से काम चल जाय तो झूठ बोलने की आवश्यकता नहीं है। ऐसा नहीं है कि पूरे माह समय से क्षमता से योग्यता से काम करेंगे तो झूठ बोलने की आवश्यकता पड़े, झूठ बोलने की जरूरत तो तब पड़ती है। जब हम काम न करके उसे किसी पर्दा से तोपते हैं यानी झूठ का पर्दा है। जो कुछ देर बाद किसी कारण से पर्दा उठ जाता है। आपकी कार्य क्षमता उजागर हो जाता है। फिर आप पर अविश्वासनीयता लापरवाही कमजोरी काम के प्रति उपेक्षा वरिष्ठ अधिकारियों के प्रति विश्वासघात तमाम तरह का आरोप लगता है। मैं मानता हूँ कभी-कभी ऐसे आरोप लगते हैं जो कभी आप ने सोचा ही नहीं करने की बात कौन। मगर ध्यान रखें सत्य परेशान तो हो सकता है मगर पराजित नहीं।

जब नौकरी, वेतन, सुविधा स्वयं को काम में तुलना क्यों?

(vii) यह मानकर चले जब नौकरी पाने चले थे तो सोच थी हमें नौकरी मिले जब वेतन मिलता है तो सोच होती है कि हमारा वेतन कम न मिले, जब अवकाश या सुविधा की बात होती है तो सोच होती है मेरा अवकाश या सुविधा हो। इस कालों में क्या कभी किसी से कहा नहीं मुझे नहीं किसी और को नौकरी दे दी जाये जिसे जरूरत है। वेतन मिलता है तो क्या कभी कहते हैं कि चलो मुझे थोड़ा कम मिल जाये दूसरे को ज्यादा मिले ठीक है। जब अवकाश लेने या सुविधा लेने जाते हैं तो हमें चाहिए फिर ड्यूटी के समय तुलना क्यों। आप अपनी ड्यूटी को दूसरे कि ड्यूटी के विषय में क्या सोचते है हाँ अगर शिकायत करना हो तो करे मगर अपना काम तो न छोड़े। आपको अपने काम का वेतन मिलता है।

(ix) कभी ऐसा नहीं होता सरकारी काम रुकता है। व्यक्तिगत काम में रुकावट आ जाती है; परन्तु रुकता नहीं। बस काम होने पर किसी का किसी पर श्रेय है जो काम के समय सहयोग करे।

(x) नौकरी में सद्व्यवहार, मृदुल भाषा ऑफिसर/वरिष्ठ व्यक्ति के मनमाफिक काम करना इस बात को बताता है। जैसे दाढ़ी बनी हो कपड़ा साफ एवं प्रेस युक्त हो जूता पॉलिस हो पिस्टल साफा स्वच्छ हो, अपने वरिष्ठ अधिकारी की खुशामदी करे चमचई नहीं। चमचई काम के आदमी की जाती है तारीफ आदमी के काम की जाती है।

खुद को न करो नीलाम यारो,
लोग सौदा करेंगे चौराहे पर।

इसी के साथ-साथ एक पंक्ति और है।

झुको मगर इतना न झुको।
खुद की पगड़ी गिर जाये।

यह शायर की पंक्तियाँ हैं, शायद जीवन मे कुछ मार्गदर्शक बने।

खुद की पंक्तियाँ

हमने तो कर लिया गमों से सौदा।
बिगड़े न किसी का घरौंदा।।
जिन्दगी का सफर है सफर रहेगा।
टूट न जाये खुद के पास का हौदा।।

यही विवेचक की विवेचना के दौरान नसीहत मार्गदर्शन देने की जरूरत पड़ी। लिखा शायद काम आये।

कागज में विवेचक कभी ऐसी गलती न करे जिसका काट न हो, अगर मौखिक गलती होती है तो उतना पीड़ादायक नहीं होगी।

वैसे चमचई सरकारी क्या प्राइवेट नौकरी व्यवसाय का एक अंग है। करना चाहिए मगर यह न भूलना चाहिए काम भी करना जरूरी है। जिससे देश चलता है, परिवार चलता है, जीवन चलता है।

कहावत है - नौकरी के नौ काम दसवाँ काम बहुत जरूरी, नौ काम हो जाये बेकार दसवाँ काम जी हजूरी ध्यान रखे नौकरी के दौरान जब सच बोलने से काम चल जाए तो झूठ बोलने की जरूरत नहीं है।

(15) विवेचना विवेचक की ताकत जब बनेगी जब विवेचक बना पदाधिकारी उपनिरीक्षक/निरीक्षक/पुलिस उपाधीक्षक राजकीय पद पर बना रहेगा। पुलिस एक्ट 1861 की धारा 22 के तहत सभी पुलिस अधिकारी 24 घण्टे के लिए अपने कर्तव्य पर समझा जायेगा तथा धारा 2 पुलिस एक्ट की धारा में अ-राजपत्रित अधिकारी भर्ती होगा। एक्ट धारा 4 में राजपत्रित अधिकारी भर्ती होगा। तथा राज्य की शक्ति प्राप्त होगी। पुलिस में भर्ती होने का पुलिस एक्ट की धारा 8 के तहत नियुक्त होने का एक प्रमाण-पत्र दिया जाता है। यदि पुलिस अधिकारी नहीं रहता तो उसे प्रमाण-पत्र वापस कर देना चाहिए जो पुलिस

एक्ट की धारा 9 कहती है।

(16) कभी-कभी वरिष्ठ अभिकारी लिखित आदेश नही दे सकते कि किसी मुकदमें में आरोप-पत्र लगा दे या किसी में अन्तिम रिपोर्ट लगा दे मगर आदेश तो मौखिक देते हैं। यदि विवेचना में हिम्मत करके वरिष्ठ अधिकारी की भाषा केसडायरी में लिख दिया तो न्यायालय क्या करेगी। कभी-कभी धारा 302 या 304बी में वादी पीड़िता को छिपाकर अपने विरोधी का नाम प्रथम सूचना रिपोर्ट में डाल देता है, जिसके कारण विवेचक जल्दबाजी में या लापरवाही पूर्वक आरोप पत्र लगा देता है, जिसके कारण न सिर्फ निर्दोष परेशान होता है बल्कि वादी की मंशा सफल होने पर प्रशासन को पुलिस को विवेचक को ना समझ तमाम तरह के सम्बोधनों से सम्बोधित करता है। विवेचक बिना वजह दण्ड का भागी होता है इसलिए हर मंशा को सफल न होने दे साथ अपने को सुरक्षित बचाये।

पुलिस एक्ट 1861 की धारा 5 के तहत जिले का पुलिस कप्तान या पुलिस अधीक्षक के जो सीमा क्षेत्र के समस्त पुलिस बल जो अधीनस्थ है। वैध आदेश का पालन करेंगे।

पुलिस अधिनियम धारा 23 के तहत प्रत्येक पुलिस अधिकारी जो कांस0 से लेकर ऊपर के समस्त पदाधिकारी पुलिस अधिकारी मानते हुए सार्वजनिक जुआघर, मदिरालय, शौचालय, वेश्यालय को अपने क्षेत्र में रोके तथा रोकने हेतु उस स्थान में प्रवेश कर सकेगा जो इस अपराध से सम्बन्धित है।

यही विवेचक/पदाधिकारी पुलिस एक्ट में बँधा एवं जुड़ा है।

अपराध रजिस्टर न0ं 4 में विवरण पूर्व मुकदमा का जिक्र करते हुए लिख देना चाहिए।

विवेचक की व्यक्तिगत जिम्मेदारी

विवेचना के दौरान किसी दस्तावेज को न्यायालय में पेश करने का प्राविधान -

द0प्र0सं0 की धारा 91 के तहत विवेचना के दौरान विवेचक पर न्यायालय या भार साधक अधिकारी यह समझे कि अन्वेषण जाँच विभाग या अन्य कार्यवाही प्रयोग जनों के लिए किसी दस्तावेज अन्य चीज पेश किया जाना

आवश्यक है। तब ऐसा न्यायालय समन या ऐसा अधिकारी लिखित आदेश उस व्यक्ति के नाम जिसके कब्जे में या शक्ति में ऐसा दस्तावेज होने का विश्वास हो उससे यह अपेक्षा करते हुए जारी कर सकेगा कि उसे पेश करे या उस समन या आदेश में कथित समय स्थान पर हाजिर हो स्वयं दस्तावेज के साथ उपस्थित हो या दस्तावेज किसी से उपस्थित कराये।

(2) यदि किसी व्यक्ति जिससे धारा के अधीन दस्तावेज या अन्य चीज पेश करने की अपेक्षा की गयी हो उसे पेश करने के लिये स्वयं हाजिर होने के बजाय उस दस्तावेज को या चीज को पेश कराये ताकि न्यायालय समझ जायेगा उसने आदेश पालन करवा दिया।

(3क) इस धारा की कोई भारतीय साक्ष्य अधिनियम की धारा 123,124 या प्रभाव डालने वाली धारा 123 साक्ष्य अधिनियम राज्य के कार्य कलापों के बारे में साक्ष्य कोई व्यक्ति राज्य के किसी भी कार्य-कलापों से सम्बन्धित अप्रकाशित शासन की अभिलेखों से व्युत्पन्न कोई भी साक्ष्य के नहीं किया या न्यायालय अनुसार संयुक्त विभाग के प्रमुख अफसर को अनुमति देना या धारा 124 साक्ष्य अधिनियम में कोई लोक ऑफिसर शासकीय विश्वास में दी हुई सूचना को प्रकट करने के लिये विवश नहीं किया जाएगा जब कि वह समझता कि उस प्रकटन से लोकहित की हानि होगी।

(3ख) डाक या तार प्राधिकारी की अभिरक्षा में किसी पत्र पोस्टकार्ड तार या अन्य दस्तावेज या किसी पार्सल या चीज के लागू होने वाली नहीं समझी जायेगी।

तलाशी वारण्ट जारी किया जाना

द0प्र0सं0 की धार 93 के तहत जब कोई न्यायालय विश्वास करता है कि धारा 99 के तहत ज्ञात है कि उक्त दस्तावेज चीज किसी व्यक्ति के पास है। आदेश के बाद भी पेश नहीं करता है तो तलाशी वारण्ट जारी कर सकता है।

ध्यान रखे हर विभाग हर पदाधिकारी हर कार्यालय दोपहर यानी 1:30 बजे से 2 बजे दिन में लंच ब्रेक लेता है परन्तु अकास्मिक सेवा वालों के लिए यह सुविधा नहीं है। विशेष कर पुलिस विभाग के अराजपत्रित अधिकारी/कर्मचारी के लिए। यही नहीं कानून में तो खाने सोने आराम करने का कही पर कोई प्राविधान

नहीं है। आपको इसी में जीवन जीना है क्योंकि आपने जॉब ही ऐसा चुना है तो काम करना पड़ेगा। जैसे कोरोना वायरस में जीवन जीने के लिये मजबूर हो गये।

अपराधों के संज्ञान लेने की परिसीमा

धारा 468 द0प्र0सं0 में परिसीमा या कालावधि की समाप्ति के पश्चात संज्ञान का वर्णन दिया गया है (क) कोई न्यायालय अपराध का संज्ञान या परिसीमा वाली अवधि समाप्ति के वाद विचारण नहीं करेगा।

(2) परिसीमा कलावधि -

(क) छः मास होगी यदि अपराध केवल जुर्माने से दण्डनीय है।

(ख) एक वर्ष होगी यदि अपराध एक वर्ष से अनाधिक की कालावधि के लिए कारागार से दण्डनीय है।

(ग) तीन वर्ष होगी यदि अपराध एक वर्ष से अधिक किन्तु 3 वर्ष कम अवधि से दण्डनीय है।

(3) इस अपराध के प्रयोजन के लिए उन अपराधों के सम्बन्ध में जिसका विचारण एक साथ किया जाय। परिसीमा काल उस अपराध के प्रति निर्देश से अवधारित किया जायेगा जो यथा स्थिति कठोरतम दण्ड से दण्डनीय है।

धारा 469 परिसीमा काल का प्रारम्भ होना -

(क) अपराध की तारीख से प्रारम्भ होगी या

(ख) जहाँ अपराध के किये जाने की जानकारी अपराध द्वारा व्यथित व्यक्ति का या किसी पुलिस अधिकारी को नहीं है वहाँ उस दिन प्रारम्भ होगा जिस दिन प्रथम बार ऐसे अपराध की जानकारी ऐसे व्यक्ति को या पुलिस को होती है। इसमें से जो पहले हो या

(ग) या जहाँ ज्ञात नहीं कि अपराध किसने किया वहाँ उस दिन प्रारम्भ होगी जिस दिन प्रथम बार अपराधी का पता अपराध द्वारा व्यथित व्यक्तियों या अपराध का अन्वेषण करने वाले पुलिस अधिकारी के पता चलता है इसमें से जो पहले है।

(2) उस अवधि की गणना करने में उस दिन को छोड़ दिया जाए जिस दिन ऐसा अवधि की सगणना की जाती है।

(3) जहाँ किसी अपराध के अभियोजन के लिए सूचना दी गयी या जहाँ विधि के अनुसार सरकार या किसी प्राधिकारी की पूर्व अनुमति या सम्पत्ति किसी अपराध के बावत अभियोजन करने के लिये अपेक्षा की जाती है। परिसीमा काल की गणना करने में ऐसी सूचना अवधि या यथास्थिति या ऐसा अनुमानित या सम्मति प्राप्त करने के लिये आवश्यक समय अपवर्जित किया जायेगा।

(4) परिसीमा काल की गणना करने में वह समय अपवर्जित किया जायेगा जिसके दौरान

(क) भारत से बाहर किसी राज्य क्षेत्र से केन्द्र सरकार के प्रशासन के अधीन है अनुपस्थित रहा है।

(ख) फरार होकर या अपने को छिपाकर गिरफ्तारी से बचता है।

धारा 470 कुछ दशाओं में समय का अपर्वजन यानी छूट :-

परिसीमा काल की सगणना करने में उस समय का अपर्वजन किया जायेगा, जिसके दौरान कोई व्यक्ति चाहे प्रथम बार न्यायालय में था अपील या पुनरीक्षण न्यायालय में अपराधी के विरुद्ध अभियोजन सम्यक तत्परता से चल रहा है। परन्तु ऐसा अपवर्जन जब तक नहीं किया जाएगा जब तक अभियोजन उन्हीं तथ्यों से सम्बन्धित न हो और ऐसे न्यायालय में सद्भावपूर्वक न किया गया हो जो अधिकारिता में दोष या इसी प्रकार के अन्य कारण से उसे ग्रहण करने में असमर्थ हो चला है।

अध्याय - 2

संज्ञेय अपराध का पंजीकरण

द0प्र0सं0 1973 की धारा 154 तथा पुलिस रेगुलेशन की पैरा 104 में दिये गये प्राविधानों के अनुसार जब थानाध्यक्ष या प्रभारी निरीक्षक को किसी व्यक्ति द्वारा लिखित या मौखिक सूचना प्राप्त होती है तो उसका पंजीकरण करें। इस बात से इन्कार नहीं किया जा सकता कि आपराधिक सूचना सूचना देने वाला गलत है। अपराध पंजीकृत करे या न करे। जो अपराध पंजीकरण करेगा उसका इन्द्राज रो0आ0 पुलिस फार्म 217 में दर्ज करे तथा रोज नामचाआम में दर्ज करते समय सूचना या अपराध का समय वहीं होगा जो प्रथम सूचना रजिस्टर में है। अब कम्प्यूटर से एफ0आई0आर0 दर्ज होने लगी है।

कभी-कभी प्रश्न उठता है कि सूचना रो0आ0 में दर्ज है तो दर्ज में समय लगेगा या फिर प्रथम सूचना रिपोर्ट 341 में दर्ज हो तो समय लगेगा। यह दोनों होने में विभिन्नता आ सकती है। परन्तु यह कानूनी प्रक्रिया है, समय दोनों का एक होना चाहिए यह व्यावहारिकता मे आना है या लिखा पढ़ी से होना चाहिए।

हर पीड़ित की मदद पुलिस स्तर से होना चाहिए... प्राथमिकता यही है कि उसकी सूचना दर्ज कर ले तथा दर्ज सूचना तीन प्रतियों में होगी। एक प्रति वादी को दी जाएगी। एक प्रति मजिस्ट्रेट के यहाँ जायेगी एक प्रति ऑफिस में रखी जाएगी। अब कम्प्यूटर से दर्ज प्रथम सूचना रिपोर्ट मगर प्रक्रिया वहीं है।

प्रथम सूचना की कार्बन प्रति एवं नकल रपट की कार्बन प्रति विवेचक को प्रदान की जाएगी। ध्यान रहे प्रथम सूचना रिपोर्ट की प्रति सूचना देने वाले को निःशुल्क दी जायेगी। यह द्वितीय प्रति कम्प्यूटर से ही निकलेगी।

अक्सर देखा जाता है। थानेदार या निरीक्षक प्रथम सूचना न लिखकर जाँच में डालकर अपराध नियन्त्रण का दावा भरते हैं। अरे भाई समाज है, लोग हैं तो अपराध होगा। हाँ अपराध न लिखने का तो दण्ड मिल सकता है, परन्तु अपराध लिखने का दण्ड नहीं मिलेगा।

द0प्र0सं0 धारा 155 अज्ञेय अपराध का पंजीकरण :-

जब कभी असज्ञेय अपराध की सूचना मिलती है तो वह दो प्रतियों में दर्ज

होगी जो पुलिस फार्म पर अंकित होगी और सूचना में वादी को प्रति देते समय स्पष्ट कही जायेगी। यह असंज्ञेय अपराध की सूचना है तथा इसकी विवेचना बिना मजिस्ट्रेट महोदय के आज्ञा के नहीं हो सकती। वादी माननीय न्यायालय से चारा जोई करे दूसरी प्रति थाना अभिलेख में रहेगी। साथ ही साथ यदि गरीब है न्यायालय का चक्कर नहीं काट सकता तो थाना प्रभारी या प्रभारी निरीक्षक स्वयं के अनुरोध कर माननीय न्यायालय से विवेचना का आदेश प्राप्त कर सकता है। कार्बन प्रति हलका/क्षेत्रीय बीट उपनिरीक्षक को दी जायेगी ताकि उसको जानकारी हो सके कि उसके अधिकार-क्षेत्र में घटित घटना हो गयी है ताकि वह मौके पर जाकर छानबीन कर ले एवं भविष्य में यह घटना और न बढ़ सके। ध्यान रहे असंज्ञेय अपराध की विवेचना बिना मजिस्ट्रेट महोदय के आदेश के बिना नहीं होगी।

माननीय न्यायालय के आदेश पर द0प्र0सं0 की धारा 156(3) के तहत जब थाना प्रभारी या प्रभारी निरीक्षक तथा क्षेत्राधिकारी/जनपद भार साधक अधिकारी पुलिस किसी के प्राथमिक पत्र या सूचना पर अपराध का पंजीकरण न करता हो द0प्र0सं0 1973 के धारा 190 के तहत सशक्त मजिस्ट्रेट इस द0प्र0सं0 धारा 156(3) में प्रार्थना-पत्र पर विवेचना का आदेश कर सकता है यानी पंजीकरण फिर उसकी विवेचना का आधार है। पंजीकरण करें एवं विवेचना कराये।

विवेचना संज्ञेय मामले में पुलिस अधिकारी की शक्ति - संज्ञेय अपराध में द0प्र0सं0 की धारा 156 के तहत हर पंजीकरण में बिना मजिस्ट्रेट के आदेश के भार साधक अधिकारी या प्रभारी थाना विवेचना कर सकेगा या करायेगा।

उदाहरण :- एक गाँव में एक सजातीय लड़की सजातीय लड़के से प्रेम करती थी। लड़के की शादी दूसरी जगह तय हो गयी। लड़का ने लड़की को बताया। आखिर लड़की को गुस्सा नफरत के साथ एक सोच आयी कि जब यह प्यार जा रहा है तो लड़का क्यों न जेल चला जाय। फिर क्या घटना वाली रात लड़की ने लड़का से एक बार मिलने को कही। समय के चार बजे लड़की शारीरिक सम्बन्ध बनाकर चलने लगी तो निशानी में लड़के की घड़ी ले ली और आकर अपने घर में स्टूल पर घड़ी रखकर स्युसाइड कर लिया। फिर क्या कई महीने से मन में भरा गुस्सा घर वालों का निकला और थाने में एक तहरीर दी गयी जिसमें लिखा था एक क तथा पाँच अज्ञात बदमाश घर में आये, लड़की की इज्जत लूटी, हत्या कर दी तथा लूटकर सामान ले गये। थाने पर सूचना पहुँची।

भा0द0वि0 की धारा 376/302/395 एक नाम पता वाला लड़का, लड़की का प्रेमी था। थानेदार ने सूचना सभी वरिष्ठ अधिकारियों को दिया। मामला वरिष्ठ अधिकारी द्वारा छानबीन से झूठा पाया गया।

जिला-प्रमुख पुलिस ने थानेदार से मुकदमा न लिखने का आदेश पारित कर दिया। थानेदार सोचा मुकदमा न लिखने का दण्ड तो मिलेगा, लिखकर दण्ड पा लूँ। मुकदमा लिखा गया जब कप्तान को मालूम हुआ कि थानेदार ने बात नहीं मानी गुस्सा आसमान पर। नफरत करते हुए नुकसान की सोच ही रहा था कि दूसरे दिन मीडिया में बात आने पर पूछताछ सरकार द्वारा होने पर मामला नफरत गुस्सा का शांत हुआ। यानी थाने को आदेश है कि बिना मेरी मर्जी की मुकदमा न लिखो जब बिगड़ा तो थानेदार सस्पेण्ड हो गया।

अध्याय - 3

विवेचक द्वारा केस डायरी का प्रयोग करना तथा पर्चा किता (काटना) करना

विवेचक ध्यान रखे यह भ्रम न पाले कि विवेचना विवेचक की ताकत बनती है। इसका कदापि अर्थ नहीं होता कि आप को झूठी प्रथम सूचना या एफ0आई0आर0 मिले अपने लाभ के लिए विवेचना की शक्ति का प्रयोग करके नामजद या अज्ञात व्यक्ति को जो घटना में बिलकुल न हो दूर-दूर तक उनका हाथ न रहा हो कभी अपराध की ओर सोचा न हो आप अपनी ताकत दिखाते हुए अपराधी के श्रेणी में खड़ा कर दे।

विवेचक को विवेचना में उनके नाम से अलग अलग केस डायरी जारी किया गया है। जब उनका स्थानान्तरण हो दूसरे थाने पर जाये केस डायरी सम्बन्धित स्थानान्तरित थाने को वापस कर दे। पुलिस रेगुलेशन की पैरा 291 (7) में ऐसा प्राविधान है।

हो सकता है कि आपकी गलत मंशा या सोच से उसे प्रथम सूचना में नामित व्यक्ति को तत्काल परेशानी हो गयी। यही विवेचना आपकी किसी सीनियर ऑफिसर के पास चली गयी। किसी उच्च संस्था के पास चली गयी तो फिर विवेचना पलट जाएगी जो अपराध दूसरे पर साबित कर रहे थे वही अपराध कही आप पर साबित न हो जाय। कोई तलवार जब ताकत बनती है, जब रण क्षेत्र में आपकी सुरक्षा करते हुए सामने दुश्मन पर वार करती है। मगर जब उसकी धार अपनी ओर हो जाय तो आपके प्राण के लिए घातक बन जाती है।

विवेचना में पुलिस एनकाउण्टर या पुलिस मुठभेड़, अवैध शस्त्रों की बरामदगी, अवैध मादक पदार्थ की बरामदगी आदि आदि होता है। परन्तु वाहवाही में या झूठी प्रशंसा के कारण गलत एफ0आई0आर0 या गलत विवेचना हो जाती है। भविष्य में इस विवेचना का दुष्परिणाम आने का भय बना रहता है।

जहाँ तक किसी विवेचक के रूप में सब इंस्पेक्टर या इन्सपेक्टर को विवेचना की समीक्षा के बाबत बुलाये जाने पर आपका वरिष्ठ अधिकारी आप को सम्मान या व्यवहार में बैठने को नहीं कहते हैं। अगर वे आपको मातहत समझते

हैं तो किसी और के मातहत हैं। इससे उनकी छवि अच्छी नहीं बनती। वैसे उनके इस व्यवहार से उनकी आलोचना के साथ-साथ उनसे दूरियाँ बनती हैं। विवेचक है। तो बैठकर लिखेगा बैठकर बतायेगा फिर इतना अन्तर विवेचक एवं वरिष्ठ अधिकारी में नहीं होता कि उसका सम्मान न करे अपमान की भी गुजाइस न रखे। पदाधिकारी को इस बात का हमेशा ध्यान रखे पदाधिकारी के साथ व्यक्ति है यदि सरकारी तौर से जुड़े वही व्यक्तिगत जुड़ाव बनाये। वक्त बेवक्त किसी समय किसी का व्यक्तिगत काम आ ही गया तो न जुड़ने वाला ऑफिसर व्यक्तिगत काम करने का स्वयं प्रयास करेगा। खैर बहुत हो गया अब व्यावहारिक कानूनी चर्चा करते हैं।

विवेचना प्रारम्भ करना :-

द0प्र0सं0 की धारा 157 सन् 1973 के अन्तर्गत विवेचना अधिकारी विवेचक का कार्य करेगा। विवेचक के कई रूप हैं। जिला स्तर पर विवेचना जिसमें थाना स्तर क्षेत्राधिकारी स्तर पर क्रामइ ब्रांच स्तर (पुलिस अधीक्षक स्तर) प्रदेश स्तर में ए0टी0एस0 के द्वारा विवेचना सी0बी0सी0आई0डी0 के स्तर से विवेचना

विवेचना का स्तर, शान्ति व्यवस्था भागती दौड़ती जिन्दगी में गिर गयी है। मगर विवेचक को अगर अपनी साख बचानी है तथा अपना पक्ष मजबूती से रखना है तो उसे निष्पक्ष एवं ईमानदारी से विवेचना करना चाहिए। हर विवेचना शाख परक या प्रतिष्ठा परक नहीं होती... मगर हाँ कुछ ऐसी विवेचना है जो विवेचक का स्तर उठाती गिराती है। तथा नौकरी खतरों में भी पड़ती है। पुरस्कार के पात्र भी होते हैं। कमजोर भी साबित होते हैं और मजबूती भी प्राप्त होती है।

विवेचना में केसडायरी का प्रयोग होता है। विवेचना में द0प्र0सं0 की धारा 172 के अन्तर्गत प्रतिदिन की कार्यवाही का ब्योरा विवेचना के रूप में होता है, इन्द्राज होता है। ध्यान रहे पहले केश डायरी पर विवेचना अंकित करनी पड़ती है। केस डायरी दो प्रतियाँ में होती है। एक प्रति क्षेत्राधिकारी के पास पर्चा किता करने के बाद दूसरे दिन ही पहुँच जाती है, दूसरी प्रति जिल्द में रहती है। प्रत्येक विवेचक की विवेचना भारसाधक अधिकार द्वारा धारा 168 द0प्र0सं0 के तहत अग्रसारित करेगा यदि भारसाधक अधिकारी स्वयं विवेचना करता है तो अग्रसारित करने का औचित्य नहीं है।

अब तो कम्प्यूटर का समय आ गया है। प्रथम सूचना रिपोर्ट रो0अ0, केस

डायरी कम्प्यूटर पर लिखी जाती है। दिनांक में देर भी नहीं हो सकती।

विवेचक किसी भी विवेचना को ग्रहण करने के बाद उसके अन्दर स्वयं से निम्नांकित प्रश्न उठना चाहिए।

1. प्रथम सूचना किसके द्वारा दिया गया। 2. सूचना का प्रकार (लिखित या मौखिक) 3. घटना क्या है। 4. कहाँ की है। 5. घटना का प्रकार 6. घटना में किसी साधन/शस्त्र का प्रयोग किया गया। 7. आरोप किस पर है। 8. घटना का उद्देश्य 9. घटना होने के बाद आगे क्या करना है, जैसे मृतक का पंचायतनामा, माल की बरामदगी अभियोजन की स्वीकृति, अभियुक्त की गिरफ्तारी 10. साक्षी चश्मदीद साक्षी या परिस्थितिजन्य साक्षी या अभिलेखीय साक्ष्य या विधि-विशेषज्ञ साक्ष्य 11. क्या-क्या घटनास्थल से बरामदी समान जो साक्ष्य के रूप में प्रयुक्त होता है।

घटनास्थल पर अवश्य स्वयं पहले जाये :-

कहावत है घटनास्थल हमेशा बोलता है या घटना पर आरोपी के द्वारा कोई न कोई चिह्न अवश्य छोड़ा जाता है। घटनास्थल पर क्या साक्ष्य के रूप में मिल सकता है। उसको कब्जे में लेना।

पुलिस रेगुलेशन की पैरा 291 के अनुसार खाली केस डायरी है। थाना, चौकी पर न रहे। केस डायरी प्राप्त करते समय देख ले कोई पृष्ठ या द्वितीय पृष्ठ का मुद्रण खराब तो नहीं प्राप्त हुई है। संगीन मामलों में जैसे - हत्या, बलात्कार में घटना-स्थल पर पाये गये साक्ष्य को सुरक्षित करना या कब्जे में लेना व विधि विज्ञान-विशेषज्ञ की राय लेना आवश्यक है इसके लिए कब्जा में लिया गया साक्ष्य सर्व मुहर गवाहों के सामने नमूना मोहर के होना चाहिए या सील हो।

साक्षी का बयान लेना :-

जब भी घटनास्थल के निरीक्षण के बाद साक्षी का बयान, वादी के बयान लेने का स्थान समय दिनांक के साथ साथ यदि हुलिया या उम्र लिख दे तो और अच्छा होगा ध्यान रहे विवेचक धारा 161 द0प्र0सं0 के अनुसार साक्षी के बयान पर हस्ताक्षर नहीं बनवाएगा।

केस डायरी घटना स्थल पर किता किया जाना चाहिए मगर जब से केस डायरी कम्प्यूटर से लिखी जाने लगी है तो कभी कम्प्यूटर काम न करना नेट का न होना या पावर का सप्लाई न होने पर तो विलम्ब होगा इसका इन्द्राज जी0डी0

में कर दे।

साक्ष्य में परिस्थितिजन्य साक्ष्य व भौतिक साक्ष्य इंसानी साक्ष्य समय के साथ बदल सकता है मगर भौतिक साक्ष्य नहीं बदलेगा।

कभी-कभी विवेचक केस डायरी स्वयं नहीं लिखते, किसी अन्य व्यक्ति से लिखवाते हैं। यह उचित नहीं न वैध है। वैसे अब केस डायरी कम्प्यूटर से होने लगी है, फिर दूसरे से केश डायरी लिखवाने की परम्परा खत्म हो जायेगी।

विवेचक अपने वरिष्ठ अधिकारी से चोरी करते हुए एक की जगह कई केस डायरी का प्रयोग करते हैं। परन्तु कम्प्यूटर में यह समस्या स्वतः हल हो जाएगी।

विवेचक इस बात का ध्यान नहीं देते कि उनके पास कितना मुकदमा लम्बित है। (बड़े शहरों में) तथा किस मुकदमें में पर्चा जी0डी0 में करने का अभिलेख है। जो 217 पुलिस फार्म पर चलती है पुलिस अधिनियम 1861 के धारा 44 के अनुसार एवं सरकार इसे थाना प्रभारी को शक्तियाँ देती है तथा पुलिस पैरा 294 के अनुसार क्या-क्या लिखा जाएगा अंकित हैं। मगर इस बात का ध्यान देना चाहिए कि विवेचना का विवरण सप्ताह में एक बार एक मुकदमें में तथा पन्द्रह दिवस के अंदर मुकदमें का पर्चा लिखने की कार्यवाही कर विवरण लिखते हुए किता करना चाहिये।

घटनास्थल का निरीक्षण -

घटनास्थल पर पहुँचने से स्पष्ट ज्ञात होता है कि अपराध एक व्यक्ति द्वारा या अन्य द्वारा किया तथा वादी ने कई आदमी को नामजद किया। यह सत्य हो सकता है। घटना करने वाला दुष्प्रेरण करने वाला दूसरा ध्यान रखे विवेचना में विवेचक मात्र झूठी घटना को सत्यापित करने के लिये नहीं होता। फँसाव-बचाव का सिलसिला नहीं चलना चाहिए विवेचना में यह ध्यान रखे कि काश उसकी जगह आप होते अगर झूठा फँसाता तो क्या सोचते यही ध्यान विवेचना के समय विवेचक को रखना चाहिए। घटनास्थल का निरीक्षण करते ही घटना स्पष्ट हो जाएगी।

अज्ञात मुकदमे की विवेचना :-

अक्सर नामजद प्रथम सूचना रिपोर्ट में विवेचक को ज्यादा काबिलियत दिखाने का मौका नहीं मिलता, मगर यह सत्य है कि अज्ञात मुकदमें में विवेचक को अपनी बुद्धि विवेक का प्रयोग करने का अवसर मिल जाता है। विशेष कर

अज्ञात हत्या में मिला शव, अज्ञात अभियुक्त के साथ अज्ञात डकैती अज्ञात चोरी अज्ञात लूट... परन्तु भागदौड़ की जिन्दगी तत्काल स्थानान्तरण एवं प्रभावशाली व्यक्ति का दबाव वरिष्ठ अधिकारी के बढ़ते हस्तक्षेप में अज्ञात मुकदमा बस विवेचना बनकर रह जाती है। यह सही है कि हर मुकदमें में न दबाव रहता है न हस्तक्षेप न प्रभाव, मगर कुछ टरकाऊ काम करने की आदतें पड़ जाती हैं। एक मुकदमा की सोची नहीं दूसरा मुकदमा आ जाता है। फिर बढ़ते काम के दबाव ने अपने विचारों से दूर रखता है।

समाज में पुलिस का कार्य-क्षेत्र विस्तार में है। हर विभागों में पुलिस विभाग समाहित है वन विभाग है। परन्तु पुलिस का अधिकार आबकारी विभाग है। परिवहन विभाग है। परन्तु पुलिस को अधिकार यानी हर क्षेत्र में जहाँ शांति व्यवस्था, सुरक्षा, अपराध का मामला आएगा। कार्य के साथ-साथ विवेचना यानी केस डायरी का अंकन है। कानून का पालन तो हर नागरिक को करना चाहिए मगर गलती करे कोई दोषी पुलिस होगी संविधान हर भारतीय के लिए बना है। मगर पालन पुलिस कराएगी। चाहे तो हर नागरिक इसका पालन करे तो शायद पुलिस पर से बोझ हटेगा, विश्वास भी बनेगा।

अपराध न हो यदि हो गया हो तो सही ढंग से पंजीकरण हो और पंजीकरण हो गया तो उसकी सही व निष्पक्ष ढंग से विवेचना हो रिपोर्ट दर्ज हो गयी। वादी अपनी पीड़ा के साथ पास पड़ोसी से रंजिश रखता था। घटना दो करे नामजद अपने आप पाँच कर दिया आप विवेचक एक कलर्क की तरह रटे हुए तोते की तरह जो वादी ने बताया जो साक्षी मनगढ़त कहानी बताया आप निर्दोष के विषय में धारा 161 द0प्र0सं0 के तहत बयान लिखकर उस निर्दोष आरोपी को जेल भेज दे यह सत्य है। साक्षी लिखित बयान नहीं दे पाएगा क्योंकि द0प्र0सं0 की धारा 162 साक्षी के हस्ताक्षर कराने की अनुमति नहीं देती है। परन्तु द0प्र0सं0 की धारा 164 के तहत साक्षी को मजिस्ट्रेट के समय बयान तो करा सकते हैं। पुलिस रेगुलेशन के पैरा 104 में विवचेना का प्राविधान दिया है।

जिसमें पुलिस रेगुलेशन की पैरा 107 में स्पष्ट कहा गया है कि विवेचक एक लिपिक मात्र नहीं है। साक्ष्यों के संकलन में अपने विवेक का उपयोग करेगा वही पुलिस रेगुलेशन की पैरा 108 कहती है। विवेचक द0प्र0सं0 172 के प्राविधान के तहत केस डायरी सूचना रिपोर्ट की प्रतिलिपि करना चाहिए विवेचना या अन्वेषक के समय स्थान व समय प्रारम्भ करते अवश्य लिखना चाहिए। एवं

पुलिस रेगुलेशन की पैरा 109 स्पष्ट करती है कि केस डायरी में अंकित प्रविष्टियाँ इतने पर्याप्त व विस्तार से होना चाहिए जो पढ़ने वाले स्पष्ट कर सकें। पर्यवेक्षक अधिकारी तथ्यों को समझ सके।

जिस मुकदमें की विवेचना आप कर रहे हैं, उस मुकदमें में पर्याप्त साक्ष्य होने पर अभियुक्त की गिरफ्तारी आवश्यक है। इससे कई फायदा है। (1) पहला आपके मुकदमा का 50 प्रतिशत काम हो गया। (2) वादी को सन्तोष हो गया आरोपित पकड़ा गया। (3) वादी आपके प्रति विश्वास जाहिर करेगा, उच्च अधिकारी तक शिकायत नहीं करेगा। (4) बार-बार आरोपित क्यों नहीं पकड़ा गया का मामला सुनने को नहीं मिलेगा। (5) आप विवेचना को जब चाहे क्लोज या पूर्ण कर अग्रिम रिपोर्ट भेज देंगे।

ध्यान रहे माननीय उच्चतम न्यायालय द्वारा आदेश के तहत सात वर्ष के सजा से कम अवधि की सजा के मुकदमें में व्यक्तिगत मुचलका का प्राविधान है; मगर ऐसा भी नहीं है। यदि बार बार अपराध करता है या जनता में आक्रोश व्याप्त है व्यक्तिगत मुचलका नहीं देता है नाम पता गलत बताता है तो आवश्यक है कि गिरफ्तारी हो। लिखा-पढ़ी में तथ्य आना चाहिये।

यदि आरोपी गिरफ्तार नहीं होता है जो आप यानी विवेचक का काम बढ़ जाएगा, फिर अभियुक्त के खिलाफ वारण्ट उद्घोषणा-पत्र एवं कुर्की यानी द0प्र0सं0 की धारा 82/83 द0प्र0सं0 के तहत कार्यवाही करनी पड़ेगी यानी भागदौड़ बढ़ जाएगी समय और खिंच जायेगा साथ ही न्यायालय का चक्कर लगाना पड़ेगा। अनावश्यक किसी दूसरे के सामने मुँह खोलना पड़ेगा।

विवेचना के दौरान साक्षी को तलब करना है। तो न्यायालय के साथ विवेचक को शक्तियाँ है। 160 द0प्र0सं0 के तहत सफीना जारी करके तलब करेगा आप के द्वारा सफीना पर साक्षी उपस्थिति नहीं होता या न्यायालय के सम्मन की अवहेलना करता है तो बाध्य है। यदि अवहेलना करने पर पालन न करने पर भा0द0वि0 की धारा 188 का दोषी होगा।

विवेचना में यदि मजिस्ट्रेट धारा 190 द0प्र0सं0 के तहत संज्ञान ले लिया है धारा 156(3) के तहत प्राविधान है तो पुलिस रेगुलेशन के पैरा 124 के तहत प्राविधान है तथा धारा द0प्र0सं0 की धारा 202 के तहत आदेश जारी कर दिया गया है। तथा धारा 192 के द0प्र0सं0 के प्राविधानों के तहत किसी मजिस्ट्रेट के हवाले कर सकता है। तथा धारा भ0द0सं0 200 के तहत विवेचना/जाँच में

मजिस्ट्रेट के समक्ष नहीं उपस्थित है तो साक्षी सशपथ सारांश लिखेगा तथा हस्ताक्षर साक्षीगण बनाएँगे तो अन्वेषण के लिये नहीं भेज सकता। धोखाधड़ी के मामले में प्राप्त अभिलेषों एवं उनका मिलान हस्तलेख या फोटो आदि।

विवेचना में लापरवाही कहाँ होती है :-

विवेवक कों मुकदमा विवेचना हेतु प्राप्त हुई है हत्या, डकैती, लूट, बलात्कार की घटनास्थल का सही ढंग से निरीक्षण नहीं करता तथा पीड़ित कहाँ खड़ा था... आरोपी हत्या कितनी दूरी से किया घटना में मृतक एवं अभियुक्त के बीच की दूरी, साक्षी कितना दूरी पर घटना करते अभियुक्त को देखा, रात दिन गर्मी ठण्डा बरसात, बिजली है कि नहीं क्या रोशनी थी या बिजली कटी थी घटनास्थल गाँव के किस हिस्से में था। घर के बाहर या घर के अन्दर, चोट का निशान किस अंग में था। शस्त्र लाइसेंसी था या प्राइवेट अभियुक्त लाश छोड़ गये घटनास्थल पर बरामद खोखों कारतूस, खून अभियुक्त किधर से आया किधर गया किस-किस साधन से आया। साधन का रजिस्ट्रेशन था बिना रजिस्ट्रेशन के आदि आदि।

बलात्कार के मामले में पीड़िता की उम्र क्या है शिक्षित है या बिना पढ़ी अभियुक्त से पीड़िता ने बचाव में किया गया कार्य नाखुन में बाल के निशान, नाखुन से पहुँचायी गयी चोट बलात्कार के समय पीड़िता के पहने कपड़े उस पर वीर्य के धब्बे अभियुक्त पकड़े जाने पर उसके पहने पैण्ट या चड्डी फिर ब्लड मिलान किया जाना आदि यानी डी0एन0ए0 का परीक्षण कराना।

विवेचना का रूप -

जब कभी विवेचक को ऐसी विवेचना प्राप्त हो जाय जब विवेचना के दौरान यह ज्ञात हो जाये कि विवेचना में जिस घटनास्थल घटना का समय घटना में आरोपित तथा घटना में गयी सम्पत्ति के बाबत अभियोग पंजीकृत हो गया हो तो विवेचक के संज्ञान में आने के बाद विवेचना की कार्यवाही पूर्ण करते हुए पहले पंजीकृत प्रथम सूचना रिपोर्ट की कॉपी केसडायरी में समाहित करते हुए वाद की पंजीकृत अभियोग विवेचना समाप्त की जायेगी।

द0प्र0सं0 की धारा 186 के तहत सन्देह की दशाओं में जब दो अधिक न्यायालय एक ही अपराध का संज्ञान कर ले यह प्रश्न उठे कि उनमें से किसे अपराध की जाँच या विचारण करना चाहिए। वहाँ यह प्रश्न उठता है।

(क) यदि वे न्यायालय एक ही उच्च न्यायालय के अधीनस्थ हो तो उच्च

न्यायालय द्वारा दिया आदेश यदि वे न्यायालय एक ही उच्च न्यायालय के अधीनस्थ न हो तो उस उच्च न्यायालय द्वारा जिसकी अपील दाखिल अधिकारित की स्थानीय सीमाओं के अन्दर कार्यवाही पहले प्रारम्भ की गयी है। सुनिश्चित किया जाएगा और तब उस अपराध के सम्बन्ध में अन्य सब कार्यवाही बन्द कर दी जाएगी।

अब विवेचक को धारा 186 द0प्र0सं0 के तहत प्राप्त अधिकार को पढ़ने के बाद स्पष्ट हो जायेगा कि जब एक ही मामला हो तो क्या करना चाहिये।

- हत्या सम्बन्धी मामले में मृतक का पंचायतनामा/पोस्टमार्टम/एवं घटना स्थल से साक्ष्य सम्बन्धी वस्तु का बरामद होना।
- आपराध में प्रयुक्त शस्त्र का बरामद होना
- घटनास्थल पर पाये गये खून के निशान कारतूस का एवं शस्त्र का विधि विज्ञान प्रयोगशाला से मिलान होना।
- परीक्षण परिणाम रिपोर्ट का प्राप्त होना।
- एफ0आई0आर0 के आधार पर किसी चशमदीद साक्षी का बयान का न छूटना।
- अपहरण के मामले में अपहृता की बरामदगी उसका डॉक्टरी परिणाम उसका बयान विवेचक द्वारा तथा मजिस्ट्रेट के सामने होना।
- परीक्षण-रिपोर्ट जैसे अवैध वस्तु गांजा, मादक पदार्थ, अवैध शस्त्र की बरामदगी शराब की परीक्षण रिपोर्ट
- लूट डकैती के मामले में लूटी गयी साम्पत्ति या बरामदगी एवं
- धोखाधड़ी मामले में ढोंग से सम्बन्धित अभिलेखों का प्राप्त करना या मिलान करना।
- विवेचना पूर्व मानते हुए आरोप-पत्र या अन्तिम रिपोर्ट प्रेषित करना या विवेचना के दौरान गिरफ्तारी होने या धारा 167 द0प्र0सं0 के तहत रिमाण्ड के समय का ध्यान रखना।

अध्याय - 4

घटनास्थल का निरीक्षण

विवेचक को विवेचना के क्रम में घटनास्थल का निरीक्षण स्वयं करना चाहिए। यदि घटनास्थल का निरीक्षण करने में रात्रि हो जाय तो घटनास्थल का निरीक्षण न करके दिन में घटना का निरीक्षण करना चाहिए तथा घटनास्थल रात्रि रक्षित करे। घटनास्थल के निरीक्षण के दौरान फोटोग्राफर या विडियो कैमरा का सहारा अवश्य ले। जैसा कानून या संविधान कहता है उसका पालन करना चाहिए। घटनास्थल पर साक्ष्य से सम्बन्धित बिन्दु पाया जाय उसको कब्जे में लेकर एक फर्द बनाये तथा साक्षी के रूप में समक्ष गवाहान के वस्तुओं को सर्व मुहर कर नमूना मोहर बनाना चाहिए तथा सील बन्द करना है। घटनास्थल पर निरीक्षण के समय निम्नलिखित का अवश्य पालन करें।

1. घटनास्थल का मानचित्र स्वयं बनाना चाहिए... वैसे पुलिस रेगुलेशन की पैरा 114 के अनुसार यानी नक्शा नजरी ठीक से न बना सके तो स्थानीय पटवारी (लेखपाल) से भी बनवा सकते हैं जिस पर आप के हस्ताक्षर हों। साक्षी के रूप में बनाने वाले पटवारी के हस्ताक्षर हों साथ ही घटनास्थल का अक्षांश/देशान्तर भी अंकित कर लें। (नक्शे का नमूना पुस्तक के अंत में दिये परिशिष्ट में अंकित है।)

2. घटनास्थल पर पाये गयी वस्तु का चिह्नीकरण किसी स्थायी संकेत मार्क मानकर सम्भावित चिह्न से पायी गयी वस्तु की दूरी दिशा का स्पष्ट उल्लेख हो, यदि साक्षीगण की उपस्थिति है तो उसका भी अंकन स्पष्ट होना चाहिये जैसे वादी गवाह आदि।

3. घटनास्थल पर पीड़ित के पहुँचने एवं आरोपित के पहुॅचने का स्पष्ट चिह्नांकन करे तथा पीड़ित से आरोपी की दिशा एवं दूरी अवश्य रेखांकित हो।

4. घटनास्थल के विषय में यह कहा जाता है कि घटनास्थल बोलता है। यानी घटना को सत्यापित करता है। घटना सही है या गलत। यदि घटना सही है तो घटनास्थल पर अभियुक्त कौन कैसे पहुंचा और घटना किया है। अक्सर घटना स्थल पर एक व्यक्ति आता है। घटना करके चला जाता है तथा एफ0आई0आर0 कइयों के नाम दर्ज हो जाती है। पुलिस रेगुलेशन पैरा 106

के अनुसार विवेचना के दौरान विवेचक अपनी विवेचना साधारणतया स्थल पर पूरी किया जाना चाहिए। यदि घटनास्थल कस्बा में होता है, थानों के निकट है। धारा 157 भ0द0सं0 की उपधारा (1) (क) के अनुसार विवेचक घटनास्थल पर जाये। पुलिस रेगुलेशन पैरा 108 स्पष्ट रूप से निर्देश देती है कि आरोपित अपराध के स्थान का निरीक्षण करना चाहिए। जो अपराध पर प्रकाश डाल सकता है ग्राम अपराध रजिस्टर का अवलोकन अवश्य करना चाहिए। वही पुलिस रेगुलेशन की पैरा 107 में प्राविधान है कि विवेचक विवेचना के क्रम में साक्ष्य के क्रम में या घटनास्थल के निरीक्षण के उपरांत अपने को मात्र एक कथन लिखने वाला लिपिक नहीं समझना चाहिए बल्कि अपने विवेक, तर्कों एवं अनुमानों का प्रयोग कर वादी द्वारा अभियुक्त पर लगाये गये अपराध की समीक्षा भी करनी चाहिऐ। तथा सत्यता की जानकारी करना चाहिए या बचाव पक्ष के लिए साक्ष्य नहीं ढूँढ़ना चाहिए।

विवेचना के पहलू पर विचार करते तो तीन पहलू दिखाई देते हैं।

1. वादी की सूचना सत्य या असत्य
2. आरोपी जो नामित एफ0आई0आर0 में है, सत्य या असत्य
3. विवेचक जो घटना स्थल/सूचना की विवेचना कर रहा है
4. मुकदमें का ट्रायल सत्य घटना हो तो न्यायालय द्वारा आँकना

चूँकि घटनास्थल बोलता है। घटना स्थल के साथ विवेचना करते समय ध्यान रखे अपराध क्या पंजीकृत हुआ, सत्य है या असत्य है। यदि घटना सत्य पायी गयी या घटना असत्य पायी गयी तो सभी मुकदमों में विवेचना सही की जायेगी। विवेचक लोभ रहित स्वार्थ रहित निष्पक्ष-भाव से घटनास्थल के साथ निरीक्षण के साथ साथ दिये गये प्राविधानों शक्तियों का प्रयोग करेगा।

कभी-कभी विवेचना के रूप में दस साल का जूनियर या उस जूनियर को प्रशिक्षण के दौरान कभी अपने सीनियर के मार्गदर्शन से सीखा रहता है। सीनियर के द्वारा कि गयी विवेचना जो परिणाम प्राप्त या समाप्त विवेचना वरिष्ठ अधिकारी अपने पद के लालच में या स्वार्थ बस उस जूनियर को दिलाकर अपने पद एवं अधिकार का धौंस देकर विवेचक को लालच या धमकी देकर अपने मन माफिक विवेचना का परिणाम करा लेते हैं। फिर क्या जूनियर विवेचक दबाव में काम नहीं करेगा क्या सी0आर0पी0सी0 का पालन या अधिकार द0प्र0स0 की धारा 36 के तहत प्राप्त अधिकार का प्रयोग वरिष्ठ अधिकारी दुरुपयोग नहीं किया ऐसा नहीं होना चाहिए। इससे विवेचना का महत्व तो खत्म हुआ, मगर

कानून से विवेचक से लोगों का विश्वास खत्म हुआ। फिर कहाँ अनुशासन कहाँ विवेचना की गुणवत्ता रही; रहा तो स्वयं का लाभ एवं डर।

हमेशा विवेचना में यह ध्यान होना चाहिए सम रैंक से ही किसी विवेचना बदलने पर विवेचना करना चाहिए या उससे वरिष्ठ जिससे विवेचना करायी जाये। घटनास्थल घटना के विषय में सही विवेचना की सम्भावना रहेगी, नहीं तो तात्पर्य है। जब विवेचक किसी के दबाव में कार्य करे न घटनास्थल के निरीक्षण की आवश्यकता रही, न साक्षी का बयान न न्याय की उम्मीद रही।

फिर काहे का अनुशासन काहे का संस्कार जो जितना लाभ पहुँचाया उसकी उतनी इज्जत होती है, अब तो स्थिति यह बनती जा रही है कि अगर वर्दीधारी आई0पी0एस0 लगाया हो, सिपाही को यह मालूम हो जाय दरोगा को यह मालूम हो जाय यह आई0पी0एस0 किसी अन्य स्थान पर तैनात है या सम्बन्ध रखता है। सलाम कौन करे धक्का मारते हुए चला जाय जबकि ऐसा नहीं होना चाहिए पद की एक गरिमा है। चाहे आप के अधिकारी रहे या न रहे पद का सम्मान होना चाहिए। मगर बिगाड़ा किसने इन्हीं आई0पी0एस0 ने दो साल के आश्रित दरोगा को ढेर-सी रकम लेकर चार्ज दे देते हैं। दस साल के सीनियर उनके द्वितीय अफसर के रूप में साथ कर देते हैं। जब आँखे खुलती हैं। तब या तो सी0आई0डी0 या पी0ए0सी0 या अन्य नान डी0एफ0 में चले जाते है। तब उस समय सोचने का समय नहीं रहता। बस पुराने दिन याद आता है इसलिए लाभ हो स्वार्थ हो मगर किसी पदाधिकारी का अनावश्यक मनोबल न गिराये।

काहे को घटनास्थल का निरीक्षण करे काहे का साक्ष्य जो मन में आये करे एक तो व्यावहारिक ज्ञान नहीं दूसरे सीखने को सोचा नहीं मात्र पैसे के बल पर पद तो मिला विवेचक को ज्ञान चाहिए। खैर घटनास्थल का निरीक्षण चाहे अपराध का हो या अपराध से जुड़ी बरामदगी का हो जानकारी विवेचक का हो सही हो।

एक सांकेतिक चिह्न स्थायी हो उसके आधार मानकर नक्शा नजरी में चिह्न का दर्शाया जाना है। नक्शा में घटनास्थल पर पीड़ित कहाँ है कैसे पहुँचा तथा आरोपित के पहुँचने का मार्ग क्या है। आबादी है कि नहीं, जमीन, नाव, जहाज, सड़क, घर के अन्दर, घर के बाहर जंगल, बोया खेत, खाली खेत साक्ष्य अंकित होना चाहिए।

अध्याय - 5

विवेचना में साक्ष्य की उपयोगिता/आवश्यकता/तरीका

जब प्रथम सूचना रिपोर्ट धारा 154 द0प्र0सं0व 155 द0प्र0सं0 व 156(3) द0प्र0सं0 के तहत दर्ज किया जाता है तथा धारा 157 द0प्र0सं0 के तहत 154 द0प्र0सं0 156(3) के तहत पंजीकृत अभियोग में बिना मजिस्ट्रेट के आदेश की विवेचना प्रारम्भ किया जाता है। तथा धारा 155 द0प्र0सं0 के तहत पंजीकृत अभियोग में मजिस्ट्रेट महोदय से अनुमति प्राप्त कर विवेचना प्रारम्भ किया जाता है। जो भार साधक अधिकारी या सब इन्सपेक्टर या सम्बद्ध अधिकारी से ऊपर अधिकारी द्वारा विवेचना होती है।

सर्वप्रथम विवेचना पंजीकृत स्थान पर यानी थाना पर प्रारम्भ किया जाता है तथा थाने की प्रथम भूमिका होती है; परन्तु जब पीड़िता को न्याय मिलने की उम्मीद न हो या जब आरोपित को ऐसा लगने लगता है कि बेगुनाह किसी मुकदमें में घसीटा जा रहा है तो विवेचना थाने से हटकर क्राइम ब्रांच यानी सीधे जिला प्रमुख की निगरानी में होने लगती है। यहाँ से विश्वास न हुआ तो शासन के माध्यम से सी0बी0सी0आई0डी0 राज्य अन्वेषण शाखा को विवेचना स्थान्तरित हो जाती है या सी0बी0आई0 यानी (केन्द्रीय अन्वेषण ब्यूरो) से विवेचना करायी जाती है।

कभी-कभी किसी मुकदमें की स्वतः संज्ञान माननीय उच्च न्यायालय लेकर या किसी की याचिका पर माननीय उच्च न्यायालय द्वारा निर्देशित स्थान से विवेचना प्रारम्भ करा देती है।

विवेचना में साक्ष्य की महत्वपूर्ण भूमिका

जब प्रथम सूचना रिपोर्ट होने के बाद वादी द्वारा बताये स्थान पर घटनास्थल के निरीक्षण के वाद किसी भी आरोपित को कैसे साबित करेंगे कि उसने अपराध किया यानी अपराध करने का साक्ष्य होना चाहिए। अभियुक्त द्वारा अपराध करने का तरीका या कारण वादी बताता है। परन्तु क्या आरोपित अपराध किया यह साक्ष्य बताएँगे बिना साक्ष्य के किसी आरोपित को आरोप साबित नहीं कर सकते यदि अपराध किया है तो पर्याप्त साक्ष्य के आधार पर गिरफ्तारी होगी, गिरफ्तारी से बचने का प्रयास करेगा तो कुर्की उद्घोषणा-पत्र न्यायालय द्वारा जारी वारण्ट

की तामिला होगी।

अन्तिम प्रक्रिया के दौरान पर्याप्त साक्ष्य के आधार पर आरोप-पत्र प्रेषित होगी नहीं तो साक्ष्य के अभाव में अन्तिम रिपोर्ट प्रेषित होगी। द0प्र0सं0 की धारा 173 के प्राविधानों के अनुसार इसी को पुलिस रिपोर्ट कहते हैं।

प्रेषित विवेचक की साक्ष्य पर माननीय न्यायालय परीक्षण कर दोष या निर्दोष निर्धारित करता है।

साक्ष्य क्या है ? कैसे है ? तथा कानून के तहत कितना मान्य है :-

विवेचक द्वारा विवेचना के दौरान किसी अपराधी के विरुद्ध आरोप साबित करने के लिए साक्ष्य का होना आवश्यक है। साक्ष्य अधिनियम 1872 के अनुसार जम्मू कश्मीर के अलावा पूरे भारत में लागू होगा। परन्तु अब संविधान की धारा 370 व 35ए समाप्त 5 अगस्त 2019 के तहत केन्द्रीय सरकार द्वारा कर दी गयी है जम्मू कश्मीर में भी लागू होगा।

आर्मी एक्ट में नेशनल डिस्प्लिन, नेवी, डिसिप्लिन 1939 या फोर्स एक्ट का सम्बन्ध सेना न्यायालय से सम्बन्धित है। यहाँ पर कानून प्रभावित नहीं होता शिवाय अधिनियम या मानवाधिकार के तहत को छोड़कर। यहाँ सेना का कानून प्रभावित होता है।

साक्ष्य अधिनियम धारा 3 में अंकित न्यायालय शब्द के अन्तर्गत सभी न्यायालय या मजिस्ट्रेट तथा मध्यस्थ के सिवाय वैध रूप से प्राधिकृत व्यक्ति आता है।

धारा 20 आई0पी0सी0 में न्यायालय का वर्णन है।

तथ्य - 3 (1) इस अधिनियम में कोई वस्तु वस्तुओं की अवस्था वस्तुओं का सम्बन्ध इन्द्रियों द्वारा बोधगम्य हो।

(2) कोई मानसिक दशा जिसका ज्ञान किसी व्यक्ति को हो

दस्तावेज - से कोई विषय अभिप्रेत है। किसी पदार्थ पर अक्षरों अंको या चिह्नों के साधन द्वारा या उनमें से अधिक साधनों द्वारा अभिव्यक्त या वर्णित किया गया है। जिसको अभिलेखन में प्रयोग किया जाता है या उपयोग किया गया है तथा धारा 29 आई0पी0सी0 के अन्तर्गत परिभाषित है।

साक्ष्य के कई प्रकार पाये गये (1) प्रत्यक्ष साथ्य तथा (2) परिस्थितिजन्य साक्ष्य। विवेचक को विवेचना के दौरान प्राप्त साक्ष्य की विश्वसनीयता का ध्यान

रखना चाहिए। साक्षी, सफलतापूर्वक अपने आप पूर्ववर्ती कथन करता है या विपक्षी विरोध नहीं करता है, उसे ही विश्वसनीय साक्षी कहा जाता है।

मौखिक साक्ष्य, या प्रत्यक्षदर्शी साक्ष्य :- चक्षुदर्शी साक्षी को ही व्यावहारिक रूप से जो कथन स्पष्ट रूप निहित करे मौखिक संरक्षण कहा जायेगा।

घायल साक्षी :- घटना के समय घटना में स्वयं घायल है ऐसे साक्ष्य को छोड़ा नहीं जा सकता तथा घायल चश्मदीद साक्षी को घटना के समय उपस्थिति में संदेह नहीं किया जा सकता। यह साक्षी स्वयं की प्रसांगिकता प्रभावकारित होती है।

इलेक्ट्रॉनिक साक्ष्य - बिना वैज्ञानिक प्रमाण के इलेक्ट्रॉनिक साक्ष्य पर कोई विश्वास नहीं हो सकता।

सुसंगत साक्ष्य :- साक्ष्य अधिनियम धारा 9 के प्राविधानों के अनुसार वे तथ्य जो सुसंगत तथ्य के स्पष्टीकरण या पुनः स्थापना के लिये आवश्यक है। जहाँ कोई विवादक तथ्य या सुसंगत तथ्य घटित हुआ अथवा उन पक्षकारों को सम्बंध दर्शाता है तथा इस तथ्य को आरोप आवश्यक है।

शिनाख्त :- शिनाख्त की साक्ष्य के रूप में चाहे आरोपी के रूप में बिना अभियुक्त की उचित पहचान बिना दोष सिद्ध नहीं किया जा सकता।

शिनाख्त परेड :- शिनाख्त परेड आयोजित करने का उद्देश्य अज्ञात व्यक्तियों की शिनाख्त करना है न कि ज्ञात व्यक्ति की।

साक्षी को अभियुक्त की शिनाख्त करने के लिये थाने बुलाने की कोई औचित्य नहीं। यदि साक्षी अभियुक्त घटना के पूर्व साक्षी से परिचित है। शिनाख्त परेड विवेचना/अन्वेषण का भाग है और मामले में अत्यधिक उपयोगी है जहाँ अभियुक्त साक्षियों को पहले से ज्ञात नहीं है। शिनाख्त परीक्षण/परेड को पुलिस द्वारा अन्वेषण के प्रकरण पर आयोजित किया जाना चाहिए इसकी अभियुक्त द्वारा जाँच या विचारण पर या पहले आयोजित किये जाने की भाग पर नहीं की जा सकती शिनाख्त परीक्षण परेड पर साक्षी का साक्ष्य तब तक मौलिक साक्ष्य नहीं होता जब तक संदेहास्पद व्यक्ति की पहचान का साक्ष्य न्यायालय में नहीं आता है। शिनाख्त परेड का प्रयोजन साक्ष्य की विश्वसनीयता की परीक्षा करना और मजबूत बनाना है।

शिनाख्त परीक्षण की वैधता तब होगी जितना सन्देही व्यक्ति गिरफ्तार हो

उतना ही परेड में अवश्य उपस्थिति हो यानी अभियुक्त के अलावा अन्य लोग हो। यदि साक्षी अभियुक्त से परिचित हो तो शिनाख्त परेड की आवश्यकता नहीं है।

धीरे-धीरे शिनाख्त की आवश्यकता बदलते परिवेश से समाप्त हो गयी है। नौकरी की भागदौड़ अकास्मिक स्थानान्तरण बढ़ते दबाव के कारण शिनाख्त की उपयोगिता निष्प्रयोज्य हो गयी है।

साक्ष्य अधिनियम की धारा 24 यह कहती है। उत्प्रेरणा या धमकी द्वारा दिया गया साक्ष्य विसंगत होता है। परन्तु धारा 25 साक्ष्य अधिनियम कहती है कि पुलिस अफसर के समक्ष अभियुक्त द्वारा कथन मान्य नहीं है। यानी धारा 26 साक्ष्य अधिनियम में पुलिस अभिरक्षा में अभियुक्त द्वारा किया गया साक्ष्य उसके विरुद्ध मान्य नहीं किया जा सकता। परन्तु धारा 27 साक्ष्य अधिनियम यह कहती है। अभियुक्त द्वारा पुलिस के सामने दिया गया कथन जिससे घटना से सम्बन्धित बरामदगी होगी उतना बयान मान्य होगा।

एक या उससे अधिक व्यक्ति किसी अपराध में सम्मिलित है उसमें से कोई व्यक्ति साक्षी के रूप में उपस्थित है तो है तो धारा 30 साक्ष्य अधिनियम के अनुसार मान्य होगा।

वह व्यक्ति जो कथन करने के बाद मर गया हो या नहीं मिल सकता धारा 32 साक्ष्य अधिनियम के अन्तर्गत उसका पूर्व बयान ही मान्य होगा।

साक्ष्य अधिनियम की धारा 36 में मानचित्र और चार्टों को जो केन्द्र सरकार या राज्य सरकार विज्ञापित किया है साक्ष्य के रूप में मान्य होगा।

साक्ष्य अधिनियम 45 के अनुसार विधि विशेषज्ञ की राय जैसे हस्तलेख अँगुलिचिह्न विधि विशेषज्ञ की रिपोर्ट मान्य है। विरोध केवल तब तक विशेषज्ञ का हो जब निष्कर्ष निकालने के लिये सुस्वीकृत मार्ग निदेशक का अनुसरण करता है। तार्किक तर्क विवेचन के साथ समर्थन करता है। विशेषज्ञ की राय दोनों पक्षकारों के लिए समुचित साक्ष्य पेश करने में और न्यायालय के लिए ऐसे विशेषज्ञ की राय की सहायक से निष्कर्ष निकालने में सहायक होगी। इलेक्ट्रॉनिक साक्ष्य सूचना प्रौद्योगिकी अधिनियम 2000 (2000 का 21) की धारा 79 क में निर्दिष्ट इलेक्ट्रानिक साक्ष्य के परीक्षक की राय सुसंगत तथ्य है।

अधिकार या रूढ़ि के अस्तित्व के विषय में साक्ष्य अधिनियम की धारा 48 के तहत मान्य है रूढ़ि या अधिकार के अन्तर्गत ऐसे रूढ़िया या अधिकार जो

व्यक्तियों के काफी बड़े वर्ग के लिए है। साथ ही साथ प्रथाओं सिद्वान्तों के विषय में साक्ष्य अधिनियम 49 के तहत मान्य है। जैसे विशिष्ट वर्गों के लोग द्वारा प्रयोग में लाने वाले शब्दों या पदों के अर्थों के बारे में राय बनाती है।

साक्ष्य कौन देगा :- साक्ष्य अधिनियम की धारा 118 के तहत सभी व्यक्ति साक्ष्य देने के लिये सक्षम होंगे। जब तक कि न्यायालय का यह विचार न हो कि कोमल, बयान शरीर या मन के रोग अन्य कारण से प्रश्नों को समझने पर उत्तर देने में असमर्थ है।

नोट:- पागल व्यक्ति साक्ष्य देने में अक्षम नहीं है। जब तक कि पागलपन के कारण उसे प्रश्नों को समझने और उत्तर देने में समर्थ है। शिशु साक्षी का साक्ष्य मान्य है, परन्तु उसे सिखाया न गया हो या सीखने में असमर्थ है।

साक्षी जब बोलने में असमर्थ हो उसे किसी रीति से बोधगम्य बना सकता है। धारा 119 साक्षी मान्य है जो लिखकर संकेत-चिह्न है अपना साक्ष्य दे। परन्तु यह लेखन लिखित रूप में होना चाहिए और खुले न्यायालय में प्रकट संकेत चिह्न जिससे मौखिक साक्ष्य माना जाएगा।

साक्ष्य अधिनियम में कुल 167 तक धाराएँ हैं। विवेचक का दायित्व है कि केस डायरी साक्षी के बयान के साथ प्रारम्भिक विवेचना में प्रथम सूचना रिपोर्ट की प्रतिलिपि करने के उपरान्त साक्षी का बयान सर्वप्रथम लिखते समय स्थान समय जब प्रारम्भ करता है तथा साक्षी का बयान कहाँ पर किस परिस्थिति में था स्पष्ट अंकित करना चाहिए पुलिस रेगुलेशन की पैरा 108 के प्राविधानों का वर्णन किया गया है- जैसे घायल साक्षी का बयान, चोट कहाँ लगी है कहाँ भर्ती है तथा किस अस्पताल किस बेड पर है एवं उसकी स्थिति क्या है, पूरा विवरण अंकित होना चाहिए।

हर विवेचक को चाहे जिस अपराध की विवेचना कर रहे हैं उस अपराध की जानकारी करनी चाहिए ताकि अपराध में पंजीकृत धारा सही एफ0आई0आर0 में अंकित है या नहीं; यदि सही नहीं है तो उस धारा से सही धारा में परिवर्तित कर देते हैं। कभी-कभी अपराध की विवेचना कर रहे हैं तथा उस अपराध का ज्ञान नहीं है गलत हो जाता है। जैसे संगीन धारा की विवेचना विशेष श्रेणी के दारोगा या सेकेण्ड अफसर कर रहे हैं जो चाहे इन्चार्ज अपने मन का लिखवा देता है। ध्यान रखना जो किसी मुकदमे का वादी यदि पुलिस अधिकारी बना है तो उससे सीनियर अफसर को विवेचना करना चाहिए ऐसा प्राविधान है। विवेचना धारा

156 द0प्र0सं0 के अन्तर्गत है तथा प्रक्रिया 157 द0प्र0सं0 के तहत है।

जैसे आई0टी0एक्ट यानी इन्फारमेशन टेक्नालॉजी सूचना प्रौद्योगिकी कानून 2000 के अनुसार इस अधिनियम की धारा 78 के प्राविधान में विवेचना निरीक्षक की पंक्ति से निम्न पंक्ति के अधिकारी द्वारा नहीं किया जा सकता है।

उसी तरह अनुसूचित जाति का मुकदमा एवं दहेज हत्या का मुकदमा राजपत्रित अधिकारी द्वारा किया जायेगा। शासना देश के तहत। अनुसूचित जाति अधिनियम 1989 की धारा 4 जो ऐसा प्राविधान करती है। यदि विवेचक अनुसूचित जाति का नहीं हैं या लेखक एफ0आई0आर0 अनुसूचित जाति का नहीं है यदि हीलाहवाली करता है तो लापरवाही वाला पदाधिकारी धारा 4 में दण्डित है। इसी धारा में प्राविधान है कि राज्य सरकार इस अधिनियम के तहत अपने शक्ति प्रयोग करते हुए विवेचना या अभियोजन की शक्ति का प्रयोग कर सकती है; पुलिस अधिकारी सभी अधिकारी इस नियम का अनुपालन करेंगे।

परन्तु सी0ओ0 स्तर की विवेचना और निम्न हो जाती है, क्योंकि विवेचना सिर्फ सी0ओ0स्तर के नाम की होती है। केस डायरी का लिखना साक्षी का बयान या घटनास्थल का निरीक्षण केस डायरी लिखने वाला कांस0 या हे0कांस0 होता है तथा वही सी0ओ0 के विवेचक है जो विवेचना कर लेते हैं। सी0ओ0 तो केवल पर्चा पर सब ठीक है जो बताया लिखा है हस्ताक्षर कर देता है। यानी दरोगा स्तर तो ठीक है। यह कम से कम अपने से विवेचना करता है शायद कोई लापरवाह हो तो स्वयं जिम्मेदार होगा मगर सी0ओ0 स्तर की विवेचना का स्तर तो ऐसी हो गयी जैसे रबर की मुहर सी0ओ0 को अपना विवेक लगाना नहीं और हे0कां0 को विवेचना का अधिकार कर्तव्य का अनुभव नहीं न अधिकार कर्तव्य है बस अपना विवेक का प्रयोग करते । विवेक है नहीं फिर राज्य सरकार चाहे जितना कानून बनाये चाहे जितना उच्चे पदों पर से विवेचना कराये। हाँ मैं मानता हँ विवेचना अधिकारी का कर्तव्य है अपना विवेक का प्रयोग करते हैं। विवेक नहीं हाँ मैं मानता हू सी0ओ0 को ढेर-सा काम है। मगर यह नहीं भूलना चाहिए विवचना किसी के जिन्दगी परेशानी से सम्बन्ध रखती है। कम से कम इसे तो अपने मौजूदगी में बयान कराये लिखे। बस मुंशी को कह दिया लिख लेना क्या लिखा मुंशी जाने सी0ओ0जाने। मौका-मुआयना, बयान व पूछताछ सी0ओ0 का मुंशी करे।

दहेज-हत्या मामले में जो प्रथम सूचना रिपोर्ट हो गयी अब कौन लफड़ा पाले

न्याय हो या अन्याय हो यदि आर्थिक लाभ मिला तो सही काम नहीं जिधर से मिला उसका काम बस आगे बढ़ते गये क्या फर्क पड़ता है। किसके साथ अन्याय हुआ किसके साथ न्याय हुआ।

एक बार तो एक नब्बे वर्ष की बूढ़ी औरत जो अब कि तब मुत्युलोक को जाने वाली है। क्या ऐसे में कानून पर विवेचक पर लोगों का विश्वास बनेगा। दहेज हत्या में नाम लिखा गया आरोप-पत्र भी लगा। अब उस बूढ़ी को तो पता न था कि वह अभियुक्त है। मैं मानता हूँ कि वादी का हित सर्वोपरि है, मगर ऐसा हित कैसे अपराध हो अपराधीन हो घर भर को फँसा दिया लड़की ब्याहते समय दूर-दूर तक की शक्ल नहीं दिखाई देता, कई दशक से दूर रहते हैं और लड़की के साथ कोई अनहोनी घटना हो गयी। लड़की बोले लड़की के पति व माता पिता को तो फँसाना है। दूर-दूर तक मामा मामी, बहन ब्याहता, चाचा-चाची का नाम जोड़ देते हैं। अब बताइए वादी का हित रखे कि बेगुनाहों को परेशानी में डाले, यही होता है। विवेचना का मतलब यही होता है। एस0सी0/एस0टी0एक्ट का मतलब यही होता है, दहेज हत्या का मतलब यही होता है। सी0ओ0 स्तर से विवेचना कराने की सत्यता। खैर सही करे थोड़ी परेशानी हो सकती है। यह ध्यान रहे सत्य करेंगे तो हिम्मत और ताकत और कानूनी बात से नही डरेंगे लालच करेंगे तो डर-डरकर रहेंगे।

विवेचना के दौरान यदि कभी किसी से सलाह की आवश्यकता पड़े तो ध्यान रखे जिस पद पर है उसी पद के बराबर सेवा काल में उससे ज्यादा सेवा वाले से ही सलाह ले या उनसे वरिष्ठ पदाधिकारी हों विवेचना को जानते हों। हाँ जो इस काम को न देखा हो न सुना है, उससे इसके विषय में सलाह लेने का क्या औचित्य है। विवेचना-अधिकारी पुराना होगा यदि सी0ओ0 है तो सीनियर इन्सपेक्टर से जानकारी कर सकता है, मगर अपनी मर्यादा का खयाल रखे। मगर सी0ओ0 का मुंशी पर्चा काटने वाला भी दारोगा को सलाह देने लगता है इसे मनबढ़ई ही तो कहेंगे। खैर कैसा विवेचक है कैसा काम करता है। कभी-कभी एक ऐसे विवेचक को देखा है उससे जो अपना काम कराये उसको पैसा देते देखा। अपना काम दूसरे से कराये तो पैसा देता है यानी उसे पैसा देना ही देना है।

अध्याय - 6

मजिस्ट्रेट के समक्ष बयान

विवेचना का एक अंश साक्षी की द0प्र0सं0 धारा 164 के तहत बयान कराना है। जब किसी मुकदमे का पंजीकरण द0प्र0सं0 की धारा 154 द0प्र0सं0 के तहत वादी के लिखित सूचना या मौखिक सूचना पर पंजीकरण होता है या माननीय न्यायालय के द्वारा विवेचना का आदेश प्राप्त होने के बाद द0प्र0सं0 की धारा 155 के तहत माननीय न्यायालय द्वारा मुकदमा पंजीकरण पंजीकृत मुकदमे की विवेचना हेतु माननीय न्यायालय के द्वारा विवेचना का आदेश प्राप्त होने के बाद जब धारा 156 द0प्र0सं0 के आदेश के बाद विवेचना प्रारम्भ करता है एवं कार्यवाही में विवेचक को विवेचना के दौरान धारा 161 द0प्र0सं0 के तहत बयान लेते समय हस्ताक्षर नहीं कराएगा तथा द0प्र0सं0 162 के तहत विवेचना पर विवेचक को हस्ताक्षर कराने का प्राविधान नहीं है।

यानी विवेचक के समक्ष साक्षी द्वारा अपना कथन बार-बार बदलता है या बदलने की सम्भावना है तब साक्षी का बयान मजिस्ट्रेट के समक्ष कराये जाने का प्राविधान है।

महिला के प्रति बलात्कार या छेड़खानी के अपराध में कानूनी तौर पर धारा 164 भ0द0सं0 के तहत पीड़िता का बयान अनिवार्य कर दिया गया है मुकदमा ज्ञात है तो कहीं साक्षी बयान न बदले धारा 164 द0प्र0सं0 के तहत कोई मजिस्ट्रेट या न्यायिक मजिस्ट्रेट जिसे अधिकारिता है।

विवेचना के दौरान पुलिस अधिकारी द्वारा प्रस्तुत साक्षी या ऐसा साक्षी जो स्वयं स्वीकृत दे रहा है। बयान लिखेगा तथा बताएगा जो बयान साक्षी द्वारा दिया जा रहा है उसके विरुद्ध होगा। मजिस्ट्रेट द्वारा लिखा जाएगा कि मैंने साक्षी को समझा दिया है। वह बयान देने के लिये बाध्य नहीं है। यह यदि ऐसा करता है जो बयान उसके विरुद्ध में जा सकता है। और मुझे विश्वास है यह बयान स्वेच्छा से किया गया है। यह मेरी उपस्थिति में मेरे द्वारा लिखी गयी है। उस व्यक्ति ने स्वीकृति दी है। उसे पढ़कर सुना दिया गया है, उसने सही होना स्वीकार किया है; उसके द्वारा किये गये कथन का पूरा कथन और सही वृत्तान्त सुनाया है मजिस्ट्रेट (हस्ताक्षर)

जबकि बलात्कार के मामले में द0प्र0सं0 धारा 164(क) के तहत डॉक्टरी परीक्षण होना आवश्यक है।

कभी-कभी अज्ञात मामले की विवेचना किया जा रहा है, विवेचक को साक्षी का नाम-पता ज्ञात नहीं है तथा मृतक का या वादी का नाम पता स्पष्ट है तो हत्या जैसे मामले में निम्नांकित बाते ध्यान करनी चाहिए।

(क) दुश्मनी क्या थी। (ख) विवाद क्या था- जमीन का, प्रेम का या सम्पत्ति का (ग) दुश्मनी या विवाद किससे था। मृतक दुश्मनी वाले व्यक्ति के पास पहुँचा कैसे बुलाया गया? पकड़कर लाया गया या अचानक रास्ते में मिला। यानी अज्ञात मर्डर में परिस्थितिजन्य साक्ष्य के साथ अगर साक्षी मिलता है तो द0प्र0सं0 धारा 164 के तहत मजिस्ट्रेट के बयान करा लेना आवश्यक है।

पुलिस रेगुलेशन 1860 की धारा 119 के तहत धारा 164 द0प्र0सं0 के तहत विवेचना सहयोगी मजिस्ट्रेट के समक्ष बयान होगा।

अध्याय - 7

मृतक का पंचायतनामा

विवेचना के क्रम में या ऐसे प्रकरण में जब किसी व्यक्ति की आत्महत्या, बिजली के करण्ट से मौत, जहरखुरानी, फाँसी पर लटकाना, हत्या करना एक्सीडेण्ट से मौत या दैवीय कारण से जैसे पानी में डूबना, पेड़ से गिरना, कुएँ में जहरीली गैस से दम का घुटना सभी आकस्मिक मृत्यु का मामला आता है तो मृतक का पंचायतनामा सब इंस्पेक्टर द्वारा या ऐसे हे0कां0 द्वारा जो पुलिस अधीक्षक द्वारा अधिकृत किया गया है, भरा जाएगा।

पुलिस रेगुलेशन की पैरा 129 के अनुसार तथा द0प्रक्रिया संहिता की धारा 174 के अनुसार मृतक का पंचायतनामा भरा जाता है।

पुलिस रेगुलेशन की पैरा 131 के तहत समस्त उपनिरीक्षक द्वारा पंचायतनामा भरने का प्राविधान रखा गया है।

यानी मानव की ऐसी मृत्यु जो स्वाभाविक नहीं है, पंचायतनामा भरा जाएगा। ध्यान रहे, पंचायतनामा भरने के बाद पोस्टमार्टम अवश्य कराये ताकि मृत्यु का कारण स्पष्ट हो सके। पंचायतनामा भरने वाला या साक्षी बनने वाला विशेषज्ञ नहीं होता।

अगर कभी आपने मृतक का पंचायतनामा भरने के बाद शव को किसी की माँग पर सुपुर्द कर दिया और बीते काल में अगर किसी ने आरोप लगा दिया तो आपके पास सफाई में सिवाय गिड़गिड़ाने या पछताने के कुछ नहीं रहेगा। इसलिए विवेचक को क्रिकेट का एम्पायर होना चाहिए खिलाड़ी नहीं; खिलाड़ी तो पक्ष-विपक्ष हैं। यानी मुकदमा न लिखना, पंचायत भरने के बाद बिना पोस्टमार्टम के बाद शव को सुपुर्दगी में देने के बाद आप खिलाड़ी की लाइन में खड़े हो जाते हैं। अब आपका एम्पायर वादी हो जाता है। ध्यान रहे आप जाँच करने वाला अधिकारी हैं। जाँच करवाने वाला नहीं

जब मृतक की मृत्यु स्वाभाविक न होकर शादी के बाद सात साल के अन्दर हो तो उसका पंचायतनामा द0प्र0सं0 की धारा 176 के तहत मजिस्ट्रेट द्वारा पंचायत नामा भरा जायेगा, जिसे दहेज हत्या माना जाएगा।

पंचायतनामा पुलिस प्रपत्र संख्या 211 मृत्यु समीक्षा रिपोर्ट पुलिस रेगुलेशन की

पैरा 132 के तहत निर्धारित प्रारूप में भरी जाएगी। यदि विवेचना से जुड़ी घटना है तो धारा 172 द0प्र0सं0 के केस डायरी में भी विवरण अंकित किया जाएगा जो विवेचना की एक महत्वपूर्ण कड़ी होगी।

पंचायतनामा में मृतक अज्ञात व्यक्ति है तो पुलिस रेगुलेशन 135ए के तहत उसकी पहचान की व्यवस्था करेगा तथा मृतक की मृत्यु खूँखार जानवर, गोली से मारकर हत्या हुई है तो पंचायतनामा की कार्यवाही करते समय इस बात का ध्यान रखना होगा कि मृतक के शव की मान-मर्यादा को दृष्टिगत रखते हुए पुरुष है या स्त्री, कितनी उम्र की है। विवाहित है या अविवाहित है। यदि दहेज सम्बन्धी प्रकरण हो तो ध्यान रखते हुए मृतका की मृत्यु किसी मजिस्ट्रेट द्वारा द0प्र0सं0 176 4(3) द0प्र0सं0 के प्राविधान के तहत पंचायतनामा की कार्यवाही करना चाहिए।

मृतक के शव को बिना संकोच के स्वयं सफाई कर्मचारी द्वारा अपने सामने निरीक्षण करना चाहिए। यही आप की रोजी या रोटी है या खुद की ड्यूटी किसी स्त्री के स्त्री के माध्यम से शरीर का सरसरी तौर पर हर अंग का निरीक्षण होना आवश्यक है। कहीं ऐसा न हो कोई अंग जख्मी हो या किसी प्रकार क्षत-विक्षत हो तो वह संकोच या लापरवाही में छूट जाय।

मृतक का यदि किसी अपराध से सम्बन्ध है तो मृतक का पंचायतनामा उसी विवेचक द्वारा भरने की कार्यवाही कराने का प्रयास करना चाहिए जो मुकदमा का विवेचक है; मगर राजपत्रित अधिकारी या इन्सपेक्टर वाले मामले में ऐसा नहीं हो सकता।

मृतक या मृतका का शव यदि जमीन में गाड़ दिया गया है तो उसका पंचायतनामा भरने के लिये कब्र से शव ही निकाला जाएगा। यह प्रक्रिया द0प्र0सं0 की धारा 176(3) के तहत किसी मजिस्ट्रेट के समक्ष ही शव को जमीन से बाहर निकाला जाएगा। पुलिस की अभिरक्षा में किसी की मौत की विवेचना व पंचायतनामा मजिस्ट्रेट द्वारा किया जायेगा।

द0प्र0सं0 176(4) के तहत जहाँ कोई जाँच इस धारा के अधीन की जानी है, वहाँ मजिस्ट्रेट जहाँ कहीं साक्ष्य है, मृतक के उन नातेदारों को जिसके नाम, पते ज्ञात हों इत्तिला देगा, उसकी जाँच के समय उपस्थित रहने की अनुज्ञा देगा।

पुलिस हिरासत में मृत्यु मजिस्ट्रेट द्वारा पंचायतनामा भरा जाएगा। द0प्र0सं0 की धारा 176(5) के तहत मजिस्ट्रेट या पुलिस अधिकारी जो पंचायतनामा भरेगा,

24 घण्टे के भीतर उसके शव को निकटतम चिकित्सा अधिकारी के पास भेजेगा।

नोट- नातेदार का अर्थ- माता-पिता, संतान- भाई-बहन, पति या पत्नी है।

पुलिस रेगुलेशन 135 के अनुसार अज्ञात शव का पंचायतनामा भरने के पहले अँगुली चिह्न, तलाशी चिट, फिंगर प्रिन्ट ब्यूरो को खोज के लिये भेजेगा।

मृतक या मृतका का पंचायतनामा भरते समय शव पंचायत के गवाह का बयान में घटनास्थल व साक्षी के रूप में इस बात का ध्यान रखकर बयान अंकित किया जाय ताकि शव के पंचायतनामा पर साक्षी के बयान अंकित हों। हस्ताक्षर कराये जिससे धारा 162 द0प्र0सं0 का उल्लंघन वांछित हो जायेगा। शव का एक फोटो नाश साथ जाएगा तथा शव नाश-प्रपत्र में दोनों तरफ चोट का निशान कहाँ है दर्शाते हुए अंकित हो।

कभी-कभी अज्ञात शव की पहचान हेतु मृतक की अँगुली में झुर्रिया पड़ जाने के कारण अंगुश्त छाप लेने में परेशानी होती है अतः अँगुली की खाल उतारने को चिकित्सक से अनुरोध करना चाहिए।

अंगुश्त छाप के सम्बन्ध में पुलिस रेगुलेशन की पैरा 135 यह कहती है कि अंगुश्त छाप अधिकारी सब इंसपेक्टर की पंक्ति से नीचे का अधिकारी न हो। इसी पैरा में यह स्पष्ट है कि शव की दशा या सड़न की स्थिति का आकलन अवश्य हो। मृतक का शरीर जिस दशा में हो, जिस रंग में हो जो कपड़ा पहने हो, उसका विवरण वैसे ही लिखा जाएगा तथा पंचनामा के गवाह हस्ताक्षर उनके लेख में हो, कारण- मृत्यु का उनके लेख में हो तो और उचित होगा।

पुलिस पैरा 135 (ए) के अनुसार मृतक का शव पंचायतनामा एवं पोस्टमार्टम के बाद मृतक का शव पहचान किया जाय। मृतक के सम्बन्धियों नातेदारों को शव अन्तिम-संस्कार हेतु शरीर सौंप दिया जाय।

मृतक के शव की पहचान के लिये ढोल बजाकर, प्रेस में छपवाकर प्रचारण केन्द्र से प्रचार कराकर, स्वयं प्रचार हेतु स्वयंसेवी संगठनों की सहायता ले सकता है। हुलिया लम्बाई चौड़ाई ऊँचाई कपड़ा रंग सभी अंकित हो।

मृतक के शव के पोस्टमार्टम हेतु पुलिस रेगुलेशनके पैरा 139(2) के तहत पंचायतनामा भरने वाले पदाधिकारी शव को चौकीदार व पुलिस कांस्टेबिल को सौंपेगा।

मृतक का शव डॉक्टर के पास पोस्टमार्टम हेतु पहुँचेगा तब शव पर शव को डॉक्टर के सामने पैरा 139 के(8) के प्राविधान के तहत शव का पहचान शव के साथ गये आरक्षी या चौकीदार द्वारा किया जाएगा तथा मृतक को पोस्टमार्टम हेतु ले जाने पर खर्च की बरामदगी पुलिस प्रपत्र सं0 13 पर शव के साथ गये पदाधिकारी के द्वारा मुख्यालय को भेजे जाएँगे जिसमें लगे निजी धन का भुगतान चिक खुराक से हो सके। वैसे यह परम्परा खत्म होती जा रही है; अब तो चिक खुराक नाम की चीज थाने में नगण्य-सी लगती है।

मृतक का पंचायतनामा भरते समय कुछ ध्यान देने वाली बातें।

1. कभी दैवीय आपदा, रेल दुर्घटना, कुएँ में गिरना, दीवाल का गिरना, मकान का गिरना, भूख या गर्मी से या ठण्ड से मरने के बाद या नदी में डूबकर मरने के बाद मृत्यु होती है। ऐसे में परिवारीजन सदमे में दुःखी होते हैं। उस परिस्थिति में पंचायतनामा भरते समय सहानुभूति हमदर्दी का भाव बनाकर आगे की कार्यवाही करना चाहिए। ट्रेन से गिरना कभी कई दिन तक कीड़े-मकोड़ों के पड़ने के कारण शव बदबू करने लगता है। उस समय परिवारीजन दूर भागते हैं। फिर गुस्सा या चिढ़ स्वाभाविक है, मगर कार्य तो करना है; संयमित होकर करे।

2. कभी-कभी हत्या या अपहरण के कारण मृत्यु हुई तो उस समय परिवारी जन गुस्सा नफरत एवं अफसोस में पुलिस को अपशब्द कहते हैं। उस परिस्थिति में धैर्य एवं साहस तथा संयमित होकर काम करे। थोड़ा-सा असयमित होने पर माहौल और बिगड़ सकता है।

3. कभी-कभी नदी, नाले नहर से बहकर शव आते हैं थोड़ी-सी परेशानी से बचने के लिये स्थानीय पुलिस बहते शव को अपने क्षेत्र को पार कराते हुए लाश को और दूसरे क्षेत्र में सरकाते हैं। आखिर किसी का क्षेत्र होगा आपका माननीय दृष्टिकोण इंसानियत है। मृतक किसी का सगा-सम्बन्धी होगा। इसका ध्यान रखा जाय। हो सकता है आपके मुकदमे की विवेचना का पार्ट हो।

4. कोई रिश्तेदार हो सकता है। ऐसा कार्य न करे। कभी कभी पुलिस-विभाग के सदस्य को अच्छा कार्य करने का मौका आता है उसे भी गँवाते हुए बुरे कार्य में तब्दील कर देते हैं। मैं मानता हूँ कि काम करते-करते इतनी परेशानी हो जाती है कि और परेशानी या उलझन उठाने की आवश्यकता न पड़े उसी के तहत कार्य करते हैं।

5. अस्पताल में आए दिन बीमारी में मानव भर्ती होता है और उसकी मृत्यु हुई

है। सामान्य भाव से अपना कर्तव्य करने के लिये पंचायतनामा भरा जाता है, वही करे।

6. लावारिस लाश मिलती है, देख ले। थोड़े प्रयास से उसका नाम पता या उसके रिश्तेदारों का नाम-पता चल जाय तो प्रयास करना चाहिए। पुलिस को चाहे जनता नफरत की दृष्टि से देखे, मगर जब परेशानी या मदद की आवश्यकता होती है तो पहली उम्मीद पुलिस ही है। ध्यान रखें जनता की उम्मीद या विश्वास न खोने दे। काम था कानूनी एवं व्यावहारिक बाते बताना; आप कैसे काम करते हैं किस परिस्थिति में करते हैं आपसे बेतहर कौन जान सकेगा।

यह सच है। पंचायतनामा पुलिस विभाग का सबसे कठिन काम है तथा जोखिम परेशानी एवं उलझन भरा काम है... मगर जनता के लिए सोचें तो बहुत सहयोगी काम है। हाँ मैं मानता हूँ घटना कोई हो मगर पहले नफरत का शब्द आक्रोश का शायद घृणा का शब्द पुलिस के लिए है... क्या करेंगे जब काम/पेशा ऐसा है। दो पक्ष में एक पक्ष नाराज तो होगा; ध्यान रहे दोनों पक्ष नाराज न हो जाएँ, कम से कम एक पक्ष तो खुश रहे। यदि एक पक्ष भी आपके काम से खुश है तो 50 प्रतिशत तो आपके पक्ष में है।

मृतक का पंचायतनामा भरते समय पुलिस रेगुलेशन पैरा 136 के तहत विष के मामले में घटनास्थल पर साक्ष्य से सम्बन्धी सभी समान कब्जे में लेना चाहिए।

मृतक जो हत्या से सम्बन्धित है, पंचायतनामा भरने के बाद घटनास्थल का निरीक्षण करना अति आवश्यक है। जब प्रथम सूचना रिपोर्ट धारा 154 द0प्र0सं0 के तहत दर्ज होती है तथा प्रथम सूचना रिपोर्ट में स्पष्ट रूप से अंकित होता है कि घटना कहाँ शुरू हुई कहाँ खत्म हुई तथा घटनास्थल शुरू और अन्त दोनों है। विवेचना के दौरान केसडायरी में स्पष्ट अंकित होना चाहिए कितने बजे थाने से चले, कितने बचे घटनास्थल पर पहुँचे, कितने बजे घटना स्थल का निरीक्षण किया। कभी-कभी पुलिस सीमा विवाद में उलझती है। हमने कभी लाभ पद या गुडवर्क के मामले में सीमा विवाद होते नहीं देखा, केवल आपराधिक घटना में यह नौबत आती है। कप्तान के लिए तो कोई सीमा विवाद नहीं होता।

विवेचना प्रारंभ किया। नक्शा-नजरी यानी घटना का मानचित्र स्वयं विवेचक द्वारा बनाना चाहिए या पुलिस रेगुलेशन की पैरा 114 के अनुसार यदि मानचित्र बनाने में परेशानी हो तो सम्बन्धित पटवारी/लेखपाल की सहायता लेना चाहिए; परन्तु नक्शा-नजरी व केसडायरी में इसका उल्लेख अवश्य होना चाहिए तथा

नक्शा-नजरी में भी स्पष्ट उल्लेख होना चाहिए। घटनास्थल का निरीक्षण करते समय घटना के आसपास कोई लैगिक मार्क, यानी स्थायी चिह्न को आधार मानकर वहीं से नक्शा नजरी बनाना चाहिए या बनवाना चाहिए। घटनास्थल स्थायी मार्ग से दूरी, दिशा फिट या बालिस्त या पाँव के अनुसार चिह्नित करना चाहिए, घटनास्थल पर आरोपित को पहुँचने, घटना के बाद जाने, घटना करते समय साक्षी को देखना, रोशनी है कि नहीं बिजली है कि नहीं बरसात का मौसम या सूखा, जाड़ा है या गर्मी है, वाहन का प्रयोग घटनास्थल में किया गया। घटना स्थल से वाहन खड़ा करने का चिह्न अंकित होना चाहिए। फसल है तो कौन-सी फसल है, खेत है तो खाली है या जुता है आदि घटना स्थल पर यदि फोरेंसिक की मदद लेनी है तो घटनास्थल सुरक्षित रखे, क्या-क्या सामग्री ली गयी किसके सामने ली गयी तथा साक्षी कौन कौन है सी0सी0 कैमरा है। तो विवेचना में फुटेज का सहयोग प्राप्त होगा। मॉडल नक्शा नजरी परिशिष्ट में दर्शाया गया है।

विवेचना में दौरान मृतक की हत्या की सूचना के तहत अन्वेषण अधिकारी को ही पंचायतनामा भरना चाहिए; केवल दहेज हत्या या अनुसूचित जाति को छोड़कर

भारतीय दण्ड विधान में कुल 1860 में कुल 511 धाराएँ है। तो द0प्र0सं0 1973 में कुल 484 धाराएँ है। साक्ष्य अधिनियम 1872 कुल 167 धाराएँ हैं। पुलिस रेगुलेशन 1860 में कुल 554 पुलिस पैरा हैं। पुलिस अधिनियम 1861 में 47 धाराएँ हैं। इन सभी धाराओं, शक्तियों के अनुरूप विवेचक को काम करना है। विवेचना तब शुरू होगी जब धारा 154 द0प्र0सं0 के तहत थाने पर मुकदमा दर्ज होगा। कोई हत्या या आत्महत्या या एक्सीडेण्ट से मृत्यु या धूप-छाँव, सर्दी-गर्मी के कारण मृत्यु दैवीय प्रकोप यानी बिजली से, दीवाल गिरने से यानी डूबने से मृत्यु होगी तो इसकी सूचना थानाध्यक्ष/प्रभारी निरीक्षक को दी जाती है। आपराधिक होगा तो नकल चिक धारा 154 द0प्र0सं0 के तहत दर्ज होगा तथा यदि बिना अपराध के या आकस्मिक हादसा हो तों सभी सूचनाएँ गलत हैं या सही, दर्ज होंगी।

प्रथम सूचना थाने के अलावा यदि पुलिस कप्तान को मिलती है संज्ञेय अपराध की हो तब भी प्रथम सूचना रिपोर्ट थाने पर दर्ज होगी और वह सूचना मानी जाएगी।

थाने पर प्रथम सूचना रिपोर्ट दर्ज न होने के कारण वादी की परेशानी बढ़ जाती है तथा वह अपनी एफ0आई0आर0 दर्ज करने के वास्ते चक्कर लगाना शुरू करता है। चाहे हत्या हुई हो या हादसा या दैवीय प्रकोप, यानी परेशानी जनता को

ही होगी सरकारी अधिकारी का क्या। थोड़ा दण्ड आरोप न लिखने का मिल जाएगा मगर वादी की समस्या तो कम नहीं होगी, पीड़ित की समस्या तो कम नहीं होगी; अपनों के खोने का दर्द कम नहीं होगा। हाँ उसके उपरान्त थाना-अधिकारी के आसपास चक्कर लगाने के कारण दुःख कम होगा।

उदाहरण के रूप में प्रस्तुत :-

एक थाना क्षेत्र में एक लड़की सजातीय लड़के से प्रेम करती थी तथा पदेन मुख्यमंत्री सजातीय जानी जाती थी। लड़की प्रेम में असफल होने पर आत्महत्या कर ली। लड़की के मरने का फायदा उठाकर लड़की के परिवारीजन एक चाल चली। तुरन्त अपने विपक्ष के लड़के पर बलात्कार करने व हत्या करने की झूठी सूचना दे दी।

थानेदार को सूचना मिली। तत्काल प्राथमिक कार्यवाही करते हुए प्रथम सूचना रिपोर्ट की सूचना अपने वरिष्ठ अधिकारी क्षेत्राधिकारी एवं जिला प्रमुख के पास भेज दी तथा प्रथम सूचना रिपोर्ट दर्ज करने की कार्यवाही करने ही वाले थे कि उसी समय क्षेत्र के दूसरे हिस्से में गोली चलने से एक की मृत्यु होने एवं एक के घायल होने और बन्दूक छीने जाने की सूचना मिली। थानाध्यक्ष तुरन्त वरिष्ठ उपनिरीक्षक को पूर्वघटित घटना में कार्यवाही करने का निर्देश देते हुए उच्च अधिकारी को तत्काल सूचना से अवगत कराते हुए मौके पर रवाना हुआ।

अब थाने पर दो तहरीर एक 302/376 आई0पी0सी0 व दूसरी धारा 147/148/149/302/307/395/392 की तहरीर पड़ी। क्षेत्राधिकारी महोदय को कप्तान साहब ने कहा, जो सत्य हो लिखवाआ जो गलत है उसको न लिखवाओ।

अन्त में थाना प्रभारी ने कहा, लिखी तो दोनों जाएगी। इस पर पुलिस कप्तान ने कहा थानेदार को सस्पेण्ड करो। परिणाम हुआ थानेदार अपने रिस्क पर जिला प्रमुख की बात न मानी और दोनों एफ0आई0आर0 दर्ज किया। दूसरे दिन झूठी प्रथम सूचना दर्ज को सजातीय मुख्यमंत्री से जुड़ा मामला होने के कारण मीटिंग में तूल पकड़ा और प्रथम सूचना रिपोर्ट दर्ज हो जाने के कारण पुलिस अधीक्षक ने राहत की साँस ली कहा चलो तुम तो बचे हमें भी परेशानी से बचाया। परन्तु प्रथम बार तो धौंस सहना पड़ा।

यानी जिला प्रमुख की बात न माने तो गलत, माने तो गलत अगर मामला फँसा तो परेशानी थाना प्रभारी/थानाध्यक्ष की होगी। यदि किसी ने शिकायत नहीं किया

तो सब ठीक, यदि शिकायत हुई तो थानाध्यक्ष का निलम्बन या स्थानान्तरण।

पंचायतनामा के बाद या पहले जो कानूनी विधान था लिखा गया जहाँ तक शान्ती व्यवस्था का मामला होता है जैसी परिस्थितियाँ हो वैसा करे मगर लिखा-पढ़ी में वही करे जो है।

अध्याय-8

पूछताछ/या बयान

जब किसी मुकदमा के पंजीकरण के उपरांत विवेचक को ऐसा लगे कि यह पंजीकृत अभियोग में अभियुक्त या आरोपित संदिग्ध है या घटना किसी और ने किया है। यदि अज्ञात मुकदमें में किसी संदेही का बुलाया गया है तो निम्नांकित सावधानी बरतनी चाहिए।

1. आरोपित या संदेही की पूछताछ स्वयं विवेचक को या अपनी उपस्थिति में किसी से कराये, अन्य किसी को पूछताछ करने न दे।

2. संदेही का थाने में आने का जी0डी0 में तसकारा सम्बधित मुकदमों का विवरण व जाने का विवरण किसके साथ छोड़ा गया का पूर्ण विवरण अंकित किया जाय ताकि आवश्यकता पड़ने पर आप जवाब दे सकें।

3. ध्यान रखें पूछताछ के दौरान बल का प्रयोग न करके टैक्ट का प्रयोग करें। शारीरिक प्रताड़ना न करें किसी प्रकार की चोट न पहुँचाएँ।

4. ध्यान रखें 24 घण्टे से ऊपर किसी संदेही को बिना कारण के न रोका जाय; अगर लिखा-पढ़ी हो गयी तो गिरफ्तारी हुई है 24 घण्टे के अन्दर मजिस्ट्रेट के समक्ष प्रस्तुत किया जाय।

5. कभी-कभी गम्भीर मामले में वरिष्ठ अधिकारी का दबाव होने पर या अज्ञात अपराध का खुलासा करने के लिये तथा पूछताछ के लिये सन्देही पर मानसिक प्रताड़ना, शारीरिक चोट थर्ड डिग्री का प्रयोग करते हैं जो शरीर की क्षमता से ज्यादा हो जाता है यानी आदमी या सन्देही की मृत्यु हो जाती है। ध्यान रखें आप जाँचकर्ता है। आरोपी नहीं; जाँच करने आये हैं। जाँच कराने नहीं। इसका खयाल करना है कि यदि आप सुरक्षित रहेंगे तभी दूसरे की जाँच करेंगे जब आप खुद जाँच की परिधि में आ जाएँगे तो काहे की जाँच आप जाँच करायें। आप एम्पायर रहें खिलाड़ी न बनें।

कभी-कभी पूछताछ में या गिरफ्तारी में या लालच में या अधिकारी के दबाव में ऐसा कार्य करते हैं। जब परेशानी होती है तो वही साहब छोड़कर भाग जाते हैं और परेशानी आप देखते हैं। ऐसा अक्सर देखा जाता है। कब वरिष्ठ अधिकारी अपनी जुबान से अपने कार्य से परेशानी में साथ छोड़कर भागते हैं यह वक्त

बताता है। सिर्फ इतना कहते हैं आप जानो मुझे पता नहीं है।

जीवन में सेवाकाल में देखा जाता है तो जहाँ है पद का काम करेगा ख्याल रहे पद को खतरे में न डाले स्थान को खतरे में डाल सकते हैं, यानी किसी के दबाव में किसी व्यक्ति के साथ अमानवीय व्यवहार न करे। किसी भी हालत में पूछताछ में आरोपित के सेहत व उसके संरक्षण में लापरवाही न बरते। यदि आपने इसको हल्के में लिया तो इतना भारी बन जाएगा कि उस भारी के नीचे दबकर उठ नही पाओगे। जब भी कोई व्यक्ति आपके परिसर में संरक्षण में हिरासत में रहे तो उसके प्रति लापरवाही नहीं बरतें। जैसे उदाहरण- पूछताछ के लिये एक व्यक्ति को बुलाया गया। वरिष्ठ अधिकारी उनके यहाँ आये। पूछताछ का नाम लेकर इतनी चोटे पहुँचायी। जब बेहोश हो गया तो सब छोड़कर भाग गये। इस तरह के हजारों मामलें हैं। भुगतता कौन जो जिम्मेदार है। उसी को भुगतना पड़ेगा यानी जिसकी जिम्मेदारी है उसी को अभिरक्षा का दंश झेलना पड़ेगा। अगर न विश्वास हो तो पूछताछ या एनकाउण्टर के नाम पर मरे लोगों के कारण सैकड़ों पुलिस वाले सलाखों में अभी भी कैद है। क्या वे अपने घर का काम कर रहे थे... बस लापरवाही बरती थी उपेक्षा बरती। हाँ कभी-कभी अहम एवं मनबढ़ई या दबाव या प्रभाव बनाने के लिये कार्य किया था। माना नौकरी रिस्की है। आप एवं अन्य लोग इसी पेशा जॉब में लाख लोग सेवा कर रहे हैं करते रहेंगे और भविष्य में करेंगे मगर परेशानी तो स्वयं न खरीदे जो परेशानी न बने। बस यही कहना है। काँटे के डर से मछली खाना नहीं छोड़ते मगर काट-बचाकर तो खाते है। भूसा के डर से गेहूँ खाना नहीं छोड़ते। अगर भूषा तो अलग करेंगे या कष्ट परेशानी के कारण जीवन जीना नहीं छोड़ते मगर परेशानी की जानकारी एवं उसका सामना करेंगे। यही पूछताछ का मकसद है।

पुलिस रेगुलेशन की धारा 117 पैरा में भी कुछ संदेही की बात करता है। पुलिस रेगुलेशन की पैरा 112 स्पष्ट कहती है कि पुलिस जिससे पूछताछ कर रही है उसे अनावश्यक परेशान न किया जाय। यदि द0प्र0सं0 की धारा 100 या 160 के अधीन प्राविधान दिया गया है। व्यक्ति निवेदन करे कि उसकी हाजिरी का समय अभिलेख पर लाया जाय तो अन्वेषक अधिकारी उसकी पूर्ति और ऑर्डर फार्म 07 के दर्ज कर उस पर प्रविष्टि करेगा।

आपको स्पष्ट हो गया कानून भी स्पष्ट कहा है कानून से बाहर क्यों जाय। मैं यानी विवेचक के रूप में कानून से ही तो पदासीन है।

पूछताछ विवेचना का ही पार्ट है। तथा किसी अधीनस्थ अधिकारी द्वारा

विवेचना की जा रही है तथा विवेचना में पूछताछ या प्रगति रिपोर्ट या विवेचना का अंश केसडायरी में अंकित किया है। तो धारा 168 द0प्र0सं0 के तहत हर विवेचक भार साधक अधिकारी नहीं है। अपनी विवेचना रिपोर्ट भार साधक अधिकारी के माध्यम से ही भेजेगा। स्पष्ट है कि विवेचक के रूप में न सही मगर भार साधक अधिकारी के रूप में विवेचना का संज्ञान होना निश्चित है।

वही धारा 36 द0प्र0सं0 के तहत हर पदेन वरिष्ठ अधिकारी जहाँ जाएगा। उस स्थान या थाना का अधिकार शक्ति स्वतः स्थानन्तरित होकर समाहित हो जाएगा।

यानी जब पूछताछ थाना प्रभारी कर रहे हैं तथा कोई भी जिम्मेदारी की बात आयेगी और उसी कारण क्षेत्राधिकारी व उससे वरिष्ठ पदाधिकारी उस क्षेत्र में पहुँचेगा। थाना प्रभारी की सभी अधिकार क्षेत्राधिकारी या वरिष्ठतम अधिकारी के पास समाहित हो जाएगा तथा उनके प्रस्थान करते ही समाप्त हो जाएगी परन्तु लिखा-पढ़ी में होने पर ही शक्तियाँ स्थान्तरित होती है।

साक्षी का साक्ष्य किस भाषा में अंकित किया जाय प्राविधन में द0प्र0सं0 277 के अन्तर्गत है :-

प्रत्येक साक्ष्य जो धारा 275 व 276 द0प्र0सं0 के अन्तर्गत दर्ज है।

(क) यदि साक्षी न्यायालय के भाषा में साक्ष्य दे तो उसी भाषा में लिखा जाएगा।

(ख) यदि किसी अन्य भाषा में साक्ष्य दे तो उसी भाषा में साक्ष्य लिखा जाएगा।

(ग) यदि साक्षी जिस भाषा में साक्ष्य दे रहा है। न्यायालय की भाषा नहीं है तो उसके साक्ष्य के रूपान्तरित कर न्यायालय की भाषा माना जाएगा।

धारा 279 द0प्र0सं0 में लीडर को भाषान्तरण कर सुनाया जाना :-

जब कोई साक्ष्य ऐसी भाषा में दिया जाय जिसे अभियुक्त न समझता हो न्यायालय में स्वयं उपस्थिति तब सुने न्यायालय में उस भाषा का रूपान्तरण कर अभियुक्त को सुनाया जाएगा।

धारा 280 द0प्र0सं0 के साक्षी के भावभंगिमा के बारे में टिप्पणी

जब मजिस्ट्रेट या पीठासीन साक्ष्य अभिलिखित करे। साक्षी की परीक्षा किये जाते समय साक्षी के भावभंगिमा की टिप्पणी भी अंकित करे यानी पूछताछ या साक्ष्य साक्षी के भाषा में नोट कर माननीय न्यायालय की भाषा में या विवेचक अपनी ज्ञान की भाषा में अंकित करेगा।

ध्यान रहे कभी-कभी अभिरक्षा में लिये गये व्यक्ति की सूचना कोई भी भारतीय नागरिक प्राविधानों के तहत माँग सकता है।

धारा- 7 सूचना प्राप्त करने की समय सीमा -

सूचना का अधिकार अधिनियम के अन्तर्गत प्रार्थना-पत्र प्राप्त होने की तिथि से तीस दिन के भीतर सूचना आवेदक को प्राप्त होना चाहिए यदि मनुष्य के जीवन व स्वतन्त्रता से सम्बन्धित है तो सूचना अड़तालीस घंटे के अन्दर प्रावधान करती है।

नियत समय में सूचना न दे पाना या असम्भव होना अस्वीकृत माना जाएगा।

सूचना न मिलने पर अपील धारा 19 के तहत :-

अपील करने के लिये वरिष्ठतम अधिकारी के पास होगा तथा कोई शुल्क नहीं लगेगा। सूचना की अपील सूचना मिलने के 60 दिवस के अन्दर दाखिल करना चाहिए। दूसरे अपील के अन्तर्गत 90 दिन के भीतर दायर कर देना चाहिए।

धारा 20 में दण्ड का प्रावधान -

सूचना देने में विलम्ब के लिये दुर्भावनापूर्वक सूचना को अस्वीकार करने के लिये जानबूझकर अधूरी सूचना भ्रामक सूचना मांगी गयी। सूचना को नष्ट करने के लिये सूचना देने में बाधा डालने के लिये दण्ड रूप में रुपया 250 प्रतिदिन या अधिकतम 25000 रु0 भुगतना पड़ेगा। यह दण्ड केन्द्रीय और राज्य सूचना आयुक्त द्वारा दण्डित किया जायेगा। अर्थदण्ड की धनराशि सरकारी कोषालय में जमा की जाती है।

किस पर लागू नहीं होगा द्वितीय अनुसूची - धारा 24 के तहत ही लागू नहीं होगा, विशेषकर भ्रष्टाचार या मानवाधिकार छोड़कर किन्तु मानवाधिकार की सूचना पर केन्द्रीय सूचना आयोग की अनुमति से प्रदान किया जाएगा, निवेदन की तारीख से 45 दिन के अन्दर दी जाएगी।

1. आसूचना ब्यूरो (Intelligence Bureue)
2. कैबिनेट सचिवालय का रिसर्च एण्ड एनालिसिस
3. राजस्व आसूचना निदेशालय (Director Renew Intelligence)

4. केन्द्रीय आर्थिक आसूचना ब्यूरो (C.E.I.B.)

5. प्रवर्तन निदेशालय (D.E. Director Econominatary)

6. स्थापक नियंत्रण ब्यूरो (N.C.B. Norcoties Rant Bureue)

7. विमानन अनुसंधान केन्द्र (A.R.C. Aviation Research Corporation)

8. विशेष सीमा बल (S.B.F.)

9. सीमा सुरक्षा बल (B.S.F.)

10. केन्द्रीय रिजर्व पुलिस बल (C.R.P.F.)

11. भारतीय तिब्बत सीमा पुलिस (I.T.B.P.)

12. केन्द्रीय औद्योगिक सुरक्षा बल (CISF)

13. राष्ट्रीय सुरक्षा गार्ड (NSG)

14. असम रॉयफल (AR)

15. विशेष सेवा ब्यूरो (SSB)

16. विशेष शाखा (CID) अण्डमाननिकोबार

17. अपराध शाखा C.I.D.C.B. के दादर नगर हवेली

18. विशेष शाखा लक्षदीप पुलिस

19. विशेष संरक्षण समूह (S.P.G. Special Protection Group)

20. प्रतिरक्षा अनुसंधान और विकास परिषद (D.R.D.O.)

21. सीमा सड़क विकास परिषद् (B.R.D.B.)

22. वित्तीय आसूचना इकाई भारत (FIUI)

सूचना आयोग के अधिनियम के अनुसार अपील का पालन करना है।

अध्याय-9

गिरफ्तारी

जब कभी पुलिस बिना वारण्ट के किसी व्यक्ति को गिरफ्तार करती है, जब कभी कोई व्यक्ति संज्ञेय मामले में अपराध कर चुका है या गृह-भेदन का कार्य करने हेतु कार्य करे या किसी व्यक्ति के कब्जे से कोई वस्तु पायी जाय। जो अपराध साबित हो या उद्घोषित अपराधी हो या पुलिस अधिकारी अपने कर्तव्य पालन कर रहा हो या संघ का शस्त्र बलों के किसी अभित्याजक होकर फरार हो तो सदैव धारा 41 भ0द0सं0 के अन्तर्गत हर पुलिस अधिकारी उसे गिरफ्तार कर सकता है तथा पुलिस रेगुलेशन के पैरा 147 के तहत दिये गये प्राविधानों के तहत गिरफ्तार किया जाता है।

पुलिस रेगुलेशन की पैरा 153 के तहत पुलिस अधिकारी किसी व्यक्ति को बिना वारण्ट गिरफ्तार किया हो या किसी मुकदमे की विवेचना में गिरफ्तार किया हो तो उसे पूछेगा कि पुलिस द्वारा कोई दुर्व्यवहार तो नहीं किया गया है तथा इस प्रकरण को विवेचना से सम्बन्धित मामले में अपने केस डायरी में समाहित प्रश्न उत्तर के साथ करेगा तथा बन्दी या गिरफ्तार व्यक्ति के शरीर पर कोई चोट या खरोंच का निशान तो नहीं है तथा हवालात में रखते समय रोजनामचा आम में इसका स्पष्ट इन्द्राज करेगा तथा तलाशी द0प्र0सं0 की धारा 51 एवं पुलिस रेगुलेशन की पैरा 154 के तहत तलाशी दो व्यक्तियों के समक्ष लेगा।

गिरफ्तारी कैसे करें :-

द0प्र0सं0 धरा 46(1) में जिस व्यक्ति को पुलिस अधिकारी गिरफ्तार करेगा। वह गिरफ्तार किये गये व्यक्ति के शरीर को छुएगा। या परिरोध करेगा। तथा अपने वचन एवं कर्म द्वारा गिरफ्तार व्यक्ति को कहेगा कि वह अपने आप को आत्म समर्पण कर दे। धारा 46 द0प्र0सं0 के अनुसार धारा 46 (2) के अनुसार यदि गिरफ्तार व्यक्ति अपने गिरफ्तारी का विरोध करता है या गिरफ्तारी से बचने का प्रयास करता है तो पुलिस अधिकारी गिरफ्तारी करने के लिये सभी आवश्यक साधनों को प्रयोग में ला सकता है।

धारा 46(3) इस धारा में कोई बात ऐसे व्यक्ति का, जिससे मृत्यु या आजीवन कारावास से दण्डनीय अपराध में नहीं है आरोपी की मृत्युकारित करने का अधिकार नहीं देती है।

धारा 46(4) असाधारण परिस्थितियों के सिवाय कोई स्त्री भी सूर्यास्त के पश्चात और सूर्योदय के पहले गिरफ्तारी नहीं की जाएगी। यदि ऐसा असाधारण परिस्थिति में है तो स्त्री पुलिस अधिकारी लिखित रूप में मजिस्ट्रेट से आज्ञा प्राप्त करेगा

कभी-कभी किसी पुलिस अधिकारी को घटित घटना के बाबत पूछताछ करना हो तो पूछताछ अधिकारी स्वयं पूरी वर्दी में अपनी मौजूदगी में पूछताछ करेगा अन्यथा आपके नाम पर किसी और से पूछताछ किया और कहीं ऐसे जगह बल प्रयोग हो गया पूछताछ वाले की जान चली गयी फिर विवेचक को कानूनी प्रक्रिया का भी सामना करना पड़ेगा। पूछताछ का प्राविधान पुलिस रेगुलेशन की पैरा 112 के तहत दिया गया है किसी भी आरोपी को अनावश्यक तंग या परेशान का कोई प्राविधान नहीं है।

विवेचक गिरफ्तारी या पूछताछ के दौरान सरकारी काम समझे, अपना निजी काम न समझे। यदि निजी काम समझेंगे तो फिर समस्या तो आना ही है गिरफ्तारी पर विशेष ध्यान रखे इस बात पर ध्यान रखे कि कोई गिरफ्तारी की प्रक्रिया या कार्य उल्टा न पड़ जाये।

जब किसी मुकदमे में आरोप-पत्र प्रेषित किया गया। माननीय न्यायालय द्वारा मुकदमें में वारण्ट जारी किया गया या कुर्की के अधिपत्र जारी किया जाता है। उसका पालन करना आवश्यक है वह भी नियत तिथि से पहले हो ताकि माननीय न्यायालय द्वारा जारी अधिपत्र न्यायालय द्वारा नियत तिथि पर प्रस्तुत हो सके।

जब कभी गिरफ्तार करने के लिये अभियुक्त की छानबीन या अभियुक्त किसी बन्द स्थान में छिपा हो तब द0प्र0सं0 की धारा 100 के प्राविधानों के तहत उसे बन्द स्थान के मालिक को वारण्ट दिखाएगा, यह पुलिस का काम है। तलाशी के लिये मकान मालिक वह सब उचित सुविधा देगा यदि प्रवेश में परेशानी है तो द0प्र0सं0 की धारा 47 के अनुसार (2) के अनुसार जो बंद स्थान में प्रवेश करेगा एवं विधिवत् तलाशी लेगा यदि मकान का ताला नहीं खुला रहा है तो खिड़की या दरवाजा तोड़कर प्रवेश करेगा। यदि ऐसा सम्भव नहीं है। यदि मकान में प्रवेश पाने में असमर्थता हो, परन्तु ऐसा कमरा किसी स्त्री का है तो धर्म या रूढ़ि के अनुसार तलाशी लेने से पूर्व उसे हट जाने को कहेगा। हटने के लिये तलाशी वाला अधिकारी उसे सुविधा देगा। धारा 47 द0प्र0सं0 की उप पैरा 3 में मकान में प्रवेश का प्राविधान है।

गिरफ्तार व्यक्ति की तलाशी द0प्र0सं0 धारा 100 के पैरा (3) के अनुसार तलाशी लेगा मगर ध्यान रहे यदि स्त्री है तो शिष्टारत का ध्यान रखे। स्त्री की तलाशी किसी स्त्री द्वारा की ली जायेगी।

तलाशी के पूर्व द0प्र0स0 की धारा 100 (4) के प्रविधानों के तहत किसी मोहल्ले के सम्भ्रान्त व्यक्ति के सामने साक्षी के रूप में जो हो साक्षी है। स्वतंत्र हो रजामंद हो समक्ष तलाशी लेगा। तलाशी के दौरान किसी चीज को जो पायी जाती है उसकी सूची बनेगी। जो अधिगृहीत किया जाएगा द0प्र0सं0 की धारा 100(5) के प्राविधान के अनुसार तथा प्राविधान (6) के अनुसार प्राप्त सूची की एक प्रति तलाशी स्थान मालिक या संरक्षक को प्रदान किया जाएगा। यदि किसी स्थान की तलाशी लेने के वास्ते साक्षी के रूप में लिखित आदेश द्वारा निवेदन किया गया है या बुलाये जाने पर बिना कारण के इंकार या उपेक्षा करता है तो के द0प्र0सं0 की धारा 100 (8) के तहत साक्षी के द्वारा धारा 187 भा0द0प्र0 का दोषी माना जाएगा। जब गिरफ्तारी किसी अन्य मामले में करनी हो तथा तलाशी लेनी हो तो भारसाधक अधिकारी तलाशी लेगा।

द0प्र0सं0 की धारा 165 के तहत जब किसी भारसाधक अधिकारी जो उपनिरीक्षक से कम का नहीं विवेचना कर रहा है। किसी दूसरे थाने का भारसाधक अधिकारी वह उस जिले में था, दूसरे जिले में तलाशी लिवाने की अपेक्षा कर सकता है तथा धारा 166 द0प्र0सं0 गृह या दूसरे थाने से तलाशी लेने में विलम्ब होगा तथा यह परिकल्पना करे की साक्ष्य मिट जाएगा या मिटा देगा। वह द0प्र0सं0 धारा 165 के तहत उपबंधों को अधीन तलाशी लिवायेगा या तलाशी के दौरान द0प्र0सं0 की धारा के प्राविधानों का पालन करेगा।

धारा 166(क) के प्राविधानों के अनुसार भारत के बाहर किसी देश या स्थान में अन्वेषण के लिये सक्षम अधिकारियों अनुरोध-पत्र भेज सकता है। यह पत्र अन्वेषण अधिकारी की वरिष्ठ व्यक्ति के द्वारा हो पत्राचार करेगा। यदि दस्तावेज की आवश्यकता हो पेश करने योग्य हो तो उसे न्यायालय के प्रति अग्रेषित करेंगे।

जब कार्यपालक या न्यायिक मजिस्ट्रेट की उपस्थिति में उसके अधिकार क्षेत्र में कोई अपराध होता है तो वह स्वयं उस अपराध करने वाले व्यक्ति को गिरफ्तार कर सकता है। यह प्राविधान द0प्र0सं0 की धारा 44 में दिया गया है। स्वयं गिरफ्तार करे या गिरफ्तार कराये। द0प्र0सं0 की धारा 44(2) में वह मजिस्ट्रेट जो उस व्यक्ति के विरुद्ध वारण्ट जारी करने में सक्षम है।

द0प्र0सं0 की धारा 45 के अनुसार शस्त्रबलों को संरक्षण- द0प्र0सं0 की धारा 41 से 44 तक की धाराओं में किसी बात के होते हुए संघ के सशस्त्र बलों का कोई स्वरूप केन्द्र सरकार की सहमति प्राप्त करने के पश्चात अपने पदीय कर्तव्य का निर्वहन करने में उसके द्वारा किया गया कार्य में तब तक गिरफ्तार नहीं किया जाएगा। (2) राज्य सरकार निर्देश दे सकती है कि ऐसे बलों के सदस्यों को लोक-व्यवस्था बनाये रखने का कार्यभार सौंपा गया है जहाँ कहीं वह सेवा कर रहे हो।

किसी व्यक्ति को गिरफ्तारी करने हेतु पीछा करने हेतु भारत के किसी भी स्थान से गिरफ्तार कर सकते हैं द0प्र0सं0 की धारा 48 के तहत प्राविधान है।

द0प्र0सं0 की धारा 49 के तहत किसी गिरफ्तार व्यक्ति को उतना ही अवरोध किया जायेगा जितना उसके निकल भागने से रोकने के लिये आवश्यक है।

द0प्र0सं0 50 के तहत गिरफ्तार व्यक्ति की गिरफ्तारी के बाद गिरफ्तार व्यक्ति की सूचना देगा कि तुम्हें किस अपराध में गिरफ्तार किया गया है।

(2) गिरफ्तार व्यक्ति को यह सूचना देगा कि उसे जमानत का पाने का अधिकार है।

द0प्र0सं0 की धारा 50क के अनुसार गिरफ्तार व्यक्ति के परिवार को सूचना देगा। जब मजिस्ट्रेट के सामने आरोपित पेश होगा तो गिरफ्तार करने वाला व्यक्ति बताएगा कि कानून का पालन कर लिया गया है।

धारा 51 द0प्र0सं0 में गिरफ्तार व्यक्ति की जिसका वारण्ट है जमानत का प्राविधान या उपबंध नहीं है जमानत नहीं लेगा। उसकी तलाशी ली जाएगी।

धारा 52 द0प्र0सं0 के अन्तर्गत गिरफ्तार व्यक्ति के शरीर पर आयुध जो लिया है उसे अभिगृहित करेगा एवं ऐसे आयुध को उस न्यायालय के समक्ष पेश करेगा।

किसी गिरफ्तार व्यक्ति का रिमाण्ड लेने से पूर्व पुलिस अधिकारी के अनुरोध पर धारा 53 द0प्र0सं0 के प्राविधान के तहत ऐसा गिरफ्तार व्यक्ति के शरीर पर अपराध किये जाने का साक्ष्य मिल सकता है। यह रिपोर्ट देगा उपनिरीक्षक से नीचे का पदाधिकारी नहीं होगा तथा रजिस्ट्रीकृत चिकित्सक है ताकि चिकित्सा साक्ष्य के रूप में हो सके।

(2) जब किसी स्त्री की इस धारा के अधीन शरीर-परीक्षा की जानी हो, केवल

महिला द्वारा किसी महिला चिकित्सकीय व्यवसायी द्वारा किया जायेगा।

द0प्र0सं0 53(क) बलात्संग के अपराधी व्यक्ति की व्यवसायी द्वारा परीक्षा, खून, खून के धब्बे, सीमन लैंगिक अपराधो की दशा में थूक और बाल के नमूने और अँगुली के नाखुन आधुनिक और वैज्ञानिक तरीके डी0एन0ए0 प्रोफाइल करना है, सभी सम्मिलित होगे।

(ख) रजिस्ट्री चिकित्सा व्यवसायी से वह व्यवसायी अभिप्रेत है जो भारतीय चिकित्सा अधिनियम 1956 की 2 की धारा खण्ड (ज) में परिभाषित कोई चिकित्सा अर्हत है जिसका नाम राज्य चिकित्सा रजिस्टर में प्रविष्ट किया गया है।

गिरफ्तार किये जाने वाले व्यक्ति की सम्भावित स्थान में कहाँ-कहाँ तलाशी ली जानी चाहिए जहाँ उसके मिलने की सम्भावना है। तलाशी या घर सर्च तलाशी के लिये द0प्र0सं0 के नियमों का पालन अवश्य करना चाहिए।

1. प्रथम स्तर - अभियुक्त के गाँव में उसके द्वारा बनाये गये घर या पिता का घर या चाचा चाची का घर या उसके मित्र का घर हो।

2. द्वितीय स्तर - ननिहाल-ससुराल, फूफा का घर

3. तृतीय स्तर - चाचा, चाची के रिश्तेदार, ससुराल-लड़की के घर-लड़का के ससुराल

4. चतुर्थ स्तर - पत्नी के रिश्तों में - साले के ससुराल-ससुर के ससुराल व साली के घर

5. अभियुक्त के भाई बहन के रिश्तेदार - अभियुक्त के भाई के ससुराल- बहन के ससुराल अभियुक्त के बहन के पति के बहनों के ससुराल

इस तरह अभियुक्त किसी न किसी रिश्ते से अवश्य मिल सकता है। इसके अलावा और कहीं छिपने की सम्भावना नहीं पायी जा सकती है। अगर छुपा है तो किसी न किसी से सम्पर्क में अवश्य है।

धारा 330 द0प्र0सं के अन्तर्गत अन्वेषण या विचारण के लम्बित रहा है तक पागल व्यक्ति का छोड़ा जाना - जब कभी किसी व्यक्ति द्वारा द0प्र0स0 की धारा 328 या धारा 329 चित्त विकृत और अपनी प्रतिरक्षा करने में असमर्थ पाया जाये तब यथास्थिति मजिस्ट्रेट या न्यायालय चाहे मामला ऐसा हो जिसमें जमानती ली जा सकती है। या ऐसा न हो इस बात की पर्याप्त प्रतिभूति दी जाने तक छोड़ सकता है।

धारा 358 द0प्र0सं0 के अनुसार निराधार गिरफ्तार करवाये गये व्यक्ति को प्रतिकार :- जब कभी कोई व्यक्ति किसी अन्य व्यक्ति को पुलिस अधिकारी से गिरफ्तार कराता है। तब यदि उस मजिस्ट्रेट को जिसके द्वारा यह मामला सुना जाता है, यह प्रतीत होता है। ऐसी गिरफ्तारी कराने के लिये कोई पर्याप्त आधार नहीं है तो वह मजिस्ट्रेट निर्णय दे सकता है तो ऐसे सरकारी गवाह व्यक्ति के इस सम्बन्ध में उसे समय की हानि और व्यय के लिये प्रतिकार जितना मजिस्ट्रेट ठीक समझे गिरफ्तारी कराने वाले व्यक्ति को देगा।

धारा 129 द0प्र0सं0 सिविल बल का प्रयोग द्वारा जमाव को तितर-बितर करना :- कोई कार्यपालक मजिस्ट्रेट या पुलिस थाने का भार साधक अधिकारी या ऐसे भार साधक की अनुपस्थिति में उपनिरीक्षक के पद से अनिम्न कोई पुलिस अधिकारी विधि विरुद्ध जब 5 या पाँच से अधिक व्यक्ति को जिससे लोक शांति भंग की हो तितर-बितर करने का आदेश दे सकेगा। (2) यदि ऐसे आदेश के बाद तितर-बितर जब नहीं होता है या ऐसा आचरण करता है जिससे स्पष्ट है कि लोक शांति भंग होगा।

द0प्र0सं0 धारा 130 के तहत तितर-बितर के आदेश के तहत बल प्रयोग करेगा।

द0प्र0सं0 धारा 131 के तहत जमाव को तितर-बितर करने की शस्त्र बल के कुछ अधिकारी की शक्ति यदि किसी मजिस्ट्रेट से सम्पर्क न हो जमाव लोक व्यवस्था को भंग करेगा सशक्त बल का कोई आयुक्त या राजपत्रित अधिकारी अपने अधीनस्थ की मदद से तितर बितर करेगा या गिरफ्तार कर सकेगा। पुलिस रेगुलेशन के पैरा 70 में भीड़ को जब विरुद्ध या हिंसक हो जाए को तितर-बितर करने का प्राविधान भा0द0वि0 की धारा 141 के तहत भीड़ या विधि-विरुद्ध जमाव में जब पाँच या पाँच से अधिक व्यक्ति का जमाव जो विधि विरुद्ध जमाव कहा जाता है जो अपने उद्देश्य की पूर्ति के लिये एकत्र हो तथा आपराधिक बल-प्रयोग का प्रदर्शन करे। किसी विधि पूर्व आदेश के पालन में विरोध करे आपराधिक बल का प्रयोग की धारा 142 में विधि विरुद्ध का सदस्य होना है।

नोट- जब अभियुक्त की गिरफ्तारी करे या पुलिस अभिरक्षा मे रखे तो पुलिस का खाना या खुराक अवश्य काटे। जब कभी आरोपित आरोप लगाये तो उसका जवाब दिया जा सके। वैसे खाना व्यावहारिक रूप से घर का ही जाता है, जिनको चिक खुराक न किता करने की चूक स्वाभाविक है।

अध्याय-10

रिमाण्ड की प्रक्रिया

द0प्र0सं0 की धारा 167 के प्राविधान

विवेचक विवेचना के क्रम में जब अभियुक्त की गिरफ्तारी करता है या किसी मुकदमे में किसी अन्य पुलिस अधिकारी द्वारा गिरफ्तार कराता है तो द0प्र0सं0 की धारा 167 के अनुसार गिरफ्तारी के 24 घण्टे के अन्दर माननीय न्यायालय के सामने जो अधिकारिता रखता है के समक्ष पेश किया जाता है। रिमाण्ड थाने का भार साधक अधिकारी या विवेचक या उपनिरीक्षक के पंक्ति निम्न न हो।

द0प्र0सं0 की धारा 57 के तहत जब भी किसी व्यक्ति को गिरफ्तार किया जाता है तो उसे 24 घण्टे से अधिक अभिरक्षा में नहीं रख सकते तथा धारा 167 द0प्र0सं0 के तहत उसका रिमाण्ड यानी न्यायिक हिरासत में माननीय न्यायालय के समक्ष अनुरोध किया जाएगा गिरफ्तारी के स्थान से न्यायालय का स्थान के आवश्यक समय छोड़कर 24 घण्टे से अधिक समय नहीं हो सकता।

यह रिमाण्ड विवेचक किसी मुकदमा की विवेचना कर रहा है तथा उस मुकदमे में सजा 10 साल से नीचे है तथा अभियुक्त गिरफ्तार हो गया है तो 60 दिन का रिमाण्ड होगा। यदि मुकदमें में सजा 10 साल से ऊपर या आजीवन कारावास या मृत्युदण्ड हो तो उसमें से अभियुक्त के गिरफ्तारी के 90 दिन का रिमाण्ड मिल सकता है। इसके बाद अपनी पुलिस रिपोर्ट यानी आरोप पत्र प्रेषित किया जाएगा।

उ0प्र0 गैंगस्टर एक्ट 1986 के अन्तर्गत व्यक्ति गिरफ्तार होता है तो उसका रिमाण्ड एक वर्ष तक का हो सकेगा जहाँ उपर्युक्त मुकदमें में एक बार में 14 दिवस से का रिमाण्ड मिलेगा वहीं गैंगस्टर एक्ट में एक बार में 60 दिवस का रिमाण्ड मिलेगा।

रिमाण्ड विवेचक के विवेचना की महत्त्वपूर्ण पहलू है। अभियुक्त की गिरफ्तारी होने के बाद बिना रिमाण्ड के विवेचना पूर्ण नहीं हो पाएगी।

रिमाण्ड दो प्रकार का होता है। (1) न्यायिक रिमाण्ड (2) पुलिस रिमाण्ड

न्यायिक रिमाण्ड की आवश्यकता तब पड़ती है, जब किसी मुकदमे में अभियुक्त गिरफ्तार किया जाय और गिरफ्तारी वाले मुकदमे में विवेचना 24

घण्टे में समाप्त नहीं हो सकती तो अभियुक्त को निरुद्ध करने के लिये द0प्र0सं0 धारा 167 के तहत विवेचक को सशक्त किया गया है कि वह अधिकारिता रखने वाले मजिस्ट्रेट के समय प्रस्तुत होकर धारा 172 द0प्र0सं0 के तहत किता किया गया केस डायरी प्रस्तुत करते हुए रिमाण्ड का अनुरोध करे।

न्यायिक रिमाण्ड का आवेदन 14 दिवस का एक साथ करना चाहिए। केवल गैंगस्टर एक्ट में एक साथ 60 दिवस का रिमाण्ड होता है।

अब विवेचना अधिकारी अपने अभिलेखों के द्वारा मजिस्ट्रेट को संन्तुष्ट करेगा और रिमाण्ड का कारण स्पष्ट करेगा।

प्रथम रिमाण्ड किसी मजिस्ट्रेट के पास जाकर प्राप्त कर सकता है परन्तु दूसरा रिमाण्ड अधिकारिता वाले मजिस्ट्रेट से ही प्राप्त करेगा।

पुलिस रिमाण्ड -

पुलिस रिमाण्ड के लिए विवेचक को प्रथम रिमाण्ड में यानी 14 दिवस के अन्दर की प्रार्थना-पत्र पुलिस अधीक्षक महोदय के माध्यम से प्रस्तुत करना चाहिए।

पुलिस अभिरक्षा में रिमाण्ड पुलिस रेगुलेशन पैरा 121 के प्राविधान के तहत पुलिस अभिरक्षा में रिमाण्ड न माँगा जाय जब तक कि रिमाण्ड माँगने वाला अधिकारी रिमाण्ड मँगाने का पर्याप्त कारण न दर्शाता है। यह मात्र कह देना कि आरोपित आगे और सूचना देगा रिमाण्ड स्वीकार नहीं किया जा सकेगा। इसी प्राविधान में आवेदन पुलिस अधीक्षक या उप पुलिस अधीक्षक यानी राजपत्रित अधिकारी के माध्यम से रिमाण्ड प्रस्तुत होगा।

पुलिस रिमाण्ड पुलिस रेगुलेशन की पैरा 121 के तहत पूर्व आधार न बताने पर रिमाण्ड स्वीकार नहीं किया जा सकता है। द0प्र0सं0 के 167 के प्राविधानों के अनुसार रिमाण्ड किया जाएगा।

पुलिस रिमाण्ड गिरफ्तारी होने के बाद प्रथम रिमाण्ड अवधि यानी 14 दिवस के अन्दर ही आवेदन करने का प्राविधान है। इसके पश्चात पुलिस रिमाण्ड का आवेदन प्रपत्र अमान्य होगा।

रिमाण्ड तब लिया जाएगा जब किसी मुकदमे में किसी व्यक्ति की गिरफ्तारी होने के 24 घण्टे में विवेचना पूर्ण नहीं होने की अवस्था हो। द0प्र0सं0 57 के तहत गिरफ्तार व्यक्ति को अपने पास 24 घण्टे से ज्यादा अभिरक्षा में नहीं रख

सकते, तब उसको सम्बन्धित मजिस्ट्रेट के समक्ष पेश किया जाता है और रिमाण्ड की प्रक्रिया अपानायी जाती है।

कभी-कभी आरोपित गिरफ्तार होने के बाद तुरन्त निकल भागता है तो द0प्र0सं0 के धारा 60 के तहत उसकी तुरन्त परीक्षा करने का प्राविधान एवं शक्ति है तथा पकड़ लेने का प्राविधान है।

अध्याय - 11

विधि-विशेषज्ञ/चिकित्सा-व्यवस्था

विधि विशेषज्ञ की राय साक्ष्य अधिनियम 1872 के धारा 45 के तहत विशेषज्ञों की राय विवेचना या न्यायालय में मान्य होगी।

जब कि न्यायालय को विदेशी विधि का विज्ञान की या कला की किसी बात का हस्तलेख या अँगुली चिह्नों के अन्यनता की राय माननी है। हो तब उस बात पर विदेशी विधि विज्ञान कला या अँगुली चिह्नों की अनन्यता विषयक प्रश्नों में निर्देश कुशल व्यक्तियों की राय सुसंगत तथ्य है। ऐसे व्यक्ति विशेषज्ञ कहलाते है।

धारा 45 (क) इलेक्ट्रॉनिक साक्ष्य के परीक्षक की राय :-

जब किसी कार्यवाही में न्यायालय को किसी कम्प्यूटर संसाधन या किसी अन्य इलेक्ट्रॉनिक या अंकित प्रारूप में प्रेषित या भण्डारित किसी सूचना से सम्बन्धित मामले पर राय करती है। सूचना प्रोद्यौगिकी अधिनियम की धारा 79 क में निर्दिष्ट इलेक्ट्रॉनिक साथ्य के परीक्षक की राय सुसंगत तथ्य है।

धारा 17 सूचना प्रौद्योगिकी 2000 में नियंत्रक और अन्य अधिकारियों की नियुक्ति केन्द्रीय सरकार शासकीय राजपत्र अधिसूचित द्वारा अधिनियम के प्रयोजन के लिये नियंत्रण नियुक्त कर सकेगी और पश्चातवर्ती अभिसूचना द्वारा प्राधिकारियों के उप नियंत्रण सहायक नियंत्रण अन्य अधिकारी कर्मचारी की उतना संख्या में नियुक्त कर सकेगी।

बदलते परिवेश में सूचना प्रोद्योगिकी साक्ष्य का विशेष महत्व है। धारा 46 साक्ष्य अधिनियम के विशेषज्ञों की राय से सम्बन्धित वे तथ्य सुसंगत हैं, सुसंगत होते है। यदि वे विशेषज्ञों के राय का समर्थन करते हैं या उनसे असंगत हो जबकी ऐसी राय सुसंगत है।

साक्ष्य अधि0 धारा 47 हस्तलेख के बारे में राय सुसंगत है - जब न्यायालय को राय बनानी हो कोई दस्तावेज किस व्यक्ति ने लिखी या हस्ताक्षरित की, जब उस व्यक्ति के हस्तलेख से जिसके द्वारा वह लिखी हस्ताक्षरित की गयी अनुमानित की जाती है। परिचित किसी व्यक्ति की राय उस व्यक्ति द्वारा लिखी या हस्ताक्षरित की गयी या अथवा सुसंगत तथ्य है।

धारा 48 साक्ष्य अधिनियम अधिकार या रूढ़ि के बारे में सुसंगत

साक्ष्य अधिनियम की धारा 49 प्रथाओं सिद्धान्तों आदि के बारे में राय सुसंगत किसी कुटुम्ब के किसी निकाय की प्रथाओं सिद्धान्तों धार्मिक खैराती प्रतिष्ठान द0प्र0सं0 की धारा 311(क) नमूना हस्ताक्षर या हस्तलेख देने के लिये किसी व्यक्ति को आदेश देने की मजिस्ट्रेट की शक्ति प्राप्त है, जिसमें यह कार्यवाही तब किया जायेगा जब इस विवेचना के दौरान गिरफ्तार न किया गया होः-

यदि प्रथम वर्ग मजिस्ट्रेट को समाधन हो जाता कि संहिता के अधीन किसी अन्वेषण या कार्यवाही के प्रयोजन के लिये नमूना हस्ताक्षर या हस्तलेख देने के लिये किसी व्यक्ति को उसके अन्तर्गत अभियुक्त है, निर्देश देना समीचीन है तो आरोपी को आदेश कर सकेगा। उस दशा में वह व्यक्ति जिससे आदेश सम्बन्धित है ऐसे आदेश में निश्चित समय स्थान पर पेश किया जाएगा वहाँ उपस्थित होगा और नमूना हस्ताक्षर व अभिलेख देगा।

मौखिक बहस और बहस का ज्ञापन धारा 314 द0प्र0सं0 के तहत कार्यवाही का कोई पक्षकार अपने साक्ष्य के समाप्ति के पश्चात यथाशक्य शीघ्र संक्षिप्त बहस कर सकेगा।

द0प्र0धारा 315 अभियुक्त व्यक्ति सक्षम साक्षी होगा -

कोई व्यक्ति जो अपराध के लिये किसी दण्ड न्यायालय के समक्ष अभियुक्त हो प्रतिरक्षा के लिये सक्षम है अपने विरुद्ध या उसी विचारण में उसके साथ आरोपति किसी व्यक्ति के विरुद्ध लगाये गये आरोपों को साबित करने के लिये शपथ पर साक्ष्य दे सकेगा।

मरणासन्न बयान :-

जब कभी विवेचक धारा 157 द0प्र0सं0 के तहत विवेचना कर रहा है तथा विवेचना के दौरान साक्षी के रूप में घायल व्यक्ति का बयान धारा 161 द0प्र0सं0 के तहत लिया गया है तथा पुलिस पैरा 115 के अनुसार दर्ज है या तथा अस्पताल जाने के पहले बयान आवश्यक है तथा उसकी मृत्यु सम्भाव्य है जहाँ मरणासन्न घोषणा किया जा सकता है। तत्काल स्वयं उसका बयान दो व्यक्ति की उपस्थिति में करेगा के नीचे दोनों साक्षियों के हस्ताक्षर या अँगूठा निशान प्राप्त करते हुए अभिलिखित कर लेना चाहिए इसके बाद बयान देने वाले की मृत्यु हो जाती है तो यही मृत्यु-पूर्व बयान माना जाएगा।

शस्त्र अधिनियम 1959 के तहत धारा 3 के अपराध में अभियोजन स्वीकृत धारा 39 के अनुसार डी0एम0 के द्वारा आवश्यक है। लोकसेवक पर धारा 45की (ब) (II) के अनुसार अपने कर्तव्य पालन में अधिनियम लागू नही होता।

मुकदमे वापसी का विधान द0प्र0सं0 की धारा 321 के तहत कोई भी भार साधक (राज्य सरकार) कोई लोक अभियोजन या सहायक अभियोजन निर्णय सुनाये जाने के पूर्व किसी व्यक्ति के अभियोजन को या तो साधारणतः या उन अपराधों से किसी एक या अधिक के बारे में जिनके लिए उस व्यक्ति का विचारण किया जा रहा है, न्यायालय की सहमति से वापस ले सकता है। ऐसे अपराध वापस लिये जाने पर अपराधी मुक्त किया जाय।

अध्याय - 12

अभियोजन अधिकारी/कार्य/अभियोजन

लोक अभियोजक या /अभियोजन अधिकारी :-

(1) अभियोजन क्या है ? जो भी वाद या मुकदमा माननीय न्यायालय में वादी बनाम राज्य सरकार चलता है। उसमें साक्ष्य की उपस्थिति या पैरवी के लिये जो अधिवक्ता होता है। उसके द्वारा किये गये कार्य को अभियोजन कहते है।

(2) द0प्र0सं0 1973 के धारा 2 के (प) में लोक अभियोजक के रूप में परिभाषा दी गयी है। कि द0प्र0सं0 की धारा 24 के तहत प्रत्येक उच्च न्यायालय के लिये केन्द्रीय सरकार या राज्य सरकार उच्च न्यायालय में परामर्श के पश्चात अभियोजन, अपील के संचालन हेतु एक लोक अभियोजन नियुक्त करेगा।

(3) केन्द्र सरकार किसी जिले के या स्थानीय क्षेत्र के किसी मामले के संचालन या प्रयोजन के लिये लोक अभियोजन नियुक्त कर सकेगी।

(4) जिला मजिस्ट्रेट सेशन न्यायाधीश के परामर्श से ऐसे व्यक्तियो का नाम का पैनल तैयार करेगा जो जिले के लिये लोक अभियोजक या अपर लोक अभियोजक नियुक्त किये जाने के योग्य हो।

(5) राज्य सरकार पैनल में से लोक अभियोजन या अभियोजक नियुक्त करेगी।

सहायक लोक अभियोजक - राज्य सरकार की द0प्र0सं0 धारा 25 के तहत जिले में मजिस्ट्रेटां के न्यायालय में अभियोजन का संचालन करने के लिये एक या अधिक सहायक अभियोजक नियुक्त करेगी।

धारा 25 की उप पैरा (2) कोई पुलिस अधिकारी सहायक अभियोजक नियुक्त नहीं होगा।

(3) जहां सहायक अभियोजक किसी वरिष्ठ मामले में प्रयोजन के लिये उपलब्ध नहीं है वहां जिला मजिस्ट्रेट किसी अन्य व्यक्तियों लोक अभियोजक या उस मामले का सार साधक साहयक लोक अभियोजन नियुक्त करा सकता है। परन्तु कोई पुलिस अधिकारी इस प्रकार नियुक्त नहीं किया जायेगा।

(क) यदि उसने उस अपराध के अन्वेषण में कोइ भाग लिया हो जिसके बारे में

अभियुक्त अभियोजित किया जा रहा है।

(ख) वह निरीक्षक की पंक्ति के नीचे का न हो।

द0प्र0सं0 की धारा 132 द0प्र0स0 के तहत :-

(1) किसी कार्य के लिये जो धारा 129, 130, 131 के अधीन किये गये कार्य हो किसी व्यक्ति के विरुद्ध अभियोजन किसी दण्ड न्यायालय में

(क) सशस्त्र बल का कोई अधिकारी या सदस्य या केन्द्रीय सरकारी की मंजूरी के बिना संस्थित नहीं किया जाएगा।

(ख) किसी अन्य मामले में राज्य सरकार की मंजूरी के संस्थित नहीं किया जाएगा।

(2क) किसी मजिस्ट्रेट या पुलिस अधिकारी द्वारा यह न समझा जाए कि उसने कोई अपराध किया है।

(3) सशस्त्र बल पद से भूमि बल क्रियाशील सेना नौसेना वायुसेना या संघ का कोई बल या अधिकारी से अर्थ

अभियुक्त के पागल होने की दशा में पुलिस रेगुलेशन की पैरा 118 में स्पष्ट अंकित है कि विवेचना के दौरान यदि चित्त विकृत व्यक्ति ने अपराध किया है तो उनका मनोदृश्य केस डायरी में अवश्य दर्शाया जाय, परन्तु यह बात न्यायालय द्वारा अवधारित किया जाएगा कि आरोपित पागल है या नहीं अभियोजन धारा 328 द0प्र0सं0 जाँच करने वाले मजिस्ट्रेट को यह विश्वास करने का कारण है वह व्यक्ति जिसके विरुद्ध जाँच किया जा रहा है। विकृत चित्त है परिणामतः अपने प्रतिरक्षा में असमर्थ है। तब मजिस्ट्रेट ऐसे चित विकृत तथ्य की जाँच करेगा और ऐसे व्यक्ति की परीक्षा उस जिले के सिविल सर्जन या अन्य ऐसे चिकित्सक अधिकारी द्वारा कराया जाय जिसे राज्य सरकार निर्दिष्ट करे ऐसे सिविल सर्जन या अधिकारियों को साक्षी के रूप में परीक्षा करेगा ओर उस परीक्षा को लेखबद्ध करेगा।

अध्याय - 13

सम्पत्ति जब्ती का मामला

वारण्ट/उद्घोषणा/कुर्की

उस स्थान की तलाशी लेने का प्राविधान है जिसमें चुरायी गयी सम्पत्ति/कूट रचित दस्तावेज आदि का सन्देह हो द0प्र0सं0 धारा 94 के तहत है।

यदि जिला मजिस्ट्रेट या उप जिला मजिस्ट्रेट या प्रथम वर्ग कार्यपालक मजिस्ट्रेट न्यायिक मजिस्ट्रेट को सूचना मिलने पर ऐसी जाँच के पश्चात वह आवश्यक समझे। यह विश्वास करने का कारण है कि कोई स्थान चुरायी हुई सम्पत्ति के निक्षेप या विक्रय के लिये उत्पादन या किसी आपत्तिजनक वस्तु के लिए जिसको यह धारा लागू होती है। निक्षेप विक्रय या उत्पादन के लिये उपयोग में लाया जाता है तो कांस्टेबिल की पंक्ति से ऊपर के किसी पुलिस अधिकारी को वारण्ट द्वारा यह अधिकार दे सकता है कि वह

(क) वह उस स्थान में ऐसी सहायता के साथ जैसी आवश्यक हो प्रवेश करे

(ख) वारण्ट में निर्दिष्ट तिथि से उसकी तलाशी ले

(ग) वहाँ पायी गयी किसी भी सम्पत्ति या वस्तु को जिसके चुरायी हुई सम्पत्ति या ऐसी आपत्तिजनक परन्तु जिसको यह धारा लागू होती है, होने का उसे उचित संदेह हो कब्जे में ले।

(घ) ऐसी सम्पत्ति या वस्तु को मजिस्ट्रेट के पास ले जाय या उसको उसी स्थान पर तब तक पहरे में रखे जब उस अपराधी का मजिस्ट्रेट के समक्ष जाय अन्यथा उसे किसी सुरक्षित रखे जो वस्तु निम्नांकित है।

कूटकृत धातु, टोकन अधिनियम 1889 के कूटकृत को नकली मुद्राएँ या उपरोक्त में किसी परन्तु के लिए उपयोग में लाये गये उपकरण।

द0प्र0सं0 की धारा 95 के तहत

कुछ प्रकाशनों के सदृश्य होने की घोषणा करना और उसके लिए तलाशी वारण्ट जारी करना -

(क) किसी समाचार-पत्र या पुस्तक या किसी दस्तावेज जिसमें प्रकाशन हो या अश्लील जो भा0द0सं0 124क, 153क व 153ख - राजद्रोह बोले या लिखे गये को भारत में लिये या 292 या 293 या 295 क के अधीन दण्डनीय है।

153क- धर्म मूल वंश जन्मस्थान निवास-स्थान, भाषा, शत्रुता व संवाद किया गया हो

153ख- राष्ट्रीय एकता अखण्डता का प्रतिकूल डालने वाला लेखन रखा हो

292- अश्लील पुस्तकों आदि का विक्रय के लिये रखा गया हो

293- तरुण व्यक्ति को अश्लील पुस्तक का विक्रय बीस वर्ष से कम आयु के बच्चे का होना

295क-विभाषित या द्वेषपूर्व कार्य जो धर्म या धार्मिक विवाद होने की सम्भावना हो उपर्युक्त में दण्डनीय है। राज्य सरकार ऐसी बात के अन्तर्गत प्रत्येक पत्र समाचार-पत्र या पुस्तक दस्तावेज सरकार के पक्ष में सम्पादक के लिए घोषणा अपनी राय या अध्यरोक कथन करते हुए अधिसूचना कर सकेगी तब कोई भी पुलिस अधिकारी भारत या जहाँ भी मिले उस अधिकारी कर सकेगा ओर कोई मजिस्ट्रेट उप निरीक्षक को अभिन्न पंक्ति के किसी पुलिस अधिकारी ऐसे परिसर में जहाँ ऐसे अंक की प्रति या ऐसी कोई पुस्तक या दस्तावेज हो या उसके होने का उचित संदेह हो प्रवेश करने या लिये तलाशी होने के लिये वारण्ट जारी कर सकेगा।

(क) समाचार-पत्र या पुस्तक में प्रेस और पुस्तक राष्ट्रीकरण अधिनियम 1867 (1867 उनमें दस्तावेज के अंतर्गत रेखाचित्र फोटो आदि हो।

पुलिस अधिकारी को अभिगृहीत करने की शक्ति -

द0प्र0सं0 धारा 102(1) में प्राविधान है कि कोई पुलिस अधिकारी किसी ऐसी सम्पत्ति को अभिगृहित कर सकता है, जिसके बारे में यह अभिकथन या संदेह है कि वह चुरायी हुई है अथवा ऐसी परिस्थिति में पायी गयी है जिससे किसी अपराध का संदेह होना पाया गया है।

द0प्र0सं0 की धारा 102(2) के तहत यदि किसी पुलिस अधिकारी थाने के भारसाधक अधिकारी का अधीनस्थ है तो वह थाना प्रभारी को रिपोर्ट तत्काल देगा।

(3) उप धारा (1) के अधीन कार्य करने वाला प्रत्येक पुलिस अधिकारी

रखने वाले मजिस्ट्रेट को अभिग्रहण की रिपोर्ट तत्काल देगा। यदि अभिगृहीत सम्पत्ति सुगमता से न्यायालय नहीं लायी जा सकती या ऐसी सम्पत्ति को उचित स्थान प्राप्त करने में कठिनाई है, जहाँ सम्पत्ति को निरन्तर संरक्षा में रखा गया है। अन्वेषण के प्रयोजन के लिये आवश्यक नहीं समझा जा सकता, उस सम्पत्ति को ऐसे व्यक्ति के अभिरक्षा में देगा कि यह वचनबद्ध करते हुये बन्ध पत्र निष्पादित करे जब कभी न्यायालय अपेक्षा करेगा या समय पर पेश करेगा उसके वचन के बाबत न्यायलय अलग से आदेश करेगा।

परन्तु उप धारा (1) के अधीन अधिगृहीत सम्पत्ति शीघ्र तथा और प्राकृतिक क्षति हो और ऐसी सम्पत्ति का हकदार व्यक्ति अज्ञात है अथवा अनुपस्थित है। सम्पत्ति 5 सौ रुपया से कम है तो उसका पुलिस अधीक्षक के आदेश से नीलामी द्वारा या विक्रय द्वारा किया जा सकेगा और द0प्र0सं0 धारा 457 के तहत ऐसी सम्पत्ति को न्यायालय आदेश देगा द0प्र0सं0 की 458 के तहत विनश्वर सम्पत्ति को बेचने की शक्ति जो शीर्ष विक्रय के शक्ति है या आदेश देगा। यदि छह मास में कोई दावेदर हाजिर नही होता है तो राज्य सरकार उसकी विक्रय करा सकती है।

जब द0प्र0स0 की धारा 104 में पेश की गयी वस्तु के अधिग्रहण की शक्ति है -

मजिस्ट्रेट को अपनी उपस्थिति में तलाशी लेने की शक्ति है एवं प्राप्त सम्पत्ति को कब्जे में ले सकता है। धारा 105 में, वारण्ट या तलाशी वारण्ट जारी कर सकता है।

सम्पत्ति की कुर्की या समाहरण के आरोपों के सम्बन्ध में सहायता : धारा 105 ग के (1) भारत के किसी न्यायालय के पास यह विश्वास करने का युक्त अधार है। किसी व्यक्ति द्वारा अभिप्राप्त कोई सम्पत्ति ऐसे व्यक्ति की किसी अपराध के लिये जाने से प्रत्यक्ष या अप्रत्यक्ष से व्युत्पन्न या अभिप्राप्त हुई है। वह ऐसी सम्पत्ति की कुर्की का आदेश दे सकता है। धारा 105 घ से धारा 105 ञ उपबंन्धो के अधीन है।

द0प्र0स0 की धारा 105(घ) अवैध रूप से प्राप्त की गयी सम्पत्ति पहचान करना-

न्यायालय द्वारा धारा 105 (ग) की उपधारा (1) के अधीन या उसकी धारा 105 घ (1) के अनुरोध प्राप्त होने पर पुलिस उपनिरीक्षक की पंक्ति से नीचे न हो पता लगाने का काम करेगा। (2) इस कार्यवाही के अन्तर्गत अनुरोध

पत्र व्यक्ति स्थान सम्पत्ति दस्तावेज, किसी बैंक या सर्वांगीण वित्तीय संस्था या लेखा है या किसे मय सुसंगत अन्वेषण में समायोजन हो सकेगा।

धारा 105 (ड) सम्पत्ति की जब्ती या कुर्की -

जब धारा 105 घ के अधार पर अन्वेषणकर्ता वाले आदि कोई को विश्वास किस सम्पत्ति के मुकदमे में अन्वेषण किया जा रहा छिपाये जाने स्थानान्तरित किये जाने या इसके विषय में जानकारी होने पर सम्पत्ति का अधिग्रहण कर सकेगा। ऐसी सम्पत्ति बिना आदेश जो आदेश किया है कोई परिस्थिति हो बिना समय लिये आदेश दिया जाएगा तथा अधिगृहित की प्रति उस व्यक्ति को दी जाय जिसके कब्जे में सम्पत्ति हो।

धारा 105 च के अनुसार न्यायालय उसे जगह के जिला मजिस्ट्रेट को या उच्च अधिकारी को आदेश दे सकेगा।

धारा 105(छ) सम्पत्ति त्रुटि के सूचना से सम्पत्ति अधिकारी को देगा जो सम्पत्ति कुर्की का आदेश दिया हो।

धारा 82, 83 - वारण्ट/उद्घोषणा/कुर्की

वारण्ट द0प्र0सं0 की धारा 73 के तहत मुख्य न्यायिक मजिस्ट्रेट सी0जे0एम0 या प्रथम वर्ग मजिस्ट्रेट किसी निकल भागे हुए दोष सिद्ध उद्घोषित अपराधी या किसी ऐसे व्यक्ति जो अजामतीय अपराध के लिये अभियुक्त है गिरफ्तारी से बच रहा है। अधिकारित रखने वाले उपरोक्त मजिस्ट्रेट ऐसे व्यक्ति के विरुद्ध वारण्ट जारी कर सकेगा।

(1) किसी ऐसा व्यक्ति वारण्ट प्राप्ति के लिखित रूप में स्वीकार करेगा। वह व्यक्ति जिसकी गिरफ्तारी के लिये वारण्ट जारी किया गया है। उसके भार साधक के अधीन किसी भूमि या अन्य सम्पत्ति ही प्रवेश करे तो वह वारण्ट का निष्पादन/पालन करेगा।

(2) जब वह व्यक्ति जिसके विरुद्ध ऐसा वारण्ट जारी किया गया है गिरफ्तार कर लिया गया है। वह व्यक्ति वारण्ट सहित निकटतम पुलिस अधिकारी के हवाले कर दिया जाएगा जो धारा 71 द0प्र0सं0 के अधीन जमानत न ली गयी हो तो उस मामले में अधिकारिता रखने वाली मजिस्ट्रेट के समक्ष भिजवाएगा।

वारण्ट का पालन -

द0प्र0सं0 की धारा 74 के प्राविधान के तहत किसी पुलिस अधिकारी को निर्दिष्ट वारण्ट लेकर निष्पादन किसी अन्य ऐसे पुलिस अधिकारी द्वारा भी किया जा सकेगा, जिसके नाम वारण्ट पर उस अधिकारी द्वारा पृष्ठांकित किया हो जिसे वह निष्पादन हो पृष्ठांकित हो।

द0प्र0सं0 की धारा 75 के तहत वारण्ट जिस व्यक्ति के गिरफ्तारी के बाबत दिया गया है। पुलिस अधिकारी उस व्यक्ति को वारण्ट गिरफ्तारी की सूचना देगा तथा यदि वह अपेक्षा करेगा तो वारण्ट दिखायेगा।

द0प्र0सं0 के धारा 76 के प्राविधानों के तहत यदि वारण्ट में जमानत का प्राविधान है तो धारा 71 द0प्र0सं0 के तहत जमानत देगा यदि ऐसा न कर सका तो बिना विलम्ब के वारण्टी को सक्षम न्यायालय के समक्ष पेश करेगा परन्तु किसी भी परिस्थिति में गिरफ्तारी से न्यायिक मजिस्ट्रेट के समक्ष पेश होने के समय को छोड़कर 24 घण्टे से अधिक नहीं होगा।

वारण्ट की तामीला द0प्र0सं0 की धारा 77 के तहत भारत के किसी भी भाग या स्थान में किया जा सकेगा।

यदि वारण्ट की तामीला अधिकारिता के बाहर किया जाना है तो माननीय न्यायालय द0प्र0सं0 के धारा 78 के प्राविधानों के तहत किसी पुलिस अधिकारी को निर्दिष्ट करने के बजाए ऐसे कार्यालय बल्कि मजिस्ट्रेट या पुलिस अधीक्षक जिसके अधिकारिता में या सीमाओं में निष्पादन होना है, भेज सकेगा। कार्यपालक मजिस्ट्रेट का जिला पुलिस अधीक्षक उस वारण्ट पर अपना नाम पृष्ठांकित करेगा, निष्पादन कराएगा।

द0प्र0सं0 की धारा 78 के पैरा में जो (1) में वारण्ट जारी करने के साथ गिरफ्तार करने वाले व्यक्ति या साक्ष्य सहित दस्तावेज को धारा द0प्र0सं0 के तहत पालन करेगा।

अधिकारिता के बाहर निष्पादन के लिये पुलिस अधिकारी को -

धारा 79 द0प्र0सं0 के प्राविधानों के तहत जब पुलिस अधिकारी को निर्दिष्ट वारण्ट का निष्पादन उसे जारी करने वाले न्यायालय को स्थानीय अधिकारिता के बाहर किया गया हो तब पुलिस अधिकारी उसे पृष्ठांकन के लिये मामूली तौर पर ऐसे कार्यपालक मजिस्ट्रेट के पास या पुलिस थाने के भार

साधक अधिकारी से अनिम्न पंक्ति के ऐसे पुलिस अधिकारी के पास जिसकी अधिकारिता के स्थानीय सीमाओं में उस वारण्ट का निष्पादन किया जाना है, ले जाएगा।

द0प्र0सं0 79 की (2) के अन्तर्गत ऐसा मजिस्ट्रेट या पुलिस अधिकारी उस वारण्ट पर अपना नाम पृष्ठांकित करेगा। ऐसा पुलिस अधिकारी जिसे वारण्ट निर्दिष्ट किया गया है। ऐसे पुलिस अधिकारी वारण्ट को निष्पादन करने का पर्याप्त आधार होगा और स्थानीय पुलिस से ऐसी उपेक्षा की जाय जो वारण्ट निष्पादन कर रहा है, को सहायता करेगा। (3) जब कभी यह विश्वास करने का कारण हो उस मजिस्ट्रेट या पुलिस अधिकारी जिसकी स्थानीय अधिकारियों के अन्दर वारण्ट निष्पादन किया जाना हो पृष्ठांकन अभिप्राप्त करने में होने वाले विलम्ब से ऐसा निष्पादन न हो पाएगा तब वह पुलिस अधिकारी जिसे वारंट निर्दिष्ट किया है। उसका निष्पादन उस न्यायालय की जिसने जारी किया है। स्थानीय अधिकारिता से परे किसी स्थान में ऐसे पृष्ठांकन के बिना कर सकेगा।

जिसके विरुद्ध वारण्ट जारी है गिरफ्तारी होने की स्थिति -

द0प्र0सं0 की धारा 80 के प्राविधानों के तहत जब गिरफ्तारी के वारण्ट का निष्पादन उस जिले से बाहर जिसमें वह जारी किया गया था। गिरफ्तार किये गये व्यक्ति के सिवाय जब वह न्यायालय जिसने वारण्ट जारी किया गिरफ्तारी के स्थान से 30 कि0मी0 में के अन्दर हो तो जिस सीमा के अन्दर या मजिस्ट्रेट के समक्ष ले जायेगा या धारा 71 द0प्र0सं0 तहत प्रतिभूति ले ली गयी हो ऐसे मजिस्ट्रेट के समक्ष ले जायेगा।

धारा 81 द0प्र0सं0 के तहत गिरफ्तार किया गया व्यक्ति वही व्यक्ति प्रतीत होता है।

व्यक्ति वारण्ट जारी करने वाले के मजिस्ट्रेट के समक्ष भेजेगा। जो वारण्ट जारी करने वाले न्यायालय आशायित हो कार्य पालक मजिस्ट्रेट या जिला पुलिस अधीक्षक या पुलिस आयुक्त इस न्यायालय के पास अभिरक्षा में भेजेगा। जमानत लेने के कारण इस धारा के अधीन निवारित करने वाली न समझी जाएगी। धारा 71 द0प्र0सं0 में वारण्ट जारी करने वाला मजिस्ट्रेट में यह निर्देश देगा तब जमानत दी जा सकेगी जिससे प्रतिभूतियाँ को स्वीकृत करेगा।

उद्‌घोषणा -

धारा 82 द0प्र0सं0 की (1) धारा के प्राविधानों के तहत किसी न्यायालय

को चाहे साक्ष्य होने के पश्चात या साक्ष्य के लिए बिना यह विश्वास करने का कारण हो कि कोई व्यक्ति जिसके विरुद्ध न्यायालय ने वारण्ट जारी किया है फरार हो गया है या अपने को छिपा रहा है या वारण्ट निष्पादन नहीं हो सकता। ऐसे व्यक्ति के विरुद्ध न्यायालय अपेक्षा करने वाली उद्घोषणा प्रकाशित कर सकती है कि वह व्यक्ति विनिर्दिष्ट स्थान में और विनिष्ट समय पर जो उद्घोषणा की तारीख के कम से 30 दिन पश्चात होगा हाजिर हो।

(2) उद्घोषणा निम्नलिखित रूप से प्रकाशित होगी।

(1)क- वह उद्घोषणा उस नगर ग्राम जहाँ व्यक्ति रहता है सार्वजनिक रूप से पढ़ी जाय।

ख- उद्घोषणा वाला व्यक्ति जहाँ निवास करता है, सदृश्य दिखने वाले स्थान पर लगायी जाय।

ग- उद्घोषणा व्यक्ति की एक प्रति जहाँ उस न्याय-सदन के किसी सदृश्य भाग पर चस्पाँ की जाये।

(2) न्यायालय ठीक समझता है उद्घोषणा की एक प्रति उस स्थान में किसी दैनिक समाचार मे प्रकाशित की जाय।

(3) उस घोषणा व्यक्ति जहाँ रहता है के दैनिक समाचार-पत्र में प्रकाशित कर दी गयी है, इस बात का निश्चित साक्ष्य होगा।

(4) जब उद्घोषित अपराधी नियत तिथि तक अपने को हाजिर नहीं करता है तो उसे उद्घोषित अपराधी समझा जाए।

(5) उपधारा (2)(3) उपबन्ध (4) उसी प्रकार लागू होगी जैसे धारा (1) में अंकित हैं।

धारा 83 फरार व्यक्ति की कुर्की -

किसी मुकदमें में विवेचक को विवेचना के दौरान वारण्ट या धारा 82 द0प्र0सं0 प्रक्रिया करने के बाद किसी भी उद्घोषित व्यक्ति की स्वयं की अर्जित जंगम या स्थावर अथवा दोनों प्रकार की किसी सम्पत्ति की कुर्की या आदेश दे सकेगा।

परन्तु उद्घोषणा करते समय न्यायालय को शपथ-पत्र द्वारा या अन्य से यह समाधान हो जाता है कि वह व्यक्ति जिसके सम्बन्ध में घोषणा निकाली गयी है।

(क) अपनी जंगम (चल) सम्पत्ति या उससे किसी भाग को व्यापन करने वाला (ख) अपनी जंगम (चल) सम्पत्ति या उसके किसी भाग न्यायालय के अधिकारिता से हटाना चाहता है।

न्यायालय उद्घोषणा जारी करने के साथ है। कुर्की का आदेश दे सकती है।

(2) ऐसा आदेश उस जिले में जिसमें वह उद्घोषणा किया गया है। उस व्यक्ति की किसी भी सम्पत्ति की कुर्की प्राधिकृत है करेगा। उस जिले के बाहर की उस व्यक्ति की किसी सम्पत्ति की कुर्की जब प्राधिकृत करेगा जब वह उस जिला के मजिस्ट्रेट द्वारा जिसके जिले में ऐसी सम्पत्ति स्थिति है पृष्ठांकित कर दिया जाये।

(3) यदि वह सम्पत्ति जिसको कुर्क करने का आदेश दिया गया है या अन्य चल सम्पत्ति हो तो इस धारा के अधीन कुर्की होगी।

(क) अधिग्रहण द्वारा या (ख) रिसीवर की नियुक्ति द्वारा (ग) उद्घोषित व्यक्ति को या उसके निमित्त किसी को भी उस सम्पत्ति का किराया देने या उस सम्पत्ति का परिदान करने का प्रतिषेध करने वाले लिखित आदेश द्वारा प्राधिकृत करेगा।

(घ) इन रीतियों में जो न्यायालय ठीक समझे, की जाएगी।

(4) यदि वह सम्पत्ति स्थावर हो जिसको कुर्क करने का आदेश दिया गया है। इस धारा के अधीन कुर्की राज्य सरकार को राजस्व देने वाली भूमि की दशा में उस जिले के कलेक्टर के माध्यम से की जाएगी जहाँ वह भूमि स्थिति है या अन्य दशाओं में है।

(क) कब्जा लेने की दशा में की जायेगी।

(ख) रिसीवर की नियुक्ति न्यायालय द्वारा की जाएगी।

(ग) उद्घोषित व्यक्ति को या उसके निमित्त किसी को भी सम्पत्ति किराया देने या उस सम्पत्ति का परिदान करने का प्रतिरोध करने वाले लिखित ओदश द्वारा की जायेगी।

(घ) इन रीतियों में से सब या किन्हीं दो से की जाएगी जैसा न्यायालय समझे।

(5) यदि सम्पत्ति जिसको कुर्क करने का आदेश दिया गया है। जो धन हो या विनश्वर प्रकृति का हो तो न्यायालय समीचीन समझे वह उसे तुरन्त विक्रय का आदेश देगा। ऐसी दशा में विक्रय न्यायालय के आदेश के अधीन होगा।

अध्याय-14

जमानत प्रार्थना-पत्र

विवेचना के क्रम में प्रथम सूचना रिपोर्ट में नामजद अभियुक्त तथा धारा 167 द0प्र0सं0 के तहत रिमाण्ड पर न्यायिक हिरासत में रहे आरोपित को जमानत प्रार्थना-पत्र न्यायालय में पेश करने का खुद का अपना कर्तव्य है तथा जमानत प्रार्थना-पत्र आरोपित को या अभियुक्त का धारा 436, 437, 438, 439 द0प्र0सं0 के तहत न्यायालय को जमानत देने का प्राविधान है। जब भी विवेचक को जमानत प्रार्थना-पत्र प्राप्त हो, बिना देरी या विलम्ब के सम्बन्धित न्यायालय को तथ्यात्मक टिप्पणी लिखकर वापस करे। ध्यान रहे- समयावधि के अन्दर ही न्यायालय को प्रार्थना-पत्र पहुँचे। निम्नांकित बातें अंकित रहें।

1. प्रथम सूचना रिपोर्ट में क्या तथ्य अंकित है तथा आरोपित की घटना में क्या भूमिका रही है तथा क्या साक्ष्य मिला स्पष्ट लिखना चाहिए एवं आरोपित का अपने जमानत प्रार्थना ने अपने बचाव में क्या बिन्दु दिया है उसके विरूद्ध टिप्पणी दिया जाय; परन्तु ध्यान रहे कि जो प्रश्न उठाया है वह सही है तो उस पर विरोधाभास तब करें जब आपके पास कुछ अभिलेखीय तथ्य रहें।

2. जमानत प्रार्थना-पत्र में आरोपित द्वारा पूछे गये या उठाये गये बिन्दु का अवलोकन कर सही एवं स्पष्ट उत्तर दें। खयाल रहे भ्रमित उत्तर न रहे तथा जमानत प्रार्थना-पत्र स्पष्ट एवं पैरा वाइज हो।

3. जमानत प्रार्थना-पत्र का पत्रांक, मु0अ0सं0 धारा, नाम, आरोपित का स्पष्ट अंकन हो... विलम्ब कदापि न हो।

4. एक प्रति अपने पास अवश्य रखे जिसे कार्बन प्रति कहते हैं।

जब किसी मुकदमे में आरोपित जमानत का प्रार्थना-पत्र देता है तथा माननीय न्यायालय द्वारा जमानत प्रार्थना-पत्र पर टिप्पणी माँगी जाती है तो जमानत प्रार्थना-पत्र में विवेचक को ही टिप्पणी देनी चाहिए। चूँकि विवेचक माननीय न्यायालय द्वारा दिये गये समय पर उपस्थित नहीं है कार्य सरकार या अवकाश पर है तो उसे थाना प्रभारी के द्वारा ही जमानत प्रार्थना-पत्र पर टिप्पणी करना चाहिए चूँकि हर विवेचक थाना प्रभारी के द्वारा द0प्र0सं0 की धारा 168 के प्राविधान के तहत हर विवेचना का पर्चा या पुलिस रिपोर्ट थाना प्रभारी के माध्यम

से ही भेजी जाती है। इससे स्पष्ट है कि विवेचना का ज्ञान या तो विवेचक को है या थाना प्रभारी को है। ऐसा कानूनी प्राविधान है।

धारा 265(1) अभिलेखों और निर्णय की भाषा - ऐसा प्रत्येक अभिलेख और निर्णय न्यायालय की भाषा में लिखा जाएगा। (2) मा0 उच्च न्यायालय संक्षेपण विचारण करने के लिये सशक्त किये गये किसी मजिस्ट्रेट को प्राधिकृत कर सकता है। वह पूर्वोवत्त अभिलेख का निर्णय या दोनों उस अधिकारी से तैयार कराये जो मुख्य न्यायिक मजिस्ट्रेट द्वारा इस निमित्त नियुक्त किया गया है। इस प्रकार तैयार किया गया अभिलेख या निर्णय ऐसे मजिस्ट्रेट द्वारा हस्ताक्षरित किया जाएगा।

द0प्र0सं0 की धारा 265(क) के अनुसार जब किसी अपराध में पुलिस थाने का भार साधक अधिकारी द्वारा आरोप-पत्र धारा 173 भ0द0सं0 के तहत रिपोर्ट अग्रसारित करेगा, जिसमें आरोप लगाया गया है, अपराध किया जाना मालूम पड़ता है। तत्समय विधि द्वारा मृत्यु या आजीवन कारावास था सात वर्ष से अधिक कारावास का दण्ड है, दण्ड मिला है।

(ख) मजिस्ट्रेट परिवाद पर संज्ञान ले चुका है जिसके लिए मृत्यु या आजीवन कारावास या सात वर्ष से अधिक कारावास से भिन्न दण्ड प्रस्तावित है।

परन्तु यह नियम वहाँ लागू नहीं होगा जहाँ ऐसा अपराध राष्ट्र की सामाजिक आर्थिक स्थिति को प्रभावित करता है या किसी महिला या चौदह वर्ष के आयु के बच्चे के नीचे के विरुद्ध है।

अध्याय-15

मुखबिर या सूचना देने वाला

मुखबिर या इंफार्मर या सन्देश या समाचार या सूचना की जानकारी देना :-

पुलिस को अपराध रोकने या अपराधी तक पहुँचने या अपराधी को अपराध करने की सूचना देने वाले को मुखबिर कहा जाएगा, यानी साक्ष्य अधिनियम 1872 की धारा 125 के तहत कोई भी मजिस्ट्रेट या पुलिस ऑफिसर यह कहने के लिये विवश नहीं किया जा सकता कि इस अपराध की सूचना कहाँ से मिली, किसने जानकारी दी।

जब साक्षी अपना साक्ष्य दे रहा है तो साक्ष्य अधिनियम 1872 की धारा 159 के तहत अपनी स्मृति ताजा करने या किसी ऐसे लेख को देखकर बयान देने के लिये जो उससे प्रश्न किया जा रहा है यदि न्यायालय समझता है कि आवश्यक है तो लिखी बात दिखाएगा ताजा कराएगा।

मुखबिर के माध्यम से निम्नांकित सूचनाएँ मिलने की पूरी सम्भावना है।

1. चोरी की बार-बार या पहली बार घटना हो रही है तथा चोरों का नाम पता या चोरी का माल कहाँ छुपाकर रखा है। जहां चोरी किया किसको बेचा या कहाँ छिपाया है।

2. डकैती रोड होल्ड अप की घटनाओं के बार में सूचना।

3. अवैध माल की बरामदगी या अभियुक्त की गिरफ्तारी की सूचना किसी न किसी व्यक्ति द्वारा पुलिस या प्रशासन को गुप्त रूप से दी जाती है, जिसके आधार पर अभियुक्त एवं माल की बरामदगी की जाती है।

4. जब पुलिस वाले किसी अवैध वस्तु की बरामदगी करते हैं या किसी अभियुक्त की गिरफ्तारी करते हैं, जब लिखा पढ़ी करते हैं तो फर्द बनाते समय यही कहते हैं कि जब हम पुलिसवाले अमुक जगह मौजूद थे, जरिये मुखबिर खास सूचना मिली कि जहाँ पर बैठे है वहाँ पर सूचना मिली सूचना मौखिक फोन से पत्र से या संकेतों से कहीं से किसी माध्यम से सूचना मिलेगी। सूचना देने वाले का नाम पता साक्ष्य अधिनियम की धारा 125 के तहत किसी पक्ष का वकील या कोई भी व्यक्ति बाध्य नहीं कर सकता कि किसने सूचना दी।

5. अक्सर सूचना देने वाला कोई न कोई बेहिचक वे संकोची हर जगह आने वाला है। पुलिस के पास साधारण व्यक्ति तो आ नहीं सकता क्योंकि वह सोचेंगा पुलिस वाला क्या कह देगा । सूचना देने वाला किसी न किसी प्रकार के अपराध में लिप्त रहा होता है जो बाद में मुखबीर का काम करता है। हाँ जो सूचना फोन से अपना नाम पता छिपाएगा वह शायद सूचना देने में आनाकानी या परहेज करेगा।

फिर सूचना पाकर पुलिस पार्टी सूचना के आधार पर पहुँचती है।

पुलिस का काम रोको टोको आगे बढ़ो रोकना एवं टोकना जीवन का आवश्यक शब्द है। यदि संदिग्ध व्यक्ति को अपराधी को रोकेंगे या टोकेंगे तो पुलिस जानकर अक्सर प्रतिक्रिया करेगा... या तो भागेंगे झूठ बोलेंगे जिससे संदेह पैदा होगा यानी किसी माल की बरामदगी अभियुक्त की गिरफ्तारी में ध्यान रखने वाली बातें निम्न होंगी।

1. मुखबिर जिसके माध्यम से सूचना मिली।
2. स्थान पर पहुँचकर रोकना टोकना कौन कैसे कहाँ किसलिए
3. संदेह होना या संदेह पैदा करना
4. अपने को पुलिस रूप में प्रस्तुत होना
5. टोके या रोके व्यक्ति का नाम-पता पूछना
6. नाम पता बताये हुए की तस्दीक करना। जैसे किसी गाँव का नाम टोका व्यक्ति बताता है तो ग्राम के प्रधान का नाम चौकीदार का नाम कोटेदार का नाम तथा थाना तहसील जिला का नाम/फर्द की बरामदगी में आवश्यक है।

मुखबिर या भेदिया या सूचना देने वाले के जीवन का महत्व है, पुलिस विभाग में बहुत महत्व है। इसके बिना पुलिस की कोई लिखा-पढ़ी नहीं हो पाती। मुखबिर का शाब्दिक अर्थ है अपना नाम-पता छिपाते हुए या अपना नाम पता केवल कार्यदायी संस्था को मालूम रहे। अपने को भीड़ में लोगों में छिपाकर उस भीड़ या लोगों की बात को जान लेना, उस बात को जो अपराधिक मामले या देश के हित से सम्बन्धित सूचना को लोक सेवक को देना होता है। चित्रकूट जनपद में 25 साल से जीवन जीने वाला डकैत ददुआ केवल मुखबिर की जघन्य हत्या करता था यानी सूचना देने वाले की एवं सूचना पाने वाले की व्यक्तिगत जिम्मेदारी है कि मुखबिर का नाम प्रकाश में न आये।

साक्षीगण भी जैसा उपरोक्त में अंकित है कोई भी व्यक्ति किसी मुखबिर का नाम-पता नहीं बता सकता। सुरक्षा या प्रटेशन मिला हुआ है।

ध्यान रहे विवेचक भार साधक अधिकारी भी होता है उसे भार साधक का काम करना है तो ऐसा जैसा भाव या विचार रखकर पदेन का काम कर सकता। जब इंसान एक जैसा नहीं हो सकता तो पदेन व्यक्ति एक जैसा कैसे हो सकता है।

अध्याय-16

पर्दा-प्रथा/शिनाख्त

मुकदमे की विवेचना के दौरान विवेचक को लगता है कि साक्षी द्वारा अभियुक्त को पहचान सकता है, जिसने घटना किया परन्तु नाम पता नहीं जान सकता। ऐसे संदेही व्यक्ति को गिरफ्तार करते समय उसको पर्दा यानी मुँह ढक कर रखा जाता है या ऐसी वस्तु जिसकी नम्बरिंग नहीं है। उस वस्तु को जो चोरी हो गयी है। साक्षी/वादी उस वस्तु को देखकर पहचान सकता है और वह चोरी या लूटी गयी सम्पत्ति बरामद हो जाती है तो उसको सील या पर्दा के अन्दर रखा जाता है।

इसी को पर्दा कहते हैं ऐसे पहचान की कार्यवाही को शिनाख्त भी कहते हैं। पुलिस रेगुलेशन 1860 की पैरा 116 के अनुसार जब संदिग्ध व्यक्ति गिरफ्तार होता है तो शिनाख्त परेड की आवश्यकता होती है। विवेचक को यह सुनिश्चित करना चाहिए शिनाख्त से पहले साक्षी अपराधी को देख न सके। जेल मैनुअल या गर्वनमेंट ऑर्डर की पुस्तिका के विनियम पैरा 31 के विवरण या नियम के प्राविधानों के अनुसार पुलिस या लोक अभियोजन अधिकारी ही इसके लिये जिम्मेदार होगा। शिनाख्त राजपत्रित अधिकारी की मौजूदगी में होगी। पुलिस अधिकारी के समक्ष पहचान या शिनाख्त धारा 162 द0प्र0सं0 के तहत बाधित मानी गयी है। शिनाख्त की कार्यवाही गिरफ्तारी के बाद तथा जमानत के पूर्व कार्यवाही करनी होगी। हाँ शिनाख्त के आधार पर जमानत पाने वाले अभियुक्त की जमानत का विरोध करना चाहिए। शिनाख्त का अर्थ घटनास्थल पर साक्षी द्वारा आरोपित को पहचानना और घटना में लिप्त होना है तथा नाम-पता नहीं जानता।

पुलिस रेगुलेशन की 117 के अनुसार इसी तरह सम्पत्ति के मामले में शिनाख्त की जाती है।

अब तो भागती-दौड़ती जिन्दगी में न कोई शिनाख्त कराने की प्रक्रिया अपनाता है न साक्षी शिनाख्त के लिये उपलब्ध होता है, बल्कि सीधे पुलिस विभाग का विवेचक आने वाली परेशानी व व्यस्तता स्थानान्तरण के कारण अधिकारीगणों के जल्दी आदेश का पालन करने के आधार पर शून्य-सी हो गयी

है। पुलिस अधिकारी घटना होने के बाद वादी, राजनीतिज्ञों व जनता का शासन का इतना दबाव होता है कि आनन-फानन में घटना खोल दी जाती है। यह अलग बात है घटना में अपराधी सही है या गलत मगर तनाव से मुक्ति पा जाते हैं इसका परिणाम यह होता है कभी-कभी बिना अपराध किया व्यक्ति भी आरोपित बन जाता है।

अध्याय-17

आरोप-पत्र/अन्तिम रिपोर्ट

जब विवेचक अपनी विवेचना पूरी कर लेता है, उसके बाद पुलिस रिपोर्ट द0प्र0 सं0 1973 की धारा 2(द) के अनुसार द0प्र0सं0 की धारा 173 की उपधारा के अन्तर्गत भेजी गयी रिपोर्ट पुलिस रिपोर्ट कहते हैं। उसी रिपोर्ट को आरोप-पत्र या अन्तिम रिपोर्ट कहते हैं।

अन्वेषण के दौरान जब 10 साल से अधिक की सजा वाले मुकदमें जब वह धारा 167 द0प्र0सं0 के तहत रिमाण्ड पर हो तथा न्यायिक हिरासत में हो तब पुलिस रिपोर्ट या आरोप-पत्र 90 दिन के अन्दर ही न्यायालय में दाखिल हो जाना चाहिए।

(1) जब अभियुक्त धारा 167 द0प्र0सं0 के तहत रिमाण्ड पर हो तथा दस साल कम की सजा वाले मामले में आरोपित के विरुद्ध आरोप-पत्र 60 दिवस में आरोप-पत्र न्यायालय में पहुँच जाना चाहिए।

(2) ध्यान रखें जब कभी मुकदमा आपको मिले, एफ0आई0आर0 की नकल या घटनास्थल का निरीक्षण न कर सके हो तो अभियुक्त को गिरफ्तार न करे जब तक कि वादी का बयान या घटनास्थल का निरीक्षण न कर सके हो यानी पर्याप्त साक्ष्य के आधार पर अभियुक्त की गिरफ्तारी हो। अपराध में पीड़ित महिला है जब तक की बरामदगी नही होती कोई साक्ष्य नही माना जायेगा।

(3) आरोप-पत्र कोर्ट में क्षेत्राधिकारी के माध्यम से हर हाल में समय से पहुँच जाय। धारा 158 द0प्र0सं0 के प्राविधानों के अनुसार केस डायरी क्षेत्राधिकारी के माध्यम से न्यायालय में पहुँचेगी। पुलिस रेगुलेशन की पैरा 122 के तहत यह प्राविधान करती है कि केसडायरी नियमानुसार पहुँचनी चाहिए।

(4) आरोप-पत्र पूरी प्रक्रिया पूर्ण करने के बाद ही जाएगी यानी केसडायरी द0प्र0सं0 की धारा 172 व पुलिस रेगुलेशन की पैरा 108 के तहत प्रतिदिन की केस डायरी क्षेत्राधिकारी के पास भेजी जाएगी तथा उसे देखने के बाद की केस डायरी न्यायालय में जाएगी।

(5) विवेचना पूर्ण करने के बाद पुलिस रिपोर्ट में निम्न बातें स्पष्ट होंगी।

(क) वादी का नाम, पता

(ख) पक्षकारों का नाम-पता

(ग) इत्तिला की प्रकृति

(घ) मुकदमें में साक्षियों का नाम

(ड.) अपराध क्या किया

(च) जमानत पर छूटा

(छ) जेल में न्यायिक हिरासत में

(ट) अभियुक्त सजायाफ्ता है का विवरण

आरोप-पत्र पुलिस प्रपत्र सं0 339 के तहत तथा अन्तिम रिपोर्ट पुलिस प्रपत्र संख्या 340 के तहत निर्धारित दो कॉपी में भेजी जाएगी।

(6) पुलिस रिपोर्ट की जानकारी यानी अन्तिम रिपोर्ट या आरोप-पत्र की जानकारी वादी को पुलिस अधीक्षक के माध्यम से पुलिस रेगुलेशन 122(1) के प्राविधान के तहत दी जाएगी।

(7) पुलिस रेगुलेशन 122(2) के तहत आरोप-पत्र या अन्तिम रिपोर्ट की सूचना वादी को पुलिस प्रारूप 47 में निहित प्रारूप के तहत की जाएगी।

(8) आरोप-पत्र भेजते समय आरोप-पत्र के 7वें खाने में पुलिस पैरा 123 के प्राविधानों के तहत आरोपित की सजा का अंश अंकित होना चाहिए।

पुलिस पैरा 123 के तहत भारतीय को किसी ब्रिटिश सैनिक द्वारा हत्या किये जाने पर विवेचना पुलिस अधीक्षक द्वारा किया जाएगा।

जब कभी अभियुक्त नाबालिग हो तो नाबालिग के विरुद्ध आरोप-पत्र जुवेनाइल कोर्ट में दाखिल होगी। आरोप-पत्र एवं केस डायरी तथा एक प्रार्थना-पत्र साथ में संलग्न होगा।

विवेचना ही विवेचक को ताकत प्रदान करती है। विवेचना के दौरान जब तक अन्तिम रिपोर्ट या आरोप-पत्र नहीं लगता, रसूकदार स्वयं अपने पद का प्रभाव विवेचक पर अपने पक्ष में पुलिस रिपोर्ट लगवाने का प्रयास करते हैं। वरिष्ठ अधिकारी फायदे के लिये या पद पर बने रहने के लिये विवेचक पर दबाव बनाने या मनमाफिक लाभ प्राप्त करने के लिये प्रयास करता है। कभी-कभी आरोपी, आरोप से बचने के लिये विवेचक पर धन लाभ, पद लाभ एवं परिवार क्षति

दिखाने का प्रयास करता है।

विवेचक भी यदि लाभ चाहता है तो सोने पर सुहागा हुआ; फिर क्या ताकत क्या कमजोरी कहे। जैसी स्थिति बने हो जाता है।

विवेचना का अधिकार चाहे जिला शाखा के पास हो या सी0बी0आई0 या किसी एजेंसी के पास रहता है। विवेचना का परिणाम अपने पक्ष में करने-कराने का विवेचक पर दबाव बनता है। यह दबाव तब तक बनता है जब तक विवेचना पूरी नहीं हो जाती यानी पुलिस रिपोर्ट नहीं लग जाती। आरोप-पत्र पुलिस प्रारूप संख्या 339 के तथा अन्तिम रिपोर्ट संख्या 340 में पुलिस रेगुलेशन की पैरा 122 (1) में अंकित कर भेजी जाएगी। ध्यान रहे पुलिस पैरा 122(1) के तहत मण्डल अधिकारी द्वारा एक सप्ताह से अधिक केस डायरी प्राप्त होने के बाद नहीं रोकी जा सकेगी।

ध्यान रखें नाम में कोई शक्तियाँ प्राप्त नहीं होतीं बल्कि पद नाम एवं स्थान में शक्तियाँ प्राप्त होती हैं। चाहे द0प्र0सं0 की शक्ति चाहे पुलिस अधिनियम की शक्ति चाहे रेगुलेशन की शक्ति। इसलिए पद नाम में विवेचक शब्द अवश्य लिखें... जैसे पुलिस अधीक्षक जिलाधिकारी मुख्यमंत्री पुलिस महानिदेशक यानी इस स्थान पर व्यक्ति बैठता है तथा चला जाता है, मगर शक्ति एवं पद यथावत रहते हैं। यानी पद नाम ही महत्वपूर्ण है।

जहाँ अपराध की भ0द0सं0 की 1860 में कुल 511 धाराएँ हैं वहीं विविध एक्ट या अधिनियम की धाराएँ हैं। जैसे गुण्डा एक्ट गैंगस्टर एक्ट, जुआ एक्ट, शस्त्र एक्ट, नयी धारा आई0टी0एक्ट, अनुसूचित जाति, जन-जाति अधिनियम, दहेज अधिनियम, आबकारी अधिनियम आदि आदि हैं।

आरोप पत्र द0प्र0सं0 की धारा 173 के तहत पुलिस रिपोर्ट भेजी जाती है। उसी में विवेचक द्वारा विवेचना की रिपोर्ट दी जाती है। द0प्र0सं0 157 एवं पुलिस रेगुलेशन की पैरा 104,105,106,107,108,109,112,115,119, 120, 121, 122 में विवेचना के तरीके बताये गये हैं।

विवेचना में साक्ष्य अधिनियम 1872 के सहयोग की जरूरत पड़ती है। कानून की मंशा यह है कि चाहे 100 अपराधी छूट जाएँ परन्तु एक निर्दोष व्यक्ति को सजा नहीं मिलनी चाहिए। उसी तरह एक विवेचक की नैतिक सामाजिक जिम्मेदारी यही बनती है कि चाहे कई मुकदमे में किसी को बचाये, मगर किसी भी मुकदमे में किसी निर्दोष के विरुद्ध आरोप-पत्र न प्रेषित करे। इससे जनता का

विश्वास एजेन्सी से उठ जाता है तथा कानून से भय खत्म होता है।

अक्सर लोग किसी से व्यक्तिगत रंजिश रखते हुए घटना में किसी के साथ किसी को सम्मिलित करके अपनी दुश्मनी व गुस्सा निकालते हैं। जनता के आदमी हैं, मगर आप सरकारी पदाधिकारी है विवेचक हैं। आप के लिए सब जनता एक समान है। हाँ पीड़ित का साथ दें मगर निर्दोष को न फँसाये आपकी ताकत है। आप क्यों किसी से दुश्मनी रखेंगे किसी के साथ क्यों पक्षपात करेंगे जो सही हो करो। जनता है वह अपनी व्यक्तिगत रंजिश आपके माध्यम से निकालने का पूरा प्रयास करती है।

मैं इस बात को मानता हूँ कि जब कोई किसी व्यक्ति को किसी मुकदमे में फर्जी निराधार, मात्र रंजिश निकालने के लिये फँसा देता है, नामजद एफ0आई0आर0 करा देता है। यदि आप सही विवेचना करते हैं तो आपके विरुद्ध वादी जाता है। न्यायालय से लेकर अधिकारी भी वादी की सुनते हैं आपको यह नहीं कहता हूँ कि होम करे और हाथ जले। यदि किसी को किसी मुकदमें में निर्दोष व्यक्ति को निर्दोष साबित करना है तो पुख्ता अभिलेखीय भौतिक साक्ष्य जरूर रखें। मौखिक साक्ष्य में गम्भीर अपराध में किसी नामजद अभियुक्त को बचाने में आपको कठिनाई होगी। ध्यान रहे आप अपने को बचाते हुए मदद करें, ऐसा न हो कि मदद करें और मदद लायक रह ही न जाएँ तो ऐसी मदद से क्या फायदा है। पहले स्वयं सुरक्षित रहें फिर दूसरे को सुरक्षा प्रदान करें जब आप कुर्सी पर नहीं होंगे तो बिना कुर्सी के क्या न्याय करेंगे। ध्यान रखें किसी मुकदमे में आरोपी भी बचने के लिये झूठा मनगढ़न्त प्रमाण-पत्र पेश करता है, अपने को सही साबित करने के लिये झूठी साक्ष्य तैयार करता है। यही नहीं, भ्रम का फायदा लेने के लिये एक नहीं कई बार हाईस्कूल, इण्टर पास करता है तथा आप विवेचक के रूप में आरोप-पत्र लगाने के लिये नाबालिग/बालिग का मामला देखते हैं तो ध्यान रखें जो अभिलेख सही मजबूत पायें उसी को आधार बनाकर आरोप-पत्र प्रेषित करें। यह मामला अक्सर लड़की के अपराध में आता है

कभी-कभी लड़की अपने पति के साथ/प्रेमी के साथ भाग जाती है जो कि नाबालिग होती है। कई साल तक पता नहीं चलता। फिर लड़की का पिता पुलिस/महिला आयोग के समक्ष दौड़ लगाता है, परन्तु पता नहीं चलता। बार-बार महिला आयोग विवेचक को तलब करते-करते पुलिस कप्तान को तलब करने का आदेश सुनाता है। महिला आयोग में जाकर एस0पी0 कहेगा दारोगा

को निलम्बित कर दिया या आरोप-पत्र लगा दिया यानी मुकदमा का निस्तारण। फिर पाँच वर्ष बाद जब मुकदमें में वारण्ट जारी होता है और लड़की तब तक कई बच्चों की माँ बन जाती है तो माननीय उच्च न्यायालय में पति/पत्नी का एवं पुत्रों के पेशी होती है। विवेचक तलब होता है। तब तक विवेचक कई जिलों का सफर कर लेता है। मगर उसे आना पड़ा, वादी को बुलाना पड़ा। मुकदमा मानवीय आधार पर समझा जाता है। विवेचक को परेशानी होती है तो ध्यान रखें बिना साक्ष्य के अरोप-पत्र न लगाएँ ताकि भविष्य में परेशानी हो। हाँ मानता हूँ दबाव है, मगर गलत न करें। छोटी परेशानी समझकर बड़ी परेशानी से बच सकते हैं।

विवेचना पूर्ण मानी जाएः- प्रथम सूचना रिपोर्ट की नकल, द0प्र0सं0 वादी का बयान, साक्षी का बयान, घटनास्थल का निरीक्षण, घटनास्थल पर पायी गयी वस्तु को कब्जे में लेना। कब्जे में ली गयी वस्तु एवं पीड़ित व्यक्ति के कब्जे में लिये समान का मिलान, आरोपित की गिरफ्तारी है तथा विधि विज्ञान प्रयोगशाला यानी विशेषज्ञ की राय महिला के अपराध में पीड़ित महिला का बयान के बाद विवेचना पूर्ण मानी जाएगी।

भाग-2

विवेचना में विवेचकों की बाधा

अध्याय - 18

वादी द्वारा विवेचना में आने वाली अड़चनें

विवेचना में विवेचक को अपनी विवेचनात्मक प्रक्रिया पूरी करने में अड़चनें आती हैं। वादी द्वारा भी विवेचना में अड़चनें आती हैं। वादी कभी-कभी जबरदस्ती पट्टीदारी, पुरानी रंजिश, आपसी मतभेद के कारण अपने पड़ोस अपने गाँव अपने रिश्तेदार से परेशान हुआ है। उसी दौरान उसके साथ या उसके परिवार के साथ कोई घटना-हत्या, लूट, चोरी, दहेज, हत्या, जाति, उत्पीड़न की घटना हो जाती है तो घटना का लाभ उठाते हुये वह ऐसे व्यक्ति का नाम भी प्रथम सूचना रिपोर्ट में लिख देता है जो दूर-दूर तक घटना से न तो ताल्लुक रखता है न जानता है और जब वादी मुकदमा में रंजिश वश किसी अनजान घटना में नाम डाला है तो जाहिर है कि उस नामित व्यक्ति को मुकदमा का सहारा लेकर पुलिस के माध्यम से विवेचक के माध्यम से अपनी दुश्मनी निकालने का प्रयास करेगा।

अब यहाँ पर विवेचक अगर विवेचना सही ढंग से करता है, निष्पक्ष करता है तथा प्रथम सूचना रिपोर्ट में डाले गये जो एक दो या तीन नाम गलत पाता है तथा उसको मुकदमा से बरी या मुक्त करने का प्रयास करता है तो वादी अपने को न्याय न पाकर मुकदमे को खराब होने की बातें दिखाकर गलत पाये गये व्यक्ति को विवेचक द्वार किये गये कार्य को विवेचक पर मनगढ़न्त आरोप लगाकर शिकायत करता है। कहता है कि आर्थिक लाभ लेने के उद्देश्य से विवेचक मुकदमे के अमुक व्यक्ति को बचाना चाहता है। और जब यह आरोप विवेचक के वरिष्ठ अधिकारी/जनप्रतिनिधि माननीय मजिस्ट्रेट तक सफर करता है जिसके कारण विवेचक अनावश्यक डाँट या दबाव पाता है तथा उच्च अधिकारी यही कहते हैं कि वादी का हित सर्वोपरि है। न्यायालय कहता है कि वादी का हित सर्वोपरि है। क्या यह न्यायालय नहीं कहता कि चाहे 100 आरोपी सही छूट जाएँ मगर एक आरोपी गलत को सजा न मिले, जिसके कारण कानून का न्याय का समाज का विश्वास न टूटे।

जब वादी को सफलता नहीं मिलती तो स्पष्ट विरोध करके या तो विवेचना ट्रांसफर कराने का प्रयास करता है या अन्य एजेंसी से विवेचना कराने का प्रयास करता है। शायद यह सही है। जहाँ वादी को सही न्याय मिले विवेचना ट्रांसफर

होती है और ट्रांसफर विवेचना होनी भी चाहिए; परन्तु विवेचक को तो अन्याय करने से मुक्ति मिल जाएगी।

हाँ अक्सर यह भी विवेचक करते हैं कि लिखित अधिकार पाते पद के लालच में स्वार्थ के लालच में धन के लालच में वादी के साथ न्याय नहीं कर पाते, इससे इन्कार नहीं किया जा सकता... मगर यह वादी द्वारा अड़चन न होकर स्वयं की कमजोरी है। इस तरह की एक नहीं हजारों घटनाएँ हैं।

उदाहरण के रूप में सत्य घटना बताएँगे नाम नहीं लेंगे एक थाने पर एक आदमी के घर में डकैती पड़ी और कई की हत्या हो गयी वादी ने पाँच आदमी को नाम जद कर दिया तथा नामजद अभियुक्तों के आधार पर प्रशासन पर दबाव बनाया और अभियुक्त नामजद अभियुक्त जेल गये। विवेचना के आधार पर सही आरोपी जेल गये और पूर्व आरोपी रिहा हुए। नाम नही लेंगे कहा था मगर उदाहरण देने के लिये नाम आवश्यक है। यह घटना थाना नवाबगंज इलाहाबाद की वर्ष 2017 की है। आसपास के अनजान आदमी को परेशानी का सफर करना पड़ा। खैर यह विवेचक को दिक्कत है। ऐसी तमाम घटनाएँ है होती हैं तथा अनावश्यक दबाव के कारण कभी-कभी बेगुनाह जेल जाते हैं, कभी पुलिस अपना पक्ष रखते हुए बेगुनाहों को जेल भेज देती है ताकि ज्यादा दबाव शासन का जनता का न बने, पूछताछ न हो

अध्याय - 19

वरिष्ठ अधिकारी द्वारा विवेचना में आने वाली अड़चनें

विवेचना किसी विवेचक के सुपुर्द की जाती है तो स्पष्ट नहीं होता कि मुकदमें का वादी कौन तथा घटना क्या है एवं आरोपी कौन है। फिर जैसे ही विवेचना प्रारम्भ हुई, उस मुकदमे में सत्यता क्या है, किसका प्रभाव ज्यादा है, निम्नांकित प्रभाव पर विचारण होता है।

1. यदि वादी के यहाँ घटना घटित होने के बाद घटना भले किसी द्वारा किया गया हो, वह अपने पुराने रंजिश वाले को फँसाना चाहता है तथा उसमें मुकदमा का विवेचक न्यायोचित कार्य करता है, तब वह किसी पुलिस अधिकारी को वास्तविक तथ्य छिपाकर झूठी बातें बताकर अपनी बातों में विश्वास कराके अधिकारी को अपने पक्ष में कर लेता है और फिर अधिकारी द्वारा दबाव या लालच में अपने आप विवेचक को वादी द्वारा कही बातों के पक्ष में करने को कहता है। यानी जो वादी कहे उसी ओर विवेचना करे अपने विवेक का प्रयोग न करे। अब विवेचक न्याय की बात करता है तो वरिष्ठ अधिकारी अपने आपको परेशानी में डालता है। घटना सही हो या गलत, आरोपी सही हो या गलत यानी एक स्टेनो की तरह लिखे यानी बात वरिष्ठ अधिकारी की मानना है।

2. कभी-कभी मुकदमे का आरोपित पर आरोप लगता है परंतु पहुँच वाला है तो वह वरिष्ठ अधिकारी जैसे पुलिस जिला प्रमुख को यह कहता है कि चाहे धन लाभ ले चाहे पद लाभ ले मगर विवेचक से मुझे छुटकारा दिला दे नहीं तो तू यहाँ से जाएगा और वरिष्ठ अधिकारियों पद लाभ या धन लाभ के चक्कर में विवेचक से अपने पक्ष में काम कराने का प्रयास करता है। कभी-कभी आरोपी या वादी दोनों अपनी-अपनी बात मनवाने के लिये वरिष्ठ पदाधिकारी को पद पर बने रहने की बात या लालच देकर अपने पक्ष में कार्य करवाने हेतु विवेचक पर वरिष्ठ पदाधिकारी द्वारा दबाव बनाता है। यानी हर हाल में विवेचक को वरिष्ठ अधिकारी से परेशानी मिलती है... उदाहरण के रूप में स्पष्ट करना चाहूँगा।

अ- एक मुकदमे का विवेचक अ तथा ब पदाधिकारी जिला प्रमुख था। मुकदमा में घटना सही होते हुए भी ब, अ को आदेश दिया कि जिस मुकदमे की विवेचना विवेचक कर रहा है, उस मुकदमों में से स अभियुक्त को निकाल दे, अ अपने

वरिष्ठ पदाधिकारियों के आदेश का पालन किया। मुकदमे का वादी या आरोपी दोनों में से कोई जिसको आभास हुआ कि विवेचक ने गलत किया है वह माननीय न्यायालय की शरण में गया। विवेचक तलब हुआ। माननीय न्यायालय के पूछने पर अपनी बात व वरिष्ठ अधिकारी के आदेश के अनुपालन में विवेचना करना बताया। फिर माननीय न्यायालय ने ब को तलब कर पूछा क्यों आदेश गलत दिया है। तब वरिष्ठ अधिकारी ने माननीय न्यायालय को कहा विवेचक अ झूठ बोल रहा है, यदि मैंने कोई आदेश दिया है तो दिखाए। माननीय न्यायालय हँसे कहे सही कहा आप लिखित आदेश विवेचक को दे ही नहीं सकते, मगर मैं बेबस हूँ, विवेचक का इतना साहस नहीं कि वरिष्ठ अधिकारी का नाम झूठा लेता; खैर क्या करूँ विवेचक को ही कुछ लिखूँगा।

यानी विवेचना के दौरान वरिष्ठ अधिकारी से अड़चनें बहुत होती हैं कहते हैं बिना मेरे आदेश के मुकदमा नहीं लिखा जाएगा। अगर नहीं लिखा तो सस्पेण्ड कर दिया यानी भरना तो विवेचक या प्रभारी को है। खैर अपनी सूझ-बूझ से प्रश्न को हल करें, अपना काम करें ताकि नौकरी एवं अधिकार सुरक्षित हो जाए यह आपके विवेक या सूझबूझ पर निर्भर है।

अध्याय - 20

अभियुक्त द्वारा विवेचना में आने वाली अड़चनें

किसी मुकदमा में नामजद अभियुक्त कद्दावर नेता जनप्रतिनिधि होते हैं। वह अपराध करते तो हैं। जब उनके विरुद्ध एफ0आई0आर0 में नाम होता है तब अपनी आपराधिक छवि का प्रभाव बनाकर रसूखदार पद का फायदा उठाकर शासन में पकड़ होने के कारण अपना दबाव वादी पर तो नहीं बना पाते, विवेचक पर ही बनाते हैं। उदाहरण गिनाने लगें तो 100 की संख्या कम पड़ जाएगी। बस आप को इतना ही कहेंगे विवेचक पर निम्न दबाव बनाकर प्रभाव बनाते हैं।

1. कभी-कभी धन का लालच या पद का लालच देते हैं।

2. वरिष्ठ अधिकारी से दबाव बनाकर बचना चाहते हैं।

3. विवेचक के जान-माल या परिवार के सदस्यों को खतरा का भय दिखाकर

4. विवेचक का स्थानान्तरण करा देते हैं। यह सबसे अच्छा या आसान तरीका होता है।

5. यही नहीं जब यही लोग थाना से किसी न किसी समय आरोपित होते हैं तो न्यायालय में नियुक्त पदाधिकारी को भय दिखाकर अपने पक्ष में फैसला करा लेते हैं।

यह तो कटु सत्य है कि वक्त हमेशा किसी के पक्ष में नहीं रहता; मगर वक्त जब तक पक्ष में रहता है हवा तूफान बनकर प्रकोप बनकर कितनों को उड़ा ले जाता है, कितनों का आसियाना उजड़ जाता है। किसी इंसान में इतनी क्षमता कहाँ कि उस हवा से तूफान बनने एवं तूफान से पुनः हवा बनने के काल का इन्तजार करे। तब तक विवेचक को कई साल सफर करना पड़ता है और इतना हिम्मती इंसान थोड़े है, उसके अन्दर गुस्सा, सम्मान, मौजूद रहता है वह वक्त का इंतजार नहीं करता।

इस कारण से विवेचना में विवेचक भ्रमित होता है। जब उसका आरोपी रसूखदार या कद्दावर होता है तो यहाँ तक कि विवेचक को ही जीवन मुक्ति दे देता है। अब आपको स्पष्ट हो गया होगा किसी मुकदमें में रसूखदार आरोपित का विवेचक के प्रति कितना रूखा रुख रहता है वह भी अपने फायदे के लिये।

कभी-कभी आरोपित या तो एक संगठित गिरोह बना लेता है तथा अपने गिरोह के कारण उसका विवेचक पर इतना दबाव बनता है कि विवेचक विवेचना ठण्डे बस्ते में डाल देता है या आरोपित जनप्रतिनिधि के साथ-साथ राजकीय महत्वपूर्ण पदों पर पहुँच जाता है क्योंकि राजनीतिक पद के लिये कोई शिक्षा या चरित्र की योग्यता नहीं रहती। फिर विवेचक बना पदाधिकारी उस पदाधिकारी की जी हजूरी करे या विवेचना निपटाये।

अब यह देखा जाता है कि अपराध करने वाले के द्वारा अपने समर्थन में इतना जनसमूह इकट्ठा कर लेता है कि विवेचक को विवेचना तो दूर, खुद की अपनी जान बचानी पड़ जाती है तथा विवेचक का स्थानान्तरण ऐसी जगह करा देते हैं या निलम्बन करा देते है जिससे अपने परिवार की तो देखभाल दूर, मिलने में परेशानी होती है।

यानी जनप्रतिनिधि बना अपराधी या कद्दावर अपराधी के लिए विवेचक को विवेचना करने में काफी परेशानी उठानी पड़ती है।

आखिर विवेचक पदाधिकारी है, उस पर खुद की जिम्मेदारी के साथ पति पुत्र बाप बहनों एवं भाई की तथा दामाद ससुराल की भी जिम्मेदारी उठानी पड़ती है, फिर कौन चाहेगा परेशानी में पड़े और परेशानी से बचना चाहता है या विवेचना को ठण्डे बस्ते में डालना चाहता है।

यही है विवेचक की बिना लिखा-पढ़ी की आरोप से परेशानी।

अध्याय - 21

जनप्रतिनिधि द्वारा विवेचना में आने वाली अड़चनें

जब मुकदमे की प्रथम सूचना रिपोर्ट दर्ज हुई, घटना में लिप्त व्यक्ति से दो-चार व्यक्ति घटनास्थल में या घटना में ऐसे नामित किये गये जिसके अनजान होने या घटना में दूर-दूर तक हाथ नहीं होता है। उस आरोपित को बचाने के लिये या फँसाने के लिये दोनों पक्ष या वादी पक्ष कोई भी जनप्रतिनिधि के पास पहुँच जाता है, जिसके कारण जनप्रतिनिधि अपना अपना प्रभाव बनाने के लिये अपना वर्चस्व बनाये रखने के लिये क्या गलत है क्या सही है उसको न पूछने का दायित्व समझता है न जानने का। उसका कर्तव्य क्योंकि वह मताधिकार से पद पाया है, जो मत देने वाला होगा उसकी सुनेगा, जिसको लगा कि यह मत देने वाला नहीं है उसकी क्यों सुनेगा। एक उदाहरण है। एक परिवार में मतों की संख्या पाँच थी, एक परिवार में मतो की संख्या तीस थी। स्वाभाविक है कि 30 मत वाला जन-शक्ति से जबरदस्त होगा और उसने पाँच संख्या वाले को आपराधिक कृत्य करते हुए घायल कर दिया। जनप्रतिनिधि के पास पाँच मतवाला परिवार गया तो उसकी परेशानी को नजरअंदाज कर दिया, तीस मत वाला गया तो उसकी पैरवी करने लगा। बार-बार विवेचक ने कहा कि पीड़ा पहुँचाने वाले यही लोग हैं। जनप्रतिनिधि ने कहा हमसे यह मतलब नहीं कि पीड़ा किसने पहुँचायी बल्कि हम यह जानते हैं कि हमारा वोट संख्या कितना है या हमारे वोटर कौन-कौन से हैं। हम किस पार्टी के ताल्लुक रखते हैं वह मतदाता है कि वही चाहे अपराध करे चाहे पीड़ित हो अब विवेचक क्या करें कैसे अपने से न्याय करें। आखिर उसने कहा चाहे जो भी हो न्याय करूँगा। फिर विवेचक परेशानी में फँसा मुकदमा स्थानान्तरण निलम्बन होने की नौबत आ गयी कितनी और क्या-क्या जनप्रतिनिधि के प्रकोप को झेलना पड़ा। विवेचक की एक भी नहीं सुनी गयी। एक ओर वादी का दबाव न्याय हो एक ओर जनप्रतिनिधि का दबाव कि आरोपित बचना चाहिए।

इस प्रकार दोनों ओर से दबाव। वादी का लिखित दबाव था तो आरोपित के द्वारा जनप्रतिनिधि का अलिखित दबाव था, फिर विवेचक करे तो क्या करे।

जनप्रतिनिधि है तो उसकी पकड़ शासन तक होगी वह भी सत्तापक्ष का फिर अपना वर्चस्व बनाये रखने के लिये वह किसी हद तक जाते हैं। चाहे विवेचक का

स्थानान्तरण हो या विवेचक का पद जाए इससे जनप्रतिनिधि का क्या मतलब, अपनी बात जबरदस्ती राजकीय पदाधिकारी से मनवाना है।

यहाँ पर विवेचक के प्रति जनप्रतिनिधि दबाव बनाते समय यह भी नहीं कोई सोचता विवेचक सरकारी पद पर है, उसका महत्व उसकी गरिमा है। खैर जब किसी ने नहीं सोचा तो जनप्रतिनिधि क्यों सोचें। अब विवेचक को सोचना चाहिए मगर ऐसा कहाँ होता है। विवेचक नहीं झुकता है तो कई विवेचक झुकने को तैयार आखिर हर कोई अपनों से हारता है।

हां इसमें ज्यादा जिम्मेदार जनप्रतिनिधि से विवेचक या पदासीन व्यक्ति को मानते है उदाहरण के लिये सत्य घटना बताता हूँ। भाजपा की सरकार थी। अपर पुलिस अधीक्षक थे अब उसकी तैनानी ओ0एम0सी0 100 नम्बर में हो गयी। न पद न गाड़ी न रुपया न सुख। आखिर अपर पुलिस अधीक्षक प्रजापति समाज से आते थे। बार-बार सुना है कि हमारी सरकार नहीं है। हम कौन टी0बी0 वाले हैं। अब टी0बी0 का अर्थ बताता हूँ। टी माने ठाकुर बी, ब्राह्मण यानी यह भावना बनी है कुछ दिन बाद उनकी तैनाती अपर पुलिस अधीक्षक सुल्तानपुर हो गयी। अब उनकी टी0बी0 भी खत्म होगी, सरकार की अलोचना भी खत्म और बी वाले परेशान यानी उनका कहना है बी माने भाजपा और बी माने ब्राह्मण मगर मुख्यमंत्री टी यानी ठाकुर है। तो ठाकुर को चार्ज या अच्छी तैनाती क्यों नहीं हुई। हाँ टी यानी ठाकुर पुलिस मुखिया है।

अब सपा का कार्य काल था सपा यानी यादव ही अपने को सपा रूप में माने जाने लगे। एक स्थान में थानाध्यक्ष एस0सी0, जाति का तैनात था। यादव साहब यह कहने लगे कि सपा के सरकार में एस0सी0 कैसे नियुक्त होंगे सिपाही से लेकर डी0जी0पी0 जब सभी को यादव होना चाहिए जैसे ठाकुर साहब मुख्यमंत्री काल में सिपाही से लेकर डी0जी0पी0 तक होते हैं।

फिर बसपा का कार्यकाल आया तो बसपा के कार्यकाल में एस0सी0 यह कहने लगे कि यह कैसे ठाकुर ब्राह्मण यादव चार्ज पर है, केवल एस0सी0 ही चार्ज पर रहे, वह भी मुख्यमंत्री के खून से जुड़ा हो।

जब काँग्रेस की सरकार है तो काँग्रेसी कौन है उसका आदेश चलेगा।

यानी पुलिस अधिकारी जब अपनी तैनाती के दौरान अपने को पार्टी से जोड़कर अपनी तैनाती कराते हैं तो क्यों नहीं जनप्रतिनिधि आपकी एक बार तैनाती करा दिया तो फिर पूरे कार्यकाल तक अपने मन का काम कराएगा। आप

को कार्य करना पड़ेगा क्योंकि आप को अच्छी तैनाती चाहिए फिर झुकना तो पड़ेगा, गलत चाहे सही बात माननी पड़ेगी।

अरे यहाँ तक सुना है कि एक जननेता कहलाने वाला किसी पद पर न होकर रूलिंग पार्टी के मुखमंत्री से पहुँच बनाकर एक थाने पर पहुँचा। निरीक्षक/थानेदार किसी समाज में खड़ा हुआ और कुर्सी दी। कुर्सी देने के बाद अपने परिचय में बस इतना कहा अरे इंसपेक्टर तुम्हारा डी0जी0पीवा यानी डी0जी0पी0 यानी पुलिस महानिदेशक पुलिस उत्तर प्रदेश हमारे मुख्यमंत्री के बगल में हत्था पर बैठा था हम लोग कुर्सी पर बैठे थे। अब निरीक्षक थानाध्यक्ष हँसकर ऐसे स्वागत कर रहे हैं, हा हा हँसकर आपने सही कहा जैसे चार कुत्ते वे एक कुत्ते को घेर कर काट रहा हो और अब उस कुत्ते ने दाँत दिखाते हुए मानो मुस्कराकर कह रहा है आप ठीक कर रहे हैं। मगर किसी ने यह हिम्मत नहीं किया कि इतने ऊँचे पद पर बैठे पुलिस के मुखिया को आप अप शब्दों से न पुकारे, यही पुलिस है उत्तर प्रदेश की।

यही है जनप्रतिनिधि या पहुँच वाले नेता की भाषा और यही हम है। विवेचक यानी पुलिस का कद फिर कैसे मान लेगें कि हम न्याय करेंगे। हाँ अगर विवेचक या कोई या हम जनप्रतिनिधि की गुलामी करेंगे जनप्रतिनिधि का आदेश सर पर रखेगें तो कहाँ कि विवेचना कैसी विवेचना आप तो जनप्रतिनिधि के टाइप बाबू हो गये।

मेरा यही कहना है। स्थान पद बदले मगर विचार न बदले। एक कलम से किसी निर्दोष का पूरा जीवन पूरा परिवार परेशानी से बच सकता है। आपका बस इतना होगा लाभ पद जाएगा अब तुलना करे किसमें कितना फायदा है। गलत करने में या सही करने में यानी जनप्रतिनिधि का विवेचक की विवेचना पर दबाव होता है।

भाग-3
विवेचना के अतिरिक्त विवेचक का काम

अध्याय -22

शान्ति व्यवस्था ड्यूटी

सर्वप्रथम हम पुलिस के कार्यों पर प्रकाश डालेंगे। पुलिस विभाग का कार्य शासन को सुचारु रूप से चलाने, जनता की सुरक्षा करने, सम्पत्ति की सुरक्षा करने एवं शांति व्यवस्था बनाये रखना है। अपराध रोकने... अपराध हो गया तो अपराध का पंजीकरण होने एवं विवेचना कर न्यायालय के माध्यम से आरोपित को दण्डित कराने का प्रमुख कार्य है जो निम्नवत है।

1. अपराध न हो, अपराधों को निवारित करना तथा अपराधी का पता लगाना पुलिस के द्वारा उस पर नियंत्रण रखना पुलिस का कार्य है। पुलिस अधिनियम 1861 में पुलिस का उद्देश्य यही बताया गया।

2. क्षेत्र में अमन चैन से बिना भय के पुरुष या महिला विचरण करें जनता शांति सकुशल सुरक्षित स्वयं तथा अपनी सम्पत्ति को सुरक्षित महसूस करे या कराये।

3. प्रदेश की आबादी में कहीं-कहीं मिश्रित आबादी सभी धर्मों, जातियों के योग से बना है। उनके अलग-अलग आस्था के रूप में देव-स्थान, मन्दिर, मस्जिद, गुरुद्वारा, चर्च बना है जो शान्ति सद्भाव के रूप में बना रहे।

4. सम्पत्ति के साथ-साथ धर्मस्थलों की रक्षा हो तथा रक्षा करे एवं सद्भाव का वातावरण बना रहे।

5. वर्ष 2020 के प्रारम्भ में कोरोना वायरस के संक्रमण की महामारी फैल गयी जिसके कारण पूरे भारत में लाकडाउन लगाना पड़ा तथा लाकडाउन का पालन करना पुलिस की महत्त्वपूर्ण जिम्मेदारी हो गयी थी। यह अलग बात है कि कोरोना काल समाप्त नही हुआ मगर पुलिस की भूमिका अहम हो गयी है।

अब इनके कार्यों को देखते हुए पुलिस-विभाग के पदों को उनके कार्यों की समीक्षा अवलोकन करने का दृष्टिपात कराने का कार्य किया जाएगा। वर्दीधारी या शान्ति व्यवस्था सुरक्षा से जूझा हो पुलिस का कार्य करने वाले पदाधिकारी महानिदेशक सहायक पुलिस महानिदेश महानिरीक्षक, पुलिस उपमहानिरीक्षक, पुलिस अधीक्षक, सहायक पुलिस अधीक्षक, अपर पुलिस अधीक्षक एवं पुलिस उपाधीक्षक जो राजपत्रित अधिकारी है। यह पुलिस अधिनियम की धारा 4 व 5

के साथ संचालन करते हैं। इनका कार्य सुपरविजन करना है। अपने अधीनस्थों का निरीक्षण करते हैं तथा नजर रखते हैं। अब शुरू होता है कार्य करने वाला पद यानी जनता के बीच में यह सीधे कार्य करता है। दिखाई देता है। इनका पद निरीक्षक, उप निरीक्षक हे0कां0 तथा कांस है साथ में गाँव में नियुक्त ग्राम चौकीदार है।

इसी निरीक्षक में एक उपनिरीक्षक प्रभारी निरीक्षक व थानाध्यक्ष वाले को बनाकर थाने का भार साधक या मुखिया कहा जाता है। द0प्र0सं0 1973 की धारा 2(ण) में पुलिस थाने का भार साधक अधिकारी की परिभाषा दी गयी है। इसी पर आसीन व्यक्ति को थाना क्षेत्र के अन्दर शाक्तियाँ दी गयी है। पुलिस अधिनियम 1861 के धारा 2 के अनुसार इस विभाग में सीधी भर्ती कांस, सब इंस्पेक्टर की होती है। तथा हे0कां0 या निरीक्षक प्रोन्नति पाकर बनाये जाते हैं।

थानाध्यक्ष/प्रभारी निरीक्षक का अपने थाने में होने वाले हर अपराध के पंजीकरण की जिम्मेदारी है। चाहे वह किसी प्रकार का कोई अपराध है। तथा शांति व्यवस्था व सद्भाव का वातावरण बनाने की भार साधक अधिकारी की भी जिम्मेदारी है तथा व्यक्ति की सुरक्षा या सम्पत्ति की सुरक्षा व धर्मस्थलों की सुरक्षा की व्यक्तिगत भार साधक अधिकारी की जिम्मदारी है। शांति व्यवस्था बनाये रखने सुरक्षा करने के लिये हर वह कड़े कदम उठाने के लिये शक्तियाँ द0प्र0सं0 1973 व पुलिस अधिनियम 1861 में पुलिस रेगुलेशन 1860 में प्रावधान का प्रयोग सहयोग के लिये दिया गया है।

हर भार साधक अधिकारी अपने थाना पर नियुक्त पदाधिकारी से कार्य लेगा। चाहे मुकदमा पंजीकरण का मामला हो या अविलम्ब गिरफ्तारी का मामला हो या गश्त का मामला हो या अपने क्षेत्र में शान्ति व्यवस्था का मामला हो।

पुलिस विभाग में जहाँ निरीक्षक का पद 5000 स्वीकृत है। वही उपनिरीक्षक का पद 40 हजार स्वीकृत किया गया है। उसी के साथ हे0कांस0 का पद 60 हजार स्वीकृत किया गया है। आरक्षी का पद 250000 यानी ढाई लाख के रूप में कार्य की मान्यता है। अब स्वीकृत पद के अनुरूप पदाधिकारी है या नहीं यह शासन का मामला है। सहयोग हेतु पुलिस-विभाग में मुखिया पुलिस महानिदेशक का है। पुलिस रेगुलेशन के पैरा 1 के अनुसार सलाहकार भी है, देखते हुए कमी की पूर्ति कराते हैं। स्वीकृति समयानुसार पड़ती रहती है।

पुलिस-विभाग के साथ शांति व्यवस्था में सहयोग हेतु रेडियो विभाग

सशस्त्र पुलिस नदी पुलिस, यातायात पुलिस, पी0ए0सी0 बल जो राज्य की शाखा है तथा घोड़ा पुलिस यानी घुड़सवार पुलिस है। साथ ही जब कभी जरूरत पड़ती है तो शांति व्यवस्था हेतु केन्द्रीय बल का प्रयोग लेते हैं जैसे (आर0ए0एफ0) रैपिड एक्शन फोर्स, सी0आई0एस0एफ0 केन्द्रीय औद्योगिक बल है। जब राज्य शांति व्यवस्था का मामला आता है तो जिला प्रशासन द्वारा राज्य सरकार को तथा राज्य सरकार केन्द्र सरकार से अनुरोध कर अतिरिक्त पुलिस बल की माँग कर निर्धारित समय के लिए प्राप्त कर लेती है। यानी शांति व्यवस्था के रूप में राज्य सरकार जिम्मेदार है, परन्तु अपनी नजर केन्द्र सरकार भी गड़ाये रहती है। ध्यान रहे थाने पर गाड़ी, उपकरण, शस्त्र एवं स्टाफ शान्ति व्यवस्था के नाम पर ही उपलब्ध है।

चूँकि आरक्षी के पद के अनुरूप थाना पर बीट क्षेत्र आवंटित है तथा पुलिस रेगुलेशन की पैरा 61 के अनुसार उनका मुख्य कर्तव्य अपराध का निवारण (रोकना) होता है। वह जनता के प्रति विनम्र और विचारशील होना चाहिए। उन्हें कभी नहीं भूलना चाहिए कि वह जनता के सेवक नहीं है। प्रत्येक कांस0 विशेष परिस्थिति के अलावा वर्दी धारण करेगा। अपराध रोकना यानी चाहे शांति व्यवस्था हो या सुरक्षा हो वह गश्त हो करेगा। इसी के साथ-साथ क्षेत्र में किसी भी व्यक्ति की आकस्मिक मृत्यु हो गयी तो मृतक का पंचायतनामा पुलिस रेगुलेशन की पैरा द0प्र0सं0 के अनुसार 139 के उप पैरा (3) के अनुसार मृतक का पोस्टमार्टम कराएगा। साथ में माननीय न्यायालय द्वारा जारी सम्मन द0प्र0सं0 की धारा 62 के प्राविधानो के अनुसार तामील कराएगा। गश्त पुलिस रेगुलेशन 190 के अनुसार करेगा। इसी में शस्त्र पुलिस बल भी समाहित है। पुलिस पैरा 73 के अनुसार नियत है जो पुलिस का कर्मचारी बारी-बारी से रिजर्व होकर निकलेगा।

पुलिस अधीक्षक पुलिस रेगुलेशन 75 के तहत यह देखेंगे एक वर्ष से कम की सेवा हो रिजर्व पुलिस में नहीं लिये जाय। सशस्त्र पुलिस की रिक्त स्थान से 20 प्रतिशत से अधिक न हो रिजर्व पुलिस के कार्य में डकैती के कर्तव्य पर या शांति व्यवस्था बनाये रखने गम्भीर गैंग को रोकने तथा रात्रि में गश्त करने के लिये लगाये जायें।

इसी में सवार पुलिस का भी समायोजन शांति व्यवस्था में होता है। पुलिस रेगुलेशन के पैरा 79 के सवार पुलिस का विवरण देखने को मिलता है। इनका काम सड़कों पर गश्त, बन्दियों को सुरक्षित ले जाना, कोषा कारागार सुरक्षा में

गश्त होगा, अपराधियों का पीछा करना उपद्रव यानी शान्ति व्यवस्था को दबाना, उत्सवों का मार्ग रक्षा साथ ही यातायात का नियन्त्रण।

ध्यान रखें शान्ति व्यवस्था की समस्या किसी समय किसी बात को लेकर कभी भी उठ जाती है इसलिये शान्ति व्यवस्था सबसे प्रमुख कार्य राज्य सरकार के साथ-साथ प्रान्तीय पुलिस की रहती है। प्रान्तीय पुलिस की मदद में पी0ए0सी0 संगठन है। जरूरत पड़ने पर राज्य सरकार केन्द्रीय पुलिस बल की सहायता प्राप्त करता है।

अशान्ति होने से प्रगति के रास्ते बन्द हो जाते हैं चाहे सरकार के हो या परिवार के।

अतः शांति व्यवस्था की आवश्यकता ही नहीं राज्य को सुचारु रूप से चलाने के लिये भी जरूरी है।

शांति व्यवस्था पुलिस के विवेचक के अतिरिक्त काम है, मगर समीक्षा विवेचना की होगी, शान्ति व्यवस्था की नहीं होगी।

संयुक्त राष्ट्र के मानक के अनुसार एक लाख व्यक्ति पर 222 पुलिसकर्मी होना चाहिए। भारत में यह आँकड़ा 144 का है। गृह मंत्रालय के आँकड़े के अनुसार पूरे देश में 5.28 लाख पद खाली हैं। उसमें से केवल उत्तर प्रदेश में 1.29 लाख खाली हैं। भारत में स्वीकृत क्षमता 2379728 जिसमें 1851332 की तैनाती है सभी फोर्स मिलाकर है।

1. जम्मू कश्मीर - आतंकवाद से प्रभावित क्षेत्र 87.882 स्वीकृत 10044 पद खाली

2. राजस्थान - 106232 पद स्वीकृत, 18003 पद खाली

3. गुजराज - 109337 स्वीकृत, 21070 खाली

4. मध्य प्रदेश - 115731 स्वीकृत, 22355 खाली

5. महाराष्ट्र - 240224 पद स्वीकृत, 26195 पद खाली

6. तेलंगाना - 76407 पद स्वीकृत, 30345 पद खाली

7. कर्नाटक - 100243 स्वीकृत, 21943 पद खाली

8. उत्तर प्रदेश - स्वीकृत 250000 भरे पद, 285540 पद खाली 128952 (वर्तमान जनसंख्या के अनुसार) खाली

10. पश्चिम बंगाल 140904 स्वीकृत, खाली 48981

11. ओडिशा - 66973 खाली 10322

12. छत्तीसगढ़ नक्सल प्रभावित स्वीकृत 71606 पुलिस 11916 पद खाली

13. बिहार - 128286 स्वीकृत 77995 भर्ती 50291 पद खाली

14. असम - 65987 खाली 11452

15. नागालैण्ड - पद 21292 पद स्वीकृत यहाँ 941 पद से अधिक भर्ती है।

प्रति लाख लोगों पर पुलिस बल विदेशों में तैनात हैं।

कनाडा 864 जर्मनी 300 अर्जेन्टीना 803 द0कोरिया 229 उरुग्वे 677 यू0के0 226 भूटान 536 अमेरिका 207 ग्रीस 479 स्वीडन 199 इटली 462 भारत 144 रूस 416 थाईलैण्ड 320 स्पेन 362 नीदरलैण्ड 358 फ्रांस 330

वर्ष 2017 में राज्यों में पुलिस संख्या लगभग 28 लाख थी, परन्तु केवल 19 लाख पुलिसकर्मियों की नियुक्ति की जा सकी। प्रत्येक एक लाख नागरिक की सुरक्षा में केवल 144 पुलिसकर्मी ही तैनात हैं।

अध्याय - 23

मेला में ड्यूटी/वी0वी0आई0पी0 ड्यूटी

जब कभी मेला आपके स्थानीय क्षेत्र में लगता है या आपकी दूसरे क्षेत्र में मेला ड्यूटी लगती है तो वहाँ पर विशेष ध्यान देने योग्य बाते निम्न हैं।

मेला में जमीन का विवाद भी रहता है जो पुलिस के लिए निस्तारण करना आवश्यक है। कुम्भ मेला या परम्परागत मेला को छोड़कर है।

मनुष्य एक सामाजिक प्राणी है। मानव के द्वारा समाज का निर्माण होता है। समाज अपने लोगों द्वारा नियम बनाता है और यह नियम सामाजिक व्यक्ति पर नियन्त्रण करता है। व्यक्ति की सुरक्षा, समाज का स्थायित्व सम्पत्ति, शांति का माहौल एवं सही ढंग से समाज का विकास हो सके तो कानून पर विश्वास बना रहे उस कानून का पालन हो सके। नियम कानून का पालन करने के लिये पुलिस बल की नियुक्ति की गयी । पुलिस बल जब नियुक्त हुआ तो सरकारों ने पुलिस के कार्य एवं शक्तियों का अधिनियम बनाया जिसे पुलिस अधिनियम कहते हैं।

पुलिस बल की स्थापना का उद्देश्य अपराधों को रोकना, अपराधियों का पता करना, अपराध करने वाले अपराधी का दण्ड दिलाना पुलिस का काम है। पुलिस शब्द के अन्तर्गत पुलिस अधिनियम 1861 की धारा के अन्तर्गत वह व्यक्ति आता है जो इस अधिनियम के अन्तर्गत भर्ती होता है। साधारण जिला पुलिस में कोई प्रेसीडेंसी एंव या स्थान या किसी प्रेसीडेन्सी या राज्य का स्थान या भाग आता है। जो उस अधिनियम को प्रभावी करने के लिये आदेश देता है। पुलिस अधिनियम की 1861 की धारा 2 के अनुसार समस्त पुलिस स्थापना एक पुलिस बल समझा जाएगा। और अतिरिक्त भर्ती किया जाएगा। यह अधिकारियों एवं पुलिस जन की ऐसी संख्या से मिलकर बनेगा। इस अधिनियम के अधीन भर्ती पुलिस अधिनियम की धारा 4 के अनुसार राजपत्रित पुलिस अधिकारी होगा।

पुलिस बल स्वयं की सुरक्षा करते हुए हर मानव जाति की जो उसके अधिकार क्षेत्र में आता है बिना जाति-भेद, धर्म-भेद गरीब-भेद के रक्षा करे, कोई बलशाली गरीब आदमी से जबरदस्ती बेगार न ले, आयोजित मेला त्योहारों पर आवागमन को ठीक बनाये रखे, सुरक्षा प्रदान करे एवं शान्ति व्यवस्था बनाये

रखे।

व्यक्ति की धन सम्पत्ति यानी चल व अचल सम्पत्ति की सुरक्षा करे। पुलिस अधिनियम 1861 की धारा में चल सम्पत्ति अचल सम्पत्ति की परिभाषा बतायी गयी। भा0द0वि0 1860 की धारा 22 में भी चल सम्पत्ति से सम्बन्धित जो मूर्त सम्पत्ति आती है तथा अचल सम्पत्ति सम्पत्ति भूमि या नीचे के भू से जुड़ा है। स्थायी रूप सम्पत्ति की सुरक्षा करे।

पुलिस मेला ड्यूटी तीर्थ स्नान ड्यूटी जैसे बड़े-बड़े स्नान पर कुम्भ मेला पर उपस्थित भीड़ में जनता को सुरक्षा प्रदान करे।

साथ ही अपराध होने पर घटित घटना का पता लगाये, वादी एवं उसके परिवार को सुरक्षा प्रदान करे तथा साथ ही असली अपराधी का पता लगाकर मुकदमा पंजीकृत कर विवेचना कर दण्डित कराये।

अब हम महसूस करेंगे कि हमारे समाज में पुलिस की आवश्यकता कितनी व किन-किन रूपों में है।

पुलिस जनता की सुरक्षा शांति व्यवस्था के लिये बनायी है। जहाँ एक लाख आबादी पर शान्ति व्यवस्था के लिये भारत देश में कुल 144 जापान में 205, अमेरिका में 211, इग्लैण्ड में 257 है। इस पूरे देश में थाना की संख्या ब्यूरो ऑफ पुलिस रिसर्च एवं डेवेलेपमेट के अनुसार 15555 थाने हैं। इन थानों पर 8 प्रतिशत स्थानों पर वाहन नहीं हैं। यानी 1211 थानों पर वाहन नहीं है। कुल 103 थानों पर वायरलेस सेट नहीं है। छत्तीसगढ़ में 161 थानों पर वाहन नहीं है। मध्य प्रदेश में 111 थानों पर टेलीफोन की सुविधा नहीं है। मणिपुर में 43 थानों पर वायरलेस सेट नहीं है। इन थानों पर टेलीफोन भी नहीं है। गुजरात में 630 थानों पर टेलीफोन नहीं है। असम में 137 थाने पर टेलीफोन नहीं है। झारखण्ड में 23 थानों पर वाहन नहीं है एवं 69 थानों पर टेलीफोन नहीं है। 11 पुलिस स्टेशन पर टेलीफोन नहीं है, वायरलेस सेट नहीं है। त्रिपुरा नगालैण्ड बदहाल हैं।

हम विवेचना ही विवेचक की ताकत के तहत उत्तर प्रदेश की भौगोलिक स्थिति का आकलन करें तो लगभग 1450 थाने आते हैं जिसमें हर थाने पर वायरलेस, वाहन एवं पुलिस फोन की व्यवस्था है और प्रान्तों की बात क्यों करें, आँकड़े सही भी हो सकते हैं या गलत भी।

वैसे आज भी 159 साल पुरानी पुलिस व्यवस्था जारी है। 1860 का

पुलिस रेगुलेशन, भारतीय द0स0 तथा 1861 का पुलिस अधिनियम एवं 1872 का साक्ष्य अधिनियम का प्रयोग होता है।

आज भी हमारे यहाँ यानी उत्तर प्रदेश पुलिस का सीधा सम्बन्ध या हस्तक्षेप कहें रूलिंग पार्टी उनके कार्यकर्ता एवं उनके द्वारा दबाव में अधिकारी रहते हैं; जबकि वह भी जनता का व्यक्ति है। मगर वह भले परेशान हो, ध्यान नहीं दिया जाता है।

इसका परिणाम यह होता है कि न विभाग में अनुशासन रह जाता है, न अनुशासित कर्मचारी रह जाते हैं समय पास करने वाले पुलिस अधिकारी को जी हजूरी करने वाले जन प्रतिनिधियों के पुलिस विभाग का संदस्य और उपयोगी विभागीय सदस्य किसी न किसी स्वार्थ बस पद बस न्याय या स्पष्ट काम करने के बजाय खुशामदगी वाला काम करते हैं।

मेला प्रबन्धन में आप अपने क्षेत्र से वाकिफ है। कितनी भीड़ है, आस्था की भीड़ है। किधर से आयेगी किधर निकासी होगी, आने का रास्ता कैसा जाने का रास्ता कैसा यातायात का साधन पार्किंग कहाँ होगा, खोया पाया केन्द्र कहाँ होगा। महिला या पुरुष है अस्वस्थता होने पर चिकित्सा व्यवस्था कैसी होगी। खोया-पाया केन्द्र है मेले में फोर्स कितनी लगायी है। कितनी है मेला है तो असमाजिक व्यक्ति का मेला में प्रवेश होगा। अचानक मेले में शान्ति व्यवस्था की समस्या होगी तो उससे कैसे निपटेंगे। साथ ही घाट है तो पानी में डूबने से बचाव कैसे हो या आम लोगों से कैसे निपटें या भौगोलिक परिस्थिति कैसी है। अचानक मेले में भीड़ बढ़ती है तो कैसे बन्दोबस्त किया जायेगा ताकि मेले में एसी समस्या या भगदड़ न हो। मेले में सतर्कता हो छोटी से छोटी या बड़ी सूचना में कार्यवाही तेज एवं ऐसे ढंग से हो कि दूसरे को मालूम न हो।

वी0वी0आई0पी0 ड्यूटी में भी यह देखना होता है कि जिसकी सुरक्षा में लगे हैं उसकी जान को खतरा तो नहीं है। चारों ओर सतर्क नजर रखें। विवेचना के अतिरिक्त कार्य है।

अध्याय 24

जनता एवं पुलिस के बीच बढ़ती दूरियाँ

पुलिस 24 घण्टे ड्यूटी के लिये तैयार रहती है, घर से दूर रहती है। जान जोखिम में रखती है, सभी त्योहारों में अपनों से दूर रहती है। परिवार की खुशियों से दूर रहती है। पूरी नींद सो नहीं पाती है, समय से भोजन कर नहीं पाती है। कोरोना वायरस संक्रमण जैसी महामारी में लोगों की मदद करती रही जान जोखिम में डालती है। आखिर इतना त्याग किसके लिये। उसी के लिए जिससे दूरिया बढ़ती नजर आती हैं यानी जनता या पुलिस के बीच इतनी दूरी क्यों।

यदि बदमाश से पुलिस की मुठभेड़ हो जाती है, किसी पुलिस वाले की जान जाती है तो माना जाता है कि पुलिस का कर्तव्य था; मगर भीड़ में जनता द्वारा पुलिस की पीट-पीटकर हत्या कर दी जाती है तो किसके प्रति किसका कर्तव्य था। जनता या पुलिस के बीच बढ़ती खाई का तो परिणाम है। कहाँ आप जनता की मदद या सहयोगी साबित हुए क्या कोई अपने सहयोगी का सहयोग करने के बजाय आक्रामक होता है। वर्ष 2018 में बुलन्दशहर में एव इंस्पेक्टर को जनता द्वारा मार-मारकर हत्या कर दी गयी इसके पहले प्रतापगढ़ में एक डिप्टी एस0पी0 को जनता द्वारा हत्या कर दिया गया। गाजीपुर में 2018 में एक पुलिस वाले की जनता द्वारा मार मार कर हत्या कर दी गयी। 2 जुलाई 2020 में आठ पुलिस की कानपुर में हत्या हुई वहीं देवरिया में एक इन्सपेक्टर का शर्मनाक कार्य जून 2020 में हुआ। क्या यह घटनाएँ जो ताजी एवं नवीन हैं, पुलिस का जनता के बीच बढ़ती खायी को नहीं दर्शाती हैं।

आखिर हमें सोचना चाहिये हम विवेचक के रूप में या शांति व्यवस्था या सुरक्षा के रूप में जनता के सामने कैसे पेश आते हैं कि जनता हमें बजाय मित्र के दुश्मन समझ बैठती है। तो पाया कि पुलिस की कुछ तो कार्य प्रणाली ऐसी है, कुछ का व्यवहार ऐसा है।

ध्यान देने के लिये सबसे निचले पायदान से प्रारम्भ होकर ऊपरी पायदान तक जायेंगे। क्योंकि यह समस्या आज की नहीं, पहले से शुरू हुई और आज तक बनी हुई है।

1. सर्वप्रथम अँग्रेजी शासन में भारतीय जनता के दबाने के लिये अँग्रेजो ने जो

संगठन में व्यक्ति का उपयोग किया वह केवल शासन चलाने के लिये भारतीय जनता के मुँह खुलने से बन्द करने के लिये सिर उठाने से दबाने के लिये शारीरिक प्रताड़ना देने के लिये किया है ताकि अँग्रेजों का शासन चल सके। उसी समय का पुलिस रेगुलेशन 1860 पुलिस अधिनियम 1861 का बना है, उसी समय का नियम कानून बना है। न भारतीयों की मानसिकता बदली, न कानून बदला, न पुलिस वाले बदलने का प्रयास कर रहे हैं। भारत 1947 में स्वतन्त्र हुआ। भारतीय संविधान निर्माता डा0 भीमराव अम्बेडकर द्वारा लिया गया 1950 में भारतीय संविधान लागू किया गया तथा पुलिस में भारत के लोग भर्ती होने लगे। धीरे-धीरे विश्वास बढ़ाना चाहिये- कहीं कहीं एक छोटी-सी गलती पुरानी मानसिकता को ताजा कर देती है।

2. जनता से सीधे जुड़ने का सटीक/नज़दीक थाना होता है। मगर जब पीड़ित किसी पीड़ा को लेकर थाने पर पहुँचता है तो थाने पर उपलब्ध पदाधिकारी पीड़ित की समस्या कम सुनते है। उसकी पॉकेट की ओर, उसके पद और ओहदे की ओर निगाहें टिकी होती हैं। जबकि किसी अन्य विभाग वालों के द्वारा भी वही काम होता है। पॉकेट की ओर निगाहे हैं, मगर उसके बदले तत्काल उसे उसके काम का रिस्पान्स मिलता है। यहाँ रिसपांस तो अलग, पुलिस वाले का दुर्व्यवहार काफी होता है। जैसे पर्स चोरी हो गया गिरा दिखा दो बलवा हुआ मारपीट यानी एक दो आदमी कम दिखा दो, लूट डकैती हुई लूट दिखा दो, हत्या हुई मानव-वध दिखा दो। हत्या में किस पार्टी का आदमी है, क्यों इतना आदमी कम कर दो तमाम तरह की बातें उठती हैं साथ ही अपने क्षेत्र के अपराधियों से साँठ-गाँठ करना। यह पीड़ित की अपनी पीड़ा कम न होकर और बढ़ती है। यही बातें दूर-दूर तक धीरे-धीरे फैलती हैं। यह मैं मानता हैं कि पब्लिक अपनी दुश्मनी निकालने के लिये अपना मकसद हल करने के लिये झूठ बोलती है तो आप किसलिये हैं। आखिर आपके पास ताकत है तो क्या बदजुबानी के लिये। वैसे आप झूठ नहीं बोलते केवल जनता ही झूठ बोलती है। क्या और विभाग झूठ नहीं बोलता। आप पुलिस की वर्दी में है आप नहीं झूठ बोलते। खैर चर्चा आगे बढ़ाते है।

3. जब पब्लिक झूठ बोलती है तो क्या आप कम झूठ बोलते हैं। धारा 25 एक्ट में धारा 60 आबकारी अधिनियम में गुण्डा एक्ट में गैगस्टर एक्ट में क्या आप नौकरी बचाने के लिये किसी ऐसे आदमी का चालान करते हैं जो अपराध किया हो... नहीं न। पब्लिक का झूठ झूठ है, आपका झूठ नौकरी बचाने का है।

4. जब कोई साधारण व्यक्ति आपके पास आता है, आपकी इज्जत करता है तो आप अपनी कड़वी बातों से व्यवहारों से उसे ऐसा दिखा देते हैं कि उसका दुबारा मन नहीं करता चाहे जितनी पीड़ा हो। मगर जब आपके पास दबंग पैसा वाला प्रभाव वाला आता है तो उसको सम्मान अपने आपको समर्पण करते हैं। क्या थाना पुलिस का यही काम है। ऐसे में आप के प्रति छवि कैसी बनेगी।

5. भ्रष्टाचार पर कोई टिप्पणी नहीं करना है किसी से क्या कहें

जब गिर गये हम नाले में,
नाले के पानी से क्या धोना।
अब कीचड़ नहीं हुआ साफ मेरा,
अपने कीचड़ लगे पर क्या रोना।

यानी सबकी यही हालत है। भ्रष्टाचार का आरोप लगा भ्रष्टाचार के द्वारा ही मुक्त होना है। तो क्या भ्रष्टाचार की बात करें। सरकारें जितनी हैं भ्रष्टाचारों में वृद्धि हुई है। अन्तर है कहीं किसी समय खुलेआम रुपया लेता है कहीं छिपाकर लेता है, तो कीमत बढ़ा लेता है। चाहे जिसकी सरकारें हैं।

जब कभी जनता किसी कारण से किसी के विरोध में खड़ी होती है तो आपके व्यवहार आपके कार्य ही उस विरोध में आग में घी पड़कर और जलाता है। ध्यान रहे यह वह आग नहीं जिससे भोजन पकता है, बल्कि यह वह आग है जो आशियाना जलाता है। यानी आप का कार्य आपका व्यवहार-क्षेत्र में दूर-दूर तक फैलता है। यह भ्रम में न रहे आपको कोई नहीं जानता। जैसे ही पदधारण करते हैं आपकी छवि आपका काम आपकी जाति धर्म आपके साथ थाने पर पहुँचते ही जनता में पहुँचता है। किस रूलिंग पार्टी से आपका सम्बन्ध है और कितना गहरा है।

सब इन्सपेक्टर, इन्सपेक्टर पुलिस विभाग की शरीर के रीढ़ की तरह है थाना का प्रभार इसी पदों पर रहता है। जहाँ एफ0आई0आर0 का दर्ज होना कार्यवाही का होना। फिर यदि जनप्रतिनिधि के पीछे-पीछे अनावश्यक अपने लाभ पद पाने के लिये टहलेंगे तो इसका असर पड़ता है। यह सच है आज का अपराधी कल का जनप्रतिनिधि बन जाय। कभी आप उसके पीछे भागते थे, आज भी उसी के पीछे भागते हैं। बस कल और आज में अन्तर था। कल वह आपके डर से भागता था आप पकड़ने के लिये भागते हैं। आज वह कद्दावर हो गया तो आप अपने लालच में काम कराने के लिये पीछे-पीछे चलते हैं। क्या उस

व्यक्ति की छवि धूमिल हुई? नहीं, न कल और आज में बस इतना अन्तर है कल खुलकर विरोध में बोलता था, आज दबी जुबान से बोलता है।

जब जनता को न्याय नहीं मिलेगा, जनप्रतिनिधियों को अपना खुदा मानेंगे जब जनता का गुस्सा इकट्ठा होता है तो भड़ास निकलेगी। हाँ हो सकता है आप के प्रति निकली भड़ास किसी ऐसे आपके साथी पर निकले जिसका इस घटना से इन व्यवहार से दूर-दूर तक का नाता न हो।

सबसे वरिष्ठ अधिकारी जिसे पुलिस कप्तान कहते हैं, जिले में सर्वश्रेष्ठ पद पर बैठकर यह देखते हैं। किस पार्टी की सरकार है, किस जाति की सरकार है, किसकी कितनी पकड़ है, कौन कितना पगड़ी देगा, कितना किस थाने का महीना देगा। सोच बनती है। उनका सोचना ठीक है। जब देकर आते हैं लेंगे ही बस प्रतिशत कम या ज्यादा है क्या जनता पुलिस के बीच खाई कम होगी।

अब उपरोक्त बिन्दु ने स्पष्ट कर दिया होगा जनता एवं पुलिस की दूरियाँ क्या हैं। कारण बहुत हैं मगर यहीं इसे समाप्त करते हैं। जनता एवं पुलिस दोनों जिम्मेदार हैं।

अध्याय - 25

प्रार्थना पत्रों की जाँच व वारण्टों का निस्तारण

विवेचक के पद पर नियुक्त पदाधिकारी/सब इन्सपेक्टर/इन्सपेक्टर या पुलिस उपाधीक्षक या वरिष्ठ अधिकारी जो भी है। विवेचना शांति व्यवस्था ड्यूटी वी0आई0पी0 ड्यूटी तथा अन्य डियूटी के बाद उसको प्रार्थना पत्रों की जाँच या अन्य जाँच को निपटना होता है।

प्रार्थना-पत्र प्राप्त होने का कई स्तर होता है।

1. स्थानीय जनता से सीधे प्राप्त प्रार्थना-पत्र।
2. वरिष्ठ अधिकारी से प्रार्थना-पत्र/थाना या तहसील दिवस से प्रार्थना-पत्र
3. शासन स्तर से प्राप्त प्रार्थना-पत्र

प्रार्थना पत्रों का लेखा-जोखा आपके अभिलेखों के माध्यम से अपने पास रहना चाहिये ताकि कुछ दिन कुछ हफ्ते कुछ माह बाद यदि प्रार्थना-पत्र की तलाश हो तो तलाश करने पर अभिलेख उपलब्ध हो सके। इसीलिये डुप्लीकेट का प्रयोग होना चाहिये।

अब आप परेशान होंगे क्या क्या करें कैसे करें। ऐसा नहीं कि आपके परेशान होने से परेशानी दूर होगी; दूर होगी तो काम करने से। फिर हम एसा करे हम सोचे क्या करें।

फिर एक योजना बनायें। जब कभी किसी क्षेत्र में निकलें उस क्षेत्र से सम्बन्धी प्रार्थना-पत्र साथ रखें ताकि अगर व्यक्ति मिल जाये या अवसर मिल जाये तो उस प्रार्थना-पत्र की जाँच हो जाय।

अब मन में बना लेंगे कि एक सप्ताह में एक प्रार्थना-पत्र का निस्तारण करेंगे तो माह में चार होगा; यदि दो प्रार्थना-पत्र जाँच करेंगे तो आठ प्रार्थना-पत्र होगा। यदि तीन प्रार्थना-पत्र की जाँच करेंगे तो बारह प्रार्थना-पत्र होगा यदि सप्ताह में 4 प्रार्थना पत्र की जाँच करेंगे तो 16 प्रार्थना पत्र होगा। हमे विश्वास है कि इससे ज्यादा माह में आपको प्रार्थना पत्र प्राप्त होते ही नहीं है। अब आप की मर्जी कौन काम कैसे करते है। मगर करना है। लम्बित रहने पर या तो दण्ड पायेंगे या कटु शब्दों का दण्ड दोनों हो सकता है।

यानी हफ्ता में एक बार प्रार्थना-पत्र की जाँच लिखे तथा भ्रमण के दौरान जाँच करे।

ध्यान रखें हर प्रार्थना-पत्र किसी न किसी अपराध से सम्बन्धित है। अब क्या जानते हैं, क्या करते हैं, कौन क्या करता है। जमीनी विवाद है तो उसको उसी तरह से जाँच एवं कार्यवाही की जाती है।

ध्यान रखें काम है तो पूछ है, नहीं काम नहीं कोई पूछ न सम्मान।

(क) जाँच और विचारण का मामूली स्थान 177 द0प्र0सं0 की तहत -

प्रत्येक अपराध की जाँच विचारण मामूली तौर पर ऐसे न्यायालय द्वारा किया जायेगा जिसकी स्थानीय अधिकारिता के अन्दर किया गया है।

द0प्र0सं0 की धारा 178 जाँच या विचारण स्थान जहाँ यह अनिश्चित है।

जहाँ अपराध अंशतः एक स्थानीय क्षेत्र में दूसरा दूसरे स्थान पर

अपराध चालू रहने वाला है या उसके किया जाना जहाँ विभिन्न स्थान व क्षेत्रों में किया गया है।

द0प्र0सं0 धारा 179 के तहत जहाँ कार्य का परिणाम होगा जब किसी कार्य के लिये कार्य के परिणाम से अपराध है। ऐसे अपराध के जँच का विवरण ऐसे न्यायालय द्वारा किया जायेगा जो किसी स्थानीय अधिकारिता के अन्दर परिणाम निकलता है।

(ख) अभियुक्त को पुलिस रिपोर्ट या अन्य दस्तावेज की प्रतिलिपि दी जा सकती है। धारा 207 के द0प्र0सं0 ऐसे मामलों में जहँ किसी मामले में जहाँ कार्यवाही पुलिस रिपोर्ट के आधार पर संस्थापित की गयी है। मजिस्ट्रेट निम्नलिखित में से प्रत्येक की एक प्रतिलिपि अभियुक्त का देय एफ0आई0आर0 चार्जशीट बयान 161 के तहत परन्तु ऐसे भाग को छोड़कर देगा।

(ग) परिवाद के मामले में पुलिस अन्वेषण : धारा 210 के द0प्र0सं0 के तहत-

जब पुलिस रिपोर्ट से निम्न आधार पर संस्थापित किसी मामले में (जिसे परिवाद वाला मामला कहा जाता है) मजिस्ट्रेट द्वारा की जाने वाली जाँच का विचारण यह प्रकट किया जाता है। उस अपराध के बारे में उसके द्वारा जाँच या विचारण का मामला है। पुलिस द्वारा अन्वेषण हो रहा है तब मजिस्ट्रेट जाँच का

विचारण की कार्यवाही को रोक देता एवं पुलिस अधिकारी से अन्वेषण रिपोर्ट को माँगेगा।

अक्सर देखा जाता है कि कोई शिकायतकर्ता अपनी समस्या लेकर थाना चौकी पर जाता है तथा उसका प्रार्थना-पत्र ले लिया चलो हाँ मैं देखता हूँ अभी आ रहा हूँ। शिकायत कर्ता चला गया। दो दिन इन्तजार किया, कोई नहीं सुना। फिर वह क्षेत्राधिकारी के पास गया। उसने भी आश्वासन दिया। एक हफ्ते तक देखा सुना। फिर पुलिस कप्तान के पास गया और वहाँ भी प्रार्थना-पत्र दिया हाँ चलो देखेंगे। नहीं कोई कार्यवाही यानी उसकी पीड़ा नहीं सुनी गयी न कार्यवाही की गयी। फिर डी0एम0 साहब के यहाँ गया वह भी नहीं सुने। फिर क्रम से बढ़ता-बढ़ता सीधे वह मुख्यमंत्री के यहाँ गया फिर सभी परेशान क्या मामला है। अरे भाई मैं मानता हूँ कि आप किसी काम में फँस गये, शांति व्यवस्था में फँस गये। कितने दिन एक दिन दो दिन यानी आप संवेदनशीलता बरतते, प्रार्थना-पत्र की अहमीयत समझते। शायद समस्या सुनी होती उसकी बाते सुन लेते फिर आपकी शिकायत तो नहीं होती। काम वहीं मगर आप को परेशानी होने के बाद पूरा काम कराके शान्त हुआ।

अतः प्रार्थना-पत्र प्राप्त जो हो उसे देखे गम्भीरता समझे और व्यक्ति की पीड़ा को समझें, फिर मौके पर जरूर जाय। मैं यह नहीं कहता आपको क्या सुविधा है क्या साधन है, मगर नौकरी का हिस्सा मानकर करें शायद जो तनाव या उलझन है वह समाप्त तो नहीं होगा कम तो जरूर होगी।

यानी चाहे प्रार्थना-पत्र हो चाहे वारण्ट हो चाहे विवेचना हो चाहे अन्य अभिलेख हो... अब आपको समझना पड़ेगा, अहमीयत देनी पड़ेगी ताकि आने वाली समस्या से बचा जा सके। यदि वह जन-सूचना अधिकार में महिला आयोग में लखनऊ मुख्यालय में जायेगा जो समय चौकी से जाने में लगा उससे कई गुना मुख्यालय जाने में लगेगा जाँच तो करनी ही करनी है। केवल थोड़ा-सा ध्यान देने की जरूरत है। हर प्रार्थना-पत्र महत्वपूर्ण नहीं होता। हर शिकायती आप से आगे नहीं बढ़ता हर मुकदमें की छान बीन या प्रगति उच्च स्तर से नहीं किया जाता है, इसलिए पत्रावली बनाकर गम्भीर प्रार्थना-पत्र चाहे उच्चाधिकारियों के यहाँ से आये। चाहे थाना स्तर से प्राप्त हो, ध्यान रखें उच्च अधिकारियों के यहाँ से वहीं शिकायत आती है जो पहले आपको प्राप्त होती है। तथा पीड़ित थाने जरूर गया होता है। हो सकता है प्रतिशत में कम होंगे... ऐसे भी है जो सीधे शिकायत करते हों।

कम से कम 2 दिन पर या सप्ताह में एक दिन में विवेचक को प्रार्थना-पत्र के लिये समय निकालना पड़ेगा। वारण्ट भी विशेष परिस्थिति को छोड़कर हफ्ते में एक बार तो समय निकालना ही पड़ेगा।

ध्यान रखें प्रार्थना-पत्र का निस्तारण करेंः-

क्या जरूरी है किसी आवेदक का प्रार्थना-पत्र तब देखे जब वह आपके अधिकारिता से हटकर सी0ओ0साहब के यहाँ पहुँच जाय उनका आदेश हो सकता है आप सी0ओ0साहब की बाते को हलका ले ले पुलिस कप्तान साहब के यहाँ खड़ा हो जाय फिर भी आप ध्यान नहीं देते तो वह क्रमशः बढ़ते-बढ़ते मुख्यमंत्री के यहाँ पहुँच जाय और जो आप जाँच कर रहे थे अब अपनी अपनी जाँच कराने में चक्कर लगाने लगे और जाँच न करने का आप पर एक आरोप लग जाये। फिर वह जाँच का आरोप लेकर जो आवेदक आपके पीछे घूमता था, अब आप उसके आगे-पीछे घूमने लगें ताकि आपकी जाँच निपट जाय।

ध्यान रखें किसी की पीड़ा हुई समय रहते निपटा नहीं तो वह अपनी पीड़ा जहाँ से जैसे दूर होगी वहाँ वैसे वह प्रयास करेगा। कहीं मन की पीड़ा आपने भी बढ़ा दिया तो अपनी पीड़ा को दूर करने के लिये आप पर आरोप लगाकर दौड़ने लगेगा।

जैसे प्रथम सूचना रिपोर्ट में अंकित होता है। वह भी प्रथम पीड़ा लेकर एफ0आई0आर0 दर्ज कराने आपके पास आता है। फिर आप नहीं सुनते तो उच्च अधिकारी यानी माननीय न्यायालय का दरवाजा खटखटाता है। आखिर वह अपनी पीड़ा दूर करके रुकता है। अब आपकी विभागीय पीड़ा होने लगी। जो बचाव आप के पास करने आया था आप उसी के पास अपना बचाव करने पहुँच जाते हैं। ऐसा न हो। जाँच में व्यस्तता के कारण विलम्ब हो सकता है, मगर उपेक्षा लापरवाही उदासीनता आपको भारी पड़ सकती है इसलिये ऐसी त्रुटि न करें। समयानुसार जाँच निपटायें मगर जाँच करके या जानकारी करके ताकि उसकी जाँच होते-होते आप की जाँच न होने लगे।

ध्यान रखें आप जाँच करते हैं। जाँच करने आये हैं जाँच कराने नहीं, ऐसी सोच बनाकर ही विवेचक चले। हां जाँच के बाद अपराध का होना पाया गया आप अपने वरिष्ठ अधिकारी से सम्पर्क कर उसमें बन रहे अपराध का पंजीकरण करे ताकि आरोप से बच सके। ध्यान रहे वैसे कोई नहीं पूछता है, जब पूछता है तो बचाव नहीं रहता अगर कहीं लापरवाही हुई हो तो दण्ड मिलता है।

अध्याय - 26

साक्ष्य हेतु जिले से बाहर जाने में क्या-क्या परेशानी

अक्सर मुकदमें का विवेचक या साक्षी के रूप में विवेचना के उपरान्त आरोप-पत्र प्रेषित करता है तथा मुकदमा माननीय न्यायालय में ट्रायल या विचारण में होता है तो मुकदमा की पैरवी करने वाला हे0कान्स0 पैरोकार मुकदमें में साक्षी के रूप में समन बनाकर उसे माननीय न्यायालय में तलब कराकर साक्ष्य कराता है। इस मुकदमें के साक्ष्य में उपस्थिति होने के लिये निकट भविष्य में परेशानी निम्नांकित उठानी पड़ती है।

1. साक्षी के रूप में विवेचक चूँकि विवेचना का क्रम चलता रहता है तो उसका स्थानान्तरण मुकदमें वाले जिले से काफी दूर हो जाता है। उस जिले से दूरी होने के कारण समय एवं पैसा तथा शारीरिक परेशानी उठानी पड़ती है जिसके कारण साक्षी को समायानुसार दिक्कतों का सामना करना पड़ता है जो आवश्यक है परन्तु कष्टदायी है। साथ ही जिस जिले में तैनात रहता है उस जिले की विवेचना प्रभावित होती है परन्तु इसका मुकदमें की विवेचना से विलम्ब का कोई लाभ नहीं मिलता।

2. साक्षी के रूप में कार्यरत विवेचक अपने आपको कार्य सरकार में लिप्त होता है तथा उससे वरिष्ठ अधिकारी से अनुमति प्राप्त बिना यह अपने को साक्ष्य में उपस्थित होना सम्भव नहीं है। यानी समन प्राप्त हुआ तो अपने वरिष्ठ अधिकारियों से अनुमति प्राप्त आवश्यक है। कभी-कभी ऐसे समय समन मिलता है कि दूरी बहुत समय कम अनुमति आवश्यक यानी पूरा तनाव साक्षी या विवेचक पर ही रहेगा।

3. साक्षी को दूरस्थ साक्ष्य देना है तो अपने निजी साधन का प्रयोग करता है। तथा कभी-कभी राजपत्रित अधिकारी को साधन मिलता है। उनकी बातें अलग हैं। मगर सब इन्सपेक्टर या इन्सपेक्टर को साक्ष्य देने के लिये जाना पड़ता है और विवेचक/साक्षी समय से नहीं पहुँच पाता या तो न्यायालय नाराज या साक्ष्य के अभाव में वेतन रुकना या अर्थदण्ड का प्राविधान है। इससे साक्षी को अनावश्यक कुछ समय का तनाव झेलना पड़ता है।

4. हर विवेचक को वर्ष में कम से कम 12 या उससे ज्यादा की साक्ष्य हेतु

उसके जिले से जहाँ नियुक्ति है वहाँ जाना पड़ता है तथा उस पर यात्रा भत्ता या अन्य रास्ते में हुए खर्चों का भुगतान विभाग द्वारा समय से न होना या एक दो साल तीन साल बाद होना यह स्पष्ट करता है कि विवेचक की आर्थिक स्थिति कमजोर करती है जिसके कारण विवेचक को सिर्फ परेशानी है साथ ही मानसिक उलझन का सामना करना पड़ता है।

5. जब कभी विवेचना की समीक्षा होती है तो कुछ समय शांति व्यवस्था में कुछ समय अस्वस्थता या बीमारी में कुछ समय साक्ष्य में बाहर जाने में लगे समय की गणना न होने के कारण विवेचना की समीक्षा में विलम्ब या शीघ्र निस्तारण का जवाब देने के बाद भी वरिष्ठ अधिकारी की डाँट सुननी पड़ती है। अनावश्यक तनाव होता है।

6. विवेचक किसी न किसी के अधीन रहता है तथा शांति व्यवस्था डियूटी वी0आई0पी0 डियूटी में अनुमति न मिलने के कारण माननीय न्यायालय द्वारा आपत्ति जाहिर करने पर तनाव का सामना करना पड़ता है। सबसे विषम परिस्थिति होती है जब विवेचक अपने पद पर से सेवानिवृत्त हो जाता है। जहाँ साक्षी के रूप में कार्य सरकार के रूप में जाना पड़ता है या उपस्थित होना पड़ता है वहीं साक्षी को यात्रा भत्ता ही सिर्फ मिलता है। डी0ए0 यानी डेली एलाउन्स का कोई प्राविधान नहीं है यानी अपने खर्चे पर सरकारी काम करना है अर्थात इस पर विचार करना होगा कि जब कार्य सरकारी हो तो उस दिन का डी0ए0 उपलब्ध कराये साथ ही यह यात्रा खर्च उस जिले से मिलता है जहाँ से कर्मचारी पेंशन प्राप्त करता है। यानी मुकदमा किसी जिले का होता है वह भी नकद नहीं मिलता यानी साक्षी को वेतन भत्ता 1/4 भाग परेशानी आर्थिक ऊपर से सरकारी कार्य में लगा यात्रा पर किराया सम्बन्धित जिले से वह भी न जाने कितने समय बाद यात्रा का पैसा बरामद होता है। इस प्रकार साक्ष्य में विवेचक को परेशानी का सामना करना पड़ता है।

मानव स्वभाव है उम्मीद, लालच, स्वार्थ एवं रुचि से काम करना पसन्द करता है जब सेवारत कर्मचारी सेवा काल के बाद यानी 60 वर्ष का हो जाता है शारीरिक क्षमता कम होने लगती है, आर्थिक क्षेत्र ढह जाता है फिर साक्ष्य के लिये गया कभी न्यायालय के काम या अवरोध कभी वकील की हड़ताल यानी डी0ए0 नही मिलना फिर साथी परेशान होता है। यह बातें अपनी तैनाती के समय भी ध्यान रखने की जरूरत है ताकि आगे वाला दिन परेशानी का कारण न बन सके।

पैरोकार- मुकदमा की पैरवी करने हेतु हर थाने से एक कान्स0 या हे0कान्स0 नियुक्त होता है। वह भी समय पास करता है। एक मुकदमें के साक्ष्य में कही विवेचक एक नाम का होता है तो किसी का सम्मन किसी के नाम जारी करवा दिया और जिम्मेदार अधिकारी पूछा क्या सम्मन जारी हो गया, जी सर यही कहा हाँ हो गया यानी न पैरोकार को फुरसत न पूछने वालो को फुरसत। पैरोकार को बस इतना कहूँगा जब मुकदमा की पैरवी करता है तो थाने में एक घण्टा एवं कोर्ट में एक घण्टा। मुकदमें की जानकारी कर ले फिर फाइल देखकर सम्मन/वारण्ट बनाये या मात्र पेश करें।

अध्याय- 27

माननीय न्यायालय में सम्बन्धित भाषा/शपथ-पत्र दाखिल करना

न्यायालय की भाषा धारा 272 द0प्र0सं0 के अनुसार राज्य सरकार यह अवधारित करती है। इस संहिता के प्रयोजनों के लिये कि राज्य के अन्दर उच्च न्यायालय से भिन्न प्रत्येक न्यायालय की कौन-सी भाषा होगी। द0प्र0सं0 275 के तहत वारण्ट मामलों में मुनासिब लेख मजिस्ट्रेट के समक्ष विचारित सब वारण्ट मामलों में प्रत्येक साक्षी का साक्ष्य जैसे उसकी परीक्षा होती है। वैसे स्वयं मजिस्ट्रेट द्वारा लिखा जायेगा या खुद न्यायालय में उसके द्वारा बोलकर लिखवाया जायेगा। जहाँ वह किसी शारीरिक या अन्य अक्षमता के कारण ऐसा करने में असमर्थ है वहाँ उनके द्वारा इस निमित्त नियुक्त न्यायालय के किसी अधिकारी द्वारा उसके निर्देश अधीक्षण में लिखा जायेगा। ऐसे लिखे साक्ष्य पर मजिस्ट्रेट हस्ताक्षर करेगा अभिलेख धारा 276 शेष न्यायालय के विचारण में अभिलेख होगा -

(1) सेशन न्यायालय के समक्ष सब विचारणा में प्रत्येक साक्षी या साक्ष्य जैसे जैसे उसकी परीक्षा होती है वैसे वैसे या तो स्वयं पीठासीन न्यायाधीश द्वारा लिखा जायेगा या खुले न्यायालय में उसके द्वारा बोलकर लिखवाया जायेगा।

(2) ऐसे लिखे गये साक्ष्य पर पीठासीन न्यायाधीश हस्ताक्षर करेंगे पर वह अभिलेख का भाग होगा।

द0प्र0सं0 की धारा 277 साक्ष्य के अभिलेख की भाषा प्रत्येक मामले में जहाँ साक्ष्य द0प्र0सं0 की धारा 275 व 276 के अधीन लिखी होगी।

हर विवेचक अपने विवेचना के दौरान या किसी मुकदमें में माननीय उच्च न्यायालय में शपथ-पत्र दाखिल करना पड़ता है तो विवेचक शपथ-पत्र दाखिल करने हेतु माननीय उच्च न्यायालय में उपस्थित होता है।

भाग-4

विवेचक की व्यक्तिगत जिम्मेदारी

(समस्त पदों के लिये उपयोगी)

अध्याय - 28

पारिवारिक जिम्मेदारी/अनुशासन/संस्कार

विवेचक एक व्यक्ति होता है तथा उसकी पारिवारिक जिम्मेदारी उसका परिवार खुद का समाज होता है। यदि उसका मन, दिल, भावना, इस रिश्तों से टूटता है, बिखरता है तो इसका प्रभाव न सिर्फ उसके कार्यों पर बल्कि तन पर पड़ता है तथा अपने आप उपेक्षित महसूस करता है जहाँ सकून की रोटी सुख की नींद चैन के जीवन की उपेक्षा करता है। वही टूटे मन से उद्देश्य हीन जीवन जीने की उम्मीद खत्म करने के लिये आत्महत्या कर लेता है। इधर कई पुलिस अफसर जिसे क्लास वन आई0पी0एस0, पी0सी0एस0 व निरीक्षक तथा आई0ए0एस0 एवं सीनियर अपने जीवन को समाप्त करते देखा है। उसका कारण पारिवारिक समस्याएँ या कलह है; फिर भी निम्न पर विचार किया जा रहा है।

1. जब शादी के योग्य लड़का या लड़की हो तो व्यक्तिगत चुनाव या मर्जी न होकर धन या परिस्थिति या पद का रिश्ता दबाव का रिश्ता बनता है। आखिर प्रेम-सम्बन्ध न होने के कारण विवेचक अधिकारी तो बना। पैसा तो मिला मगर मन अपने रिश्तों से टूट गया। जीवन-साथी सहयोग न करे अपने भाव से उपेक्षित करता है तो आदमी अपना वजूद नहीं बचा पाता। अगर कभी यही रिश्ता धीरे-धीरे काफी समय बीत जाने पर सहयोग अपनों की भावना न बन पाने के कारण लम्बी उम्र के बाद भी आत्महत्या जैसे कदम उठाता है। ध्यान रहे आदमी की उम्मीद, रुचि, स्वार्थ, उपयोगिता अपेक्षा अपनापन आवश्यकता खत्म होती है तभी ऐसा कदम उठाता है। ऐसे परिवार को बचाना है।

2. कभी-कभी शादी तो मन पसन्द की हुई, मगर कुछ दिन ठीक चला फिर लड़की-लड़का के माता-पिता विवाद बनकर आ गये। अपना घर तनाव का घर बन गया। इससे बचना चाहिये।

3. जब आप पदाधिकारी है। व्यक्ति भी है तथा आप के माता-पिता हैं एवं पत्नी एवं बच्चे है। पत्नी के कारण माता-पिता को नहीं छोड़ा जा सकता। माता-पिता के कारण पत्नी बच्चों से अलग तो नहीं रह सकते। फिर परिवार को स्थापित करने के साथ ही डियूटी करने में विषम परिस्थिति में विवेचक को सफर करना

पड़ता है जिसके कारण तनाव एवं अवशाद से गुजरना पड़ता है।

4. शादी के वक्त रिश्तों की मारामारी होने लगी क्योंकि पदाधिकारी के रूप में पहचान हो गयी। फिर रिश्तों की मारामारी हुई तो विवेचक या पदाधिकारी रिश्ता कम खुद का सौदा करने लगे। यह भी सुना है जो रिश्ता था उस रिश्ते में रुपया, कार गहना देने को कहा है। यानी आप ने रुपया से सौदा किया तो किस रिश्ते की बात करते हैं। फिर तनाव या परेशानी झेलना पड़ेगी ।

5. एक बार एक विवेचक एवं पदाधिकारी अपनी पत्नी को महत्व नहीं देता था। अपनी लड़की से यानी पत्नी के माध्यम से पैदा हुई लड़की को बहुत प्यार करता था। शादी तय करने के लिये विवेचक पिता चल दिया। काफी ढूँढ़ फिर आकर बैठा। बेटी ने पूछा पापा क्यों परेशान हो क्या बात है। तब पिता बोला बेटी तुम्हारे लिए राजकुमार ढूँढ़ने गये थे ताकि जीवन में काफी सुख-सम्मान मिले एवं पति का प्यार सम्मान मिले। तब बेटी ने पिता से कहा पापा, माँ के लिये मेरे नाना तो आपको राजकुमार समझकर ढूँढ़े थे फिर क्यों माँ को परेशान करते हैं। पिता बेटी की बात सुनकर अवाक रहा, फिर अपनी पत्नी के साथ बेढंगे पेश नहीं आया। यानी आप समझ लें चाहे लड़की आपकी हो चाहे बहन आपकी हो, चाहे पत्नी आपकी हो, चाहे माँ आप की हो, चाहे भाई आपका हो, चाहे मित्र आपका हो; यह सब रिश्ता आपको अपनी बुद्धि विवेक समझदारी से निभाना है। रिश्ता तो सबको सदियों से मिला। कौन किस रिश्ते को सही ढंग से निभाता है उसके ऊपर निर्भर है। ध्यान रहे आप की शक्ल देखकर कहते हैं। बिलकुल माँ/पिता, दादा-दादी, नाना या नानी पर गया है यानी आपकी सुन्दरता आपकी देन नहीं है। मगर व्यवहार आप की देन है।

6. जहाँ तक विवेचक की परेशानियों का अभास हो गया होगा और इस परेशानी से मुक्त होंगे तभी सन्तुष्ट खुशहाल जीवन विवेचक जी सकता है।

अनुशासन/संसार :-

विभाग में या संस्था में जहाँ अनुशासन होता है वहीं परिवार में संस्कार होता है। बड़ों का छोटों द्वारा सम्मान करना, उचित एवं अच्छा व्यवहार करना आदर पूर्वक शब्दों का प्रयोग करना, बड़ों को सम्मान देना इसे ही संस्कार कहते हैं इसे परिवार या परिवार के समूह के समाज कहते हैं परन्तु जब किसी संस्था या विभाग में यही नाम परिवर्तित होकर अनुशासन के नाम से बोला जाता है।

सेना पुलिस में अनुशासन तगड़ा होता है, मगर सरकारी विभाग या प्राइवेट

सेक्टर में जहाँ नौकरी चलती है अनुशासन के लिये पुकारा जाता है। जहाँ समाज, परिवार में संस्कारहीन को अपमान के रूप में देखा जाता है। यही नहीं उसके साथ साथ पिता परिवार खानदान तक लोग उपेक्षित करते हैं, परन्तु अनुशासन के तोड़ने पर दण्ड का प्राविधान है। परिवार या समाज संस्कार में संस्कारहीन को सामाजिक गाली की संज्ञा देते हैं वहीं सरकारी/प्राइवेट संस्था में अनुशासन तोड़ने पर दण्ड दिया जाता है।

हाँ यह सत्य है कि अनुशासन का स्तर धीरे-धीरे सीमित कर व्यक्तिगत फायदा धन, लाभ, पद लाभ एवं खुद के निजी फायदा में रह गया है।

यदि किसी व्यक्ति द्वारा एक ही विभाग का सीनियर अफसर मिलता है, परन्तु उसकी तैनाती कहीं और है तो जूनियर चाहे जितना छोटा है उससे कतराकर या उपेक्षा करके चला जाता है और जब कभी साथ पड़ता है तो फिर उपेक्षित अधिकारी उसे उसके उपेक्षा के व्यवहार को मानकर दण्ड की बात करता है तब उसे घेरा जाना कहा जाता है परन्तु तब तक देर हो जाती है।

मैं यह नहीं कहता कि आप अनुशासन के नाम पर खड़े रहें आपसे पद में एवं उम्र में बड़ा हो तो हो तथा आप के पास से गुजरे तो आपका उसके अभिनंदन करने में क्या जाता है। हाँ यह सत्य है कि कुछ लोग अनुशासन के नाम पर अपने अधीनस्थ को ज्यादा परेशान करते हैं... मगर ऐसे लोग शायद कम होते है। हो सकता है कि उसको आपने सम्मान दिया और उसने गलतफहमी पाल ली। खैर परिवार या विभाग संस्कार या अनुशासन के आधार पर चलता है, बड़े ढंग से चलता है। परिवार में पति का पत्नी सम्मान करे, पत्नी का पति सम्मान करे, लड़का पिता का सम्मान करे, पिता लड़के का आदर करे, रिश्तों में बड़े-छोटे का ख़याल करे, शायद जीवन अच्छा चल जायेगा। कहते हैं बड़ा संस्कारी परिवार है।

अध्याय - 29

सामाजिक जिम्मेदारी

मानव की अपनी अलग-अलग जिम्मेदारी है। फिर विवेचक पदाधिकारी की भी सरकारी कार्य के अतिरिक्त पारिवारिक जिम्मेदारी के साथ-साथ सामाजिक जिम्मेदारी होती है जो निम्न प्रकार है।

1. व्यक्तिगत जिम्मेदारी 2. उत्तर दायित्व 3. सहयोग 4. हमदर्दी

अब हम अलग-अलग जिम्मेदारी पर चर्चा या विचार करेंगे। आगे विवेचक को क्या करना है क्या करता है वह जाने।

1. **व्यक्तिगत जिम्मेदारी** :- अक्सर किसी न किसी कारण से शादी में शादी से पहले या शादी के बाद कुछ साल बाद पत्नी-पति में तनाव हो जाता है और वह तनाव के कारण दूरियाँ बनाता है। इस पर पिछले अध्याय में चर्चा की जा चुकी है। विशेष रूप से यह कहना है कि पत्नी पुत्रों की जिम्मेदारी पति पर है... उसके अलावा दूसरा कोई निर्वहन या तो मजबूरी में या परिस्थितिवश करता है। यह समझना विवेचक को अति आवश्यक हैं। अक्सर पति एवं पत्नी के बीच विवाद की जड़ें लड़की या लड़का पक्ष के घर वाले के कारण होता है। बचने का तरीका अपनायें।

2. **उत्तरदायित्व** - सामाजिक रूप से अब उत्तरदायित्व की बात करें तो हर पुत्र का अपने माता-पिता के प्रति उत्तरदायित्व होता है कि वह अपने माता-पिता के जीवन के अन्त तक उसके परवरिश व देखभाल करे... जबकि बदलते समाज में ऐसा करना पुत्र नासमझी समझते हैं। कुत्ता पालकर उसको नहलाना, टहलाना, टट्टी, पेशाब कराते हैं मगर जिस माता-पिता के कारण अपना जीवन खुशहाल पाते हैं वहाँ उत्तरदायित्व नहीं निभाते हैं। आपके मांस के लोथड़े को एक जीवन दिया, जिन्दगी नाम दिया; अब उनको सहारे की जरूरत पड़ी तो आप उसको अकेले अलग-थलग छोड़ देते हैं। यही नहीं बल्कि वृद्धा आश्रम में माता-पिता को छोड़ देते हैं।

मैं मानता हूँ कि आप अपनी जिन्दगी सँभालें या नौकरी करें मैं यह कहाँ कहता हूँ कि नौकरी छोड़कर नौकरी को नजरअंदाज कर अपने परिवार को नजरअंदाज कर माता-पिता की सेवा में लग जायँ। अरे भाई जब नौकरी नहीं

रहेगी तो आप अपना और अपने परिवार का पालन कैसे करेंगे।

मेरा विचार यह है कि समाज में हर कोई बराबर नहीं रहता। आपके पिता के चार पुत्र हैं, तीन पुत्र हैं दो पुत्र हैं आप अकेले है। आपके रिश्तेदार सगे सम्बन्धी कोई न कोई ऐसा होगा जिसे आपके पैसे की सहयोग की आवश्यकता होगी नहीं होगी। तो परिवार में नौकरी के रूप में यानी जो हो सके अपने मकान में घर पर कहीं पर बस माता-पिता पर नजर रखे यानी आप माह में तीन बार हाल चाल पूछे तथा उनके खाने कपड़े की व्यवस्था करें। मानव जीवन का 96 प्रतिशत काम तो पैसे से ही होता है ऐसा आप को मानना पड़ेगा।

आप क्यों नहीं सोचते छोटा-सा बच्चा देखने में बोलने में खेलने में अच्छा लगता है। जब खेलता है तो हर कोई गोद में उठाने खेलाने का काम करता है। जब वही बच्चा बूढ़ा या पैंसठ साल से ऊपर का हो जाता है तो उससे कोई बात करना पसन्द नहीं करता... हाँ धन हो तो कुछ लालच में भले पास जाय। फिर मानव जीवन की एक ऐसी स्थिति आती है कि यदि जिन्दा रहा तो बच्चों जैसी हालत यानी चलना-फिरना असहाय-सा बना रहना, खाना तक दूभर हो जाता है। नित्य क्रिया में दिक्कत होने लगती है।

अब आप समझ गये होंगे, नजर अंदाज न करें। फिर अपने आप विकल्प निकल आयेगा या विकल्प निकाल लेंगे। आपसे बेहतर आपके विषय में कौन जानेगा। आप की परिस्थिति है आपको सामना करना है; आप कैसे करेंगे आपसे बेहतर कोई नहीं बतायेगा। मगर इतना जरूर कहूँगा कि इस उत्तरदायित्व को जरूर निभाना यही परम्परा पीढ़ियों से आयी है, पीढ़ियों तक चलेगी, जब तक समाज स्थापित रहेगा।

सहयोग - परिवार में कुछ अंश छोड़कर भाई के प्रति सहयोग की आवश्यकता होती है। सहयोग चाहे 10 प्रतिशत हो या 100 प्रतिशत। अगर सौ प्रतिशत होगा तब भी आपका सहयोग में नाम होगा और 10 प्रतिशत रहेगा तब भी आपका सहयोग वाली बात करेंगे। यानी जैसी परिस्थिति आपकी आपके परिवार की होगी आप से बेहतर कौन जानेगा। अब आप सहयोगी के रूप में प्रस्तुत हो, मगर आप भूलकर जिम्मेदारी और उत्तरदायित्व का चोला पहन लेते हैं और जब चोला हटता है तो आपको जो देखने-सुनने को मिलेगा वह कष्टदायी होगा। इसलिये पहलें से सावधानी बरतें तो भविष्य में आत्मीय पीड़ा नहीं होगी। एक शब्द मिलेगा। आपने अब तक मेरे लिए क्या किया। यही भाई का तोहफा होगा।

इसका अर्थ कदापि नहीं होता कि आप अपने कार्य से हटे। सहयोग करते रहे जितनी क्षमता है।

4. **हमदर्दी** :-

आप जिस समाज में जिस परिवार में रहते हैं उस समाज में उस परिवार में आपकी सामाजिक जिम्मेदारी बनती है कि आप वक्त बेवक्त उपलब्धता के अनुसार उन पड़ोसी या सामाजिक भाग के अनुसार कुछ हमदर्दी करे। जैसी परिस्थिति काल हो वैसा करना चाहिये।

उदाहरण के लिये आप ए हैं। बी से बेहद नाराजगी व दूरियाँ यहाँ तक कि छाया तक पसन्द नहीं करते। ए के घर के पास आम का पेड़ है और उसकी डार आपके आँगन के यानी बी के घर के पास पहुँचाती है तो आँधी में आम का फल गिर जाता है। क्या आप यानी बी का परिवार गिरे फल को वापस करता है? कहता है कि नही उससे नाराजगी है तो फिर उसका आम क्यों लूं या आम के पेड़ के पास से गुजरता है तो आप अपेक्षा करते हो कोई देख तो न ले और गिरे आम के फल को उठा लेते हैं।

उसी तरह जब गाँव का बुजुर्ग अपेक्षा करता है कि जब नौकरी से आये तो सोचता है कि अभिवादन में हाथ उठायेगा। बाजार में मिलता है तो सोचता है देखूँ चाय को पूछते हैं। वही अगर विपत्ति काल में या परेशानी में है तो देखता है कुछ हमदर्दी है कि नहीं... यानी भाव का अपेक्षा विचार बनता है।

सही है। इसी को कहते हैं गाँव वालों से हमदर्दी भाव रखना चाहिये। मानव स्वभाव है कि न चाहते हुये आपका बचपना बीता कल उसे याद आ जाता है। जब आप किसी पद पर पहुँचते हैं यह अलग बात है आप क्या करते हैं। मगर यह सत्य भी है कि थोड़ा सम्मान देना आपको कई गुना सम्मान दिलाना है। मगर यह क्या गाँव में पैदा हुये नंगे घूमते थे और आप किसी पद पर पहुँच गये। जब गांव में आये तो उन्हीं पर अपने पद और पैसा का रौब दिखाने लगे गुस्साये जो सरासर गलत हो गया। ऊँची मानसिकता बनाओ।

अध्याय - 30

रिश्तों को समेटकर रखना

मानव जीवन की सबसे अच्छी बात है कि उसके रिश्ते बनते, टूटते समाप्त होते रहते हैं। जिन रिश्तों को समाप्त होता देखता है तो उसको छोड़ देता है जो खास अपना होता है मगर जो रिश्ता है उसको बरकार रखे बनाकर रखे। विवेचक के रूप में पदाधिकारी के रूप में रहते हुए पहले बनाकर रखे किसी न किसी का पुत्र, भाई, पति, पिता तथा तमाम रिश्ते बने होंगे मगर बने रिश्तों में कुछ रिश्ते ऐसे होते हैं जिन्हें समेटकर रखना आवश्यक है ताकि जीवन के सफर में यदि कभी गर्दिश पड़े, परेशानी में पड़ें तो सहारा बन सकें साथ दे सकें। यह अलग बात है कि सहारा कौन किसको कब देगा भविष्य की बात है, मगर यह सत्य है कि परेशानी में दुःख में कोई साथ दे या न दे आपकी खुशियों में आपके सुखी जीवन में संख्या बल तो बढ़ते ही हैं। जब रिश्ते ही नहीं रहेंगे तो खुशियाँ, उत्सव किसके साथ किसके बीच मानयेगे इसलिये रिश्तों को समेटकर रखना चाहिये।

जब आप अपने नौकरी के दौरान अधिकारी को नाराज नहीं करते हैं ताकि आपका नुकसान न कर दे, आपको परेशानी न पैदा कर दे तो उसी तरह आप अपने रिश्तो को भी बचाकर समेटकर रखें इसके लिये निम्नांकित तरीके हैं। ताकि वक्त काल में आपके साथ कुछ पग चल सकें।

1. जब भी अवसर आये माह में एक बार तो सम्पर्क कर ही लें। अब तो फोन का जमाना है, वाट्सएप का जमाना है। दूरी कि0मी0 से हो मन से नहीं होनी चाहिये।

2. जरूरत बड़े शादी ब्याह उत्सव पड़े तो आप जायें। अब आप कहेंगे कैसे जाये अवकाश नहीं मिलता। अरे अवकाश नहीं मिलता फोन तो मिलता है। बैंक या पोस्ट ऑफिस में खाता तो मिलता है। यानी नियन्त्रण भेजे

3. वर्ष में तीन-चार त्योहार हमेशा रिश्ता जोड़ने का उपहार देता है यानि त्योहार आता है वर्ष में नया साल है। उन दिनों में अपनो को रिश्तों को जोड़ने का बहाना है। रिश्ते कई प्रकार के होते हैं।

1. खून का रिश्ता, माता-पिता बहन-भाई, पुत्र-पुत्री

2. व्यवहार का रिश्ता, लेन-देन करने वाले

3. सम्बन्धों का रिश्ता, ससुराल, बहनोई, पत्नी का रिश्ता, पति का रिश्ता

4. भावनाओं का रिश्ता जिसको प्रेम में जुड़ना है। पिता-पुत्र पति-पत्नी भाई-बहन, भाई-भाई कोई हमदर्द या सहयोगी मित्र।

कहावत है -

जब रिश्ता था तो समय नहीं मिला।

ध्यान रखे पट्टीदार या पड़ोसी का रिश्ता नहीं होता उसमें जलन, ईर्ष्या का भाव रहता है।

अब समय है तो रिश्ता ही नहीं रहा।।

जब खाने का समय था तब खाया नहीं।

अब खाने को है मगर खा नहीं सकते।।

अब प्रत्येक रिश्तों का थोड़ा-थोड़ा बखान करना आवश्यक है।

खून का रिश्ता :-

यह रिश्ता पिता-पुत्र का, माता-पुत्र का भाई का बहन का, दादा-दादी का लड़कियों के लिये उसके माता-पिता का लड़कों के लिये नाना-नानी का।

यदि इन रिश्तों के साथ भावनात्मक भाव आ जाये तो रिश्तों की मजबूती और बढ़ जायेगी। यदि इन रिश्तों में खून का भी है, व्यवहार भी जुड़ जाये भावनात्मक है तो फिर क्या समय पर रिश्तों को याद करोगे तो रिश्ता आपको याद करेगा। यह रिश्ता बना रहेगा अन्यथा यह रिश्ता समय के साथ-साथ दूरियों के साथ-साथ अपने आप समाप्त हो जाता है।

व्यवहार का रिश्ता: -

समाज में हैं तो आप व्यवहार करेंगे वही आपके साथ होगा। शादी में निमंत्रण दिया, परेशानी में पैसा मदद किया तथा अब उसको वापस करते हैं। यह रिश्ता व्यवहार के अनुसार चलता रहता है।

एक बार तो एक व्यक्ति किसी दूसरे व्यक्ति को सम्मान में सम्पर्क करता रहा फिर वह अपेक्षा तो करेंगे कि जब हम आपके यहाँ साल में 12 बार फोन मिलाकर सम्पर्क करना चाहता हूँ तो आप भी कुछ सम्पर्क करें मगर दूसरे ने कहा क्या करें यार आदत नहीं है सम्पर्क करने की। फिर क्या पहले वाले ने भी सम्पर्क करना छोड़ दिया। यानी व्यवहार तो दोनों ओर से होता है। यह कहने से काम नहीं चलेगा के क्या करें आदत नहीं है इसी आदत के कारण रिश्ता टूट गया।

यानी व्यवहार दोनों ओर से होता है। ध्यान रखें इज्जत या सम्मान बनाये रखे। कहावत है। व्यवहार 100 प्रतिशत भुगतान होता है। उसमें किसी प्रकार की कटौती नहीं होती है।

भावनाओं का रिश्ताः -

यह रिश्ता बड़ा अजीब है तथा महत्वपूर्ण है। यह पहले तो रिश्तों को तोड़ता नहीं मगर टूटता है तो जुड़ता नहीं। यह सभी रिश्तों में नहीं होता। कहाँ किसके साथ कब हो जाता है। जब इंसान कभी भी बुरे वक्त में सफर शुरू करना शुरू करे तब कोई उस काल में आकर उसका साथी व सहारा बनकर उभरे तो उससे भावनात्मक लगाव हो गया उसे भावनात्मक रिश्ता कहते हैं। भावानात्मक रिश्ता कांच के बर्तन के समान होता है, सँभाल के रखा जाता या ले जाया जाता है जरा-सा ठोकर लगी कांच के बर्तन का टूटना तय हैं उसी तरह भावनात्मक रिश्ता है भाव से जुड़ा अभाव से खत्म। माता-पिता के प्रति यदि बेटा का खून का रिश्ता है, यदि भावनात्मक रूप से जुड़ गये तो फिर उस माता-पिता को कभी बेटा न होने की कमी न ही महसूस होगी। मगर शायद ऐसा नहीं हो पाता। यदि ऐसा होता तो आज की पीढ़ी माता-पिता से मिलने तक का समय नहीं निकाल पाती तो दुःख सुख का अनुभव कैसे होगा। और प्रयास करते हैं कि वृद्धा आश्रम में छोड़ आये। जब उसका लड़का यही व्यवहार दोहराता है तो कहते हैं देर हो गयी, जैसा किया वैसा पाया।

इसका अर्थ यह नहीं कि नौकरी या व्यवसाय छोड़कर आप माता-पिता की सेवा में बने रहें बल्कि माता-पिता के जीवन की कड़ी में साथी बनकर समय-समय पर याद करें, समस्या का निराकरण करें देखभाल किसी से करायें। मगर क्या कहे एक कुत्ता को पाल तो सकते है मगर अपने माता-पिता पर नजर नहीं रख सकते, उनकी देखभाल नहीं करते जबकि कुत्ता को ध्यान रखना पड़ता है। माता-पिता की सेवा की अपेक्षा उन्हें यह नहीं मालूम यह परम्परा यह दस्तूर यह उम्र का तकाजा है। सबको इस दौर से गुजरना पड़ेगा। बस अन्तर है जब पिता गुजरे तो पुत्र के बीच में 30 वर्ष का अन्तर है, जब पुत्र का गुजरने का समय आयेगा तो उसके उम्र का व्यवहार देख दुःखी तो होगा मगर सुधारने या सँभलने का अवसर या समय नहीं रहेगा।

सम्बन्धों का रिश्ता :-

अब रिश्ता सम्बन्धों को बनाता है। जैसे सास-ससुर का सम्बन्ध पति-पत्नी

का सम्बन्ध, बहनोई-साले का सम्बन्ध, ससुराल जन मैके जन का सम्बन्ध यह सभी सम्बन्धों का रिश्ता निभाये जाने पर ही चलेगा अन्यथा वक्त के गर्द के साथ धूमिल हो जायेगा।

हाँ यह मानता हूँ कि स्वार्थ का रिश्ता होता है। कौन स्वार्थी नहीं है। जब आप जन्म लेते हैं तो पैदा होते दौड़ने-खाने लगे। माता-पिता का स्वार्थ है कि मेरा बेटा या बेटी स्वस्थ होते हुए बढ़कर पढ़-लिखकर प्रगति करे। जब आपने बढ़कर प्रगति कर ली तो माता-पिता को नजरअंदाज कर दिया। क्या माता-पिता अपने बेटा बेटी से अपने जीवन में सहयोग के लिये अपेक्षा नहीं कर सकते। अरे भाई जब वे आप को पाल सकते हैं तो अपना जीवन क्यों नहीं जी सकते हैं। अपने को क्यों नहीं पाल सकते हैं। अब भविष्य में पाल पाये या न पाल पाये वक्त की ग़र्त में है।

लड़का-लड़की की शादी से समाज का रिश्ता प्रगति करता है। हमें यही कहना है कि रिश्ता है तो उसे समेट कर रखें शायद इसकी कभी न कभी जरूरत पड़ सकती है।

भाग-5

विवेचक की परेशानी

(समस्त पदों के लिये उपयोगी)

अध्याय-31

काम के बोझ से विवेचक का दबना

विवेचक के रूप में पदाधिकारी के रूप में आपको द0प्र0सं0 ने पद के अनुसार शक्तियाँ प्रदान की है। पुलिस रेगुलेशन आपको कर्तव्य का बोध कराता है तथा पुलिस अधिनियम ने आपको पद अनुसार कर्तव्य एवं अधिकार दे रखा है तथा संविधान के अनुरूप आपको शक्तियाँ, कर्तव्य एवं अधिकार प्रदान किया है। एक पदाधिकारी की निम्नांकित शक्तियाँ प्रदान किया है।

1. ध्यान रखें नाम से किसी भी व्यक्ति में कोई शक्ति नहीं होती; पद एवं स्थान से शक्तियाँ प्राप्त होती हैं। उस पद स्थान पर व्यक्ति बैठकर पद के अनुरूप शक्तियों के अनुरूप कार्य का संचालन करता है। मुख्यमंत्री का पद है चाहे पुलिस महानिदेशक का या प्रमुख सचिव का या थानाध्यक्ष का या विवेचक का पद है।

2. जब आप पुलिस उपाधीक्षक, निरीक्षक, उपनिरीक्षक के पद पर तैनात हैं तो पुलिस अधीक्षक जब क्षेत्र का क्षेत्राधिकारी बनता है तब उस क्षेत्र की शक्तियाँ उस क्षेत्र में होने वाले अपराध को रोकने की शक्ति प्राप्त होती है। उसी प्रकार निरीक्षक जब किसी थाने पर प्रभारी बनता है तब उसे उस क्षेत्र की जिम्मेदारी होती है उसी प्रकार उपनिरीक्षक जब किसी थाने का थानाध्यक्ष बनता है तो उसे थाने की सीमा के अन्दर अधिकार प्राप्त होता है। जब कोई पदाधिकारी किसी मुकदमें का विवेचक बनता है तो मुकदमें में शक्तियां प्राप्त होती है। ऑफिसों में तैनात को अधिकार नहीं, समय से बस काम होता है। जो शक्ति विहीन है केवल जनता की सुविधा सुरक्षा के लिये शक्तियाँ प्रदान की गयी हैं।

3. जब पदाधिकारी विवेचक के रूप में जाँचकर्ता के रूप में शांति व्यवस्था के रूप में नियुक्त होता है तो उससे निम्नांकित कार्य करना पड़ता है।

(1) जब क्षेत्र में शांति व्यवस्था की समस्या हो तो देखना।

(2) जब विवेचना उसे सुपुर्द हो तो देखना विवेचना करना

(3) प्राप्त प्रार्थना-पत्र की जाँच करना।

(4) माननीय न्यायालय में चल रहे मुकदमे में साक्षी गवाही आदि को देखना कि

समय से साक्षी कोर्ट पहुँच रहा है, मुकदमा पेश हो रहा है।

(अ) जब न्यायालय से प्राप्त पत्र हो तो पूर्ण कर वापस करना

(1) आपराधिक घटना को रोकने के लिये गश्त करना कराना।

(2) अधीनस्थ कर्मचारियां को नियंत्रण करना उनसे कार्य लेना, उनके कार्यों की समीक्षा करना।

(3) वरिष्ठ अधिकारी से प्राप्त आदेश का पालन करना या कराना।

(ब) क्षेत्र में मेला-त्योहार पर शांति व्यवस्था वी0आई0पी0 की सुरक्षा सम्बन्धित का प्रकरण को देखना या डियूटी करना।

(स) माननीय न्यायालय के आदेश से साक्ष्य देना।

(1) माननीय न्यायालय से उच्च न्यायालय में बुलाने पर उपस्थित होना।

(2) रात्रि में गस्त करना या कराना, एक रोटीन प्रकार का गस्त होना।

(3) रिश्तों को समेटना या निभाना।

(4) व्यक्तिगत जीवन में भी सफर करना।

(5) कार्यों की समीक्षा या क्राइम मीटिंग अर्दली रूम होना

जब विवेचक के पास ढेर-सा काम हो तो हर हालत में काम के बोझ से दबना स्वाभाविक है। थाना के प्रभारी निरीक्षक/थानाध्यक्ष के प्राप्त अधिकारी को देखते हुए हाथी की संज्ञा दी गयी है। जिस प्रकार हाथी अपना पूरा शरीर नहीं देखता उसी प्रकार थानेदार अपनी शक्ति का अन्दाजा नहीं लगा सकता। सही ढंग से काम नहीं करेंगे तो काम के बोझ से दबना है इसलिये इस काम के बोझ से दबना तनाव में होना अस्त-व्यस्त होना स्वाभाविक है।

अब इस बीसों काम से सही क्रम में कार्य करें। काम तो आपको करना है, मगर काम करने का तरीका हो जाय तो अवश्य बोझ कम लगेगा।

सर्वप्रथम जब आपको मालूम है पुलिस अधिनियम 1861 की धारा 22 के तहत किसी भी पुलिस अधिकारी को सदैव कर्तव्य के अनुरूप समझा जायेगा तथा जिले के किसी भी क्षेत्र में उप निरीक्षक के निर्धारित पद पर किसी भी समय तैनात किया जा सकेगा तो अपने आपको तैयार रहे। यानी हर पुलिस अफसर/विवेचक को 24 घंटे में किसी भी समय कहीं पर भी डियूटी ली जा सकती है तो हमें यह सुनिश्चित करना है कि हमें क्या-क्या करना है, कब-कब

करना है यह कभी नहीं सोचना है कि थानाध्यक्ष पद पर तैनात हो गया तो बराबर बने रहेंगे।

जैसे टहलना, खाना, खाना, सोना पारिवारिक या सामाजिक जिम्मेदारी का निर्वहन करना अपने पत्नी एवं बच्चों की जरूरतों को पूरा करना है। जब धूप है तो छाँव होगी। जब गर्मी है तो सर्दी होगी। सूखा है तो बरसात होगी।

जब आपने व्यवसाय/पेशा/नौकरी चुनी है तो आपको इस प्राविधान के तहत इस नौकरी के तहत कार्य करना पड़ेगा। ऐसा नहीं करेंगे तो सेवा से बाहर होना पड़ सकता है।

1. अब हम आपको यह बताने का प्रयास करेंगे कि यदि आप यह सोचें कि अमुक काम कर लें तो नाश्ता या चाय या भोजन या निद्रा या पारिवारिक जीवन निभायें तो कदाचित सम्भव नहीं है। इस पेशे में काम शुरू नहीं किये कि दूसरा काम आ गया। आप काम पूरा नहीं किये कि तीसरा काम आ गया यानी एक के बाद एक काम आता जायेगा तथा एक को छोड़कर दूसरा छोड़कर तीसरा छोड़कर चौथा यही इन विभागों के काम का क्रम रहेगा। यदि आप किसी थाना या चौकी पर तैनाती है, देहात या शहर में तैनाती है। इसी भागदौड़ में व्यस्त रखें तो तरह-तरह की परेशानी आ जायेगी।

2. जब आपको अवकाश की जरूरत हो तथा आप सोचें पहले हमसे दूसरा जाय कि दूसरा पहले यह काम खत्म हो जाय तब अवकाश लें। आप ऐसा कभी कर नहीं पायेंगे क्योंकि आपका अवकाश साल में आठ माह बन्द रहता है। जैसे होली, दीवाली, दशहरा, दुर्गापूजा, नवरात्रि, सावन में काँवड़ यात्रा, मोहर्रम या दैवीय आपदा या संगीन अपराध हुआ है। फिर हर तीसरे या दूसरे साल चुनाव कभी लोक सभा 5 साल बाद फिर विधान सभा 5 साल फिर प्रधानी चुनाव 5 साल बाद फिर जिला पंचायत/नगर पालिका 5 साल बाद याद पाँच साल के अन्दर सभी चुनाव होने हैं। फिर अवकाश बन्द रहेगा यानी हर दूसरे साल चुनाव आता है।

3. स्वास्थ्य जरूरी है, साधन जरूरी है, बच्चों की शिक्षा जरूरी है तथा पारिवारिक सामाजिक जिम्मेदारी जरूरी है जो आप को स्वयं निभाना है कोई और आपकी व्यक्तिगत जिम्मेदारी निभाने नहीं आयेगा।

4. आप मुकदमा की विवेचना करेंगे तो कोर्ट न्यायालय में आना-जाना पड़ेगा एवं साक्ष्य भी आयेगा तो साक्ष्य के लिये तो जाना ही पड़ेगा। तैनाती के जिलों में

साक्ष्य में जाने के लिये कम से कम दो दिवस कार्य, यात्रा एवं परेशानी होगी।

5. आपका क्षेत्र है अपराध न हो गस्त करना पड़ेगा यानी गस्त है तो रात्रि को ही करेंगे। उदाहरण जब आप सोयेंगे तो अपराधी जागेगा, जब आप जागेंगे तो अपराधी सोयेगा यानी 36 का आंकड़ा है।

6. शांति व्यवस्था स्कूल, मेला, तीर्थ-स्थल, आवागमन , यातायात आदि को सुचारु रूप से कार्य करना है, आपको समयानुसार उपस्थिति दर्ज कराना है। वी0आई0पी0 का आगमन है तो सुरक्षा डियूटी देना पड़ेगा ताकि आपके यहाँ अमन चैन बना रहे यानी शान्ति व्यवस्था व यातायात सुचारु रूप से चले।

7. आप इंसान हैं। विवेचक हैं तो स्वयं को स्वस्थ रखना खाना, नित्य क्रिया करना एवं सोना भी आवश्यक है। ऐसा नहीं करेंगे तो यह शरीर है। जब मोटर साइकिल बिना पेट्रोल के एक मीटर नहीं चल सकती तो आप क्यों कैसे चल सकते हैं स्वास्थ्य के बिना

8. आपके कामों को बताया गया है। बीसों काम बताया गया। उसी काम में वरिष्ठ अधिकारी का काम करना है। करना पड़ेगा। नहीं करेंगे तो दिक्कत आयेगी। जैसे जूते में खुद के पालिश लगाना, खुद का कपड़ा साफ बिना प्रेस के कैसा लगता है। यानी अधिकारी के सम्मान उनकी चमचई, मगर ज्यादा नहीं काम भर।

9. मृतक का पंचायतनामा, आकस्मिक मृत्यु/एक्सीडेण्ट से मृत्यु/हत्या से मृत्यु, प्राकृतिक कारणों से मृत्यु, बिजली पेड़-पानी में डूबने/जिसे पंचायतनामा आपको भरना है रोड जाम शांति व्यवस्था की समस्या भी

10. एक बार एक अधिकारी मृतक की सूचना पर भड़क गया। बोल पड़ा आज ही मरना था। अरे भाई आप ऊपरवाले तो हो नहीं जो किसी की मृत्यु निर्धारित करते हो आप मानव हो... मानव का काम करो।

अब आप समझ गये होंगे कि सरकारी काम कौन-कौन हैं। पदेन विवेचक का काम कौन-कौन सा है। काम का बोझ होगा आवश्यक है। आप विवेचक के रूप में दबाव महसूस करेंगे तो चिड़चिड़ा स्वभाव हो जायेगा।

आपका काम क्या है, कितना दबाव महसूस करते हैं इसका अंदाजा लग गया होगा। जब आपको अत्यधिक काम का बोझ होगा तो संभवत तनाव अनिद्रा-अवसाद, ब्लड सुगर, ब्लड प्रेशर, चिड़चिड़ापन हो जायेगा। अब आगे

के अध्याय में पायेंगे कि कार्य करने के तरीके कैसे हैं। दबाव चिड़चिड़ापन अनिद्रा ब्लड सुगर ब्लड प्रेशर से कैसे बचें।

अध्याय - 32

स्वास्थ्य का खराब होना

(क) तनाव क्यों होता है तथा उसको निराकरण के लिये क्या करना चाहिये तो हम पायेंगे। जब जहाँ तैनाती होती है प्रतिदिन के कामों की समीक्षा कर ले। यह समीक्षा निम्न है।

1. अपराध कौन-कौन सा इस क्षेत्र में होता है।

2. अपराधी किस-किस समय सक्रिय होते हैं।

3. जनता की समस्या क्या-क्या है।

4. शान्ति व्यवस्था की कौन-कौन सी समस्या है।

5. न्यायालय में कितना कहाँ-कहाँ से कैसा अधिपत्र प्राप्त होता है। तथा उसका जवाब कितने समय में दिया जाना उचित होगा।

6. गस्त का तरीका क्या है तथा कब-कब गस्त करना पड़ता है।

7. फिर आपका क्षेत्र देहात या शहर है। क्या कोई कोर्ट कचेहरी सरकारी दफ्तर या अन्य सार्वजनिक स्थान है।

8. आप अपने को किस तरह अपने व्यक्तिगत कार्य नित्यक्रिया कर्म भोजन सोने का समय सरकारी काम का समय निकाल सकते हैं।

9. कौन-कौन सी रिपोर्ट परम्परागत जाती है।

आपके पास स्टाफ कितना है, किस पद का है, स्वयं आप थाना प्रभारी हैं या विवेचक हैं या दोनों पद है।

इन कार्यों को फिर उसी कार्य के समय के अनुरूप परिवर्तित करना यानी सोच बनाना है।

(ख) साथ ही साथ केन्द्रीय कर्मचारी/राज्य कर्मचारी की भर्ती 2004 के बाद (सेना को छोड़कर) एक मानसिक मन द्वन्द्व करता है विचार करता है कि सेवा समाप्ति के बाद किसी पद के पदाधिकारी को बुढ़ापे का सहारा/साथी पेंशन जो मिलता है मदद करता है। मगर जब पेन्शन ही नहीं रहेगी, जी0पी0एफ0 ही नहीं कटेगा तो स्वाभाविक है तनाव उलझन या चिन्तन होगा, भविष्य को लेकर

चिन्तन होगा, बच्चों की शिक्षा-दिक्षा को लेकर चिन्ता होगी, आवास बनाने को लेकर चिन्तन होगा। इस पर विचार करने के बाद एक सलाह के रूप में मशविरा के रूप में चिन्तन करने के तरीके के रूप में बात लेखक द्वारा बात रखी जा रही है जो आपको पढ़ना पड़ेगा; पालन करना या न करना आपकी व्यक्तिगत रुचि है। अतीत तो वापस आ नही सकता। भविष्य आपने देखा नही यानी वर्तमान ही सबसे सुन्दर है। ध्यान रखें। वर्तमान के कारण भविष्य न खराब हो मगर भविष्य के लिये वर्तमान को खराब न करें।

वैसे तो किसी के जीवन की कोई अवधि निर्धारित नहीं है, परन्तु कहावत है पल भर का ठिकाना नहीं योजना सौ बरस की यानी साठ साल सेवा का शेष जीवन जीने की उम्मीद रहेगी।

यानी सेवाकाल समाप्त होने के बाद आप बच्चों को पढ़ाई व मकान से मुक्त होंगे तो 90 प्रतिशत काम पूरा हो जायेगा और अन्तिम समय में मिलने वाले पैसे से शेष जीवन उसके ब्याज से कट जायेगा यानी किसी के सहारे किसी के आसरे किसी से आर्थिक मदद की गुंजाइश नहीं रहेगी विवेचक को यानी पदाधिकारी को निम्न कार्य करना चाहिये।

नौकरी प्राप्ति के दो वर्ष तक अपनी शौक दोस्तों की मौज-मस्ती में बीत जाती है यह सत्य है तथा शेष जीवन में करीब पन्द्रह साल तब आपके पास आमदनी अधिक खर्च कम रहेगा। उसी काल में आप बचत कर सकेंगे, कुछ प्रगति कर सकेंगे। फिर सत्रह साल बाद यानी 45-48 वर्ष की उम्र आते-आते आमदनी कम खर्च ज्यादा हो जायेगे यानी बचत कम होगी या बचत करने में कठिनाई होगी। यानी आप नौकरी के दो साल बीतने के बाद अपने आपका 60 प्रतिशत कुल (ऋण यदि लेते हैं को जोड़कर) बचत करे फिर 60 प्रतिशत में 40 प्रतिशत खाने-पीने के बाद आवश्यकताएँ बढ़ेगे खर्च बढ़ेगा तो खर्च ज्यादा होगा आमदनी कम होगी। फिर पन्द्रह साल की बचत एक आधार बना लेगी, नींव आर्थिक रूप से मजबूत हो जायेगी। हर इंसान की अपनी अलग-अलग परिस्थिति होती है क्योंकि प्रथम स्तर में वेतन कम होता है, बाद में ज्यादा हो जाता है। यानी 10 साल के बाद वेतन पहले की अपेक्षा डेढ़ गुना के करीब हो जाता है इसलिये 10 साल बाद 50 प्रतिशत फिर अन्तिम काल यानी 10 साल या उससे कम मे 40 प्रतिशत की बचत करे।

2. जब नौकरी पेशा में आये हैं तो विज्ञापन कई प्रकार का निकलता है जिसमें

5-6, 7-8, 9-10 यानी इतने से इतने उम्र के बीच के विज्ञापन को देखकर उपयोग कर लेंगे। कोई पहले साल में नौकरी पाया कोई अन्तिम साल में कोई यदि आरक्षण में उम्र का लाभ हुआ तो दो चार या पाँच साल और विलम्ब से हुआ यानी प्रथम और अन्तिम साल के सेवा काल में 5-6, 7-8 साल का अन्तर हुआ तो फिर अन्तर का साल जहाँ पहले वाले के लिये आर्थिक मजबूती प्रदान करेगी, वही अन्तिम साल वाले के लिये कमजोरी महसूस होगा।

नौकरी के अन्तिम दो साल पहले तक कोई भी ऋण ले चुके हैं तो पूरा कर ले ताकि दो साल आपको आर्थिक मजबूती देगा। नौकरी पेशा वालों के घर की अलग-अलग परिस्थिति होती है तथा उससे अच्छा कोई नहीं जानता है और कभी-कभी समस्या आ जाती है कि समस्या देखकर मदद करना चाहते हैं परन्तु आर्थिक कमजोरी के कारण मदद नहीं कर सकते इसलिये कृपया अपना समय योजना तरीका स्वयं बनाये लाचार व बेबस न बने।

नौकरी के अन्तिम चौदह साल में एन0एस0सी0 को प्राप्त करने की योजना बनायें ताकि यदि किसी कारण से आर्थिक मजबूती न हुई हो तो पेंशन के रूप में हर महीने यानी चौदह साल तक यानी 60 +14 74 साल तक आप को आर्थिक मजबूती दे सके... शेष और समय बचा तो आगे की यात्रा पूरी हो सकती।

अवासीय व्यवस्था

थाने पर आवासीय व्यवस्था के विषय में चर्चा करेंगे एवं चिकित्सा क्योंकि जब आप पदाधिकारी हैं तो रहने के लिये आवासीय व्यवस्था होना चाहिये तो पायेंगे कि थाने पर सब इन्सपेक्टर या इन्सपेक्टर थाना प्रभारी के रूप में तैनात होते हैं। उनके साथ द्वितीय अफसर, हे0कांस, मोहर्रिर हे0कांस0 मु0कांस मुहर्रर व फालवर की तैनाती होती है।

यानी थाने पर उपलब्ध पदाधिकारी के लिए आवास तथा शौचालय कैण्टीन, मेस, लाइब्रेरी, खेल का मैदान तथा मनोरंजन का साधन एवं खाने के लिये एक हॉल एवं राशन शाम की उपलब्धता होनी चाहिये।

पुरुष के पदाधिकारी के साथ महिला अधिकारी के लिए अवासीय व्यवस्था अवश्य होना चाहिये। तथा अपने परिवार को रखकर सुगमता पूर्वक परिवार को सही ढंग से पालन-पोषण कर सके साथ ही साथ चिकित्सा व्यवस्था होना चाहिये यानी दवा की जरूरत हो तो उसकी पूर्ति हो सके। कभी-कभी देहात में तैनाती

होती है तो परिवार को शिक्षा, चिकित्सा नहीं दे पायेंगे।

कभी-कभी शांति व्यवस्था डियूटी व वी0वी0आई0पी0 आदि डियूटी या मेला डियूटी व त्योहार डियूटी के लिये बाहर से कोई फोर्स आती है तो उसको रुकने खाने एवं ठहरने की व्यवस्था हो ऐसी समस्या आती है। पदाधिकारी को गेस्ट रूम की तरह एवं कर्मचारी को बैरक की तरह व्यवस्था हो तथा शौचालय एवं पानी की व्यवस्था हो।

कभी-कभी वाहन के गैराज न होने के कारण सरकारी गाड़ी के साथ-साथ अधिकारी/कर्मचारी को निजी गाड़ी खड़ी करने की व्यवस्था नहीं होती है जिसके कारण गाड़ी या तो खराब हो जाती है या पदाधिकारी/कर्मचारी को परेशानी का सामना करना पड़ता है। जनता को जब पदाधिकारी यानी थाना प्रभारी या थानाध्यक्ष मिलने के लिये आता है तो इन्तजार करना पड़ता है तो अतिथि रूम की आवश्यकता होती है जिसके कारण उनके रुकने की समस्या होती है।

कर्मचारियों के अतिथिगण यदि कोई आता तो उसको रुकने में समस्या आती है। पारिवारिक रिश्तेदार हो तो घर में यानी आवास में रुक जायेंगे, मगर यदि बाहरी हो तो रुकने के लिये परेशानी होती है।

अवकाश की समस्या पुलिस-विभाग की सबसे प्रबल समस्या है। जो छोटी मोटी समस्या को नजरअंदाज करते हैं। माना कि यह आकास्मिक सेवा है तथा शांति व्यवस्था की सेवा है, परन्तु परिवार भी उतना ही जरूरी है जितना नौकरी या डियूटी जरूरी है। निरीक्षक/उपनिरीक्षक अपने परिक्षेत्रीय सीमा से दूर रहते हैं तथा हे0का0स0 कांस अपने जिला या बॉर्डर से दूर रहते हैं तो यही समस्या अधिकतर होती है।

चूँकि वर्ष में होली/दशहरा दुर्गापूजा मोहर्रम तथा चुनाव तमाम विशेष अवसरों पर अक्सर अवकाश बन्द पाया जाता और ऐसा भी नहीं है कि अवकाश न ले परिवार छोड़ दे; अतः अवकाश की समस्या है। समय एवं संयमित रहकर समस्या को निपटायें।

काम करने का घण्टा या नियत समय का पता नहीं कि डियूटी का समय कब खत्म होता है इसलिये यह भी नहीं कह सकते कि अब डियूटी खत्म हो गयी। इसीलिये तनाव शारीरिक परेशानी तमाम तरह की समस्या के कारण मानसिक तनाव डिप्रेशन, नींद का न लगना हार्ट अटैक की घटना ज्यादा होने लगती है।

डियूटी में हम चूँकि अपराध रोकते है इसलिये कभी यह मानकर न चले कि मेरे साथ कोई घटना घटित नहीं हो सकती इसलिये सुरक्षित हो पता नहीं कौन -सा सिरफिरा परेशानी बनकर आपके सामने आ जाय और आपका जान जोखिम बन जाय। बढ़ते काम का बोझ आपको तनाव अशांति बना दे।

विवेचक को विवेचना-कक्ष बागवानी, धार्मिक स्थल समय-समय पर बिजली पानी की उचित व्यवस्था हो। थाने में लाकअप मालखाना होना चाहिये। अक्सर यह तो होता है।

थाने पर स्टेशनरी पर्याप्त हो कम्प्यूटर चालक के लिये कम्प्यूटर-कक्ष की आवश्यकता है।

अब विवेचक को विवेचना केसडायरी के अलावा कम्प्यूटर पर लिखनी पड़ती है इसलिये लैपटॉप की व्यवस्था विवेचक को होनी चाहिये। सरकार खुद सब सीडी के रूप में दे या खुद खरीदे।

लॉकअप से पूछताछ के लिये जब भी कभी किसी व्यक्ति को विवेचक बुलाता है तो उसके रखने एवं नित्य क्रिया कर्म एवं भोजन की व्यवस्था करना चाहिये।

विवेचक का रहन-सहन ठीक हो तथा स्वास्थ्य ठीक हो तथा आवास एवं चिकित्सा की सुविधा पर्याप्त हो तो काफी हद तक तनाव कम हो सकता है। यानी अवासीय व्यवस्था चिकित्सालय कैण्टीन, पुस्तकालय, भोजनालय, विश्राम-कक्ष, ऑफिस, आगन्तुक कक्ष होना चाहिये। यह सभी समस्या विभाग एवं शासन स्तर की है, आप अपना समय न लगायें।

थाना प्रभारी निरीक्षक/थानाध्यक्ष अपने तैनाती काल में थाने पर छोटा काम जो भी करना चाहे जैसे पेड़ लगाना चबूतरा बनाना छोटी ऑफिस बनाने की सोच ले तो अपने तैनाती के दौरान संख्या दर्जनों में होगी बस सोचना आपका काम है, पूरा काम जनता करती है।

स्वास्थ्य के कारण परेशानी

अब हम स्वास्थ्य की बात करते हैं। जहाँ पर आप हैं आपका परिवार है, आपका स्टाफ है तथा भागती-दौड़ती जिन्दगी में दिन-रात काम करने में परेशानी हो सकती है। ब्लड प्रेसर, सुगर, हार्ट अटैक, अनिद्रा, अवसाद तरह-तरह की बीमारी से जब घिर जायेंगे तो स्वास्थ्य पर ध्यान न देकर राजकीय कार्य करेंगे तो राजकीय कार्य अवरोध न हो आपकी सेहत अवश्य खराब हो जायेगी। जब

स्वस्थ ही नहीं रहेंगे तो काम कैसे करेंगे। ध्यान रखें सरकारी संस्था बहुत बड़ी है। किसी के न रहने पर कोई काम रुकता नहीं है। भ्रम न पालें। रुकता है तो केवल व्यक्तिगत काम।

ध्यान रखना विवेचक को अपने ऊपर, अपने तन पर ध्यान न देने के कारण ऐसी बीमारी का शिकार हो जायेंगे आपके आश्रित आपका परिवार परेशान होगा। आपका धन तो लगेगा समय तो लगेगा, मगर राजकीय कार्य भी अवरोध होगा। जो काम कल करना चाहिये वह काम आज ही कर लें।

इसलिए समय का ध्यान रखें समय से जीवन चर्चा बनायें स्वास्थ्य को बनायें रखे एक विवेचक पदाधिकारी बने रहे। कहावत है -

बीमारी से बचे रहेगे तो पैसा की कमी नहीं होगी।
धन तो हाथ की मैल है।
स्वास्थ्य आपका साथी
आप बनेंगे दूल्हा लोग बनेंगे बराती।

अध्याय - 33

रहन-सहन का प्रभाव होना

कोई भी विवेचक चाहे वह उपनिरीक्षक हो चाहे निरीक्षक हो चाहे पुलिस उपाधीक्षक हो, वह पहले व्यक्ति है फिर पदाधिकारी है तथा फिर विवेचक के रूप में अपने को स्थापित करता है। उसे अपने सेहत का ध्यान रखना चाहिये। जैसे नियमानुसार काम करने वाले को प्रतिदिन 6 घण्टा से 8 घण्टा के बीच सोना चाहिये। मादक पदार्थों का नशा जैसी चीजों से दूर रहना चाहिये, समयानुसार या प्रतिदिन आवश्यक भोजन सलाद युक्त करना एवं तनाव से मुक्त रहने के लिये मनोरंजन का साधन 30 से 45 मिनट तक करना है। यदि ऐसा नहीं करता है तो स्वास्थ्य खराब होता है और धीरे धीरे बीमारी अपना घर बना लेती है और एक दिन ऐसा आता है कि व्यक्ति अपनी साँसे बन्द करने के लिये बाध्य होता है। जब व्यक्ति अपनी जीवन-लीला समाप्त करता है, अपनों को छोड़ जाता है, अपने जुड़े लोगों के अपने आश्रित लोगों को आर्थिक सामाजिक परेशानी में डाल जाता है। या यदि जीवन की साँसे बन्द नहीं होती सेहत खराब होने के कारण उसका जीवन अस्वस्थता का शिकार हो जाता है। तो फिर डॉक्टर के पास जाना पैसे खर्च करना समय बर्बाद होना। आश्रितों को तनाव में डालना रहता है। तब फिर आपका काम आपकी विवेचना कोई और करता है।

कहावत है कि जब खाने का वक्त था तो खाया नहीं अब खाने के लिये मन करता है मगर खा नहीं सकता। ऐसा बहुत-सा प्रकरण आया जिसमें विवेचक के रूप में पदाधिकारी के रूप में रहते हुए समय से अपनी सेहत का ध्यान नहीं दिया जिसके कारण उन्हें अपने जीवन से हाथ धोना पड़ा। रह गयी अपने आश्रितों की सोच परेशानी एवं पीड़ा। ऐसा नहीं है मृत्यु सुनिश्चित है मगर एहतियात बरतने रहन-सहन एवं भोजन ठीक-ठीक रखने से परेशानी दवा इलाज से तो बचा सकता है। कहावत है डाक्टर से बचो पॉकेट खूब भरो; साथ ही दूसरी कहावत है-

पहला सुख निरोगी काया
दूसरा सुख घर में हो माया (धन)
तीसरा सुख कुलवंती नारी
चौथा सुख पुत्र आज्ञाकारी

पाँचवा सुख मित्र हो अच्छे
छठवाँ पड़ोसी मिले सच्चे।

कोई भी कहावतें या बातें ऐसी नहीं कही गयी हैं। इसमें समय परिस्थिति रिश्तों के आंकलन के बाद यह बाते सामने आयी है।

आप विवेचक हैं। आप किसी के पिता हैं तो किसी के पुत्र हैं, किसी के भाई हैं तो किसी के मित्र हैं। यानी आप अपने को अकेले समझते होंगे यह आपका भ्रम है सत्य यह नहीं है कि आप अकेले हैं। आपका तन आपका खुद का है ऐसा भ्रम न पाले।

ध्यान रहे शरीर को कष्ट दें। परिस्थितिवश समय बस उतना कष्ट न दे कि शरीर बिखरने लगे। आप घर से समाज से अपनों से दूरी पर नौकरी कर रहे हैं, आप समाज का परिवार का विभाग का एक ऐसा स्तम्भ है जो उम्मीदों अपेक्षाओं सहयोगों के सहारे के रूप मे बने हैं। यह उन लोगो के लिये है जो डियूटी स्थान से 50 से 120 कि0मी0 की दूरी पर निवास करते हैं। प्रतिदिन मोटर साइकिल से 60 किमी यानी रोज बस से 120 कि0मी0 यानी 240 किमी0 सफर करेगे तो शरीर में समयानुसार ऊर्जा कहाँ प्राप्त करा सकते हैं। ट्रेन बस का क्या भरोसा कभी लेट देर से कभी बिगड़ी हुई मिलती है तो शरीर को एडजस्ट करने में परेशानी आयेगी।

शरीर को स्वस्थ रहने के लिये समय से चौबीस घण्टे में भोजन पानी पौष्टिक भोजन, फल, दूध अन्य प्रोटीन मिले शरीर तभी चल पायेगी। उसकी जितना ऊर्जा खर्च होती है उतनी ऊर्जा चाहिये।

विवेचक है तो स्पष्ट है कि पुलिस अधिकारी होगा तथा उसका पद सब इंसपेक्टर, इंसपेक्टर पुलिस उपाधीक्षक आदि आदि है तो उसकी खुद की जिम्मेदारी है कि अपने जीवन के पहलू का विशेष ध्यान दे और अपनी स्वास्थ्य सम्बन्धी समस्या को निपटाये। लापरवाही और उपेक्षा स्वास्थ्य को और खराब करती है।

अक्सर देखा जाता है कि पदाधिकारी पद के लालच में अपने ऊपर आने वाली बीमारी का ध्यान नहीं दिया और क्रमशः स्वास्थ्य बिगड़ता गया तथा अपनी जान देनी पड़ी। जैसे एक थाना पर नियुक्त निरीक्षक की तबीयत खराब हुई। पीलिया जैसे रोग हुआ और दवा का प्रयोग कम असमायिक भोजन, परहेज

नगण्य एवं उस पर मादक द्रव्य का सेवन; परिणाम रहा कि अचानक रोग का दबाव बढ़ा और बड़े से बड़े औषधालय तक पैंतालीस वर्ष की उम्र में भी नहीं बचा सके। मैं यह नहीं कहता कि मृत्यु किसी की रोकी जा सकती है, मगर इसका अर्थ तो यह तो नहीं कि कूएँ में कूदे नदी की धारा में बहे। मौत जब होगी आयेगी अब स्वयं का वजूद बचायेंगे तभी विवेचना कर पायेंगे। सावधानी बरतेगे तो समस्या कम आयेगी। अब आप दस मंजिला से कूदें कहे मौत नहीं तो कैसे मरेंगे मगर अंग-भंग तो होगा।

(क) रहन-सहन का ध्यान रखना आवश्यक है। उपरोक्त के विषय में स्वास्थ्य की चर्चा हो चुकी है। अच्छा वेतन अच्छा पद फिर अस्वस्थ होने पर ध्यान क्यों नहीं देते। स्वास्थ्य के प्रति चिन्तित न होकर सरकारी काम के प्रति चिन्तित होते हैं। चाहे जितना धन कमा लें, बेटा बेटी के प्रति सजग रहें; मगर जब आपका अस्तित्व मौजूद रहेगा तभी तो आप विवेचक बने रहेंगे पिता-पति का रिश्ता रहेगा। इसलिये पहला सुख स्वास्थ्य है... रहन-सहन भोजन का ध्यान रखें।

अक्सर देखा जाता है जहाँ कटौती करनी चाहिए वहाँ कटौती नहीं करते, जहाँ कटौती नहीं करनी चाहिए वहीं कटौती करते हैं। जैसे कपड़ा, टी0वी0, मोबाइल, रिचार्ज, वाहन, ए0सी0 तथा कूलर... यहाँ कटौती करते तो शायद हजारों की बचत होती। मगर कटौती वहाँ नही करते। जहाँ करते है जहाँ खाना खाना है तो सब्जी मँहगी है दूध मँहगा है सलाद महँगा है। नीबू खीरा महँगा है। अगर यहाँ बचाना चाहेगे तो कितना का पूरे महीने 1000 रुपया का यानी 33 रुपया प्रतिदिन और किसी कमी कारण से डाक्टर के पास गये तो डाक्टर फीस दवा का 1000 हजार रुपया ले लेगा। स्वास्थ्य के कारण तनाव, समय बर्बाद अलग से होगा।

(1) स्वस्थ रहने के लिये हर विवेचक को हर मानव को हर इंसान को जो उम्र कोई भी हो 35 मिनट अपने सेहत के लिये देना आवश्यक है। इसमें सुबह उठना, टहलना, एक्सरसाइज करना योग करना ताकि शरीर में रक्त का सुचारु रूप से संचार हो टेंशन मुक्त रहे। अब समय कब कहाँ कैसे देना है यह आप पर निर्भर करता है। समय नियत नहीं क्योंकि जब काम का समय नियत नहीं तो व्यायाम का समय कैसे नियत होगा।

(2) नींद का पूरा होना आवश्यक है। इसके पूरा न होने से कई बीमारियाँ घर बनाने लगती हैं जैसे तनाव, टेंशन, सुगर, अनिद्रा, अवसाद, सही ढंग से भोजन का न पचना, हार्ट अटैक आदि। कोशिश करने पर व्यक्ति जो काम 8 घण्टा या

उससे ज्यादा करते हैं 6-7 घण्टा अवश्य नींद ले यानी सो लें। हाँ मैं मानता हूँ कि विवेचक के रूप में पुलिस के रूप में 6-7 घण्टा एक साथ नहीं मिल सकता तो 4+2 या 4+3 घण्टे का समय पूरा करे। यानी दो टुकड़े में सोने का समय है। रात्रि के 3 बजे से 8 बजे तक प्रातः काल में तथा 2:30 बजे से 4 बजे तक दोपहर काल में यदि जिम्मेदारी के पद पर नियुक्त है तो और गैर जिम्मेदारी के पद पर नियुक्त है तो कोई समस्या नहीं है।

(3) भोजन - भोजन का जो नियम है बाणभट्ट/चिकित्सक के अनुसार जठराग्नि 8 बजे से 11 बजे तक तेज होती है। जो भी खायेंगे पच जायेगा तथा दिन में 12 बजे से 3 बजे तक स्थिर जठराग्नि होती है और सूर्ययास्त के पास जठरानी शांत यानी धीमी पड़ जाती है। यानी सबसे ज्यादा प्रथम पहर तथा उससे कम दोपहर के बाद तथा सबसे कम शाम के बाद। अब आप क्या आदत डालते हैं। आप जानें वैसे सीजनी फल एक बार हर सीजन में अवश्य खा लेना चाहिए क्या पता कौन-सा फल आपके लिए किसी रोग की औषधि बनकर आ जाय। दूध पूर्ण पौष्टिक आहार है। कुछ लोग मीठा खाने वाले हैं। यानी भोजन पर ध्यान रखे फल का सेवन करे नीबू, मूली, सलाद का प्रयोग करे तो बेहतर है। वैसे जब दिन भर नहीं खाये हैं तो फिर शाम को भूख तो लगेगी।

अपने पैसे से भोजन करने की आदत डालें :-

अक्सर विवेचक यानी पदाधिकारी दूसरे के पैसे पर खाने की आदत डाले हैं। दूसरे की बात बताता हूँ। खाने का मन है सेब लाने वाला बेर रख दिया; पीने का मन है दूध, लाने वाला गन्ना का रस ला दिया। खाने का मन है चावल, लाने वाला रोटी रख दिया। यानी दूसरे के मन से खाना खाने के बजाय अपने मन से खाना खाने की आदत डालें। जब अपने मन से खायेंगे तो यह सत्य है कि आपको पॉकेट ढीली करनी पड़ेगी। मगर आप कहोगे क्या करें आदत नहीं है, तो आदत डालें। अपने पैसे का अपने मन का भोजन करें यह आदत आपको निष्क्रिय पदों पर या अवकाश के समय या पेंशन के समय बहुत काम आयेगी।

अक्सर विवेचक एवं पदाधिकारी को अपने सेवा काल में चूँकि अधिकार शक्तियाँ प्राप्त है तो यह सत्य है। सम्मान भी है तो समाज में पूछने वाले लोग हैं। मगर पदाधिकारी /विवेचक बाहर के पैसे से खाने के आदी हो जाते हैं। फिर आपके पास क्या बचा। बिना मन के डियूटी बिना मन के काम बिना मन के निद्रा बिना मन के कपड़ा बिना मन के भोजन आपके अपने मन का क्या है। कभी सोचा है पूरी जिन्दगी बिना मन के जी लिया जब समय पूरा हुआ। पेंशन लिये तो

दूसरे के मन से अपने आप जीवन गुजारेगा यानी बिना मन के पूरा जीवन समाप्त हो गया... क्या प्रसनन्ता क्या खुशी है।

अक्सर हमारा रहन-सहन खराब होता है। कपड़ा पहनना निवास करना आपस में बोलचाल की भाषा का प्रयोग करना। कहीं जाते हैं वर्दी की आवश्यकता नहीं है। फिर भी पैसा बच जाय वर्दी पहने रहना। यह क्या है। कभी सोचे हैं क्या आप बिना उद्देश्य से बिना फायदा के कभी किसी को पैसा देते हैं। तो फिर क्यों बस वाला ट्रेन वाला टेम्पो वाला रिक्शा वाला आपको अपना किराया छोड़ दे। मगर क्या करे आप है कि आदत से मजबूर हैं। ट्रेन सरकारी है झूठ बोलते हैं। स्टाफ के है जीआरपी के बस में झूठ बोलते हैं। मैं बगल वाले थाने पर तैनात हूँ। रिक्शा टेम्पो वाले यानी कभी क्या सोचा एक मजदूर मजदूरी करते हुए ठेला बस में चलता है तो टिकट लेता है; आप हैं कि वर्दी वाले हैं टिकट क्यों लें। फिर जो चाहे आपको सुना देता है। कब आप को बिना टिकट बेइज्जत कर दे यह आप पर निर्भर है।

चारपाई एवं आवश्यक समान :-

मैंने माना कि स्थानान्तरण वाली नौकरी है तो क्या एक हफ्ते महीने वर्ष भर एक स्थान पर नहीं रुकते। अगर रुकते हैं तो मौसम के अनुसार कूलर, पंखा, रजाई, गद्दा, चारपायी, टी0वी0 नहीं रख सकते। एक बार बना लेंगे हमेशा काम आयेगा... इसलिये एक विवेचक के रहन-सहन के रूप में एक स्थायी सोने वाला चारपायी (फोल्डिंग) एक रजाई, गद्दा दो बेड सीट तथा एक पंखा/कूलर एक टी0वी0 एवं 2 कुर्सी एवं एक मेज हमेशा साथ रखना चाहिये। एक बार बनवा लेंगे तो कम से कम 10 साल तक चल जायेगा हो सकता है। ऊपर भी चले मगर ले जाने की परेशानी का बहाना, स्थानान्तरण होता है का बहाना आदि बनाकर साथ नहीं रखते और दो घण्टे 4 घण्टे 6 घण्टे की परेशानी से बचने के लिये पूरे तैनाती तक मारे-मारे फिरते हैं। साथ में एक टिफिन साथ हो जब चाहे खाना खाये जब चाहे न खाये एक बाल्टी एक लोटा साथ में हो 4 गिलास एक थाली हो सब सामान एक बोरी में सिमट जायेगा। अगर कोई जान-पहचान का रिश्तेदार आ जाय तो किसी से माँगने के लिये अनुरोध न करें। सफर है करना है जितनी परेशानी जितना नुकसान होता है उतना तो आप फिजूल खर्च कर देते हैं। पद है मर्यादा तो बनानी पड़ेगी।

अपने जीवन के साथ परिवार का जीवन भी चलाना है, पदेन नौकरी विवेचक की करनी है। तय कर लें कि कहाँ किस जिला में नौकरी करनी है।

क्षेत्राधिकार के पास एक आवास बनाने की सोचे ताकि पूरा जीवन यानी नौकरी का 70 प्रतिशत तो आवास के आसपास नौकरी कट जायेगी।

आवास बनाते समय ध्यान रखें आवास की जमीन ऐसी हो जहाँ पर पानी/बिजली/बाजार की सुविधा हो। फिर शिक्षा हो आपकी तथा आवास बड़े रूम (शयन कक्ष) गेस्टरूम (बैठक-कक्ष) बाथरूम (स्नानघर) किचेन रूम भोजनालय ऐसा हो जहाँ अपने को कसाव संकुचित न हो तथा ऊपरी मंजिल पर चढ़ने वाली सीढ़ी ऐसी बनायी जाये जिससे साधारण ऊँचाई की सीढ़ी तथा चौड़ाई ऐसी हो जिससे आप आसानी से चढ़ उतर सकें।

यानी जीवन आपका है। पद आपको मिला; रहन-सहन निवास स्थान, सुन्दर स्वच्छ एवं आरामदायक हो ताकि आप अपने जीवन की यात्रा सुखपूर्वक एवं सकुशल कर सकें।

ध्यान रखें जब वर्दी पहनें तो पूरी वर्दी पहनें जब सादा में आना-जाना हो तो पूरा सादे में रहें। यह नहीं जूता वर्दी वाला पहन लिया पैण्ट वर्दी वाला पहन लिया, शर्ट सादे डाल लिया या सभी सिविल ड्रेस पहना मोजा खाकी पहन लिया। कभी बनियान व चड्ढी फटी व गन्दी न हो। ऐसा कदापि न करें इससे आपका रहन-सहन का भाव झलकता है। कभी-कभी आप कहीं जाते हैं। आपका अधीनस्थ आपका सहयोगी साथ रहता है तो अपनी क्षमता के अनुसार एक सिद्धात बनाये कभी अपने जूनियर की चाय न पियें। आज आप का जूनियर है कल सीनियर होगा। जैसे विश्वविद्यालय में रहे हों तो क्या आप का सीनियर आपकी चाय पिया नहीं न तो फिर नौकरी करते ही कैसे भाव बदल गया। हाँ यह सच है तैनाती की अलग-अलग जगह होती है। अधीनस्थों की अलग-अलग संख्या होती है। मगर अपना जीवन आपके साथ है; आप क्या करते हैं वह आप जाने यह सच है कि कभी आर्थिक हानि हो सकती है। मगर समय काल में लाभ की सम्भावना चाहे सम्मान बनाकर चाहे व्यवहार बनाकर आयेगी।

जहाँ तब आवास का मामला है, अधिकतर विवेचक को विवेचना के रूप में उच्च न्यायालय का चक्कर माह में कम से कम एक बार या साल में कम से कम छह बार तो होता है। अपनी व्यवस्था या स्थान आपको समझना है कहाँ पर निवास बनायें जिसके कारण नौकरी में आवास का फायदा ले सकें तथा पारिवारिक सामाजिक जिम्मेदारी भी निभा सकें।

जीवन का काल है, आपको चलना है यानी रहन-सहन की मानसिकता अच्छा बनायें ताकि डियूटी करके आयें तो छह घण्टा की नींद ले सकें। शौच

क्रिया करने जायें तो सुकून से नित्य क्रिया कर्म कर सकें भोजन करने जाय या भोजन करे जो समय मिला है उसका उपयोग कर सको समय से कभी जाड़ा बरसात में जीवन जी सकें। अक्सर देखा है गर्मी का महीना है, एक पंखा या कूलर नहीं है। सरकारी कमरा मिला है, सालों तक पुता नहीं है बिजली की वायंरिग नहीं है, फर्श उखड़ा-पुखड़ा है। आप सोचते है कौन अपना है मगर आप तो उपयोग करते हैं। मगर जहाँ परिवार रहता है उनके लिये तो सब सुविधा व्यवस्था करते हैं फिर अपने लिए क्यों नहीं।

अध्याय - 34

अवकाश/चिकित्सा की परेशानी

अवकाश एक ऐसी सुविधा या आवश्यक अवसर है। आप अपने जीवन का वह हर काम कर लेते हैं जो आवश्यक होता है।

हर राज्य पदाधिकारी को अवकाश की व्यवस्था है।

अराजपत्रित अधिकारी - कांस0 से निरीक्षक के पद का 30 दिन

राजपत्रित अधिकारी को 14 दिवस का अवकाश (स्पेशल अवकाश) अतिरिक्त

उपार्जित अवकाश - 30 दिन, मेडिकल अवकाश - एक वर्ष पूरे सेवा काल में, छह माह आधे वेतन पर एक साल बिना वेतन का अवकाश धार्मिक यात्रा अवकाश - पूरे सेवा काल में 15 वर्ष की सेवा के बाद धार्मिक स्थल पर जाने वाला अवकाश यानी अवकाश एक सुविधा है क्योंकि नियोक्ता के रूप में राज्य सरकार ने अपने पदाधिकारी को सुविधा प्रदान किया है। मगर सुविधा लेगे तब सुविधा का उपयोग होगा। आकस्मिक अवकाश - 14 दिवस एक बार में- 30 दिवस है। उपार्जित अवकाश - एक साल में यानी कैलेण्डर में 31 दिवस पूरे सेवाकाल में 300 दिन एक समय में 120 दिन तथा भारत के बाहर

एक समय में 180 दिवस निजी कार्य अवकाश - 365 दिन स्थायी कार्य दिवस चिकित्सा अवकाश 365 दिन - 90 दिन चिकित्सा प्रमाण-पत्र पर उससे अधिक परिषद की संस्तुति पर

मातृत्व अवकाश (महिला कर्मचारी) 135 दिन पूरा सेवाकाल दो बच्चों के लिये। असाध्य रोग से पीड़ित होने व पूरे सेवा में तीन बार देय।

असाधारण अवकाश - अधिकतम 5 वर्ष असाधारण अवकाश में वेतन देय नहीं होगा।

अवकाश - तीन माह की अवधि में वेतन तथा अर्द्ध वेतन में अध्ययन अवकाश - एक बार में 12 माह सेवाकाल में/अर्द्ध वेतन देय है। विशेष किसी अवकाश का दावा या माँग अधिकार स्वरूप नहीं किया जा सकता। अवकाश लेने का दावा ऐसे नहीं किया जा सकता जैसे एक अधिकार हो। जब जन सेवाओं की

आवश्यकता ऐसी अपेक्षा करती हो तो किसी भी प्रकार के अवकाश को निरस्त कर या अस्वीकृत करने का अधिकार अवकाश स्वीकृत करने वाले अधिकारी के पास सुरक्षित है।

कोई अवकाश स्वीकृत करने वाला अधिकारी किसी अवकाश को जनहित में अस्वीकृत करने का अधिकार है।

वित्तीय हस्तपुस्तिका खण्ड दो भाग 2 से 4 के मूल नियम 67

अवकाश साधारण कार्य छोड़ने से प्रारम्भ होता है। कार्यभार ग्रहण करने की तिथि के पूर्व समाप्त होता है। अवकाश प्रारम्भ होने के ठीक पहले व अवकाश समाप्ति के तुरन्त बाद पड़ने वाले रविवार व अन्य मान्यता प्राप्त अवकाश के साथ उपयोग करने की स्वीकृति करने वाला अधिकारी द्वारा दी जा सकती है। अवकाश का आरम्भ सामान्यतया उस दिन से जाना जाता है जिस दिन सम्बन्धित अधिकारी कर्मचारी अपने कक्ष कार्यालय का भार हस्तांतरित किया जाता है। इसी प्रकार अवकाश से लौटने पर प्रभार ग्रहण करने के पूर्व के दिवस को अवकाश समाप्त माना जाता है।

बिना प्राधिकृत अधिकारी की पूर्व स्वीकृत प्राप्त किये कोई सरकारी सेवक अवकाश काल में कोई लाभप्रद व्यवसाय या अन्य नौकरी नहीं कर सकता। नियमित अवकाश काल में कोई राजकीय कर्मचारी अन्यत्र कोई सेवा धनोपार्जन के उद्देश्य से काम नहीं कर सकता, जब तक इस सम्बन्ध में उनके द्वारा सक्षम अधिकारी से पूर्व स्वीकृति प्राप्त न कर ली गयी हो।

जनसेवा के हित में अवकाश प्रदान करने वाले प्राधिकारी को अवकाशाधीन सरकारी सेवक को अवकाश के पूर्ण उपभोग किये बिना डियूटी पर वापस बुलाने का अधिकार है।

वित्तीय हस्त पुस्तिका खण्ड दो भाग 2 से 4 मूल नियमावली वापस बुलाने पर यात्रा भत्ता-देय होगा -

(1) 60 दिवस के अवकाश में आधे अवकाश उपभोग किया गया

(2) 60 दिन तीस दिन का उपभोग पर गया तो 30 दिवस अवकाश

(3) चिकित्सा अवकाश पर गया कर्मचारी सेवा स्वास्थ प्रमाण पत्र लायेगा।

(4) यदि कोई राजकीय कर्मचारी अवकाश की अवधि समाप्ति के उपरान्त भी अनुपस्थित रहता है तो ऐसी अनुपस्थिति की अवधि के लिये कोई अवकाश वेतन

देय नहीं होगा एवं उक्त अवधि अर्द्ध औसत वेतन पर अवकाश के रूप में रेखांकित की जायेगी जब तक सक्षम अधिकारी द्वारा अवकाश अवधि बढ़ा दी गयी हो। यदि बाद में वह अनुपस्थिति की अवधि का चिकित्सा प्रमाण-पत्र प्रस्तुत करता है किन्तु कोई अवकाश वेतन भुगतान नहीं किया जायेगा।

(5) अवकाशोपरान्त जानबूझकर सेवा से अनुपस्थिति दुर्व्यवहार श्रेणी में आती है व दण्डनीय अपराध है।

(6) किसी एक प्रकार के अवकाश को दूसरे प्रकार के अवकाश के साथ आवश्यक क्रम से स्वीकृत किया जा सकता है।

अवकाश वेतन :-

अर्जित अवकाश अथवा चिकित्सा प्रमाण-पत्र पर अवकाश जाने से ठीक पूर्व आहरित वेतन की दरों पर अवकाश वेतन अनुमन्य होता है।

(7) अवकाश प्रदान करने वाले प्राधिकारी को अवकाश के प्रकार में परिवर्तन करने का अधिकार नहीं है।

(8) सरकारी सेवक को निलम्बन की अवधि में अवकाश प्रदान नहीं किया जा सकता। सरकारी सेवा से निकला या हटाया जाना उपेक्षित को अवकाश स्वीकृत नहीं किया जाना चाहिए।

(9) अवकाश प्रार्थना-पत्र पर निर्णय करते समय सक्षम अधिकारी निम्न बातों का ध्यान रखे कर्मचारी जिसके बिना उस समय सरलता से कार्य चलाया जा सकता है। अन्य कर्मचारी अवकाश की अवधि पिछली बार लिये गये अवकाश से वापस आने के पश्चात सेवा की अवधि में अवकाश स्वीकृत किया जायेगा।

(10) किसी आवेदक को पूर्व स्वीकृत अवकाश मध्य से वापस तो नहीं बुलाया गया।

(11) आवेदक को पूर्व में जनहित में अवकाश स्वीकृत तो नहीं किया गया।

आकस्मिक अवकाश की अवधि में सरकारी सेवक सभी प्रयोजनों के लिये डियूटी पर माना जाता है। प्रस्तर 1081 मैनुअल ऑफ गर्वनमेंट ऑर्डर के अध्याय 142 के अनुसार।

प्रस्तर 1082 - आकस्मिक अवकाश की सीमा

(1) एक कैलेण्डर वर्ष में सामान्यतया 14 दिन का आकस्मिक अवकाश दिया जा सकता है।

(2) एक समय में 4 दिन से अधिक आकस्मिक अवकाश नही दिया जा सकता। विशेष अवकाश विषम परिस्थिति में ही दिया जाना चाहिये।

(3) आकस्मिक अवकाश के साथ रविवार एवं अन्य छुट्टियों एवं अन्य सरकारी दिवस यदि अकास्मिक अवकाश के बीच में पड़ते हैं तो उन्हें जोड़ा नहीं जायेगा, बल्कि उपभोग किया जायेगा।

(4) अत्यन्त विशेष परिस्थिति में सक्षम अधिकारी 14 दिनों से अधिक का आकस्मिक अवकाश एक कलैण्डर वर्ष में स्वीकृत नहीं कर सकता है।

विशेष आकस्मिक अवकाश

विशेष परिस्थिति में कुछ दिन की विशेष छुट्टी दी जा सकती है।

(5) शासनादेश वी-820/द0वि0ज 55 दिनांक 21.12.1955 के अनुसार राष्ट्रीय अन्तर्राष्ट्रीय खेलों में भाग लेने के लिये चयनित खिलाड़ी को 30 दिन का विशेष अवकाश दिया जा सकता है।

(6) सरकारी दौरे पर रहने की दशा में आकस्मिक अवकाश लेने पर उस दिन का दैनिक भत्ता अनुमन्य नहीं होगा।

प्रस्तर 1087 विशेष आकस्मिक अवकाश की स्वीकृति-

परिवार नियोजन नसबन्दी - 6 दिवस कार्य

महिला नसबन्दी - 14 कार्य दिवस

अध्याय - 35

तनाव के कारण तथा तनाव से उत्पन्न बीमारी

हर विवेचक एक पदाधिकारी होता है तथा हर पदाधिकारी एक मानव होता है। जब मानव है तो मानव को उन परिस्थितियों से गुजरना पड़ेगा जो मानव के जीवन से जुड़ी हैं तथा मानव के जीवन में आती हैं। मानव के जीवन में नौकरी करना, आर्थिक मजबूती करना, प्राप्त धन से परिवारिक, व्यक्तिगत, सामाजिक खर्चों का वहन करना एवं रिश्तों का होना तथा उसे निभाना है। मगर आवश्यकता के अनुसार धन तो प्राप्त होता है, आवश्यकता पूर्ति होने में दिक्कत होती है। रिश्ते होते हैं मगर उन्हें निभाने में दिक्कत होती है, शरीर तो है मगर उसे सही रखने में दिक्कत होती है। भोजन है सुविधा है, मगर उसे भोग करने में दिक्कत होती है; काम है मगर उसे करने में दिक्कत होती है। फिर उठा मानसिक तनाव-क्यों कैसे किस प्रकार किया जाय और जन्म तनाव का होता है। जब तनाव का जन्म होगा स्वाभाविक है नींद नहीं आयेगी, स्वाभाविक है खाना नहीं पचेगा, स्वाभाविक है बीमारियों ने अपना घर बनाना शुरू कर दिया। फिर उत्पन्न होता है डिप्रेशन (यानी अवसाद) का जन्म। फिर अपना जीवन अपना रिश्ता अपना पद अपना धन नगण्य होने लगता है और जीवन में शुरू होगी निराशा हीन भावना उदासीपन। यह जीवन ऐसा लगेगा कि हमें जीवित रहने से क्या फायदा, आप अपने जीवन को अपना समझ बैठते हैं और शुरू होता है आत्महत्या का दौर यानी जीवन से निराशा आत्म हत्या का दौर यानी आत्महत्या करना।

अक्सर देखा सुना जाता था कि परिवारिक कलह के कारण अवसाद से गुजर रहे थे तनाव में थे। नौकरी के कारण तनाव में थे। आखिर यह स्थितियाँ क्या पैदा हुई क्या पैदा होने के कारण पर विचार किया जा सकता है। यदि कारण की जानकारी हो जाय तो इससे बचा जा सकता है।

तनाव के कारण :-

पहले हम विवेचक के तनाव के कारण की जानकारी करते हैं।

1. तनाव का पहला कारण नौकरी में अनिश्चित कार्य का अनिश्चित समय होना। यदि एक कार्य निर्धारित समय से शुरू होता है तथा निर्धारित समय तक चलता है एवं निर्धारित समय पर खत्म होता है तो शरीर या मन या खाना-पीना

या सोना या निजी कार्य-टहलना टी0वी0देखना पेपर पढ़ना, व्यक्तिगत जीवन के कार्य करना है संयमित हो जाता है परन्तु कार्य की अनश्चिता हर काम को भययुक्त या तनावयुक्त कर देता है। पता नही कब बुलावा आ जाय हमें काम में जाना पड़े। अतः असमय से यह कार्य को बेमन से उस कार्य को करते हैं जिसके कारण न काम ठीक से होता है न उसका फायदा होता है। जैसे शांति व्यवस्था डियूटी में लगी जिन्दगी विवेचना में लगी जिन्दगी जाँच में लगी जिन्दगी गश्त में लगी जिन्दगी यानी तनाव का कारण बनती है।

2. **काम का बोझ महसूस करना** :- किसी भी पदाधिकारी को पद पर चुनाव किया जाता है तो उसे एक साल दो साल का प्रशिक्षण यानी बेसिक प्रशिक्षण/व्यावहारिक परीक्षण के रूप में रखा जाता तब समय पास करता है। सीखने के समय को बिना वजह गँवाते हैं क्योंकि शिक्षारत होने के कारण बिना मूल्य जीवन महसूस करते चुनाव होते ही मूल्यवान जिन्दगी हो जाती है। काम को भूल ही जाते हैं कि किस पद के लिये चुनाव हुआ है। उस पद के काम को भी सीखना है। यानी प्रशिक्षण का महत्वपूर्ण समय समाप्त होता प्रशिक्षण यह सिखाता है कि जीवन में किसी समय कौन-सा कैसा काम करना है। मगर उसे भूल जाते हैं।

(1) जब प्रशिक्षण समाप्त हो गया पदाधिकारी नियुक्त हो गये तो अपने बड़े बुजुर्गों का सम्मान न कर अपने सीनियर से कुछ सीखने का प्रयास न कर इस अहम भाव से रहते है कि मैं खुद पद पा गया अब क्यों पूछें मगर ध्यान रखें जिस पद को आप अभी पाये हैं उस पद को पाये आपके सीनियर के कई दशक हो गया है। उम्र का एवं अनुभव का फायदा नहीं लेते हैं।

(2) काम को काम सिखाता है। जब काम लिया आप संकोच बस खुलापन के अभाव में पूछना तो चाहते हैं पूछते नहीं फिर काम का उल्लंघन उलझन या अज्ञानता के कारण कुछ काम गलत हो जाता है जिसके कारण तनाव हो जाता है।

(3) काम मिला। सोचते हैं चलो जो काम है आज नहीं कल करेंगे। फिर दूसरा मिला रखो फिर तीसरा काम आ गया, न्यायालय तलब कर लिया। गश्त निकलना है, शांति व्यवस्था डियूटी में जाना है। धीरे-धीरे काम बढ़ता गया और आप समस्त विवेचना की फाइल प्रार्थना-पत्र की फाइल वारण्ट की फाइल, बढ़ती गयी। सोने को मिला नहीं, खाना खाने को मिला नहीं, डाँट ऊपर से मिली कि क्यों रखे हैं इतना बोझ बण्डल बनाकर फिर तनाव शुरू हुआ, मन खिन्नता से भर गया। कभी सोचा है जो समय था मैंने गप्प में बितायी या काम

करके। काम करना तो आपको ही पड़ेगा जब तक पदाधिकारी के पद पर है।

(4) पारिवारिक जीवन में तनाव - पारिवारिक जीवन में तनाव हुआ शादी हुई दहेज के नाम पर ढेर-सा रुपया मिला समान मिला। मगर आपने सोचा जो धन प्राप्त हुआ उसको लाने वाली आपकी पत्नी है। क्यों लायी इसलिये लड़की के पिता सोचे लड़की की शादी अच्छा घर में अच्छा कमाने वाले के यहाँ करें फिर आप अच्छा बनने के लिये धन की माँग कर दी मगर क्या कभी सोचा है लड़की जो आप की बीवी बनी है उसके पिता कितनी मेहनत से कितनी परेशानी से कितनी सुखों को स्वाहा करके दुःख उठाकर आपको धन दिया होगा। लड़की के माता-पिता का दर्द याद नहीं होगा। आखिर दर्द कहाँ निकलेगा आपके ऊपर आपके परिवार के ऊपर फिर कहोगे माता-पत्नी से पटती नहीं पिता को तो पत्नी देखना नहीं चाहेगी।

आपको एक उदाहरण दे रहा हूँ। किसी काम के बदले किसी व्यक्ति से कुछ सम्पत्ति या धन सामान की माँग करते हैं ताकि उसके बदले उसके मन का काम कर सकें यदि देने वाला व्यक्ति असमर्थ होता है तो आपको कैसा लगता है? और यदि हाँ करके कम देता है तो कैसा लगेगा यानी आपको गुस्सा लगेगा न फिर आप केसे मानते हों कि लड़की को गुस्सा नहीं आयेगी।

अब कहोगे मैं अकेले कौन पूरा समाज पूरा नौकरी वाले करते हैं। सही कहा, तनाव तो आप अकेले पाते हैं क्या कभी सोचा कि दूसरा भी तनाव में रहते हैं। उसकी पत्नी सामाजिक निकल गयी बुद्धिमान निकल गयी, रिश्ते को समेटने वाली निकल गयी, फिर काहे का तनाव होगा।

तनाव बराबर रहना -

जीवन में कुछ तनाव साधारण होता है जो बराबर होता है; उसे तनाव की श्रेणी में न लायें तो अच्छा है। लोग बहुत तनाव करके काम को पूरा करते हैं अधिक तनाव न पाले।

तनाव या टेंशन यानी कसा हुआ, तनावपूर्ण बनना कड़ा करना, घबड़ा जाना, होता है। अब आप मानव के साथ साथ राजकीय पद पर रहकर अपने सामान्य स्थिति को यानी मन मस्तिष्क को कसा हुआ मान लेते । तनाव लेगे तो आप की स्थिति बिगड़ जायेगी और यह धीरे धीरे कई रोगों का जन्म दे देगी। वैसे तनाव के कई प्रकार है।

1. आकास्मिक तनाव 2. निरन्तर तनाव 3. खरीदा गया तनाव

4. प्राकृतिक तनाव

अब हम तनाव के चारों भेदों पर क्रमशः नजर रखेंगे-

1. आकस्मिक तनाव - जीवन के सफर में, नौकरी के सफर में कभी-कभी अचानक तनाव पैदा हो जाता है। जैसे आप के सामाजिक जीवन में अचानक कोई कमाने वाले के साथ कोई हादसा; कभी जिस क्षेत्र में आप सफर कर रहे हैं कोई गम्भीर घटना जिसे शांति व्यवस्था की समस्या उत्पन्न हो जाय। अचानक सबसे वरिष्ठ शासक का या आप के पदााध्कारी का आप के क्षेत्र में आगमन या कभी-कभी वरिष्ठ अधिकारी द्वारा आपको किसी की शिकायत पर पद से हटना या नुकसान होना। यह है आकस्मिक समस्या जिसके कारण आपको कुछ काल तक कुछ समय तक जबदरस्त तनाव होता है जब तक कि समस्या या वातावरण का कार्य का समापन नहीं हो जाता यानी तनाव आया रुका कुछ समय बाद समाप्त हो गया।

2. निरन्तर तनाव - यह तनाव मानव जीवन के लिये आवश्यक एवं सामान्य तनाव में आता है जो नुकसान तो नहीं करता हाँ यदि समस्या का निरन्तर तनाव को यदि बढ़ाये तो बड़ा तनाव आ जायेगा। जैसे नौकरी में अपने निजी कार्य का तनाव बच्चों की फीस वेतन कितना मिला पिताजी को देना है। परिवार चलाने के लिये कितना चाहिये भविष्य में कितना बचाना है। नौकरी में कहाँ कब कैसे जाना है। रात्रि में घटना न घट जाये। यदि घटेगी तो अधिकारी पूछेंगे आपके अधीनस्थ कर्मचारी कैसे नियन्त्रण में रहेंगे। क्षेत्र में कोई घटना न घटनी चाहिये काम मेरे पास कितना है विवेचना कितनी है प्रार्थना पत्र वारण्ट कितना है। अर्दली रूम होना है। यानी सामान्य तरह का निरन्तर तनाव आता है एवं जाता है। यदि आपको तनाव से मुक्त कर दिया जाय तो शायद काम कम होगा इसलिये बिना दबाव के न कोई काम करेगा न काम होगा यानी निस्तारण दबाव का बना रहना है।

3. खरीदा गया तनाव - आपको बड़ा अजीब लगेगा क्या ऐसा भी तनाव है जो खरीदा गया है। हाँ खरीदा है आपने तनाव समाज में खरीदा है किसी के लड़के पढ़ने के लिये धन की आवश्यकता पड़ी आपने कहा रहने दो हम पढ़ा देंगे। आपके बगल में आपके भाई की लड़की की शादी है। आपसे कहा आप सक्षम हैं या नहीं आपकी जिम्मेदारी नहीं है परन्तु आपने कहा शादी का खर्च हम दे देंगे। मदद करें कौन रोकता है। जिम्मेदारी और मदद अलग चीज है। नौकरी में आपके अधीनस्थ कोई ऐसी गलती कर दे फिर आप उसको संरक्षण या बचाव करे।

बिना अवकाश के छोड़ दे फिर सोचे कि कहाँ होगा कैसे होगा आदि आदि। यानी आपने खरीदी समस्या तो आपको तनाव में रहना पड़ेगा या पालना पड़ेगा। इसलिये ऐसे तनाव को खरीदा तनाव कहते हैं।

4. प्रकृति प्रदत्त तनाव - कभी-कभी प्रकृति जिसे ईश्वर की मंशा कहते हैं। जो जिस धर्म में है मुस्लिम अल्ला की मर्जी सिख वाहे गुरू की कृपा आदि आदि कहते है। उनके द्वारा तनाव मिलता है। जैसे किसी परिवार के सदस्य के द्वारा परिवार के क्षेत्र में असाध्य रोग से पीड़ित या अचानक किसी मुकदमें में बिना लापरवाही या दोष के रूप में फँसना या कमाने वाले की मौत हो जाना आदि आदि तनाव है।

यानी मानव जीवन के साथ-साथ अब हम पुलिस विभाग की चर्चा करते हैं कि पुलिस विभाग में तनाव पालना या खरीदना कहेगे।

पुलिस विभाग का तो तनाव मानव जीवन वाला तो मिला है, बिना काम के कुछ और तनाव मिल जाता है।

1. बिना वजह क्षेत्र में हैं। इस बात की सोच बनी है कि कोई हादसा न हो जाये या कोई फोन की घण्टी बजी और तनाव हुआ पता नहीं क्या आपराधिक सूचना मिल सकती है।

2. क्षेत्र में कोई घटना घट गयी अब सड़क जाम उच्चाधिकारी क्या कहेंगे। जनता कैसा व्यवहार करेगी रास्ता जाम हो गया।

3. जनप्रतिनिधि का अलिखित आदेश का पालन या स्थान छोड़ना है या खुद की नौकरी फँसना है।

4. अधिकारी का गलत आदेश का पालन जैसे अमुक पकड़ा गया है। एन्काउण्टर दिखा दो पैर में गोली मार दो सरकारी अभियान चल रहा है।

5. आर्थिक आमदनी नहीं थाने का किराया देना थाने की पगड़ी देनी पैसा कहाँ से आयेगा।

6. कार्य का अनिश्चित समय का होना वह समय कितना लगेगा पता ही नहीं चला।

7. सामाजिक पारिवारिक, जिम्मेदारी और शादी में कैसे जाय। अवकाश नहीं मिल रहा, पिता बीमार हैं, अवकाश नहीं मिला, लड़के की फीस जमा करनी है, अवकाश नहीं मिला। यह सब तनाव के कारण है।

अध्याय - 36

तनाव दूर करने के तरीके अपनाना

मानव जीवन में बीमारियाँ तनाव पालने के कारण उत्पन्न होती है जो सेहत के लिये ठीक नहीं क्योंकि तनाव होने से मानव जीवन में बीमारियाँ और कई परेशानियाँ हो जाती हैं पहले बीमारी का विवरण फिर उपाय।

1. अनिद्रा का शिकार होने के कारण चिड़चिड़ा एवं रूखा-रूखा व्यक्ति हो जाता है तथा जीवन से धीरे-धीरे मोहभंग होने लगता है।

2. तनाव के कारण अवसाद की बीमारी पैदा हो जाती है तथा जीवन में नीरसता पैदा हो जाती है और हर रिश्ता-नाता दोस्त पद महत्वहीन लगता है।

3. तनाव से सूगर, हार्ट अटैक, कब्जियत तथा तमाम तरह की बीमारी जैसे ब्लड प्रेशर आदि होने लगता है।

4. जब आदमी बीमारी से घिर जाता है तो तरह-तरह की परेशानी हो जाती है। फिर दवा में पैसा खर्च अनावश्यक समय खर्च एवं अनावश्यक जीवन हो जाता है। समय की अनिश्चितता बढ़ते तनाव के कारण विवेचक के बीमारी का प्रतिशत 50% से ऊपर हो गया है।

5. बढ़ते तनाव के कारण आदमी की आत्महत्या तक करने की सोच बन जाती है। अब हम तनाव के चारों कारणों के बाद निवारण पर विशेष ध्यान देंगे ताकि तनाव मुक्त जीवन जी सके।

रूटीन समस्या यानी निरन्तर समस्या का निराकरण - जो हमेशा आनी ही आनी है।

जीवन में जब किसी कार्य को करते हैं तो एक साधारण तरह का ज्ञान हो जाता है। जैसे दरोगा या निरीक्षक या पुलिस अधिकारी यह अपने कार्य को जान गये कि विवेचना भी करनी है, प्रार्थना-पत्र की जाँच भी करनी है, शांति व्यवस्था भी देखनी है। कोर्ट के काम से न्यायालय में उपस्थित होना एवं साथ-साथ साक्ष्य में भी जाना है। अब अपने जीवन के अपने पदों के कार्यों को देख लें जैसे रात्रि के 3 बजे के बाद सुबह 9 बजे के पहले शायद किसी आकस्मिक घटना को छोड़ दें तो नहीं कह सकते, मगर 6 घण्टे कोई आपको नहीं पूछता। फिर आप 4 बजे सोये तो 8 बजे तक यानी लगातार 4 घण्टा या 5 घण्टे सोने पर काफी नींद

पूरी हो जाती है। फिर 9 बजे उठकर नित्यक्रिया करके आप 10 बजे तक तैयार हो लें शायद कोर्ट-कचहरी जनता की समस्या का देखते । दिन में 2.30 बजे से 4.30 बजे तक आपको विशेष बातें छोड़कर पूछा नहीं जाता। यह कार्य भार साधक अधिकारी का है। शेष पदाधिकारी का जीवन सामान्य रहता है।

हाँ ध्यान रखें दिन की झपकी या एक घण्टे की नींद कई घण्टे की नींद को पूरा करती है यानी कम से कम 6.30 घण्टे सोने को मिल जाता है।

रहा विवेचना का समय तो प्रातः 10 बजे से आप विवेचना में लग जायें तथा 11 बजे के बाद कोर्ट-कचहरी या ऑफिस का काम शुरू करते हैं। यानी प्रति दिन 1 घण्टा अपने आप से लिखे तो शायद 70 प्रतिशत काम निपट जाता है और यदि 1:30 घण्टा लिखें तो कोई काम पेण्डिंग नहीं रहता।

परिवारिक जिम्मेदारी के साथ-साथ नौकरी की जिम्मेदारी आप करते हैं। ध्यान रखें रविवार या छुट्टी के दिन न तो कोर्ट कचहरी न शांति व्यवस्था की समस्या आती है। यह शहर वालों के लिये है। देहात में कभी-कभी समस्या आती है तो रविवार के दिन प्रार्थना-पत्र की जाँच वारण्ट की समीक्षा जी0आर0 का निस्तारण यानी 3-4 घण्टे की बीच में निस्तारण कर सकते हैं। सभी जाँच प्रपत्रों की जाँच कर सकते हैं जो आपके पास है। ज्यादा नहीं कुछ अंश 1/10,1/08,/1/6, 1/5, आदि आदि रह जायेगी हम यह नहीं कहते समस्या खत्म हो जायेगी मगर लेस मात्र रह जायेगी।

विवेचना पर प्रतिदिन नजर रखे। ध्यान रहे जो आप विवेचना करते है जो अधीनस्थ विवेचना करते है जो हो ताकि उसकी प्रगति परिणाम निकलता रहे। ध्यान रखें कि लम्बित प्रकरण पूछा जाता है, यदि लम्बित न रहे तो कौन पूछता है। यह सब समस्या ज्यादा शहर की पोस्टिंग में आती है। यह क्रम चलता है कभी बड़ा जिला कभी छोटा जिला कभी देहात कभी शहर इसी समय में परिवार को भी समय दे ताकि अपना जीवन चले हो ध्यान रखे कभी सरकारी काम को घर में न लाये। आप तो तनाव में हैं दूसरे को क्यों तनाव में रखें। अक्सर यह तथ्य सामने आता है कि घर में जाकर बकवास करते हैं।

हमे विश्वास है तनाव तो समाप्त नहीं कर सकते मगर तनाव कम कर सकते हैं। यानी कार्यो को जाने समय को जाने अपने आपको जाने फिर काम के निस्तारण करे उसी हिसाब से अपना रुटीन और जीवन का काम बाँटें।

आकस्मिक समस्या या तनाव -

यह सच है जब कभी आकस्मिक समस्या आती है तो तनाव जबरदस्त होता है। ध्यान रखे यह तनाव कुछ घण्टे कुछ दिन या कुछ समय का तनाव है। किसी व्यक्ति की हत्या या लूट कुछ दिन का तनाव कुछ साम्प्रदायिक माहौल से गुजरना या साम्प्रदायिक घटना होना कुछ दिन का तनाव। यह तनाव जबरदस्त तनाव होता है। इसको आपको संयमित रखें तो जैसे-जैसे समय गुजरेगा, समय के साथ उत्पन्न तनाव कम होता जायेगा और समय गुजारने के कारण तनाव खत्म हो जायेगा मगर ध्यान रखे विवेक न खोये। यही हाल आपके व्यक्तिगत जीवन में होता है और एक समय ऐसा आयेगा कि घटना के पहले दिन के बाद से सामान्य हो गये है। वैसे ही घटना के कुछ घण्टे कुछ दिन या कुछ सप्ताह बाद वैसे ही अपने आपको पाएँगे। यदि घटना के बाद आपका स्थानान्तरण हो गया तो आपका तनाव तुरन्त समाप्त हो जाता है। यह तनाव पदेन जिम्मेदारी से होता है। यानी प्रतिपल तनाव कम होता जाता है।

ऐसी हालत में तत्काल वरिष्ठ अधिकारी पहला काम करते हैं। जनता को घटना के कारण आये आक्रोश तथा पदाधिकारी को तनाव से मुक्त दिलाने के लिये पद-भार का स्थान बदल देते हैं। यह पहले बुरा लगता है मगर बाद में आप महसूस करते हैं कि तनाव मुक्त होते हैं। आने वाले अधिकारी को तनाव नहीं रहता क्योंकि घटना के समय वह मौजूद नहीं था, न जनता का आक्रोश या जिम्मेदारी तत्काल की थी। अब स्पष्ट हो गया आकस्मिक तनाव आया कुछ देर रहा और चला गया बस खोया तो आपने विवेक ही है।

समस्या या तनाव खरीदना- नौकरी के दौरान तनाव खरीदते हैं। जैसे किसी घटना का होना फिर उस व्यक्ति को पकड़ना पूछताछ दूसरे से कराना एवं दूसरे द्वारा पकड़े व्यक्ति को प्रताड़ित करना शारीरिक मानसिक पीड़ा देना फिर आरोपित का बेहोश होना आदि आपको तनाव पदों से कर दिया कभी-कभी प्रताड़ना के कारण प्रताड़ित व्यक्ति की मौत हो जाती है तो तनाव आपने खरीदा।

कभी-कभी दूसरे द्वारा पकड़ा आरोपी आप स्वयं लेकर पूछताछ कर रहे हैं। फिर उसकी जीवन लीला समाप्त हो गयी। अनावश्यक या तो तनाव ख़ुद लिये था किसी और को दिये यह तनाव तो आपने खरीदा है। घटना आपके या दूसरे स्थान के आरोपी को प्रताड़ित करना फिर उसकी मृत्यु यानी पुलिस हिरासत में मृत्यु

कभी एनकाउण्टर में किसी को किसी के सामने पकड़ना फिर उसको किसी को दे देना दूसरे द्वारा एनकाउण्टर दिखा देना यह समस्या को खरीदना है।

कभी पूछताछ के द्वारा आपने खुद इतना प्रताड़ित किया कि प्रताड़ित व्यक्ति या उसकी जिन्दगी मौत से ही लड़ते हुए समाप्त हो गयी । यानी हर हालत में मानवाधिकार तमाम तरह की एजेंसी की जाँच का सामना करना पड़ता है। सब ठीक रहा तो बच गये नहीं तो अपने साथ परिवार के लिये जीवन भर का तनाव खरीद लिया।

ध्यान रखे सरकारी काम को निजी काम न समझे और पुलिस रेगुलेशन की पैरा 112 का अनुपालन करते हुए समस्या न खरीदे। तनाव न पालना पड़ेगा न जीवन में बीमारी आयेगी। रही उच्च अधिकारी कोई आदेश देता है। कर सको तो करो नहीं करो तनाव क्यों पालो समस्या क्यों खरीदना। फँसने पर वरिष्ठ अधिकारी यही कहते हैं नासमझ था; मैंने कहा मगर सूझ-बूझ से काम करना चाहिये... अब झेले।

प्राकृतिक समस्या - नौकरी में यानी विवेचक की नौकरी में आपको सरकारी काम के दौरान समस्या आ जाती है जिसे हम प्रकृति प्रदत्त कहते हैं। जैसे अचानक हिरासत में रहने वाले की हार्ट अटैक से मृत्यु, अचानक अपराधी की दूसरे अपराधी के द्वारा हत्या आदि आदि। अचानक किसी पब्लिक के भ्रम के कारण समस्या आना। इस प्रकार समस्या को ऊपर वाले पर छोड़ें। हमें विश्वास है कि यदि आपकी नेक नियति ठीक है, कोई द्वेषभाव के कारण नहीं हुआ है तो आपका कोई नुकसान नहीं होगा।

यह सत्य है कि सत्य परेशान हो सकता है मगर पराजित नहीं हो सकता है। जब आपने पुलिस विभाग का पेशा चुना है तो हर चीज तो नहीं मिलती।

मानव जीवन के सफर के लिये प्रतिशत में नम्बरिंग कर रहा हूँ।

1. प्रथम प्रश्न- वेतन/भत्ता - 10 अंक
2. सुख-सुविधा - 10 अंक
3. अधिकारिता - 10 अंक
4. व्यक्तिगत/पारिवारिक जीवन - 10 अंक
5. सामाजिक महत्व - 10 अंक
6. जान जोखिम/जीवन भय - 10 अंक
7. सामाजिक रिश्ते निभाना - 10 अंक
8. स्वतंत्रता/ स्वेच्छाचारित - 10 अंक

9. अनावश्यक तनाव /आवश्यक तनाव - 10 अंक

10. राजकीय काम करने की जिम्मेदारी - 10 अंक

अब आप पाएँगे कि आपको परीक्षा में कितना अंक मिल सकता है तो आप पास हो पाएँगे क्रमाक 1 वेतन भत्ता, यानी अर्थ क्रमांक 3 अधिकारिता, क्रमांक 5, सामाजिक महत्व तथा 10 राजकीय काम करने जिम्मेदारी- यानी 10+10 +10+10 40 नम्बर मिला। हर जीवन की परीक्षा में प्रथम श्रेणी में पास होने के लिये 60 अंक द्वितीय में 45 प्रतिशत तृतीय श्रेणी में 33 अंक जरूरी है ताकि आप जीवन के सफर में अपने आपको केवल पास समझें।

जीवन के सफर में आपको पैसा ही सुख नहीं दे सकता, पावर आपको समय के साथ रहता है। सामाजिक महत्व आपका कुछ दिन का होता है, फिर भी भागती-दौड़ती रेस में काम चलाऊ जीवन तो मिला यही सिविल में नौकरी करते तो करीब 60 अंक तो मिल ही जाते। हाँ मैं मानता हूँ किसी को कुछ किसी को कुछ सभी को 100 अंक नहीं मिल पायेगा... कोई 50 अंक तो कोई 60 तो कोई 70 अंक पा जाएगा। इससे ऊपर किसी नौकरी पाने वाले को अंक नहीं मिलेगा। मगर जीवन चलाने के लिये नौकरी या व्यवसाय आवश्यक है यह तो इसलिए अंक गणित दिया गया है। अक्सर लोग कहते हैं अमुक नौकरी अच्छी है अमुक व्यवसाय अच्छा है। अंको का प्रतिशत समया अनुसार घटता एवं बढ़ता है।

अब अपने आपको एडजस्ट करते हुए तनाव को कम करें समाप्त तो नहीं हो सकता। मानव जीवन है जिस दिन तनाव समाप्त हो जाएगा आपका जीवन मूल्यहीन हो जाएगा। सरसरी/विस्तार दैनिक तनाव तो होना चाहिये ताकि काम करने की प्रगति दे सके।

जिस तरह से किसी की अधिकता अच्छी नहीं होती आप की क्षमता जितनी है उससे ज्यादा भोजन करे। धड़कनें है ज्यादा हो जाए तो परेशानी है। सुगर होना चाहिये निर्धारित मात्रा से अधिक नहीं। नमक है ज्यादा न हो कम हो यानी आवश्यकता अनुसार हर की उपलब्धता है। मगर ज्यादा न हो ये पानी हो मगर ज्यादा खतरे के निशान से ऊपर न हो न स्तर नीचे हो। उसी प्रकार तनाव हो मगर ज्यादा न हो यदि ज्यादा है वही सेहत को खराब कर देता है।

पुलिस द्वारा अपने कार्यों में सुधार -

आरक्षी पद की योग्यता कक्षा 12 पास सब-इंस्पेक्टर पद की योग्यता

बी0ए0 पास यानी डिग्री धारक डिप्टी एस0पी0 की योग्यता डिग्री धारक सिविल सेवा से आये पद की योग्यता डिग्रीधारक होती है। परन्तु आरक्षी पद की योग्यता वाला व्यक्ति जब प्राशिक्षण करता है तो भर्ती से उसे वेतन डिप्टी एस0पी0 की ट्रेनिंग में वेतन आई0पी0एस0 ट्रेनिंग में वेतन पर जब सब-इंस्पेक्टर की ट्रेनिंग की जाती है। जब तक वह प्रशिक्षण पूरा करके पद-भार ग्रहण नहीं कर लेता तब तक उसे वेतन नहीं मिलता न ही उसका पद बैच जोड़ा जाता है।

अँग्रेज़ों ने कानून बनाया मगर 1947 के भारत स्वतंत्र हुआ। परन्तु इस पद पर न विचार हुआ न वैधानिक महत्व दिया गया। बाद वाले सबसे सीनियर हो गये, पहले वाले जूनियर हो गये।

उदाहरण के रूप में 1991 में थानेदार की रिक्ति निकली। कानूनी समस्या से 1997 में कोर्स किया और 1998 फरवरी में ज्वाइनिंग किया। अब वह बैंच 1997-1998 में हुआ इसी बीच आश्रित कोटे के कुछ लड़के थे 1991 के बाद योग्य बने और 1995 में पद भार ग्रहण कर लिये 1991 से सीनियर बना हुआ इनका वेतन प्रोन्नति सब 1991 से 1995 वाला पहले पाता रहा। दोष किसका था प्रतियोगी का परिस्थिति का या विभाग का इंचार्ज 2 साल वाला सेकेण्ड अफसर 10 साल वाला बना है।

उधर थानेदार यानी सब इन्सपेक्टर को पुलिस विभाग की रीढ़ समझते हैं। किन्तु इसी पद का अपमान एवं ह्रासमेण्ट एवं मनोबल गिराने की बात आती है। इसकी समस्या पर ध्यान न देने के साथ मन में कुण्ठा अनावश्यक उच्च न्यायालय का चक्कर तथा हीन मानना उत्पन्न होना है। एसे तमाम उदाहरण हैं। एक दो तो रख दिया शेष कितना है किसका किसका उदाहरण दे। अनावश्यक समय कुण्ठा निकालने एवं परेशान होने के कारण समय व धन अलग से खर्च होता है तो तनाव होना स्वाभाविक है।

भाग-6

पुलिस की नयी शाखा का अवतरण

यू0पी0 100/112 परियोजना

अध्याय - 37

मुख्यालय यू0पी0 100/112 परियोजना की संरचना यानी विस्तार

राज्य सरकार अपनी जनता की सुरक्षा सुविधा एवं सहायता के लिये पुलिस विभाग में एक और अंग यू0पी0 100 परियोजना को अवतरित किया है जो आगे चलकर यू0पी0 112 में परिवर्तित हो गयी। इसकी स्थापना 16 नवम्बर 2016 को राज्य सरकार द्वारा किया गया। इस परियोजना का मकसद है पुलिस पर यह अरोप हमेशा जनता द्वारा लगाया जाता है कि पुलिस हमेशा देर में पहुँचती है। इस आरोप से बचने के लिये इस शाखा का अवतरण किया गया है। यह ध्यान रखे यह शाखा लिखा-पढ़ी में अभी कार्यवाही नहीं करती बस थाना क्षेत्र में कोई सूचना उसे प्राप्त होती है तुरन्त मौके पर पहुँचती है एवं पीड़ित को राहत मिले फिर यह सूचना प्रभारी निरीक्षक/थानाध्यक्ष को देती है। अपने पहुंचने एवं तत्काल मौके पर जो राहत या सहायता करना हो करेगी। चूँकि लिखा-पढ़ी थाना पर ही होना है इसलिए थाना स्तर पर अभिलेखीय कार्यवाही की जाती है।

यह परियोजना तीन भागों में विभाजित होकर काम करती है।

प्रथम भाग - इस भाग में 100 नम्बर के बजाय 112 नम्बर पर सूचना प्राप्त होने पर प्राइवेट एजेंसी के कार्यरत स्टाफ द्वारा सूचना का रूप क्या है तथा नाम-पता क्या है क्या मोबाइल नम्बर है तमाम बातें लिखती है, फिर अपने कम्प्यूटर के माध्यम से इसे 100, नम्बर 112 के मुख्यालय या उनके दो उप शाखा लखनऊ के अलावा गाजियाबाद या प्रयागराज पर बने डिस्पैच ऑफिसर के पास भेज देते हैं।

सूचना सामान्य है या अतिसंवेदन तथा उसको विभाजित करती है, संकेत के रूप में अंकित करती है। जैसे सामान्य यानी नार्मल या हाई प्रियारिटी समस्या वादी का फोन नम्बर नाम पता यदि कोई हो, थाना जिला अंकित होता है, घटना किस प्रकार है, उसका पूरा विवरण है।

दूसरा भाग - जब महेन्द्रा एजेंसी 100/112 नम्बर पर प्राप्त सूचना तैनात डिस्पैच ऑफिसर के पास भेजती है तब डिस्पैच ऑफिसर उस सूचना को देखकर किस जिले का, किस थाना क्षेत्र के किस नजदीक पी0आर0पी0 के

पास जो खाली एवं घटना-स्थल के नजदीक मौजूद होती है उसके पास भेजते हुए बताएँगे... साथ ही साथ सूचना किस प्रकार की है डकैती चोरी एक्सीडेंट या रेल हादसा, बम विस्फोट आंतकी साम्प्रदायिक हमला जैसी भी हो उसी के अनुरूप सूचना सामूहिक या अकेले पी0आर0वी0 भेजते हुए वरिष्ठ अधिकारी को बताएँगे। यह सिस्टम कम्प्यूटर के माध्यम से होता है, इसमें ऐसा साफ्टवेयर है कि अपने आप नम्बर मिल जाता है, साथ ही सूचना नार्मल या हाई प्रियारिटी की होती है। पी0आर0वी0 के अलावा किस किस अधिकारी को बताया जाता है। इसमें पी0आर0वी0 से लेकर थानाध्यक्ष सी0ओ0,ए0एस0पी0, एस0पी0, डी0आई0जी0, डी0जी0, कन्ट्रोल रूप एवं उत्तर प्रदेश शासन तक सूचना देने का माध्यम है तथा सूचना कैसी है किस प्रकार की है एक पी0आर0वी0 एक से अधिक पी0आर0वी0 या वरिष्ठ अधिकारी जैसी स्थिति है। सबको सूचना दी गयी एक एस0ओ0पी0 बनी है। जिसके अनुसार घटना की सूचना पर निर्धारित संख्या में पी0आर0वी0 वाहन भेजी जाती है।

तीसरा भाग - यह भाग पी0आर0वी0 यानी पुलिस रिस्पान्स विहिकल जो 24 घण्टे प्रथम भाग एवं दूसरे भाग की तरह वर्दी पहन कर तैनात रहती है। इस वाहन में एम0डी0टी0 मोबाइल डेटा टर्मिनल एवं मोबाइल फोन सी0यू0जी0 एवं वायरलेस के साथ रहता है। इस वाहन में जो मोबाइल नम्बर है 6 नम्बर कोड तथा अन्तिम 4 नम्बर या अंक मोबाइल का रहता है। 6 नम्बर जैसे 731150 शेष 4 अंक पी0आर0वी0 वाहन का रहता है। एम0डी0टी0 पर प्राप्त सूचना पाने पर जिसमें आवेदक का नाम पता मोबाइल नम्बर स्थान दूरी सब मिलता है। एकनॉलेज करने का बटन दबाएँगे ताकि जानकारी डी0ओ0 यानी लखनऊ मुख्यालय को जानकारी हो जायेगा इन रूट (प्रस्थान) करेंगे एराईव यानी घटनास्थल पर पहुँचेगे वहाँ कार्यवाही करने का समय है। जब तक एम0डी0टी0 क्लोज नहीं करेगे तब तक उनको दूसरी सूचना नहीं मिलेगी। वाहन में जी0पी0एस0 सिस्टम लगा है जिसके माध्यम से हर पी0आर0वी0 वाहन प्रयागराज, गाजियाबाद तथा लखनऊ को उनके कम्प्यूटर पर प्रदर्शित होती है। दूरी एवं डियूटी में है या खाली है सब अंकित होगा।

तीसरा भाग या उप भाग - (रेडियो) जो जिला का भाग है, जनपद में नियुक्त सभी पी0आर0वी0 का कन्ट्रोलर रहता है। कभी-कभी अचानक दूसरे क्षेत्र की सूचना दूसरे वाहन पर चली जाती है तो वे ट्रान्सफर करते हैं तथा अपने जिले की पी0आर0वी0 लेट है की देख-रेख की निगरानी के लिये बनाया गया है।

डी0ओ0 के साथ एस0डी0ओ0 का कार्य है। जो डी0ओ0 लोग हैं उनका सुपरविजन के साथ अगर सूचना गैर जनपद की हो आर0आई0ओ0पी0 देखे तो बदलने के लिये एस0डी0ओ0 को कहेगा साथ ही पी0आर0वी0 की मूवमेण्ट एवं एराइवल तथा क्लोजिंग की जानकारी हो जाती है। एस0डी0ओ0 पद उप शाखा प्रयागराज, गाजियाबाद, लखनऊ मुख्यालय पर स्थित है।

जिला मुख्यालय आर0आई0ओ0पी0/यू0पी0 100/112 यू0पी0 नम्बर के निरीक्षक का दायित्व

हर जिले में पी0आर0वी0 100/112 नम्बर की शाखा को कन्ट्रोल करने हेतु निरीक्षक रहता है।

1. 100/112 नम्बर पर प्राप्त काल को पी0आर0वी0 पर प्राप्त काल की मॉनिटरिंग करेंगे कि पी0आर0वी0 सभी काल समय से प्राप्त करती है प्रत्येक कालों पर पहुँचती है कहीं ऐसा न हो कि कोई काल छूट जाय।

2. पी0आर0वी0 पर नियमित फोर्स रहती है। यदि अवकाश या बीमारी के कारण कर्मचारी कम न पड़ जाय समय से बदली पहुँचती है स्टाफ कम है इसलिए व्यवस्था करनी पड़े।

3. पी0आर0वी0 सभी प्राप्त कालों पर पहुँचती है तथा समय से पहुँचती है उसको कॉल मिलने की जानकारी है या नहीं इस बात पर ध्यान दिया जाता है।

4. पी0आर0वी0 वाहन में एम0डी0टी0 मोबाइल तथा वायरलेस सेट सही काम कर रहा है। यह काम रेडियो विभाग महेन्द्रा एजेन्सी के स्टाफ द्वारा देख-रेख किया जाता है।

5. पी0आर0वी0 वाहन के मेण्टीनेंस के लिये एम0टी0 सेक्सन रहता है। जो ईंधन व मेण्टीनेंस की व्यवस्था करता है। जब 100/112 नम्बर पर काल पहुँचता वह कॉल जो हाई प्रियारटी, संवेदनशील हत्या डकैती लूट की काले एवं कम्युनिकेशन ऑफिस से डिस्पेच ऑफसर के साथ साथ सम्बन्धित काले जिस जिले की है उस जिले पर एवं डी0आई0जी0 एवं आई0जी0 रेन्ज के पर प्रदर्शित होता है। यह अलग बात है उनको इस बात की जानकारी नहीं होती क्योंकि व्यस्तता के कारण सीयूजी देखने के लिये कोई नियुक्त पदाधिकारी नहीं होता है।

6. कॉल रिसीव होने के लिये पाने के लिये साफ्टवेयर चलाने के लिये या सूचना का आदान-प्रदान के लिये नेटवर्क सूचना सर्वर का होना यानी बिजली या

पावर का बना रहना आवश्यक है।

7. पी0आर0वी0 पर चौबीस घण्टे फोर्स मौजूद रहे। सही वर्दी पहने दूसरे 100/112 नम्बर शाखा जिला मुख्यालय से चेकिंग लगती है।

यू0पी0 100/112 यू0पी0 नम्बर शाखा से लाभ -

जनता की शिकायत पुलिस न पहुँचने की थी वह खत्म हो गयी। पुलिस पहुँचेगी समय से पहुँचेगी हाँ पुलिस का बेडा बहुत बड़ा है। काम करने वाले हैं तो काम में लापरवाही करने वाले भी है। हो सकता है कुछ प्रतिशत की लापरवारही से देर हो सकती है। पुलिस स्थानीय एवं यू0पी0 100/112 यू0पी0 पी0आर0वी0 स्टाफ में मत भिन्नता ऐसे उत्पन्न हो गयी। उनको ऐसा आभास हो गया कि उनके कार्य में हस्तक्षेप है। उनके अधिकार सीमित कर दिये गये हैं जबकि जनता की सुविधा के लिये है। चाहे थाना पुलिस हो या यू0पी0 100/112 भी परियोजना है। चाहे जो भी हो दोनों राज्य का कर्मचारी है। सभी जनता के हित के लिये बना है। भ्रम पाल ले अपने को मालिक मान ले यह अलग बात है।

पी0आर0वी0 वाहन पर अभी फोर्स यानी जन शांति कम होने के कारण दिक्कतें आने लगी हैं। कम से कम एक सब इंस्पेक्टर एक हे0कांस 2 आरक्षी तथा एक ड्राइवर प्रत्येक शिफ्ट में हो तथा आठ घण्टे की ड्यूटी हो मगर सम्भव हो पायेगा कि नहीं वक्त के हाथ में है जैसी व्यवस्था वैसी उपलब्धता है। यू0पी0 100/112 में नियुक्त सब इंस्पेक्टर को विवेचना का काम नहीं रहता इसके कारण मन भी नहीं लगता या समय या अवधि पास समझते हैं इसलिये पी0आर0वी0 100/112 यू0पी0 परियोजना में सब इंस्पेक्टर की उम्र करीब 50 वर्ष से 55 वर्ष के बीच लगायी जाय ताकि क्षमता व शरीर की योग्यता बनी रहे।

अनुशासन का भी प्रभाव होता है। जब एक साथ एक ही काम विभिन्न रैक के करेंगे तो अनुशासन का प्रभाव के साथ क्षमता प्रभावित होगी तथा कण्ट्रोलिंग में तमाम दिक्कतें होती हैं। यानी कांस0 हे0का0 सब इंस्पेक्टर एक साथ काम करे, मगर कुछ अभी नयी-नयी शाखा का विभाजन हुआ है तो कुछ पुलिस के ही कर्मचारी लाभ-हानि के विषय में नहीं जानते हैं। वैसे जनता की मदद तो मिलती है।

विभाग तो सुविधा एवं सहयोग के लिये बना है, परन्तु काम करने स्वार्थ

लाभ या परिस्थिति लाभ के कारण इंस्पेक्टर भी वहीं काम करने लगते हैं यह अधिकारी की मंशा मानसिकता दक्षता पर निर्भर है।

इस परियोजना का उद्देश्य प्रदेश में कही भी किसी भी समय सभी व्यक्तियों जिसमें विकलांग भी सम्मिलित हैं की सुरक्षा एवं सहायता के लिये त्वरित कार्यवाही हेतु या आपात कालिक सेवायें प्रदान किये जाने हेतु इस परियोजना की स्थापना की गयी है। इस परियोजना के संचालन के लिये लखनऊ मुख्यालय की स्थापना की गयी है। यह मुख्यालय लखनऊ में एक भवन में स्थापित है। जो प्रदेश स्तरीय सम्पर्क- केन्द्र के रूप में कार्यरत है। इस भवन में लगे सभी मोबाइल नम्बरों का उपयोग यानी प्रदेश के किसी कोने से 100/112 नम्बर की टेलीफोन की सुविधा है तथा मिली सुविधा के अनुसार 100 नम्बर घुमाने पर मुख्यालय पर सम्पर्क होता है। फोन रिसीव करने वाले प्राइवेट महिल कर्मचारी हैं। तत्काल मृदुल भाषा में आप की समस्या सुनती है तथा उसे कम्प्यूटर पर टाइप करके निकटतम डी0ओ0 जो खाली रहते हैं। उनके पास भेजती हैं। डी0ओ0 का काम है। सूचना किस प्रकार की संवेदन या साधारण या गम्भीर अपराधों से है। सम्बन्धित जिलों को जिसमें पी0आर0वी0 कार्यरत है। निकटतम जो प्रदर्शित है उसको भेजते समय काल करते हैं यानी जानकारी होना प्रस्थान करना पहुँचना होता है।

इस मुख्यालय की सुविधा अनुसार दो शाखाएँ और स्थापित हो गयी हैं जिसका नाम ओ0एम0सी0 यानी ऑपरेशन/मिररिंग सेण्टर है। यह शाखा प्रयागराज तथा गाजियाबाद में है।

इन शाखाओं में वहीं काम होता है जो लखनऊ मुख्यालय में है। यानी सी0ओ0 डेस्क यानी कम्न्युकेशन ऑफिसर प्राइवेट व्यक्ति/महिला रहती है तथा डी0ओ0 यानी सरकारी कर्मचारी वर्दीधारी होते हैं। इनकी निगरानी में इन्सपेक्टर क्षेत्राधिकारी अपरपुलिस अधीक्षक पुलिस महानिदेशक आदि होते हैं। करीब कुल 220 लाइसेंस प्राप्त की बातें हैं।

सभी कॉले लखनऊ गाजियाबाद, प्रयागराज पर जहाँ मौका मिला रिसीव हुई। अब सी0ओ0 के पास रिसीव होती है तथा रिसीव कॉल को डी0ओ0 पर डिस्पैच होती है। ट्रांसफर कॉले लखनऊ या गाजियाबाद या प्रयागराज रिसीव हुई फिर यह डी0ओ0 अपने नेटवर्क का कम्प्यूटर के माध्यम से जिले के नजदीक से नजदीक वाहनों पर भेजी जाती है जो घटना सम्बन्धित होती है यानी तीन सिस्टम काम करता है।

लखनऊ मुख्यालय में इस संस्था/व्यवस्था को नियन्त्रण के लिये क्षेत्राधिकारी/पुलिस उपाधीक्षक/अपर पुलिस अधीक्षक/पुलिस अधीक्षक तथा अपर पुलिस महानिदेशक तैनात है। एवं इन संस्था को चलाने के लिये पुलिस के अलावा रेडियो विभाग के कर्मचारी/पदाधिकारी जो हे0ऑपरेटर से लेकर एस0आर0ओ0, ए0एस0आर0ओ0, यानी निरीक्षक रेडियो सहायक सुपरिटेन्डेन्ट अधिकारी रेडियो एवं मुख्य सुपरिटेन्डेन्ट रेडियो भी तैनात होते है। जो टेक्निकल दिक्कते के साथ कौन सी काल कब कितने बजे आयी कितना समय बाद सी0ओ0 ने डी0ओ0 पर भेजा डी0ओ0 ने पी0आर0वी0 पर भेजा पी0आर0पी0 को जानकारी कितने बजे हुई पी0आर0वी0 कब प्रस्थान किया कितने समय बाद पहुॅची एवं कितने समय तक कार्य किया। यानी मॉनिटरिंग का काम मुख्यालय से होता है। तथा इसी की समीक्षा जिला स्तर पर पुलिस अधीक्षक को दे दी गयी है। कालर द्वारा दिये गये सूचना के बाद उसके नम्बर पर एक मेसेज प्राप्त होता है। कि उसकी काल प्राप्त हुई कार्यवाही हेतु अग्रिम कार्यवाही की जा रही है।

घटना की सूचना प्राप्त होने पर मुख्यालय स्तर पर यह भी देखा जाता है कि जो सूचना उच्च स्तरीय शांति व्यवस्था की समस्या या घटना या घटना को रोकने के लिये प्राप्त हुई। उस सूचना को किसको किसको बताया गया।

जैसे हिन्दु मुस्लिम विवाद हुआ। डी0ओ0 स्तर से पी0आर0वी0 के साथ थानाध्यक्ष क्षेत्राधिकारी, अपर पुलिस अधीक्षक, पुलिस अधीक्षक, लखनऊ मुख्यालय तथा शासन तक की सूचना दी जानी थी। डी0ओ0 किसको सूचना दी किसको नहीं दी क्यों नहीं दी इस प्रकार लखनऊ मुख्यालय में पाँच पदाधिकारी कम्प्यूटर पर नजर रखते हैं। साथ ही यह भी देखा जाता है कि कौन सूचना छूट गयी तो किसने छोड़ी क्यों छोड़ी तथा यह सूचना अपने आप दूसरे मोबाइल पर चली गयी और प्राप्त कर ली गयी। प्रशासनिक नियन्त्रण या ब्रिफिंग के लिये लखनऊ ने वीडियो कॉन्फ्रेंसिंग के जरिये जिस कर्मचारी को कब डियूटी पहुँचना था कब पहुँचा कितने बजे तक डियूटी किया कब स्थान छोड़ा सबकी मॉनिटरिंग की जाती है।

जब चौबीस घण्टे का कार्यक्रम है तो लगातार छह घण्टे काम करना है। डियूटी आवर सात घण्टे का है। ब्रीफिंग बीस मिनट का है। यानी कुल आठ घण्टा उपस्थित रहना है। लंच का टाइम चाय का टाइम सब निर्धारित है, यानी यह हर कर्मचारी को निगरानी के दौरान देखा जाता है, जो ओ0एम0सी0 या

लखनऊ मुख्यालय के साथ गाजियाबाद या प्रयागराज में डियूटी करते हैं। यहाँ घण्टे नहीं मिनट नहीं सेकेण्ड तक का हिसाब होता है यानी समय की कीमत बतायी जाती है।

वैसे सदियों से होता आया है कि कौन कहाँ कार्यरत है कि आपके सुविधा का खयाल कौन करता है। अवकाश, बीमारी, आराम आदि यह अवश्य जान ले पहले आपको खुद का खयाल करना पड़ेगा, फिर दूसरा उसको खयाल करेगा। यानी खुद का ध्यान रखे। कमी निकालने के लिये तो सभी बैठे हैं। सुविधा माँगने पर मिल जाय अब तक तो नहीं सुना। किसी पदाधिकारी किसी कर्मचारी की समस्या जानकर कोई कहाँ हो अवकाश नहीं जाओगे बस डियूटी के लिये सभी पूछते हैं, सुविधा के लिये कोई नहीं।

जब आप वाहन रखते हैं तो क्या वाहन कहता है मेरी सर्विसिंग कराओ, मेरे टॉयर में हवा भरवाओ या इंजन में तेल लगाओ... जब परेशानी होती तो सब करेंगे। इसी तरह परेशानी इंसानी रूप में है दूसरा दूर नहीं कर सकता। अपनी समस्या स्वयं निपटाओ।

इस कार्यालय की तैनाती दो वर्ष मानी गयी है; अब क्रमशः तीन वर्ष बाद इस परियोजना का कार्यकाल पूरा होता है।

अध्याय - 38

उप शाखा प्रयागराज/गाजियाबाद की शाखा

यू0पी0 100/112 परियोजना

राज्य मुख्यालय 100/112 उ0प्र0 की उप शाखाएँ प्रयागराज जो पहले इलाहाबाद या गाजियाबाद में संचालन कर दी गयी हैं। यह शाखा राज्य मुख्यालय के दो बाहे की तरह है। पुस्तक लिखी जाने तक केवल अपर पुलिस महानिदेशक आई टैक्स 100/112 के स्तर से ही खोली गयी थी उम्मीद थी। कि राज्य सरकार अनुमति देकर पदों का सृर्जन कर देगी। यदि ऐसा सम्भव नहीं हो सका तो स्टाफ पर सीधा नियन्त्रण नहीं रहता है बल्कि इसका नियंत्रण लखनऊ के माध्यम से होता है तथा शाखा स्तर से निरीक्षक पद के अधिकारी होते हैं तथा उसके ऊपर जिले के अधिकारी नियुक्त होते तो हैं परन्तु उनकी अहम भावना या लाभ पद स्थान न होने के कारण रुचिपूर्वक कार्य नहीं करते जिसके कारण पग-पग पर परेशानी होती है।

किसी भी शाखा को चलाने के लिये पदाधिकारी के पास पद के साथ-साथ अधिकारिता रहेगी तभी अधीनस्थ कर्मचारी किसी की बात को इनकार करने की सोचेंगे। अब इसी शाखा में वायरलेस विभाग का इंस्पेक्टर नियुक्त है, जिला का इंस्पेक्टर नियुक्त है परन्तु कोई उससे वरिष्ठ अधिकारी निगरानी के नाम कर न रहने से हर पग पर परेशानी अनुशासन हीनता, कार्य की दृष्टया तमाम परेशानी होती है तथा रेडियो निरीक्षक एवं जिला निरीक्षक में अपने पदों को लेकर टकराव बना रहता है साथ ही साथ एक दूसरे का सम्मान नगण्य सा है। रेडियो विभाग के कर्मचारी का नियन्त्रण रेडियो विभाग के अधिकारी करें पुलिस विभाग के स्टाफ का नियन्त्रण पुलिस पदाधिकारी करे यह नियन्त्रण अराजपत्रित अधिकारी तक ही सीमित रहेगा।

अब शासन या पुलिस प्रमुख की क्या मंशा है, समस्या कैसे हल करनी है यह उनके ऊपर निर्भर है। जो पाया विचारा आपको पढ़ने के लिये लिख दिया। इस शाखा में वही कार्य होता है जो राज्य मुख्यालय उ0प्र0 100/112 पर होता है... बस अन्तर है कि शाखा में नियंत्रण के लिये जो समस्या थी वह तो अलग है। कार्य वही सी0ओ0 से प्राप्त सूचना डी0ओ0 के द्वारा डिस्पैच करना एवं पी0आर0वी0 को प्राप्त सूचना को कॉलर की मदद से है। अब एक साथ

एक ही काम कांस0हे0कां0 उपनिरीक्षक करता है जिसके कारण भेद नहीं रहता न एक दूसरे का सम्मान... कब किसको कौन क्या बोल जाय ध्यान ही नहीं करते।

अध्याय- 39

जिले की शाखा यानी 100/112 नम्बर की पी0आर0वी0

उ0प्र0 मुख्यालय से प्राप्त सूचना का पालन करने के लिये जिले में चार शाखाएँ बनायी गयी हैं।

निरीक्षक कार्यालय - यहाँ जिला में एक निरीक्षक कार्यालय नियुक्त किया गया है जो कर्मचारी की तैनाती अवकाश पी0आर0वी0 वाहनों की समीक्षा करती है। कितने समय में सूचना आयी, कितने समय बाद जानकारी हुई, कितने समय बाद प्रस्थान किये, कितने समय बाद पहुँचे; इवेण्ट क्लोज किया कि नहीं यानी प्रशासनिक नियंत्रण होता है।

परिवहन शाखा - यह परिवहन-शाखा है, इसमें जिले की पी0आर0वी0 के रख-रखाव एवं ईंधन तथा मेण्टीनेंस की व्यवस्था करता है ताकि गाड़ी ठीक ढंग से, सुचारु रूप से चल सके।

आर0आई0ओ0पी0 - यह जिला मुख्यालय पर बनी शाखा है। इसमें पुलिस के जो 100/112 नम्बर कार्यालय में सब इन्सपेक्टर कार्य करते हैं। यह देखते हैं जो सूचना सी0ओ0 द्वारा डी0ओ0 पर भेजते हैं वहीं सूचना आर0आई0ओ0पी0 के पास भी पहुँचती है तथा वही सूचना वरिष्ठ अधिकारी के पास पहुँचती है यानी यदि सूचना पी0आर0वी0 पर पहुँची जो दूर की है या ज्यादा पी0आर0वी0 लगी या पी0आर0वी0 के पास नहीं पहुँची तो आर0पी0ओ0पी0 ऑन पी0आर0वी को बताकर कण्ट्रोल करता है।

यू0पी0 100 का उपकरण

उपकरण के लिये पहले हमें यह देखना है पी0आर0वी0 वाहनों पर क्या-क्या उपकरण लगेगा -

जनता की त्वरित सेवा वाहन -

पी0आर0वी0 - पब्लिक रिस्पांस विहिकल - वाहन

एम0डी0टी - मॉडल डॉटा नेटवर्क (नेटवर्क मशीन)

वायरलेस सेट - बिना सम्पर्क के बातचीत (राजकीय सेट)

आईफोन - एक कम्पनी का नाम (कम्पनी का फोन)

इण्टरनेट एक सम्पर्क नेट है जो हर कम्पनी स्वयं प्रयोग करती है तथा कम्पनी से बाहर सम्पर्क नहीं हो सकता।

सी0ओ0 - कम्यूनिकेशन ऑफिसर (सम्पर्क अधिकारी) प्राइवेट कम्पनी का व्यक्ति है

डी0ओ0 - डिसपैच ऑफिसर वितरण अधिकारी (पुलिस अधिकारी होगा)

फिर कार्य करने के तरीके कैसे होते हैं।

आर/आई0ओ0पी0 - रेडियो ओवर इण्टरनेट गैप (सरकारी पदाधिकारी)

पी0ओ0आई - प्वाइण्ट ऑफ इण्ट्रेस्ट (रुचिकर बिन्दु) (कम्प्यूटर में बना सिस्टम)

एस0ओ0पी0 - स्टेण्डर ऑपरेटिंग प्रोसीजर (कम्प्यूटर में बना सिस्टम)

ए0सी0डब्लू - ऑफ्टर कॉल वर्क (कम्प्यूटर में बना सिस्टम)

एस0ए0सी0डब्लू - स्टेडर्स ऑफर कॉल वर्क (कम्प्यूटर में बना सिस्टम)

ओ0एम0सी0 - ऑपरेशनल मिरर सेण्टर (कार्यालय का नाम)

ए0टी0आर- एक्शन टेकेन रिपोर्ट (कार्यवाही की रिपोर्ट) (एक प्रक्रिया)

सरवर - कम्प्यूटर होता है। (कम्प्यूटर का संचालन करने वाला सिस्टम)

एस0डी0ओ0 - सुपर डिस्पैच ऑफिसर (पुलिस इंस्पेक्टर राजकीय पद) राजकीय पद सॉफ्टवेयर प्रोग्राम का समूह होता है।

अध्याय 40

जनता के लिए कितना लाभदायक

(ग) शिकायत कम हुई -

चलो चलें अब तेरे घर कुछ रोकड़ा पाकेट में।
मेरी तबीयत ठीक नहीं तेरे पास नहीं लॉकेट में।।

गरीब हूँ मैं तेरे द्वारा आया था।
मालिक बन बैठा गुहार लगाया था।।

चले जाओ अब 100 नम्बर घुमाओ।
देर नहीं अपने पास पुलिस को पाओ।।

जब मैं जंगल झाड़ी सुनसान में जाता हूँ।
जहाँ देखो वहीं सौ नम्बर खड़ा पाता हूँ।।

मानता हूँ सभी समस्या का हल नहीं हो पाया।
कुछ तो मदद मिली जनता में विश्वास आया।।

नेतागिरी गुण्डागीरी और दबाव का नहीं काम।
कुछ कमी छोड़कर नहीं लगता अब दाम।।

समय वक्त के साथ में कुछ मदद मिल जाती है।
मिलाया 100 नम्बर मिनटों में पुलिस आती है।।

काम करे न करे मन तो बदल जाता है।
परेशानी करने वाला सरक जाता है।।

यू0पी0 100 में जनता को लाभ समझ आयी।
शिकायत कहाँ रही पुलिस नहीं अब आयी।।

पदों के अनुसार कार्य

विवेचना अधिकारी मानव ही तो है। उसे प्राप्त विवेचना में दिये गये द0प्र0सं0 की कानूनी अधिकार पुलिस रेगुलेशन में प्राप्त कर्तव्य पुलिस एक्ट की धाराओं को दूर रखकर अपने पद के अनुरूप वरिष्ठ अधिकारियों के मौखिक अलिखित आदेश जनप्रतिनिधियों के निर्देश लाभ, लालच, पद की महत्ता को देखते हुए विवेचक के सामने ऐसी विषम परिस्थिति उत्पन्न हो जाती है कि किस बात की स्वीकृत दे, किसकी बात को अस्वीकार करे, कौन से काम की उपेक्षा करते हुए कौन-सा साधन का उपयोग न करे विषम परिस्थितियों में सोचने पर विवेश हो जाता है और उसके सामने पद का अस्तित्व, अधिकारिता सुख सुविधा लालच आड़े हाथों आ जाता है।

हाँ मैं मानता हूँ कि आपकी तैनाती अलग में हो गयी, मगर कितने साल 2 साल 3 साल 4 साल फिर तो यही पदानुरूप काम करना है।

किसी भी विवेचक को यह नहीं भूलना चाहिये राजकीय पद के अनुरूप राजकीय कार्य सर्वोपरि है तथा हर व्यक्ति को लिखा पढ़ी व कानून बचाएगा। रोजी से रोजा है फिर किसने किसको खोजा है का सूत्र अपनाये रखना चाहिये। दोनो चीज आपके साथ है और आप इसे देखते हुए काम करें। फिर भी कुछ बातें टिप्स के रूप में दी जा रही है। इस परियोजना में आते ही विवेचक का पद स्थगित हो जाता है।

(क) जनता का काम/आवाज

साहब साहब मेरी सुनो!
परेशानी सुनाने आया हूँ।
मेरे पड़ोस का एक शराबी
दरवाजे ईंट पत्थर चलाया है।।

रात दिन शराब पीकर
गाली बकता रहता है।
मेरे परिवार वालों के साथ
यों ही छेड़छाड़ करता है।।

कभी चौराहे पर कभी गली-मुहल्ला
कभी लड़कियों के स्कूल जाता है।

मैंने थोड़ी हिम्मत कर दी,
मुझ पर आँख दिखाता है।।

थाने में स्टाफ बोला
क्या बकते हो मुझसे बड़ा कौन शराबी।
अभी तुम्हें देखता हूँ
उसकी देखता हूँ खराबी।।

बड़े- बड़े कतराते सामने आने पर मेरे,
तुम कैसे यहाँ आ गये क्यों बे हरामखोरे!

अरे साहब भूल गया, हो गयी मेरी बात।
थाने में बैठ शराब पीना, इससे क्या बुरी बात।।

कम से कम इतना तो समझो वर्दी की लाज बचाओ।
विश्वास, उम्मीद, आशा, जनता की थाने से मत भगाओ।।

जनता की उम्मीद मत तोड़ो

जनता की उम्मीद साहब मर गया जीते-जीते।
कंगाल कर गया लाडला, हेरोइन पीते-पीते।।

कभी करके चोरी घर का समान बेच देता है।
अपने ही घर में परिवार समान छिपाये फिरता है।

कभी बर्तन कभी गहना
घर में हो गया मुश्किल रहना।

लाज बचानी मुश्किल हो गयी जब बेचा गेहूँ।
आखिर मैं परेशान हुआ अपनी व्यथा किससे कहूँ।।

पहले नाम लेने से पड़ोसी कतराते थे
अब नाम लेने में शर्माते हैं।

न घर का सम्मान न मेरी इज्जत।
बेटा हो गया स्मैकिया मैं हो गया बेइज्जत।।

क्या बकता है अभी-अभी मैंने पी है।
सुबह की खुमारी उतरी तभी ली है।

मेरा भी कहाँ बचा सब पी गया वेतन,
रिश्ते से दूर हुए रह गया केवल तन

शर्म नहीं आती पीड़ा लेकर तेरे पास आया था
अब कहाँ जाऊँ वर्दीधारी नशे में तुम्हें ही पाया था।

भाग-7

अलिखित संविधान! कानून का पालन

अध्याय - 40

पद और जिम्मेदारी

पुलिस महानिदेशक

बधाइयाँ आने लगीं समेटने में थकते नहीं,
आज हाथ जोड़ खड़े जो पास रुकते नहीं।

फूलों की माला नहीं कभी देखने को मिलते
चलने में आज पैरों में बार-बार फूल चूमते।

क्या वक्त है क्या खुशी पायी,
डी0जी0पी0 को मिली बधाई।

जिससे मिलने के लिये रुकता न था,
आज उसके इंतजार में खड़ा हूँ।

आज था मकसद उनसे कुछ
समस्या निपटाने के लिये पड़ा हूँ।

कुबेर के बाबा-दादा भी हो गये पीछे
कुर्सी ऐसी मिली हीरे की खेती सींचें।

मान-सम्मान और प्यार भी मिलता है।
वक्त-बेवक्त फूलों का हार मिलता है।

जनता का आदमी सोच बनी कैसे पद मिल गया
यह सरकार का वफादार चमचा तभी तमगा मिल गया।

देखना पूरा समय चमचागीरी में न बिताना,
काम जनता, स्टाफ का ख़याल बहाना न बनाना।

पुलिस कप्तान

अब थे क्या अब क्या बन गये
पहले कहाँ तैनाती जिला कप्तान बन गये।

इतना स्वागत इतना सम्मान
कहाँ छिपा करता अपमान।

नाम न बदला काम न बदला
कुर्सी वही सम्मान क्यों बदला।

जनता का आदमी यों ही बोल गया
कुबेर की आलमारी लेकर कैसे आ गया।

सुना है एक नया कप्तान आया है,
नयी-नयी आलमारी खरीद लाया है।

थक- हारकर पूछा कैसे हो गया यार
थोड़ी सी चमचई मिली सरकारी प्यार।

यही राजनीति का चक्रव्यूह पाया
ईमानदारी सज्जनता अब चक्कर खाया।

पुलिस उपाधीक्षक/क्षेत्राधिकारी

क्षेत्र बदला काम बदला
बदले-बदले से लगते हैं।

जब से खड़े जनाब
उदास-से दीखते हैं।

बगल वाले ने यों ही मुस्की मारी,
बॉस ने आज सबकुछ कर डारी।

तनी माथे की शिकन
अब क्षेत्र बदल गया।

ढेर-सा पहले था काम
अब बिना दाम के रह गया।।

न चापलूसी का मौका
न शिकायत थानेदार की कर पाता हूँ

बस पड़े-पड़े ऑफिस में तनहा रहकर
केवल डियूटी डियूटी में रह जाता हूँ।

न फाइलें अब न जाँच मिलती
न बहाना अफसर से मिलने का।

बस किसी तरह घर का काम चलता
उखड़ा-उखड़ा बाहर भीतर तन का।

पहले अपने क्षेत्र में कई कमाऊ थाना पाता था
दिन में ठण्डा लस्सी कई बोतल मिल जाता था।

मैं क्या करूँ ऊपर कप्तान नीचे थानेदार पाया
बीच में बचा-खुचा हिस्सा कोतवाल ने थमाया।

कोतवाल/थानेदार

सीना फुलाकर बैठे हो मुस्कान होंठ में,
हाथ में लाठी पिस्टल भरी अपने कोट में

मुझको जहाँ की दौलत मिल गयी आज
न रूखा समझा न समझा काम काज।

हमारे बैच के हैं मगर तन गयी भौंहें,
जो था कल बगुला वह बन गया कौवे

पहले मारा-मारा फिरते अब तन जाते हैं।
जब किसी थाने का चार्ज कप्तान से पाते हैं।

भूल गये औकात अपनी भूल गये वे साथी
सब हिस्सा अपना होगा भूखे होगे साथी।

अन्त में थक- हारकर दीन बनकर पूछ लिया
यह कैसा बदलाव थाना का प्रभार मिल गया।

तुम तो ऐसे नहीं थे कैसे कब क्या योग्यता पायी।
जन- प्रतिनिधि का गुलाम कप्तान की जाति रकम थमायी।

अध्याय - 41

पदों के अनुरूप कार्य

पदाधिकारी की तैनाती

पुलिस संगठन पर चर्चा की जा रही है, जहाँ पर अलिखित संविधान अपने वरिष्ठ अधिकारी का अपने अधीनस्थ पदाधिकारी पर चलता है। सरकारें किसी की हों पार्टी कोई हो वरिष्ठ पदाधिकारी अपना कायदा बिगाड़ लेते हैं। अन्तर है जब जिम्मेदार पदाधिकारी पूछता है तो इन्कार करने में देर नहीं लगती।

जब रूलिंग पार्टी के राजनीतिक किसी पुलिस-विभाग के प्रदेश मुखिया को अपना सलाहकार बना लेते हैं तो उसका चुनाव करते हुए न तो वरिष्ठता का ध्यान रखा जाता है न योग्यता का; बस किस पार्टी का कौन वरिष्ठ पदाधिकारी वफादारी कर सकता है या कहे गुलामी कर सकता है उसे प्रदेश का पुलिस मुखिया का चुनाव हो जाता है। पार्टी जो अपने को जिस जाति की मानती है उसी जाति का मुखिया होता है। यह सच है यही होना चाहिये। क्या कभी मुखिया ऐसे पदाधिकारी को नियुक्त करना चाहे जो उसके आदेश में इफ बट किन्तु परन्तु निकाले

फिर अब आता है चुनाव के नम्बर पर जिले के पुलिस प्रमुख का पार्टी किस जाति की मानी जाती है। एस0पी0 क्या इस ढाँचे में सही उतरेगा जाति धर्म का ध्यान रखकर जिले के मुखिया का चुनाव हो जाता है।

जब जिले के पुलिस मुखिया का चुनाव हो जाता है, तब आता है शांति व्यवस्था का ध्यान का बहाना बनाकर अब चुनाव थाने का मुखिया का चुनाव होता है। पुलिस विभाग में कोई कमीशन का काम नहीं होता, बस जितना ज्यादा से ज्यादा अपराध क्षेत्र में रहता है बड़ा क्षेत्र रहता है, काला धन्धा का क्षेत्र रहता है, जिले का एस0पी0 उस थाने की बोली लगाता है। उसकी निम्नांकित शर्तें होती हैं।

1. थाना कितना का है? कितना देने वाला थानेदार तैयार है?
2. यदि पहली शर्त ठीक निकली तो क्या जिले के मुखिया की बिरादरी का है?
3. यदि पहली व दूसरी शर्त सही निकलती तो क्या रूलिंग पार्टी या

जनप्रतिनिधि की स्वीकृति ले सकता है।

4. यदि 1,2,3 शर्तें पूरी करता है तो क्या उम्र या सेवाकाल पूरा करता है।

फिर श्रेष्ठता, न कानून, न रेगुलेशन तैनाती हो गयी। अब यह तैनात हो गये श्रीमान् जी थाने का प्रमुख बनकर तो फिर कोटा का नम्बर आता है। खैर यह कोटा कोई असर नहीं डालता... खुश रहे सजना चाहे जैसी मिले रंजना यानी पार्टी (रूलिंग) के जनप्रतिनिधि खुश हैं तो काहे का कोटा काहे का सरकारी कार्य । बस काम आका यानी रूलिंग पार्टी के पसन्द की हो।

ऐसा नहीं सभी अधिकारी एक जैसे होते है। बस अन्तर है पहले बेईमान ढूँढ़ा जाता था अब ईमानदार ढूँढ़ा जाने लगा है।

वैसे अब तक का यही सिलसिला देखा गया कि जिला प्रमुख अपने आका को खुश रखने के लिये दिखाने के लिये जिस रूलिंग पार्टी की सरकार है के जाति का या उसके सपोर्टर को नियुक्त कर देता है।

रही पार्टी की बात तो सरकारें जो चाहे बने परेशान तो जनता का आदमी होता है। कभी भाजपा का सदस्य बनकर कभी बसपा का सदस्य बनकर कभी सपा का सदस्य बनकर कभी कांग्रेस का सदस्य बनकर यानी रूलिंग पार्टी के सदस्य के विरुद्ध विपक्षी पार्टी को परेशान होना पड़ता है। चाहे गलत मुकदमा में फँसाना हो चाहे अवैध कानून में फँसाना हो। हम विवेचना की विवेचक की ताकत पर जो लिखा है। विभाग को आईना दिखाना आवश्यक है। अब विभागीय व्यक्ति आईना में अपनी शक्ल देखकर अपने चेहरे का बदलाव करे चाहे सर्जरी करे चाहे मेकअप यह उनकी अपनी मर्जी है।

लाभ-पद वाला पदाधिकारी करता क्या है :-

अब प्रश्न उठता है कि लाभ पद वाला पदाधिकारी चाहे प्रदेश पुलिस मुखिया या जिला प्रमुख मुखिया या थाना प्रमुख मुखिया इनकी भूमिका होती है जो जनता को सुरक्षित रखे जनता की सम्पत्ति को सुरक्षित करे तथा सबकी समस्या सुनना चाहिये।

जब थाने पर पीड़ित व्यक्ति पहुँचता है तो पहले यह जानकारी करते हैं कि किस पार्टी का व्यक्ति है। प्रताड़ित करने वाले कहीं रूलिंग पार्टी का तो नहीं है। उस व्यक्ति की दौड़ यहीं तक है या आगे दौड़ सकता है। अपने विचार से उसकी बाते सुनने एफ0आई0आर0 दर्ज करने में कतराने या मदद करने में हीला हवाली करते हैं, चाहे शारीरिक चोट पहुँचाने वाला हो या जमीन पर कब्जा करने

वाला मामला हो मुकदमा की विवेचना करने वाला मामला हो।

यदि किसी तरह रूलिंग पार्टी का व्यक्ति आरोपी निकल गया तो जानकारी होने पर थाना प्रमुख अपनी सफाई पेश करता है, जिला प्रमुख को सफाई पेश करता है तथा प्रदेश प्रमुख उसी को सपोर्ट कर शासन से वाहवाही लूटता है। विपक्षी चाहे कितना ही पीड़ित क्यों न हो।

फिर कार्यवाही की स्पीड यानी रूलिंग पार्टी का व्यक्ति नहीं है तो कार्यवाही तेज करना; यदि रूलिंग पार्टी का व्यक्ति हो तो कार्यवाही ठण्डे बस्ते में डाल देना है। जैसे मॉल में जाने वाला व्यक्ति कभी वस्तुओं की कीमत का मोलभाव नहीं करता... जानता है मोल-भाव किया नहीं कि धक्के खाकर गेट से बाहर परन्तु वही वस्तु अगर ठेलिया पर आ जाय तो तरह के मोलभाव करेगा और कीमत कम कराने का प्रयास करेगा।

अब पीड़ित या परेशान तो जनता का ही आदमी हुआ बस कभी किसी समय कभी किसी समय... कभी रूलिंग पार्टी बनकर कभी विपक्ष बन कर।

छोटी बातें ले लें। एक बार वाहन चेकिंग दरोगा कर रहे थे, साथ में सी0ओ0 भी था। मोटरसाइकिल चेंकिग करते समय रूलिंग पार्टी का व्यक्ति कागज बिना निकला। गाड़ी रोकी गयी। रूलिंग पार्टी के लोग जिला मुखिया से बात की फिर जिला प्रमुख ने दरोगा सी0ओ0 से यही कहे आदमी देखकर कागज चेक करो, क्या नौकरी नहीं करनी है या हम ही आकर तुम्हारी चालानी रिपोर्ट फाड़ें, रूलिंग पार्टी का व्यक्ति कहाँ जानते नहीं मेरी पार्टी की सरकार है, यह मेरे आदमी हैं।

हम नाम नहीं लेंगे क्योंकि एक कहावत है।

''बरबादी का सितम एक पल काफी है''। ''पूरा समय बरबादी में खड़ा हो तो क्या औकात आदमी अपने को बचा पायेगा।''

अब तो सही सज्जन, न्यायप्रिय पदाधिकारी या तो अँगुली पर गिने जाएँगे या रहेंगे तो जिम्मेदारी के पद पर नहीं रहेंगे, किसी कोने में निष्प्रभावी बनकर तैनात होंगे जैसे कोई समान उपयोग न होने के बाद कबाड़ में फेंक दिया जाता है।

अब राजनीतिक पुलिस-विभाग बना है। बस इनके बस का हो तो सरकारों के समर्थन में अपना बिल्ला के साथ मोनोग्राम लगा लें मगर ऐसा अभी कानूनी प्रक्रिया न होकर व्यक्तिगत प्रक्रिया या अलिखित प्रक्रिया है।

गरीब देखा, कमजोर देखा बिना रूलिंग पार्टी के देखा या जान गये कि यह गाली सुनकर चुप हो जाएगा, फिर सब अपनी एस0पी0 गिरी थानेदारी दिखा देंगे। जब ताकतवर पदासीन राजनैतिक रूलिंग देखा तो फिर घिरे हुए गाँव के कुत्ते की तरह पूँछ पीछे घुसाकर बस भौं भौं करते हैं ताकि सामने वाला नतमस्तक हो जाये। दिखावटी तो ऐसे करेंगे जैसे इनके जैसा ईमानदार, साहसी, न्यायप्रिय आदमी नहीं हो, जैसे सफेद बाल वाला खिजाब लगाकर डेण्टपेण्ट कर अपने को स्मार्ट, कम उम्र तेज तर्रार दर्शाता है। फिर चाहे चौराहे या कोई कैसे ही बेइज्जत कर दे। हमें पक्षपात से आपत्ति नही है, आपत्ति है तो तैनाती के समय जो मुँह माँगी पगड़ी माँगते हैं फिर किराया यानी मासिक खर्च। हर पदाधिकारी तो बराबर है मगर उसकी पारिवारिक जिम्मेदारी आर्थिक उत्तरदायित्व तो एक जैसा नहीं है।

अब क्या आप को बताना है। यही समझना है बिना कानून के बिना लिखित संविधान के इनका संविधान चलता है, यदि किसी पदाधिकारी किसी रैंक का काम करने से मना करता है तो उसे नान डी0एफ0 में यानी बिना शक्ति की जगहों पर भेज दिया जाता है।

अब नौकरी करनी है तो लाभ का पद चाहिये सम्मान चाहिये, तो अपनी मूँछें यदि रखते हो तो तो नीचे करनी पड़ेगी। जनप्रतिनिधि अपनी मूँछें नीचे नहीं करना चाहते चाहे पदाधिकारी की मूँछें उखाड़ ली जायँ।

जब थाने पर या जिले में या क्षेत्राधिकारी में यू0पी0 100/112 के पी0आर0वी0 पब्लिक रिस्पांस वाहन यानी जनता की सुविधा का वाहन चलने लगा तो वरिष्ठ अधिकारी से लेकर नीचे तक अधिकारी थाना स्तर पर अपने अधिकारों में कटौती समझ बैठे। उन्हें यह नहीं मालूम पुलिस जनता की सेवा सुरक्षा के लिये बनी है। चाहे पी0आर0वी0 हो या सरकारी जीप या स्टाफ, जब थाने का प्रभार थानाध्यक्ष पाता है तो उसके अन्दर गलतफहमी हो जाती है कि अब थाने का थानाध्यक्ष थाने का मालिक स्टाफ का मालिक हो जाता है तथा उसी भ्रम के साथ उसके साथ स्टाफ भी सोर्स लगाता है, जिसका परिणाम होता है थानेदार अपने वरिष्ठ की उपेक्षा करने लगते हैं। परिणाम स्वरूप एक वैमनस्यता, संगठन में दूरिया बनने लगती है। माना कि पूछताछ के रूप में कोई ज्यादा कोई कम जिम्मेदार है, मगर किसी लालची स्वार्थ परक पद लोलुपता एवं रूलिंग पार्टी के कप्तान ने कुछ जूनियर को कानून को ताक पर रखकर त्रुटि कर दे तो भ्रम की स्थिति नहीं बनना चाहिये। सीनियर, सीनियर होता है, अनुभवी अनुभवी

होता है। आखिर बिगड़ना किसका है। मैं मानता हूँ थाना चलाने के लिये किसी को जिम्मेदारी दे उससे सीनियर पद को वहां से हटा दे ताकि वैमनस्यता हीनता का भाव न पनपने पाये। हीन भावना का जन्म नहीं होना चाहिये। मगर ये वरिष्ठ अधिकारी सुनते कहाँ हैं। जब उनकी ऐसी पोस्टिंग होती है तो फिर समझ में आती... मगर बतायें किससे।

अध्याय - 42

वरिष्ठ अधिकारी के अलिखित आदेश का पालन

विवेचक के पद पर नियुक्त पदाधिकारी को अपनी तैनाती के दौरान कुछ ऐसे वरिष्ठ अधिकारी के मौखिक आदेश मानने पड़ते हैं जो न तो संविधान के अन्तर्गत हैं न द0प्र0सं0 के अन्तर्गत हैं, न पुलिस रेगुलेशन या पुलिस अधिनियम के अन्तर्गत हैं यानी विधिक नहीं हैं। यदि ऐसा आदेश जो सरकारी न होकर व्यक्तिगत होता है, जिसका चाहे तो अधीनस्थ अपने वरिष्ठ अधिकारी की बात न माने मगर कहीं का गुस्सा कहीं निकलना कहीं की गलती कहीं थोपना, कहीं का अपराध कहीं दण्ड देना है।

(क) जैसे वरिष्ठ अधिकारी के मेहमान आ जाएँ तुरन्त थाना प्रभारी एवं थाना चौकी इंचार्ज या अधीनस्थ दरोगा को कहेंगे चार होटल बुक करा दो; मगर पैसा नहीं देंगे, मीट की व्यवस्था कर दो मगर पैसा नहीं देंगे, अतिथियों के लिए वाहन की व्यवस्था कर दो मगर पैसा नहीं देंगे, मैडम साड़ी खरीदवाने किसी अधीनस्थ पदाधिकारी को साथ लेकर जाएँगी मगर पैसा नहीं देंगी। थानाध्यक्ष की पोस्टिंग में पैसा बिना पोस्टिंग नहीं करेंगे यानी खुशमदी करना होता है। अच्छी तैनाती चाहिये अच्छा स्थान चाहिये तो चमचागीरी या पैसा खर्च करना पड़ेगा अलिखित संविधान का पालन करना पड़ेगा चाहे इसके लिये अपने परिवार की आवश्यकता को नजरअंदाज करना पड़े।

यहाँ तक देखा है जिला प्रमुख है किसी से अग्रिम पेशगी ले लेते हैं पोस्टिंग बाद में करते हैं किसी की गैर हाजिरी है उसके वेतन का आधा लेकर पूरी अनुपस्थिति अवधि का वेतन देते हैं।

(ख) कभी-कभी विवचेना के दौरान बड़े अधिकारी किसी ऊपरी दबाव या खुद लालच में किसी मुकदमें में प्रथम सूचना रिपोर्ट में दर्ज व्यक्ति का नाम निकालना या आरोप-पत्र या अन्तिम रिपोर्ट लगवाना। ईंटा पहुँचाना, गिट्टी पहुँचाना लकड़ी पहुँचाना ट्रक की व्यवस्था करना आदि आदि का आदेश करते रहते हैं।

(ग) विवेचक से विवेचना में गलत कार्य करवाना :-

कभी-कभी वरिष्ठ अधिकारी अपने पद, लाभ-स्थान को बचाने के लिये शासन के माध्यम से या शासन के प्रतिनिधि को खुश करने के उद्देश्य से विपक्षी

पार्टी के आदमी को अनावश्यक, कानूनी झगड़ों में फँसाना। गलत करते हुए रूलिंग पार्टी के सदस्य को बचाना जब बात अधिकारी या शासन तक आती है तो फँसता हुआ देख विवेचक को अनावश्यक निलम्बन या स्थानान्तरण या दण्ड देना है यानी विवेचक को परेशानी झेलना है।

विवेचक को बाध्य कर देते हैं कि काम करो नहीं तो ऐसी जगह डाल दूँगा पानी नहीं मिलेगा इतनी फाइल खोलवा दूँगा जाँच कराते-कराते परेशान हो जाओगे और उसे झेलना पड़ता है तो इस अलिखित कानून के कारण।

नौकरी तो करनी है आपको कैसा काम करना है आप जानें। नौकरी भी करनी है स्वयं को बचाना है... आगे आप परिस्थिति काल/समय काल परिस्थिति काल देखकर काम करें आगे बढ़ें।

अध्याय - 43

राजनीतिक व्यक्ति/जन-प्रतिनिधि के आदेश का पालन करना

अक्सर राजनीतिक पार्टी, रूलिंग पार्टी या सत्ताधारी पार्टी बनकर जब आती है तो पुलिस प्रशासन के चाहे जिस पद का हो यानी नीचे से ऊपर तक अपना नौकर अपना गुलाम अपनी भद्दी भाषा में रखैल समझ बैठते हैं। यानी सांसद या विधायक तो छोड़ें झोलाछाप नेता अगर वह भी रूलिंग पार्टी से आते हैं तो पहुँच वाला बताकर विवेचक या पदाधिकारी से अपनी व्यक्तिगत रंजिश अपनी कद बढ़ाने के लिये विपक्षी को परेशान करने की बात करते हैं। यदि रूलिंग पार्टी की असंवैधानिक बातें न माने तो यह झूठा आरोप पार्टी को बदनाम करने की बात करके शिकायत करते हैं। पैसा स्वयं लेंगे मुकदमा लिखवाना झूठी मुकदमा में कार्यवाही कराना उनकी नीयत बन गयी है। किस पार्टी की बात करूँ, सभी पार्टी के कार्यकर्ता सत्ता में आते ही ताकतवर बनकर उभरते हैं।

अपना कद तो ऊँचा करते है मगर यह नहीं सोचते पदाधिकारी राजकीय है, कानून का पालन करता है, जाँच करता है उन्हें निष्पक्ष कार्य करने का अवसर दें। नेता ऐसे आदेश देते हैं जैसे वह वरिष्ठतम अधिकारी होते हैं। सबसे विषम स्थिति तब होती है जब सरकारें बदलती हैं। किसको पकड़ना है किसको छोड़ना है वे खुद फैसला करते हैं इसी का परिणाम यह होता है किसी समय ताकतवर बनकर उभरते हैं तो किसी समय सलाखों के पीछे होते हैं। समय-समय की बातें हैं।

यदि ऐसा करने में असमर्थ रहते हैं तो पार्टी भी जाति पर आधारित है। बसपा है सपा है भाजपा है कांग्रेस है। यानी ब्रह्मण ठाकुर तो किसी भी पार्टी में अपना काम निकाल लेते हैं। बुद्धिमानी बस अधिकारी के सहयोग से परेशानी बस बसपा व सपा को मानने वाले को यदि यादव है तो सपा समर्थक बसपा है तो एस0सी0 वह भी बसपा प्रमुख के खून का अनुसूचित जाति में धोबी, खटिक, पासी तो अपने आपको अपने को ऊँचा मानकर किसी पार्टी में जाकर कार्य कर लेते हैं मगर और लोगों के साथ ऐसा नहीं हो पाता। स्पष्ट होगा हो गया कि जनप्रतिनिधि या रूलिंग पार्टी के नेता के अलिखित दबाव में काम करने में कितनी परेशानी या उलझनें झेलनी पड़ती हैं।

रूलिंग पार्टी के सदस्य को जनप्रतिनिधि तो छोड़ दें एक आम आदमी भी विवेचक पर भारी पड़ जाता है। मैं मानता हूँ आप रूलिंग पार्टी में हैं तो आप ध्यान दें कोई विवेचक या कोई पदाधिकारी मनमानी न करने पाये, गलत न करने पाये, स्वार्थ परक न बन जाय बल्कि राजकीय कार्य को सही करके सरकार की छवि धूमिल होने से बचाये। मगर क्या फर्क पड़ता है बस इतना तो कहना है सरकार के मंशा के लिये काम नहीं कर रहा था। अरे भाई सरकार की मंशा जातिवादी पक्षपाती, क्षेत्रवादी या धर्म वादी न दिखना चाहिये न होना चाहिये। क्या करे पदाधिकारी नौकरी करते-करते यह जान गया है कि किस सरकार में कैसा काम करेंगे तो कर पायेंगे। बस उसी प्रकार कार्य करता है। किसको दोषी कहे किसको निर्दोष बस यही कहूँगा जो समय की माँग करे वही करे, अपना सफर पूरा करे। अच्छा या बुरा वक्त के साथ आपको ही भुगतना है जनप्रतिनिधि को नहीं।

अध्याय - 44

स्टाफ से सम्बन्ध बनाये रखना

स्टाफ यानी पुलिस विभाग की सबसे छोटी इकाई बीट चौकी थाना सर्किल जिला प्रमुख पुलिस कप्तान, परिक्षेत्र मण्डल, जोन कई मण्डल प्रदेश पुलिस मुखिया होता है। मगर बीट में नियुक्त दरोगा सिपाही के बीच मनमुटाव, चौकी में चौकी इंचार्ज व सिपाही दीवान के बीच मनमुटाव, थानाध्यक्ष या प्रभारी निरीक्षक एवं द्वितीय अफसर के बीच मनमुटाव, सर्किल में थानेदार एवं क्षेत्राधिकारी के बीच में मनमुटाव, जिले में पुलिस कप्तान के खास पक्षपाती या सपोर्टर शोषक का आरोप एवं उससे ऊपर क्रमशः धीरे-धीरे कम या ज्यादा है।

हम यहाँ केवल जिला स्तर से काम शुरू करते हैं। जिला प्रमुख पुलिस का मुखिया होता है तथा जिला प्रमुख के परिक्षेत्र या पर्यवेक्षण का प्रशासन की व्यवस्था में सर्वप्रथम आंकिक शाखा जहाँ पुलिस कर्मचारी का वेतन भत्ता, टी0ए0, जी0पी0एफ0, आदि का काम होता है। प्रधान लिपिक जहाँ कर्मचारी अधिकारी की चरित्र पंजिका अभिलेखों का रखरखाव होता है। पेशकार का पद है जहाँ कर्मचारी की ट्रांसफर पोस्टिंग डियूटी एवं थाने का नियंत्रण होता है तथा हर थाने का भार निरीक्षक व थानाध्यक्ष के द्वारा किया जाता है।

अब कप्तान की चर्चा कर लेते हैं। आप पुलिस कप्तान जब चाहे जैसे चाहे किसी पुलिस अधिकारी की दण्ड दे सकते हैं या सम्मान दे सकते हैं। कम से कम अपने अधीनस्थ को देखें किस स्टाफ से शिकायत आती है। कप्तान का इतना कहना कि हम किसी के पीछे पड़ेंगे नहीं मगर मिलने पर छोड़ेगें नहीं। बस आधी समस्या हल हो गयी।

मैं मानता हूँ कि कप्तान कितना तनाव में रहता है। अपराधी द्वारा अपराध करने पर शासन या वरिष्ठ अधिकारी द्वारा पूछताछ तथा अधीनस्थ द्वारा काम न कराना।

एक बार कप्तान नये-नये आये- जिला के कुर्सी पर बैठते ही चार्ज ग्रहण कर स्टाफ का काम देख रहे थे। उसी समय आर0आई0 यानी प्रतिसार निरीक्षक पहुँचे। एक प्रार्थना-पत्र पुलिस लाइन का दिया। प्रार्थना-पत्र देते ही आदत के मुताबिक कहा सर अंकिक को लिख दें। कप्तान साहब आर0आई0 से पूछा कि

आप कप्तान हो या मैं? तब आर0आई0 कहे कि आप। फिर कप्तान साहब ने कहा क्यों मैं अपना काम नहीं जानता, क्या मैंने आप से सलाह माँगी; क्या मैंने पूछा मुझें क्या करना है; क्या मुझें इस बात की जानकारी नहीं है; कप्तान को क्या करना है। आर0आई0 ने कहा नहीं। चुप क्या बोले आखिर कप्तान साहब ने कहा मैं अपना काम जानता हूँ मुझे क्या करना है कोई मुझें बताने का प्रयास न करे यानी पूरे 8 माह जिला में नियुक्त रहे किसी न कोई आदेश अधीनस्थ होकर कप्तान साहब को नहीं दिया, सलाह बिन मांगे नहीं दिया। सही कहा जो जिस पद का है वह अपना काम जानता है... हाँ अगर आप से सलाह या राय माँगे तो राय दे।

हमारा कहना है कि हर पदाधिकारी को अपना काम जानना चाहिये तथा जहाँ तक वरिष्ठ अधिकारी को छोटे अधिकारी या अधीनस्थ अधिकार द्वारा सलाह बिना माँगे नहीं देना चाहिये। मगर एक आदत-सी बन गयी है बिना माँगे बिना पूछे बोलने या राय देने की... तो डाँट कौन खाएगा भाई।

पुलिस विभाग की बिगड़ती अनुशासन की स्थिति का आकलन करेंगे तो कान्स0 दीवान को कहता है बेकार है दीवान दरोगा को कहता है कुछ जानता नहीं... दरोगा इन्चार्ज बना इन्सपेक्टर को कहता है पता नहीं कैसे किसने इन्सपेक्टर बना दिया। इन्सपेक्टर सी0ओ0 को कहता है। पता नहीं कैसे पास हो गया यह तो कुछ जानता नहीं। सी0ओ0 एस0पी0 को कहता है बेवकूफ है। यानी हर अपने वरिष्ठ अधिकारी को नाकारा नासमझ कर्महीन अज्ञानी समझते हैं। मगर किसी को यह सोचने की फुर्सत नहीं कि आपसे वरिष्ठ अधिकारी बना तो कोई न कोई योग्यता रही होगी। चाहे सेवाकाल का चाहे ज्ञान। खैर हम सम्बन्ध बनाने की बात करेंगे।

1. इस विभाग में पुलिस विभाग में अवकाश की सबसे ज्यादा समस्या है। तीस दिन से ज्यादा नहीं आकस्मिक अवकाश लेते हैं। ऐसे सिस्टम से अवकाश दिया जाय कि सबको अवसर मिले और सबका अवकाश खत्म हो जाय। जब अवकाश नहीं तो माँग किस बात का बस अवकाश लेते समय ही उनके पूरे कार्य की जानकारी करना चाहेंगे अपने पद का धौंस दिखाना चाहिये ऐसा नहीं कि सब लोग ऐसे हैं मगर कुछ लोग तो ऐसे हैं जिसके कारण सौहार्द का माहौल खराब होता है।

2. यदि किसी कारण से परेशानी है तो मधुर शब्द में बताये, टरकाने लायक समय हो तो उसकी परेशानी जानकर टरका दे। वैसे लाभप्रद वाले पदाधिकारी

अवकाश कहाँ माँगते हैं। मगर भाषा एसे बोलते हैं जैसे पूरी पृथ्वी का भार लेकर चल रहे हैं। सब ऐसे नहीं होते।

3. यदि किसी प्रकार गलती हो जाये तो पूरे समाज के समाने डाँटने-फटकारने का काम न करे बलिक अकेले में अधीनस्थ को कारण बताकर डाँट-फटकार करे। कभी-कभी मजबूरी हो जाती है। जनता की परेशानी एवं स्टाफ की गलती को देखकर माहौल न खराब हो उच्च पदाधिकारी को दिखावटी निर्णय लेना पड़ता है और जनता के सामने बोलना पड़ता है, मगर यह बात भी अधीनस्थ को बाद में बता दे।

4. माह में कम से कम अपने साथ प्रमुख होने के नाते एक बार अपने अधीनस्थ को बुलाकर एक कप चाय पिलाकर उसकी समस्या का अकलन कर के कार्य सरकार की समीक्षा करने के बहाने भेंट हो जाये और बातचीत हो जाय यानी सैनिक सम्मेलन हो जाय ताकि सैनिकों/जवानों को अपनी बात कहने का अवसर मिले। मीटिंग शुरू हुई प्रतिसार निरीक्षक का आदेश हुआ कोई मुँह न खोले अपनी- अपनी बात बताये यह क्या कोई मुँह नहीं खोलेगा अपनी बात बिना मुँह खोले कैसे बतायेगा।

5. कप्तान साहब प्रतिमाह सैनिक सम्मेलन करते है। कप्तान साहब को इतना कहूँगा जरूरत पड़े तो खूब डाँटे और डाँटना ही काफी है क्योंकि कप्तान का पद इतना उच्च है कि उनकी कड़ी आवाज ही अधीनस्थ कर्मचारी की धड़कनें बढ़ा देती है। कप्तान दण्डाधिकारी या निर्णायक अधिकारी है। मगर कभी-कभी पुचकार ले प्रोत्साहित कर दे जैसा अवसर मिले। कुछ पदाधिकारी भ्रम में रहते हैं कप्तान का आदेश भी नजरअंदाज कर देते हैं; उनकी बात अलग है।

6. थाना स्तर पर समस्या रहती है। जातिवाद, पक्षवाद, क्षेत्रवाद आदि का आरोप लगता है। निरीक्षक, थानेदार, दीवान/आरक्षी एक साथ काम करते हैं। कोशिश करते हैं। उनकी समस्या माह में एक बार सुपरवीजन अधिकारी जान ले।

सबसे अहम या महत्वपूर्ण बात है कप्तान के पास मद है यानी रुपया जो खर्च के लिये आता है उसे चाहे जहाँ समायोजित कर देता है। माह में एक बार साल में 12 बार कोई न कोई पदाधिकारी सेवानिवृत्त होता है। उसके सम्मान में एक साथ चाय पी ले। मगर न तो कप्तान को फुर्सत है न जहाँ तैनात है। न नोडल अधिकारी को फुर्सत है। उसका एक कर्मचारी सरकारी सेवा से पूरे काल

नौकरी करके सेवा- निवृत्त हो रहा है। इतना ही पूछ ले कि तुम्हारा काम कितना शेष है। तुम्हें सरकारी पैसा मिला है कि नहीं। बस उस पदाधिकारी तक को पता नहीं चलता कि उसका सेवा काल समाप्त हो गया। आप कहते हैं। कर्मचारी का जनता से पुलिस व्यवहार अच्छा होना चाहिये। जब आपका कर्मचारी तीस से छत्तीस साल तक सेवा करके जनता का आदमी बनने जा रहा है तो दो शब्द पूछ नहीं सकते। वह सरकारी सेवक जनता में जाकर क्या कहेगा क्या दिखाएगा।

खैर यह पुलिस कप्तान की व्यवस्था है। अपने वरिष्ठ अधिकारी क्षेत्राधिकारी उससे उच्चे पदाधिकारी का ट्रान्सफर होने पर विदाई करते हैं माला-फूल पहनाते हैं, उसके नाम के कसीदे पढ़े जाते हैं। जिससे जमीनी काम लेते हैं। पूरे सेवा करने के बाद भी वह घर जा रहा है, विभाग से जा रहा है। उससे नहीं पूछते। समय का रोना काम का रोना फिर क्यों व्यवहार का रोना रोते हैं।

कप्तान साहब का काम है आप सरकारी काम करके विश्वसनीय क्षवि को सुधार सकें।

अध्याय - 45

अन्य विभाग से सम्पर्क

वरिष्ठ अधिकारी के रूप में पुलिस विभाग के अलावा अन्य विभाग से सम्पर्क रखना आवश्यक है जो शांति व्यवस्था में खासा असर डालता है। बिजली विभाग, टेलीफोन विभाग, सड़क विभाग, जल कल विभाग, यानी मानव से जुड़ी समस्या को लेकर जन आंदोलन आम रास्ता अवरूद्ध होने या शांति व्यवस्था की समस्या उठती है, जिसके कारण पुलिस पदाधिकारी को अपने अधिकारी से सम्पर्क के अलावा राजस्व विभाग से, चिकित्सा विभाग से भी सम्पर्क रखना आवश्यक है। स्थानीय स्तर पर विश्वविद्यालय या कॉलेज के प्रधानाचार्य से सम्पर्क होना चाहिये। कभी सूखा पड़ा तो मुआवजे की माँग को लेकर कभी एक्सीडेण्ट हो या अन्य सरकारी सुविधा की माँग को लेकर शांति व्यवस्था की समस्या उठ जाती है जिसके कारण राजस्व पदाधिकारी यानी एस0डी0एम0 या हलका लेखपाल कानूनगो से सम्पर्क रखकर जानकारी कर समस्या का हल ढूँढ़ना चाहिये। यह काम थाना प्रभारी निरीक्षक/थानाध्यक्ष के स्तर का है।

कभी-कभी पानी की सप्लाई नहीं होती तो जल कल विभाग के कारण जनता को होने वाली समस्या के कारण जल कल विभाग से सम्पर्क करना आवश्यक है ताकि समय पर सहयोग या उपलब्धता बनी रहे।

कभी विद्युत आपूर्ति या ट्रांसफर को लेकर किसानों को खेतों की सिंचाई की समस्या या पानी की समस्या उत्पन्न होती है जिसके कारण किसान या स्थानीय जनता जन आंदोलन का रूप ले लेती है और शांति-व्यवस्था की समस्या उत्पन्न होती है। इस कारण सम्पर्क रहने पर सम्बन्ध अच्छे होने पर शांति व्यवस्था उत्पन्न होने पर सूचना मिलती है और समस्या तत्काल हल होती है। इस प्रकार विद्युत विभाग से सम्पर्क रखना आवश्यक है। स्वास्थ्य विभाग भी जनता से सीधे जुड़ा होता है तथा प्राथमिक स्वास्थ्य केन्द्र न होने या स्वास्थ्य केन्द्र पर स्टाफ के उपलब्ध न होने के कारण जनता में रोष उत्पन्न हो जाता है तथा शांति व्यवस्था की समस्या का रूप लेती है और धीरे-धीरे यह एक विकराल रूप धारण कर लेता है। स्टाफ में किसी की अचानक बीमारी या चिकित्सीय सुविधा की जरूरत होती है जिससे एक समस्या उत्पन्न हो जाती है। इस समस्या का समाधान

करने के लिये जुड़ाव आवश्यक है।

फोन मानव जीवन का आवश्यक अंग बन गया है। टॉवर का न होना नेटवर्क का न होना मानव जीवन के लिये समस्या बनती जा रही है। खुद पुलिस विभाग को आवश्यक जरूरतें पूरी करने के लिये नेटवर्क की जरूरत पड़ती है। इसलिए टेलीफोन विभाग से सम्पर्क होना आवश्यक है।

यानी सरकारी सेवा जैसे कोटेदार गल्ला चोरी से बेच देता है जिसके कारण जनता में रोष हो जाता है। धीरे-धीरे यह समस्या एक जन-आन्दोलन का रूप तो लेती है तथा इसके कारण शांति व्यवस्था की समस्या आती है।

इन विभागों के साथ-साथ खुद विभाग की आवश्यकता होती है।

सड़क पी0डब्लू0डी0 के पदाधिकारी से सम्पर्क होना चाहिये, जिसके आश्वासन में सड़कों के खराब होने के कारण जनता में उठे रोष के कारण शांति व्यवस्था की समस्या हल हो जाती है अन्यथा शांति व्यवस्था की समस्या उत्पन्न होती है।

अब तो स्पष्ट हो गया होगा एक विवेचक को एक पुलिस पदाधिकारी को एक भार-धारक अधिकारी को अपने विभाग के अलावा शांति व्यवस्था में आने वाली अड़चनों में राजस्व विभाग, स्वास्थ्य विभाग विद्युत विभाग, टेलीफोन विभाग, जलकल विभाग, खाद्य एवं नियंत्रण विभाग, पी0डब्लू0डी0 विभाग से सम्पर्क रखना आवश्यक है।

यह अलग बात है कि भागती-दौड़ती जिन्दगी में शान्ति व्यवस्था में कौन किसका कितना सहयोग ले पाता है या दे पाये यह वक्त बताता है; मगर वर्क की जानकारी आवश्यक थी इसलिए यह बात रखी गयी। अगर फायदा नहीं है तो नुकसान की कोई गुंजाइश नही है। पिकनिक के रूप में सम्पर्क कर सकते हैं।

इसके अलावा कुछ अन्य बातें भी इन विभागों से मिलेगी।

1. सरकारी कर्मचारी के अलावा और राजकीय विभाग रहते हैं। वहाँ पर भी आप का स्टाफ रहेगा तथा उनको बिजली की सुविधा फोन की सुविधा जल की सुविधा एवं चिकित्सा की आवश्यकता रहती है। यह विभाग आप की व्यक्तिगत परेशानी के कारण आप से दूरी नहीं बनायेगे बल्कि समय से समस्या का निराकरण करेंगे।

2. जब यह विभाग जनता में सेवारत है तो अपराधी का पता हो जाता तथा

आप के मृदुल व्यवहार के कारण यह सूचना आप तक पहुँच जाएगी जो समय रहते अपराध की रोकथाम या अपराधी की खोजबीन में सफलता मिल सकती है। रहा तैनाती का सवाल सबका समय गुजरा आपका समय भी गुजर ही जायेगा अन्तर है एक सकुशल तरीके से एक तनाव के तरीके से।

अध्याय - 46

लिपिक/क्लर्क, विवेचक या अन्य पदों की सुविधा के लिये है

आज हमें पुलिस विभाग में लिपिक वर्ग पर भी चर्चा करनी पड़ेगी क्योंकि विवेचना में लगे शांति व्यवस्था में लगे सरकारी व्यक्ति या पुलिस विभाग में एक शाखा क्लर्क विभाग का है। इनकी शाखाएँ निम्नवत हैं। फिर इनके कार्यो पर चर्चा करेगें। इनका काम पुलिस विभाग के सदस्यों की वेतन, सुविधा, चरित्र पंजिका का रख रखाव का काम है। पुलिस विभाग के क्लर्क को तीन श्रेणी में रखा है।

1. आशु लिपिक
2. लिपिक संवर्ग
3. संविदा या सम्बद्धता पर पुलिस विभाग के निरीक्षक से कांस0 तक

आशु लिपिक -

आशु लिपिक यानी स्टेनो बाबू जो टाइप का कार्य करते हुए सफर करते हैं। इनकी तैनाती डिप्टी एस0पी0 जो क्षेत्रों में नियुक्त हैं के स्तर से शुरू होकर पुलिस महानिदेशक स्तर तक जाते हैं। वैसे पुलिस विभाग का अंग है यह भी पुलिस अधिनियम 1861 की धारा 2 के अनुसार भर्ती होते हैं मगर अपने को पुलिस विभाग से भिन्न मानते हैं। इनका कार्य एवं आचरण केवल सरकारी कार्य के साथ-साथ पत्रावली का निस्तारण करना है।

अब हम महत्वपूर्ण एवं जरूरत के पदों वाले लिपिक संवर्ग के पास जाते हैं। इसमें भी दो भाग हैं।

1. प्रधान लिपिक
2. आंकिक

प्रधान लिपिक एवं उसके सहयोगी पुलिस विभाग में तैनात पदाधिकारी की चरित्र-पंजिका, तैनाती, प्रोन्नति, वरिष्ठता क्रम, पेंशन एवं वेतन-वृद्धि तमाम देखते हैं तथा स्टाफ इन्हीं के आगे-पीछे घूमा करता है। हाँ इनके अन्दर की बात थोड़ी-सी बता दूँ परेशानी पैदा करने की मंशा प्रबल होती है। ये इस बात का

खयाल रखते हैं कि जो इस विभाग के पदों पर नियुक्त पदाधिकारियों को डाँट सकता है नुकसान कर सकता है। यानी राजपत्रित अधिकारी का काम तो कर देते है मगर अराजपत्रित अधिकारी का काम करते तो है परन्तु दौड़ाकर हरासमेण्ट करके काम करते हैं या सुविधा शुल्क लेकर काम करते हैं इनकी मानसिकता है। वर्दी जो पहना है पैसा की खदान में बैठा है, जब चाहे पैसा की डाल हिलाये पैसा डाल से गिर जाएगा। इसके मानसिकता के कारण परेशान होते हैं दूर-दूर पोस्टिंग में रहते हैं। मगर दौड़ाते हैं, परेशान करते हैं। कभी-कभी अभिलेख में जन्मतिथि गलत भेज देते हैं, परेशानी तो पदाधिकारी को हुई इनका कहना क्लर्कियल त्रुटि बता देते हैं। जैसे एक का प्रोमोशन तिथि उसकी जन्म तिथि वर्ष 1958 थी वर्ष 1949 लिख दिया; एक को पेन्शन जाना था जुलाई में सितम्बर तक जानकारी नहीं दी। तरह-तरह की त्रुटि करते हैं। किसी का दण्ड किसी के चरित्र पंजिका में चस्पा कर देते है।

कोई जिले का कप्तान ऐसा आ जाये थोड़ा दबाव महसूस करते हैं, मगर दबाव देने वाला हो तो। उदाहरण के तौर पर एक पदाधिकारी को पेन्शन जाना था। कागज भी बना सुविधा शुल्क भी ले लिया मगर कागज भेजा मुख्यालय और मुख्यालय से आपत्ति आयी फिर उस आपत्ति को पूरा करके भेजने में अड़तीस दिवस लग गया। अब आप समझ होंगे इसलिये मेरी राय में यह विभाग तो सुधरने वाला नहीं। शोले पिक्चर में जेलर का किरदार करने वाले असरानी का डॉयलॉग अँग्रेजों के जमाने का जेलर हूँ, जब मैं नहीं सुधरा तो तुम क्या सुधरोगे। कोई नहीं सुधरता। विवेचक को चाहिये जब काम करने में समय की पाबन्दी है तो अपनी वेतन अपना वेतन वृद्धि अपनी चरित्र-पंजिका का अवलोकन साल में एक दिन तो समय निकालकर कर ही सकते हैं... यानी अपना काम स्वयं कर लें। काम निकालना सीखें शिकायत करने से आप का काम तो रुका।

आंशिक शाखा -

यह शाखा वेतन टी0ए0, डी0ए0, जी0पी0एफ0 यानी एरियर मँहगाई भत्ता आदि का काम करते हैं। यही सलाह है जब काम करते हैं तो वेतन की जानकारी करे एवं यह मत सोचें की बाबू के पास कौन चक्कर लगाएगा क्योंकि ऐसा सोचने से आप का नुकसान होगा, बाबू डाँट सुनने वाले होते हैं सुना आगे बढ़े; काम तो पदाधिकारी का विवेचक का रुका।

भाग-8

विभिन्न आवश्यक परिभाषाएँ या कानून

अध्याय- 47

विवेचना में सहयोग हेतु विभिन्न आवश्यक परिभाषाएँ या कानून

(क)

भारतीय दण्ड विधान

भा0द0वि0 की 1860 की परिभाषाएँ धारा 5 के अनुसार कोई भी बात भारत सरकार की सेवा के ऑफिसरों, सैनिकों, नौसैनिकों, या वायु सैनिको द्वारा विद्रोह और अभित्यजन को दण्डित करने वाले किसी अधिनियम के उपबन्धों या किसी विशेष या स्थानीय विधि के उपबंधों पर प्रभाव नहीं डालेंगी।

धारा 8 के अनुसार लिंग - पुल्लिंग वाचक शब्द जहाँ प्रयोग किये गये हैं वे हर व्यक्ति के बारे में लागू हैं चाहे नर हो या नारी हो।

धारा 10 के अनुसार स्त्री या पुरुष - पुरुष शब्द किसी भी मानव नर का द्योतक है; स्त्री शब्द किसी भी आयु के मानव नारी का प्रतीक है।

धारा 14 सरकार का सेवक - सरकार का सेवक शब्द सरकार के प्राधिकार के द्वारा या अधीन भारत के भीतर उस रूप में बने रहने नियुक्त किये गये या नियोजित किये गये किसी भी अफसर या सेवक का द्योतक है।

धारा 17 सरकार - केन्द्रीय सरकार से जम्मू कश्मीर राज्य के सिवाय भारत का अभिक्षेत्र है। अब अनुच्छेद 370 हटाया गया 5 अगस्त 2019 को अब यह भा0द0वि0 2019 में सम्पूर्ण भारत पर लागू होगा।

धारा 19 - न्यायाधीश शब्द हर ऐसे व्यक्ति का द्योतक है जो पद रूप में न्यायाधीश अभिहित हो; किन्तु उस हर व्यक्ति का द्योतक है, प्रतीक है।

धारा 20 - न्यायालय शब्द उस न्यायाधीश का जिसे अकेले ही न्यायिक कार्य करने के लिये विधि द्वारा सशक्त किया गया हो।

धारा 21 लोक सेवक -

(1) शब्द उस व्यक्ति का द्योतक है जो निम्नांकित वचनों में आता है।

(2) भारत की सेना, नौ सेना या वायु सेना का हर आयुक्त ऑफिसर

(3) हर न्यायाधीश

(4) न्यायालय का हर ऑफिसर

(5) किसी न्यायालय का लोक सेवक की सहायता करने वाला ज्यूरी का सदस्य असेसर या पंचायत का सदस्य

(6) हर मध्यस्थ व अन्य व्यक्ति जिसको किसी न्यायालय या किसी लोक सेवक प्राधिकारी द्वारा कोई मामला या विषय विनिश्चय या रिपोर्ट के लिये निर्देशित किया गया हो।

(7) हर व्यक्ति जो किसी ऐसे पद को धारण करता है जिसके आधार से वह किसी व्यक्ति के परिक्षेत्र में हस्तक्षेप करने या रखने के लिये सशक्त है।

(8) सरकार का हर ऑफिसर जिसका ऐसे अफसर के नाते कर्तव्य हो कि वह अपराध का निवारण करे, अपराधों की इत्तिला दे अपराधियों के लिए न्यायालय में न्याय के लिये उपस्थित करे लोक के स्वास्थ्य क्षेत्र व सुविधा की सुरक्षा करें।

(9) सरकार का हर ऑफिसर ऐसे अफसर के नाते कर्तव्य हो कि किसी सरकार की ओर से किसी सम्पत्ति को ग्रहण करे, प्राप्त करे व्यय करे सरकार की ओर से सर्वे करे निर्धारण करे।

(10) हर अफसर जिसका अफसर के नाते कर्तव्य है, किसी ग्राम नगर या जिले के किसी धर्म-निरपेक्ष समस्या प्रयोजन के लिये किसी सम्पत्ति को ग्रहण करे प्राप्त करे रखे व्यय करे कोई सर्वेक्षण निर्धारण करे या कोई रेट या कर उद्धृत करे या किसी ग्राम नगर या जिले के लोगों के अधिकारों के कोई दस्तावेज बनाये अभिप्रभावित करे या रखे।

(11) हर व्यक्ति जो कोई ऐसा पद धारण करता है जिसके आधार से वह निर्वाचन नियमावली, तैयार करने प्रकाशित करने बनाये रखने या पुनर्स्थिति करने या निर्वाचन या समर्थन के किसी भाग को संचालित करने के लिये सशक्त है।

(12) हर व्यक्ति जो (1) सरकार की सेवा या वेतन पाता हो या किसी लोक कर्तव्य के पालन के लिये सरकार से फीस या कमीशन के रूप में पारिश्रमिक पाता है। (2) स्थानीय प्राधिकारी, की अथवा केन्द्र प्रांत या राज्य के अधिनियम के द्वारा अधीन स्थापित निगम नगर पालिका आयुक्त लोक सेवक है।

(13) कोई ऐसा व्यक्ति जिसे किसी विधि के अन्तर्गत मान्यता प्राप्त या अनुमोदित किसी परीक्षा के संचालन और परीक्षण में किसी लोक निकाय द्वारा नियोजित या लगाया गया है।

धारा - 22 जंगम सम्पत्ति यानी चल सम्पत्ति - जंगम या चल सम्पत्ति का आशय हर प्रकार से मूर्त सम्पत्ति है, किन्तु भूमि वे चीजें जो भू वध हो या भू वहाँ किसी चीज से स्थायी रूप से जकड़ी हुई हो चल सम्पत्ति में नहीं आती।

धारा - 24 बेईमानी - इस शब्द से यह आशय है कि कोई व्यक्ति संदोष अभिलाभकारित करे या अन्य व्यक्ति को हानि कारित करे वह उस कार्य को बेईमानी से करता है।

धारा - 29 दस्तावेज - दस्तावेज शब्द किसी भी विषय का द्योतक है जिसको किसी पदार्थ पर अक्षरों, अंकों, या चिन्हों के साधन द्वारा उनमें से किसी एक साधनों से अधिक साधनों अभियुक्त द्वारा वर्णित किया गया विषय साक्ष्य के रूप में उपयोग किये जाने का आरोपित हो

29(क) इलेक्ट्रानिक अभिलेख - इलेक्ट्रानिक शब्द का वही अर्थ होगा जो सूचना प्रौद्योगिकी अधिनियम 2000 का धारा 2 की उपधारा खण्ड (न) में है, जिसमें अंकित है इलेक्ट्रानिक अभिलेख से किसी इलेक्ट्रानिक प्रारूप या माइक्रो फिल्म या कम्प्यूटर उत्पादित माइक्रो चिप में डाटा अभिलेख या उत्पादित डाटा भण्डारित या पूर्व संचित प्राप्त या प्रेषित ध्वनि अभिप्रेत है।

धारा 30 मूल्यवान प्रतिभूति - मूल्यवान प्रतिभूति उस दस्तावेज का द्योतक है जो ऐसे दस्तावेज हैं जिसके द्वारा कोई विधिक अधिकार सृजित विस्तृत, अन्तरित, निर्बन्धित निर्वाचित किया जाय छोड़ा जाय जिसके द्वारा कोई व्यक्ति यह अभि स्वीकार करता है यह विधिक दायित्व के अधीन अमुक विधिक अधिकार नहीं रखता है।

धारा 31 - बिल शब्द किसी भी वसीयती दस्तावेज का द्योतक है।

धारा 34 - सामान्य आशय को अग्रसर करने में कई व्यक्तियों द्वारा किये गये कार्य, कोई भी अपराधिक कार्य कई व्यक्तियों द्वारा अपने सबके सामान्य आशय को अग्रसर करने में किया जाता है तब ऐसे व्यक्तियों में से हर व्यक्ति उस कार्य के लिये उसी प्रकार दायित्व के अधीन हो माने यह कार्य अकेले उसने किया है।

धारा 40 अपराध द0प्र0सं0 2 की उपधारा (ढ़) में भी वर्णित है। किसी कार्य

या लोप अभिप्रेत हो जो किसी विधि द्वारा दण्डनीय बनाया गया है।

धारा 45 जीवन - जब तक कि सन्दर्भ से तत्प्रतिकूल प्रतीत न हो, जीवन मानव जीवन का द्योतक है।

धारा 46 मृत्यु - मृत्यु शब्द मानव जीवन की मृत्यु का प्रतीक है।

धारा 47 - जीव-जन्तु शब्द मानव से भिन्न किसी भी जीवधारी का द्योतक है।

धारा 49 वर्ष या मास जहाँ कहीं वर्ष शब्द या मास शब्द का प्रयोग किया गया हो, यह समझा जाना चाहिये वर्ष या मास की गणना ब्रिटिश कैलेण्डर के अनुरूप की जानी है।

धारा - 51 शपथ - शपथ किसी विधि द्वारा प्रत्यापित सत्यनिष्ठा पूर्वक ऐसी घोषणा जिसका किसी लोक सेवक के समक्ष किया जाना या न्यायालय में या अन्यत्र सबूत के प्रयोजन के लिये उपयोग किया जाना विधि द्वारा अपेक्षित या प्राधिकृत हो, शपथ शब्द के अन्तर्गत चाहिये।

धारा -52(क) संश्रय धारा 157 में के सिवाय धारा 130 के सिवाय सश्रय सांकिट व्यक्ति पत्नी या पति द्वारा दिया गया है। संश्रय शब्द के अन्तर्गत किसी व्यक्तियों को आश्रय, भोजन, पेय, धन, वस्त्र, आयुध, गोला, बारूद या प्रवहण के साधन देना या किन्ही साधनों से चाहे वे उसी प्रकार हो या नहीं जिस धारा के परिगणित है। किसी व्यक्ति की सहायक पकड़े जाने से बचने की विशेष कामना करता है।

(धारा - 130 में - कैदी राज- कैदी, युद्ध- कैदी)

(धारा 115 - विधि-विरूद्ध जमात भाड़े पर व्यक्ति)

धारा - 53 दण्ड मृत्युदण्ड, आजीवन कारावास, कठिन करावास, सादा कारावास सम्पत्ति व रिमाण्ड जुर्माना

अपवाद -

धारा 76 में विधि द्वारा आबद्ध या तथ्य के भूल के कारण अपने आपको विधि द्वारा आबद्ध होने का विश्वास करने वाले व्यक्ति द्वारा किया गया कार्य।

धारा - 77 न्यायिक कार्य न्यायाधीश का द्वारा कार्य करते हुए अपराध नहीं है जो कार्य न्यायाधीश द्वारा किया गया है।

धारा-80 विधिपूर्ण कार्य करने में दुर्घटना कोई बात अपराध नहीं है। दुर्भाग्यवश

किसी आपराधिक आशय या ज्ञान के बिना विधि पूर्ण संसाधनों सतर्कता सावधानी से कार्य करने में हुई घटना अपराध नहीं है।

धारा - 82 सात वर्ष से कम आयु के शिशु का कार्य अपराध नहीं है।

धारा - 83 जब 7 वर्ष से ऊपर एवं 12 वर्ष से नीचे अपरिपक्व समझ के शिशु का कार्य अपराध नहीं है जो अपने परिणामों का निर्णय न कर सके।

धारा - 84 विकृत-चित्त व्यक्ति का (पागल) जो किसी चित्त विकृत द्वारा किया जाय अपराध नहीं है जो जानने में असमर्थ है।

धारा - 85 मतता या नशा में किया गया कार्य जो नशे में हो तथा यह समझने में असमर्थ हो क्या कर रहा है।

धारा - 87 सहमति से किया गया, जिससे मृत्यु या गम्भीर चोट आये।

धारा 93 के अनुसार कोई सूचना सद्भावपूर्वक दी जाती है इसके उपरान्त किसी की क्षति या हानि होती है तो अपराध नहीं माना जायेगा।

धारा 97 के अनुसार हर व्यक्ति को अपनी प्रतिरक्षा का अधिकार है।

धारा 99 में कुछ प्रतिबन्धों के अनुसार अधिकार नहीं है (1) यदि कार्य किसी लोक सेवक द्वारा अपने पदेन कार्य के दौरान यदि मृत्यु या गम्भीर चोट पहुँचाने की नीयत से नहीं किया जा रहा है (2) यदि कार्य लोक सेवक द्वारा सदभावपूर्वक मृत्यु या गम्भीर चोट पहुँचाने की नीयत से नहीं कार्य कराया जा रहा है।

धारा 100 के अन्तर्गत हर व्यक्ति को अपनी जान की सुरक्षा या सम्पत्ति की सुरक्षा हेतु किसी की मृत्यु कारित हो जाती है तो व्यक्तिगत सुरक्षा के अन्दर अधिकार है यदि कोई गम्भीर चोट या मृत्यु कारित करने के आशय से हमला करता है या बलात्कार करने के उद्देश्य से आक्रमण करता है या अप्राकृतिक कार्य करने के उद्देश्य से या अपहरण। या व्यपहरण करने के या दोष परिरोध करने के लिये हमला करता है तब व्यक्तिगत रक्षा का अधिकार है।

धारा 103 के अनुसार सम्पत्ति की रक्षा करने हेतु यदि किसी की मृत्यु कारित करता है, लूट, रात्रि गृह-भेदन या अग्नि से नुकाशानती व्यक्तिगत प्रतिरक्षा का अधिकार है।

(ख)

दण्ड प्रक्रिया संहिता की परिभाषा

द0प्र0सं0 सन् 1973 के अनुसार

धारा 2(क) जमानतीय अपराध - ऐसा अपराध जो जमानतीय अपराध होगा, जिसके जमानतीय अपराध बनाया गया है।

धारा 2(ख) आरोप - जब आरोप में एक या कई आरोप सम्मिलित है।

धारा 2(ग) संज्ञेय अपराध ऐसा अपराध जिसमें पुलिस अधिकारी बिना वारण्ट किसी व्यक्ति को गिरफ्तार करेगा।

धारा 2(घ) परिवाद - लिखित या मौखिक मजिस्ट्रेट के सामने किया गया अभिकथन है, जिसके किसी व्यक्ति द्वारा ज्ञात हो या अज्ञात अपराध का होना पाया गया परन्तु इसके अन्तर्गत पुलिस रिपोर्ट नहीं है।

धारा 2(ड.) उच्च न्यायालय किसी राज्य से सम्बन्धित उस राज्य का न्यायालय

धारा 2(च) भारत से वे राज्य क्षेत्र हैं जिन पर इस संहिता का विस्तार है।

धारा 2(छ) जाँच विचारण से भिन्न जो मजिस्ट्रेट के हाथ किया जाय।

धारा 2(ज) अन्वेषण- इसके अन्तर्गत सब कार्यवाहिया है जो इस संहिता के अधीन पुलिस अधिकारी द्वारा (मजिस्ट्रेट से भिन्न) किसी भी व्यक्ति द्वारा जो मजिस्ट्रेट द्वारा इस निमित्त प्राधिकृत किया गया हो, साक्ष्य एकत्र करने के लिये की जाय।

धारा 2(ठ) असंज्ञेय अपराध - ऐसा मामला जिसमें पुलिस अधिकारी बिना वारण्ट के गिरफ्तार नहीं कर सकता।

धारा 2(ढ) अपराध ऐसा कार्य या लोप अभिप्रेत है जिसको करने से दण्डनीय बनाया गया है, परन्तु पशु अम्तियार अधिनियम 187(क) की धारा 20 के अधीन परिवाद किया जा सकता है।

धारा 2(ण) पुलिस थाने का भार साधक अधिकारी - पुलिस थाने का भार साधक अधिकारी थाना-गृह से अनुपस्थित है, बीमारी के कारण कर्तव्य पालन करने में असमर्थ हो थाने पर उपस्थित ऐसा पुलिस अधिकारी कांस0 के पंक्ति के

ऊपर जब राज्य सरकार ऐसा निर्देश दे सकता है। इस प्रकार उपस्थित कोई भी पुलिस अधिकारी भी है।

धारा 2(त) स्थान- अन्तर्गत गृह-निर्माण तम्बू यान और जलयान है।

धारा 2(द) पुलिस रिपोर्ट पुलिस अधिकारी द्वारा धारा 173 की अधीन मजिस्ट्रेट को भेजी गयी रिपोर्ट है।

धारा 2(ध) पुलिस थाना कोई स्थान या चौकी अधिप्रेत है। राज्य सरकार द्वारा पुलिस थाना होना साधारण या विशेष तथा घोषित किया गया है। इसके अन्तर्गत राज्य सरकार इस निमित्त विनिर्दिष्ट कोई स्थान क्षेत्र

धारा 2(प) लोक अभियोजक से द0प्र0सं0 की धारा 24 के अधीन नियुक्त कोई भी व्यक्ति से सम्बन्धित है जो लोक अभियोजक के अधीन कार्य करने वाला व्यक्ति है।

धारा 2(ब) समन मामला - ऐसा मामला सम्बन्धित है जो किसी अपराध से सम्बन्धित है और वारण्ट मामला नहीं है।

द0प्र0सं0 की धारा 2(भ) वारण्ट मामला एक ऐसा मामला है जो मृत्यु या आजीवन कारावास का दण्ड का प्राविधान हो।

धारा 24 द0प्र0सं0 के अन्तर्गत राज्य सरकार की ओर से उच्च न्यायालय या प्रत्येक जिला में अभियोजन या अन्य कार्य हेतु एक लोक अभियोजक की नियुक्ति या ऊपर लोक अभियोजक की नियुक्ति करता है।

धारा 25 के अनुसार सहायक लोक अभियोजक की नियुक्ति राज्य सरकार करती है साथ-ही-साथ सहायक लोक अभियोजक की नियुक्ति कई हो सकते हैं।

धारा 36 द0प्र0सं0 के अनुसार वरिष्ठ अधिकारियों की शक्ति या है यानी पुलिस थाने का भारसाधक अधिकारी से पंक्ति में वरिष्ठ पुलिस अधिकारी जिस स्थान क्षेत्र में नियुक्त है उनको सर्वत्र उन शक्तियों को प्रयोग कर सकते हैं, जिसका प्रयाग अपने थाने के सीमाओं के अन्दर ऐसे अधिकारी द्वारा किया जाता है, परन्तु पर्यवेक्षण के बहाने पुलिस के उच्चाधिकारी को अन्वेषण में हस्तक्षेप करने के लिये सशक्त नहीं किया गया है। गुरु किशन बनाम स्टेट ऑफ केरल 2011(99)ए0आई0सी0 676 (केरल)

धारा 41 गिरफ्तारी बिना वारण्ट के बिना किसी को गिरफ्तार किये जाने पर चौबीस घण्टे से अधिक न रोककर उसको माननीय न्यायालय में पेश करना

होता है।

धारा 46 के अन्तर्गत किसी व्यक्ति को गिरफ्तार करने के लिये पहले बोलेगा फिर छुएगा यदि आरोपित विरोध करता है तो उसे आवश्यक सब बल के साधनों का प्रयोग गिरफ्तारी में करेगा। ध्यान रहे किसी भी अभियुक्त की उतनी चोट पहुँचायी जायेगी जितनी गिरफ्तारी में आवश्यक है। यदि स्त्री की गिरफ्तारी करनी है तो किसी महिला पुलिस अधिकारी द्वारा ही गिरफ्तारी की जायेगी वह भी सूर्यास्त से पहले या सूर्योदय के बाद ध्यान रहे किसी व्यक्ति की गिरफ्तारी में यदि आरोपित आजीवन या मृत्यु दण्ड से दण्डित नहीं है तो उसकी मृत्यु नहीं की जा सकती।

गिरफ्तारी के दौरान यदि आरोपित किसी के घर में घुस गया है तो मकान मालिक या स्वामी, पुलिस अधिकारी के माँग किये जाने पर वह सब सुविधाएँ देगा जो गिरफ्तारी के लिये आवश्यक हो। यदि ऐसा नहीं करता है तो पुलिस को घर में घुसने हेतु खिड़की या दरवाजा तोड़कर प्रवेश कर सकता है या निकल सकता **धारा 47** यह प्राविधान करती है, परन्तु ध्यान रहे यदि किसी ऐसे स्थान में आरोपित है तथा वहाँ पर स्त्री का निवास है तो पुलिस अधिकारी स्त्री को स्वतन्त्र रूप से हटने की बात करते हुए सहयोग या सुविधा प्रदान करेगा।

धारा 48 गिरफ्तारी हेतु पुलिस अधिकारी पूरे भारत में कहीं भी गिरफ्तारी करेगा।

धारा 50 के अनुसार गिरफ्तार व्यक्ति को सूचित करेगा कि वह जमानत पाने या छूटने का हक रखता है। धारा 50 (क) के अनुसार गिरफ्तार व्यक्ति को उसके परिवार वालों को सूचना देगा एवं तलाशी ली जायेगी जो धारा 51 के अनुसार प्राविधान है तथा तलाशी किसी स्त्री की किसी स्त्री के द्वारा ही ली जायेगी। गिरफ्तार व्यक्ति को अपराध से सम्बन्धित मामले में एक आवेदन प्रार्थना-पत्र देगा जो उपनिरीक्षक स्तर से कम का पुलिस पदाधिकारी नहीं होगा या प्राविधान धारा 53 के प्राविधान के तहत है।

कुर्की या उद्घोषणा पत्र - जब वॉरण्टी गिरफ्तार नहीं होता है तब न्यायालय से उद्घोषणा-पत्र या कुर्की जारी करता है जो धारा 82/83 द0प्र0सं0 के अन्तर्गत प्राविधान है।

धारा 91 द0प्र0सं0 के प्राविधानों के तहत किसी न्यायालय या पुलिस अधिकारी यानी भारसाधक अधिकारी विवेचना या अन्य जाँच में किसी ऐसे

दस्तावेज या कोई चीज जो अन्वेषण के दौरान आवश्यक है मँगवा सकता है।

धारा 100 द0प्र0सं0 में बन्द स्थान में भार साधक अधिकारी के द्वारा तलाशी लेने की प्रक्रिया बतायी गयी है।

शान्ति-व्यवस्था बनाये रखने हेतु धारा 107/116/151 द0प्र0सं0 या संहिता के अन्तर्गत प्राविधान है तथा धारा 116(3) में पाबन्द या जमानत देता है।

धारा 122 द0प्र0सं0 के अन्तर्गत कार्यवाही की जाती है जब कोई व्यक्ति धारा 107/116/151 में दिये गये जमानत का उल्लंघन करता है तब धारा 122 द0प्र0सं0 की कार्यवाही के अन्तर्गत पुनः गिरफ्तार कर वारण्ट बनाकर निरुद्ध किया जाता है।

धारा 125 द0प्र0सं0 के अन्तर्गत पत्नी सन्तान माता-पिता को अपने जीवन निर्वाह के लिये अपने आश्रितों से भरण-पोषण प्राप्त कर सकता है।

धारा 129 सिविल बल के प्रयोग से विधि-विरुद्ध जमाव को तितर-बितर किया जाता है तथा 130 द0प्र0सं0 के द्वारा शक्ति प्राप्त है जो उप-निरीक्षक के पद से कम का कोई अधिकारी बल प्रयोग करने का आदेश नहीं दे सकता।

जब कभी थाना स्थानीय क्षेत्र में शान्ति व्यवस्था का मामला आता है तो पाँच या पाँच से अधिक व्यक्ति इकट्ठा नहीं हो सकते या शस्त्र का प्रयोग नहीं कर सकते या किसी प्रकार की सभा या मीटिंग नहीं कर सकते। धारा 144 द0प्र0सं0 के अन्तर्गत प्राविधान है।

किसी प्रकार का अवरोध हटाने की प्रक्रिया अपनायी जाती है व धारा 133 द0प्र0सं0 के अन्तर्गत प्राविधान है तथा विवादित भूमि के कब्जे को लेकर विवाद होने पर धारा 145 द0प्र0सं0 की रिपोर्ट प्रेषित होने पर धारा 146 द0प्र0सं0 के अन्तर्गत कुर्क करने का आदेश दे सकता है।

विवेचना की प्रक्रिया - जब कभी संज्ञेय अपराध की सूचना प्राप्त होती है, चाहे झूठी हो या सही थाना प्रभारी की व्यक्तिगत जिम्मेदारी बनती है कि उसे प्रथम सूचना रिपोर्ट दर्ज करे जो कि धारा 154 द0प्र0सं0 में प्राविधान है तथा उसकी विवेचना कराने हेतु धारा 156 द0प्र0सं0 में प्राविधान है साथ ही धारा 155 द0प्र0सं0 में असंज्ञेय अपराध की सूचना मिलने पर सूचना दर्ज होगी मगर बिना मजिस्ट्रेट की आज्ञा के विवेचना नहीं होगी।

संज्ञेय अपराधों में धारा 156 द0प्र0सं0 के अन्तर्गत पुलिस अधिकारी को

विवेचना करने की शक्ति है धारा 190 द0प्र0सं0 के अन्तर्गत कोई मजिस्ट्रेट पूर्वोत्तर प्रकार के अन्वेषण का आदेश दे सकता है।

धारा 157 द0प्र0सं0 के अन्तर्गत विवेचना करने की प्रक्रिया दी गयी है जब कोई थाने का भारसाधक अधिकारी को संज्ञेय अपराध की सूचना मिलती है तो विवेचना करने की प्रक्रिया प्रारम्भ कर देगा।

धारा 160 द0प्र0सं0 के अन्तर्गत विवेचना में साक्षियों को तलब कर सफीना या समन जारी कर सकता है जो वैधानिक प्रपत्र होगा। यदि कोई साक्षी इस प्रपत्र को प्राप्त करके उसका पालन नहीं करता है तो कानूनी दण्ड के दण्ड से दण्डित होगा।

धारा 161 कोई भी विवेचक अपने विवेचना के दौरान लिये गये साक्ष्य या बयान पर किसी साक्षी का हस्ताक्षर नहीं करायेगा। यदि ऐसा करता है तो धारा 162 द0प्र0सं0 का उल्लंघन माना जायेगा।

धारा 162 द0प्र0सं0 के अन्तर्गत प्राविधान है केसडायरी में गवाहों के रूप में बयान पर हस्ताक्षर नही कराया जायेगा।

धारा 164 द0प्र0सं0 के अन्तर्गत कोई विवचेक से साक्षी यदि बार-बार अपना बयान बदलता है या बयान बदलने की सम्भावना है तो इस धारा के अन्तर्गत अपना बयान माननीय मजिस्ट्रेट के समक्ष देगा तथा उस पर अपना हस्ताक्षर करेगा।

धारा 164 क यानी बलात्संग के शिकार व्यक्ति की शारीरिक परीक्षा सबकी होना आवश्यक है जो किसी महिला डॉक्टर से यदि स्त्री होगी तो परीक्षा होगी साथ ही राजकीय या रजिस्टर्ड डॉक्टर द्वारा किया जायेगा।

धारा 165 द0प्र0सं0 के अन्तर्गत किसी पुलिस थाने का भारसाधक अधिकारी अन्वेषण के दौरान यदि विश्वास करने के कारण है जिसकी विवेचना कर रहा हो उस स्थान की तलाशी ले सकता है या तलाशी लिवा सकता है।

धारा 167 द0प्र0सं0 के अन्तर्गत किसी मुकदमें में विवेचना कर रहे पुलिस अधिकारी यदि किसी आरोपित को गिरफ्तार करता है तथा विवेचना शीर्घ पूर्ण नहीं होती तो आरोपी को विवेचना पूर्ण होने तक रिमाण्ड ले सकता है।

रिमाण्ड दो प्रकार का होता है - पहला न्यायिक रिमाण्ड दूसरा पुलिस रिमाण्ड।

यह रिमाण्ड न्यायिक दो प्रकार से होता है साठ दिन व नब्बे दिन यानी जब दस साल से नीचे की सजा में साठ दिन का रिमाण्ड तथा नब्बे दिन का रिमाण्ड आजीवन करावास या मृत्यु-दण्ड में प्राविधान है।

पुलिस रिमाण्ड अभियुक्त की गिरफ्तारी के बाद पहले ही रिमाण्ड में आवेदन करना चाहिये। पुलिस रिमाण्ड पुलिस अधीक्षक के माध्यम से ही आवेदन करना चाहिये।

यदि निर्धारित समय से आरोप-पत्र न्यायालय नहीं पहुँचता है तो अभियुक्त को जमानत पाने का अधिकार हो जाता है यह विवेचक की लापरवाही मानी जायेगी।

धारा 168द0प्र0सं0 के अन्तर्गत अधीनस्थ पुलिस अधिकारी अगर किसी मुकदमें की विवेचना कर रहा है तो प्राविधान के तहत अपनी विवेचना भार साधक अधिकारी के माध्यम से वरिष्ठ अधिकारी के पास भेजेगा।

धारा 172 द0प्र0सं0 के अन्तर्गत विवेचक अपनी केस डायरी किता करेगा जो निर्धारित जिल्द या कम्प्यूटर पर की जायेगी जिसमें मुकदमे का विवरण अंकित होगा, जिसमें समय स्थान दिनांक सहित विवरण अंकित होगा।

पुलिस रिपोर्ट - धारा 173 द0प्र0सं0 के अन्तर्गत विवेचना पूर्ण होने पर विवेचक अपनी रिपोर्ट प्रेषित करता है यह रिपोर्ट आरोप-पत्र या अन्तिम रिपोर्ट के रूप में होती है।

पुलिस रिपोर्ट भेजने के बाद विवेचना पूर्ण मानी जाती है। यदि विवेचना की रिपोर्ट भेजने के बाद यदि विवेचना या भार साधक अधिकारी को अतिरिक्त साक्ष्य प्राप्त होता है तो धारा 173(8) के तहत मजिस्ट्रेट को रिपोर्ट भेजने पर विवेचना पुनः कराने का आदेश दिया जा सकता है।

पंचायतनामा या मृत्यु समीक्षा रिपोर्ट - धारा 174द0प्र0सं0 के अन्तर्गत जब कभी थाने के सीमा के अन्तर्गत किसी भार साधक अधिकारी को आकस्मिक मृत्यु से सम्बन्धित सूचना जो प्राकृतिक नहीं है उसका पंचायतनामा की कार्यवाही की जायेगी तथा पोस्टमार्टम कराया जायेगा ताकि मृतक की मृत्यु की सही जानकारी मिल सके।

धारा 176 द0प्र0सं0 के अन्तर्गत जब कभी पुलिस अधिकारी के अधिकारिता या पर्यवेक्षण में मृत्यु हुई या दहेज सम्बन्धी अपराध में किसी महिला की जिसकी मृत्यु शादी के सात साल के अन्दर सन्देहास्पद हुई है या किसी मृतक का शव जमीन में गाड़ दिया गया है तो उसका पंचायतनामा मजिस्ट्रेट द्वारा भरा जायेगा।

(ग)

पुलिस रेगुलेशन की परिभाषा

पुलिस रेगुलेशन 1860 के प्राविधानों के अनुसार परिभाषाएँ जो अंकित हैंः-

जब हम पुलिस यानी विवेचना पर चर्चा करेंगे तो यह आवश्यक हो जाता है कि पुलिस अधिनियम 1861 एवं पुलिस रेगुलेशन 1860 में निहित अधिकारियों के अधिकार कर्तव्य जो पुलिस अधिनियम एवं पुलिस रेगुलेशन के प्रावधान से बाधित है पर चर्चा करेंगे। वैसे डेढ़ सौ दशक का बनाया कानून भारत के स्वतंत्रता के पहले का बना कानून जिससे पुलिस संगठन चल रहा है तो यह सोचने पर मजबूर करता है। परतंत्र देश का बना कानून स्वतंत्र देश की पुलिस कैसे सामंजस्य करती है। मगर इस कानून को बदलने या संशोधन करने की आवश्यकता थी। होनी चाहिये परन्तु अभी तो नहीं हो पाया। इसी सामन्जस्य से कानूनी प्रक्रिया में चल रही है।

पुलिस महानिरीक्षक जहाँ पुलिस रेगुलेशन 1860 के अनुसार पुलिस विभाग का प्रधान होता था, मुखिया होता था। आज पुलिस महानिदेशक पद बन गया। पुलिस महानिरीक्षक अब परिक्षेत्र का प्रधान बनकर सीमित हो गया। पुलिस महानिदेशक गर्वनर का सलाहकार होता था, वहीं आज मुख्यमंत्री पदेन का पिछलग्गू या चमचा कहे बनकर रह गया। अब पिछलग्गू की परिभाषा केवल दो शब्दों में यदि जो काम गलत को सही कहे और हाँ में हामी भरे उसे चमचा कहा जाता है। जो पद पाने के लिये किसी राजनेता के आगे-पीछे चक्कर लगाये, उसे पिछलगू कहा गया है। मानता हूँ कि पुलिस महानिदेशक का पद मुख्यमंत्री के प्रसाद पर्यन्त रहता है तो पदेन कार्य करे। हाँ में हाँ न करके उचित स्थल पर हाँ उचित स्थान पर ना करे बदलते परिवेश का परिणाम है। खैर यहाँ हम केवल परिभाषा देंगे जो जहाँ है। जैसे है पदेन तो है। अपनी जमीर आत्मा जो बेचे। मगर पदेन सरकारी काम तो करना ही पड़ेगा। कोई पुलिस पदाधिकारी बिना पुलिस महानिदेशक के गर्वनर से पत्र-व्यवहार नहीं कर सकता।

अब उ0प्र0 शासन ने पुलिस विभाग का मुखिया पुलिस महानिदेशक पद को बनाया है। शासन प्रशासन की व्यवस्था पुलिस महानिदेशक का होता है। पुलिस रेगुलेशन 1ए अतिरिक्त महानिरीक्षक जो काम अतिरिक्त महानिरीक्षक का था अब वही अधिकार क्षेत्र अतिरिक्त पुलिस महानिदेशक या पुलिस महानिरीक्षक (पुलिस को छोड़कर) दिया गया है।

पुलिस महानिरीक्षक या अतिरिक्त पुलिस महानिदेशक अपने जोन के अन्तर्गत यह सब अधिकार का प्रयोग करेंगे जो पुलिस महानिदेशक सम्पूर्ण उत्तर प्रदेश के अन्तर्गत प्रयोग करते हैं।

पुलिस पैरा 2 में परिक्षेत्र के पदाधिकारी का अधिकार क्षेत्र है, चाहे उस परिक्षेत्र पद पर पुलिस महानिरीक्षक या पुलिस उपमहानिरीक्षक तैनात हो।

पुलिस रेगुलेशन पैरा 3 के अनुसार परिक्षेत्र के पदाधिकारी अपने रेंज के अपराध को सामान्य पर्यवेक्षण के उत्तरदायी होंगे। परिक्षेत्रीय पदाधकिारी का काम जिलों में सहयोग प्रभावी रूप से बनाये रखना है। डकैती, लूट-हत्या का विवरण अपने कार्यालय में अपने परिक्षेत्र के अन्तर्गत होने का प्रारूप 138 में रखना चाहिये तथा इसकी सूचना जोनल पदाधिकारी को वहाँ पर पुलिस महानिरीक्षक या अतिरिक्त पुलिस महानिदेशक तैनात हो सकेंगे।

पुलिस प्रशिक्षण जो परिक्षेत्र के अन्दर हो रहा है कि जिम्मेदारी व उत्तरदायित्व होगा। पुलिस पैरा 4 के अनुसार राजकीय रेलवे का प्रभार अतिरिक्त पुलिस महानिदेशक या पुलिस महानिरीक्षक के पास होंगे रेंज के या परिक्षेत्र के पदाधिकारी की भाँति सभी शक्तियाँ रेलवे के वरिष्ठ पदाधिकारी को प्राप्त होगी और वही शक्ति कर्तव्य दायित्व धारण करेंगे।

पुलिस रेगुलेशन के पैरा 5 आयुक्त (कमिश्नर) आयुक्त शब्द से जहाँ कहीं भी पुलिस विनियमों में आये कलेक्टर या किसी सम्भाग के भार साधक उप आयुक्त सम्मिलित होंगे।

पुलिस पैरा 6 जिला मजिस्ट्रेट - जिले का अपराधिक प्रशासन का प्रधान जिला मजिस्ट्रेट होगा जो पुलिस के कार्यों को नियंत्रित या निर्देशित करता है, चौकीदार को दण्डित करने का अधिकार रखता है। निरीक्षक व थानाध्यक्षों के स्थानान्तरण में जिला मजिस्ट्रेट का अनुमोदन आवश्यक है जो पुलिस अधीक्षक द्वारा प्राप्त किया जायेगा।

पुलिस पैरा 524 के अनुसार पुलिस अधीक्षक अपने जिले के भीतर निरीक्षकों या उससे निम्न पंक्ति के सभी का स्थानान्तरण कर सकता है, परन्तु निरीक्षक और भार साधक अधिकारी के स्थानतरण में जिला मजिस्ट्रेट से अनुमति आवश्यक है, जैसा पुलिस रेगुलेशन के पैरा 6 में जिला मजिस्ट्रेट को शक्तिया प्रदान की गयी है।

यदि जिला मजिस्ट्रेट या पुलिस अधीक्षक के बीच निरीक्षक/थाने का भार

साधक अधिकारी की तैनाती में सहमति न बने तो रेंज के पुलिस पदाधिकारी को मामला स्थानान्तरित कर दिया जाता है। जिस जिले का रेन्ज या परिक्षेत्र आता है वहाँ के पुलिस परिक्षेत्र के पदाधिकारी होंगे।

जिला मजिस्ट्रेट ईनाम देने और चरित्र, पंजिका में प्रविष्टि के लिये सिफारिश कर सकता है। यानी किसी पुलिस पदाधिकारी जो अराजपत्रित हो उसकी चर्चा हो रही है।

उन जिलों में जहाँ कलेक्टर/उप आयुक्त सम्भाग का भार साधक कलेक्टर हो निरीक्षक और भार साधक अधिकारियों के बारे में उनके शक्ति का प्रयोग अतिरिक्त जिला मजिस्ट्रेट द्वारा किया जायेगा जो जिला कलेक्टर करता है। उसकी अनुपस्थिति में ऐसी शक्तियाँ हैं।

पुलिस पैरा 7 के अनुसार - जिला मजिस्ट्रेट को पुलिस अधीक्षक द्वारा घटित होने वाले सभी गम्भीर अपराधों और समस्या, अपराधों के परिणाम या वृद्धि की तत्परता से सूचना देनी चाहिये।

जब जिला मजिस्ट्रेट व पुलिस अधीक्षक मुख्यालय पर न हों अथवा एक साथ भ्रमण पर हो तो मौखिक विचार के बजाय सरकारी पत्र-व्यवहार किया जाय। यदि जिला मजिस्ट्रेट मौजूद मुख्यालय पर हो तो अपराधिक सूचना पुलिस अधीक्षक भार साधक अधिकारियों जो जिले का पुलिस कप्तान होगा सूचित करेगा। पुलिस रेगुलेशन 7ए के अनुसार जब भी पुलिस किसी अकर्मण्यता, भ्रष्टाचार सन्ताप देने अधिकार का दुरुपयोग करने अवैध हिरासत में रखने की मिसाल जिला मजिस्ट्रेट की जानकारी में आये तो उसे अधिकार होगा पुलिस अधीक्षक से तत्काल जाँच कराने व आवश्यक अभिलेखों के साथ उस घटना का परिणाम बताने को कहे। जाँच में दोषी पाये जाने पर पुलिस अधीक्षक से कार्यवाही करने को कहे जिला मजिस्ट्रेट या पुलिस अधीक्षक ऐसे हर शिकायतों का हर माह समीक्षा में सम्मिलित करे।

पुलिस रेगुलेशन 7बी जब जिले में शांति व्यवस्था को प्रभावित करने की स्थिति उत्पन्न हो तो पुलिस अधीक्षक तत्काल जिला मजिस्ट्रेट को सूचित करेंगे तथा समस्या से निबटने के लिये अनुदेश लेगे लगातार सम्पर्क में रहेंगे ताकि जिला मजिस्ट्रेट को शांति व्यवस्था में यह कहने का अवसर न हो कि कानूनी उल्लंघन हुआ।

मतभेद पुलिस रेगुलेशन 8 के अनुसार शांति व्यवस्था पर नियंत्रण हेतु

अपनी शक्ति का प्रयोग करते हुए जिला मजिस्ट्रेट के ऐसे काम करने से बचना चाहिये जो पुलिस अधीक्षक के अधिकार को निर्बल करे। मतभेदों का निजी रूप में समायोजन करना चाहिए ताकि बल को दोनों अधिकारियों में संघर्ष प्रकट न होना चाहिये। ऐसी स्थिति में शांति व्यवस्था में परेशानी होती है।

पुलिस रेगुलेशन 9 में जिला मजिस्ट्रेट को प्रत्येक थानों का अर्धवर्ष में एक बार निरीक्षण करना चाहिये। यह भी देखे कि एस0डी0एम0 प्रत्येक थाने का वर्ष में एक बार निरीक्षण करे। प्रत्येक थाने पर डी0एम0 व एस0डी0एम0 की निरीक्षण पुस्तिका रखी जायेगी। इस रजिस्टर में 390 प्रारूप में अपराध संक्षेप में चिपकाया जायेगा। जब भी निरीक्षण टीम द्वारा कोई टिप्पणी अंकित किया जाय यह रजिस्टर एस0पी0 के पास भेजा जायेगा।

पुलिस पैरा 10 में किसी अपराध को अपराध रजिस्टर से निकालने के लिये डी0एम0 की मंजूरी आवश्यक है। रेलवे पुलिस के मामले में पुलिस उपमहानिरीक्षक रेलवे पुलिस से अनुमति लेंगे। 10(1) जिस जिले में कलेक्टर/उपप्रभारी आयुक्त या संभाग का प्रभारी उपायुक्त हो, इस पैरा के अधीन उनके कार्य का प्रयोग अतिरिक्त जिला मजिस्ट्रेट करेगा यानी जिला मजिस्ट्रेट की शक्तियों का प्रयोग करेगा।

पुलिस पैरा 11 में पुलिस अधिनियम 1861 की धारा 30 के अनुसार जुलूसों के लिये लाइसेंस या अनुज्ञा देना डी0एम0 का अधिकार है जिला मजिस्ट्रेट के नियंत्रण में शांन्ति व्यवस्था का कार्य किया जाना चाहिये।

(2) शस्त्र अधिनियम 1959 के धारा 39 के अनुसार किसी व्यक्ति के विरुद्ध धारा 3 शस्त्र अधिनियम का अभियोग चलाने की अनुमति डी0एम0 द्वारा ही दिया गया है।

(3) गुण्डा अधिनियम 1970 के की धारा 3 के अनुसार गुण्डा अधिनियम में आपराधिक व्यक्ति को जिला से निष्कासन डी0एम0 द्वारा ही दिया जाय।

पुलिस अधीक्षक के कार्य - पुलिस रेगुलेशन के पैरा 12 के अनुसार पुलिस अधीक्षक पुलिस बल का प्रधान होता है; पुलिस की दक्षता, अनुशासन, कर्तव्यों का समुचित पालन कराने का उत्तरदायी होता है। पुलिस अधीक्षक को देखना है न्यायालय के या अन्य सक्षम अधिकारी के आदेश का क्रियान्वयन ठीक ढंग से हो। मजिस्ट्रेटों और पुलिस बल के बीच पत्र-व्यवहार पुलिस अधीक्षक के माध्यम से किया जाता है। पुलिस के लिये जारी सभी आदेश/निर्देश पुलिस अधीक्षक के

माध्यम से होगा।

न्यायालय जो जिला मुख्यालय में स्थित है सब डिविजन में जहाँ न्यायालय स्थित हो द0प्र0सं0 1973 की अध्याय छह सात दस तथा द0प्र0सं0 की धारा 421(1) (क) के अधीन जारी किये गये समन वारण्ट व अन्य आदेश तामिल के पश्चात सम्बन्धित न्यायालय को भेज दी जायेगी पुलिस अधीक्षक के कार्यालय के मार्फत नहीं ।

धारा 421 द0प्र0सं0 जुर्माना उद्गृहीत करने वाला वारण्ट - जब किसी अपराधी को जुर्माने का दण्डादेश दिया गया हो तब दण्डा देश देने वाला न्यायालय निम्नांकित प्रकरणों में किसी या दोनों प्रकार से जुर्माना की वसूली के लिये कार्यवाही करेगा।

1(क) अपराधी की किसी जंगम (चल) सम्पत्ति की कुर्की और विक्रय द्वारा रकम उद्ग्रहण के लिये वारण्ट जारी करना।

(ख) व्यक्तिगत का जंगम या स्थावर सम्पत्ति या दोनों के विरुद्ध भू-राजस्व के बकाया के रूप में रकम को उद्गृहीत करने के लिये जिले के कलेक्टर को प्राधिकृत करते हुए उसे वारण्ट जारी करना।

पुलिस रेगुलेशन के पैरा 13 के अनुसार जब पुलिस अधीक्षक जिले में मौजूद हो, कामकाज दिवस पर कार्यलय में हाजिर रहना चाहिये, शासकीय कार्य कार्यालय में करना चाहिए ऐसे गोपनीय विषयों के सिवाय जिन्हें उसे अपने निवास पर निपटाना चाहिए।

जिले में निवास कर रहे पुलिस पेन्शनरों से भी सम्पर्क रखना चाहिये मगर इतना पुलिस अधीक्षक को फुर्सत कहां है पुलिस अधीक्षक को देखना चाहिये कि जिले के भीतर सभी थानो का विगतवर्ष एक राजपत्रित अधिकारी द्वारा थाने का निरीक्षण ज्ञापन में निर्धारित रूप से पूर्ण कर लिया गया है। जिले के प्रत्येक थाने में वर्ष में कम से कम एक बार स्वयं परिदर्शन करना चाहिये।

प्रत्येक थाने का निरीक्षण वर्ष में एक बार नहीं तो तीन वर्ष में एक बार स्वयं कर लेना चाहिए।

पुलिस अधीक्षक के रिजर्व पुलिस लाइन का वार्षिक समीक्षा जुलाई और शरद ऋृतु में महानिरीक्षक के निरीक्षण के पूर्व करना चाहिये निरीक्षण का प्रारूप 327 उप महानिरीक्षक द्वारा जिला निरीक्षक रिपोर्ट के शीर्षक पाँच से मार्ग-दर्शन लेना चाहिये।

अन्य प्रदेश या ऐसी समस्या के निजात के लिये पुलिस अधीक्षक को पड़ोसी के अधिकारियों से वर्ष में कम से कम एक बार भेंट हो।

हिन्दी आदेश पुस्तिका - पुलिस रेगुलेशन की पैरा 15 के अनुसार अँग्रेजी की आदेश पुस्तिका (ऑर्डर बुक) प्रतिदिन निरीक्षक के कम के पंक्ति के न होने वाले अधिकारी द्वारा लिखी जायेगी तथा जिला पुलिस अधिकारी द्वारा हस्ताक्षरित होगी। यह पुस्तक 45 वर्ष तक रखी जायेगी। जिले के अन्दर दण्ड/नियुक्ति/पद स्थापन आदि सामान्य कार्य जो पुलिस विभाग से जुड़ा है लिखी जानी है प्रोन्नति/पदावनति सेवा निवृत्ति निलम्बन आदि समाहित होंगे।

अपराध रजिस्टर- पुलिस पैरा 16 - के अनुसार थाने पर अँग्रेजी के ग्राम अपराध रजिस्टर थाने पर संज्ञेय अपराध का पंजीकरण का अंकन किया जाना चाहिये।

पुलिस अधीक्षक ग्राम रजिस्टर के पहले आठ स्तम्भों (कॉलम) को रीडर के माध्यम से अंकित कराये। सभी प्रविष्टियाँ समय से भरी जानी चाहिए। (रीडर) प्रवाचक को कहते हैं।

सहायक पुलिस अधीक्षक/उप पुलिस अधीक्षण - पुलिस पैरा 17 के अनुसार - जब कोई राजपत्रित अधिकारी न हो तो पुलिस अधीक्षक जिले में बाहर जाते समय जिले को भार आर0आई0 को सौंपेगा। सहायक पुलिस अधीक्षक उप पुलिस अधीक्षक पुलिस अधिनियम की धारा 7 के अधीन अधीक्षक के कार्यों का पालन करने के लिये सशक्त होंगे। निरीक्षक से कम पद के अधिकारी सम्बन्धित मामले में दण्ड देने जाँच करने का अधिकार होगा।

सभी पुलिस अधीक्षक पुलिस अधिनियम की धारा 30 व 30ए के अधीन पुलिस के अधीनस्थ के सभी कर्तव्य का पालन करने के लिये सशक्त होगा जो जुलूस या जुलूस से सम्बन्धित हो।

इन्स्पेक्टर, या मण्डल निरीक्षक सर्किल पुलिस रेगुलेशन के अनुसार इन्स्पेक्टर या मण्डल निरीक्षक (सर्किल) पुलिस पैरा 40 के अनुसार संचालित होता था।

परन्तु बदलते परिवेश में निरीक्षक का पद स्वयं के द्वारा अपने व्यक्तिगत कारण से इतना नीचे रख दिया है कि अपने पद एवं अधिकार की महत्ता समाप्त कर दी है तथा कुछ वरिष्ठ पदाधिकारी ने भी उसके अधिकार को समाप्त कर दिया है। फिर भी चर्चा तो करना ही पड़ेगा ताकि उनको अपने अधिकार कर्तव्य

का ज्ञान हो सके, फिर जैसे चाहे सफर करे।

निरीक्षक का प्रमुख कर्तव्य, अन्वेषण का पर्यवेक्षक और अपराध का निवारण करना है, परन्तु अब निरीक्षक मण्डल का सर्किल निरीक्षक के रूप में न होना एक प्रभारी निरीक्षक के रूप में कार्यरत है। मण्डल का सर्किल का पदाधिकारी पुलिस उपाधिक पद के हो गये हैं जो सर्किल का काम करते हैं।

प्रभारी निरीक्षक/थानाध्यक्ष - पुलिस पैरा 43 के अनुसार थाने का भार साधक अधिकारी एक उप निरीक्षक होगा, परन्तु वर्तमान समय के अनुसार प्रभारी निरीक्षक भी होगा। अपने प्रभार की सीमाओं के अन्तर्गत पुलिस प्रशासन को संचालित करता है, बल के सभी शाखाओं पर प्राधिकार रखता है, अपने अधीनस्थो की दक्षता, कर्तव्यों के पालन के लिये उनके द्वारा तैयार किये गये रजिस्टर अभिलेखों, की शुद्धता के लिये उत्तरदायी है। थाने में रहने वाले सभी सरकारी धन और मूल्यवान सम्पत्ति की सुरक्षा अभिरक्षा के लिये अपनी लेखा पुस्तिका को शुद्ध रूप से बनाये रखने के लिये उत्तरदायी है। इस पदाधिकारी को चाहिये कि वे अपने अधीनस्थों के काम के लिये अनुदेश दे, उन्हें नियंत्रण में रखे अनुशासन बनाये रखे।

पुलिस पैरा 44 के अनुसार अपने प्रभार की पूर्ण जानकारी स्थानीय क्षेत्र की कर ले तथा प्रधान व्यक्तियों से परिचित हो जाय। उसे ग्राम के मुखिया से विनम्रता से व्यवहार करना चाहिये, उनकी हार्दिक सहायता प्राप्त करने का प्रयत्न करना चाहिये, ग्राम चौकीदारों के प्रति विचारशील होना चाहिये तथा उन्हें सूचना देने के लिये प्रोत्साहन करना चाहिये। बुरे चरित्र वालों पर थाने के भीतर या बाहर अपराध करने से रोकने में लिये कड़ी दृष्टि रखनी चाहिये अपने वरिष्ठ या अन्य थानों के भार साधक अधिकारियों से सम्पर्क रखना चाहिये। परन्तु बदलते परिवेश एवं राजनीतिक कारण गोपनीय पुस्तिका की उपयोगिता प्रभावहीन-सी बन गयी है।

गोपनीय नोट बुक - पुलिस रेगुलेशन की पैरा 45 के अनुसार गोपनीय नोटबुक एक निश्चित प्रारूप में रखनी चाहिए। उस पुस्तक के उपयोगी जानकारी जैसे सूचना देने वाले का नाम अधीनस्थों और अन्य मामलों में गोपनीय अभियुक्तियों लिखना चाहिये जो अन्य अभिलेख स्थान न पा सके। इस नोटबुक को अपने स्थानान्तरण के बाद आने वाले उत्तराधिकारी को सौंप देना चाहिये।

महत्वपूर्ण कार्य - पुलिस रेगुलेशन की पैरा 46 के अनुसार निर्धारित सीमा तक अपने अधीनस्थों को व्यायाम (ड्रिल) करायेगा तथा नियमित प्रशिक्षण कांस0 की गश्ती, कर्तव्यों के बारे में परीक्षा लेगा। सप्ताह में एक बार उसके क्षेत्र में तैनात गारद की निरीक्षण करेगा।

थानों में संगीनो सहित आग्नेयास्त्र (फायर आर्म्स) कारतूसों के थैले और भण्डार अन्य हथियार स्वयं उनके प्रभार में रहेंगे। केवल खास कर्तव्य के लिये ही भण्डार के बाहर किये जायेंगे। उपयोग के बाद तत्काल भण्डार में रखवा देगा।

पुलिस रेगुलेशन के 47 के अनुसार अधीनस्थ को थाना छोड़ने की अनुमति दे सकेगा, परन्तु किसी अधिकारी को रात भर अनुपस्थित रहने की अनुमति दे तो कारणों को लिखेगा।

डाक देखेगा - थानाध्यक्ष पुलिस रेगुलेशन 48 के अनुसार थाने पर उपस्थित के बीच स्वयं ही डाक खोलेगा, सभी आदेश से सूचनाएँ या रिपोर्ट को प्राप्त करेगा। जनरल डायरी पर हस्ताक्षर करेगा, दिन की ड्यूटी नियत करेगा। मालखाना का प्रतिदिन निरीक्षण करेगा। प्रतिदिन लेखा पुस्तिकाओ की जाँच करेगा, अवशेष धन का सत्यापन करेगा। अब सरकारी धन थाने पर नहीं रहता है। साथ ही थाने पर द0प्र0सं0 की धारा 154 में पंजीकृत संज्ञेय अपराधों की विवेचना द0प्र0सं0 की धारा 157 के अनुसार विवेचना कराने हेतु अपने अधीनस्थ अधिकारी को नियुक्त करेगा। तथा द0प्र0सं0 की 173 के अनुसार आरोप-पत्र या अन्तिम रिपोर्ट प्रेषित होने पर स्वयं देखना चाहिये एवं न्यायालय में अग्रसारित करेगा।

पुलिस थाने का भार साधक अधिकारी- पुलिस रेगुलेशन के पैरा 49 के अनुसार तथा द0प्र0सं0 की धारा 2(ण) के अनुसार थाने का पढ़ा-लिखा अधिकारी भार साधक होगा, परन्तु उसके द्वारा अन्वेषण नहीं किया जायेगा। थानेदारों के कर्तव्य के प्रभार का लेना-देना जी0डी0 में लिखा जायेगा और दोनों अधिकारी द्वारा हस्ताक्षर किया जायेगा।

जब किसी थाने का भार साधक अधिकारी प्रधान कान्स0 या कान्स0 हो तो द0प्र0सं0 157 विवेचना का प्रयोग नहीं करना चाहिये।

थाने के भार साधक अधिकारी के कार्यो का प्रमाण - जब थानेदार का कोई परिवर्तन हो तो पुलिस पैरा 50 के अनुसार स्थायी परिवर्तन प्रारूप के 299 में मुक्त करने वाले अधिकारी द्वारा प्रभार का औपचारिक प्रमाण-पत्र पुलिस

अधीक्षक के पास भेजा जायेगा। थाने की सभी सरकारी सम्पत्ति आयुध और गोलाबाद को सम्मिलित करते हुए सूची की एक प्रति प्रमाण-पत्र के साथ संलग्न रहेगी। मुक्त किये गये अधिकारीगणों को अपनी पदावधि के भीतर किसी न्यूनतम या हानि का स्पष्टीकरण देना चाहिये।

उपनिरीक्षक अधीनस्थ - पुलिस थाने का द्वितीय अधिकारी उप निरीक्षक होता है। पुलिस रेगुलेशन के पैरा 51 के अनुसार निम्नांकित कर्तव्य है। (1) प्रातः परेड को सचेत करना (2) भार साधक अधिकारी के संदेश के अधीनस्थ के कर्तव्य पर लगाना, उन्हें अनुदेश देना देखना पालन किया जाना। (3) भार साधक अधिकारी द्वारा सौंपे गये कामों का निस्तारण करना (4) भारसाधक अधिकारी द्वारा सौंपे विवेचना करना परिणाम देना।

प्रत्येक उपनिरीक्षक पुलिस रेगुलेशन के पैरा 131 के अनुसार पंचायत नाम हेतु प्राधिकृत है।

यदि थाने पर द्वितीय अफसर नहीं है, जहाँ प्रभारी उपनिरीक्षक है तो द्वितीय अधिकारी से कनिष्ठ होने वाले ऐसे कर्तव्य का पालन करे उन्हें जो भार साधक पुलिस पैरा के अनुसार है।

ध्यान रहे उप निरीक्षक ऐसा पद है जिसकी तैनाती किसी पद पर हो सकती है जैसे चौकी इन्चार्ज, बीट उप निरीक्षक आदि। जब थानाध्यक्ष न रहे तो कृपा करके ड्राइवर, मुंशी और फॉलवर को आदेश न दे; इसी में सम्मान रहेगा।

प्रधान लिपिक/हे0कांस - पुलिस दौरा 55 के अनुसार प्रधान हे0 कान्स0 कार्यालय का रिकार्ड कीपर और लेखपाल होता है। उसका कर्तव्य है वह थाने का पढ़ा-लिखा आरक्षी पुलिस पैरा 56 के अनुसार प्रधान लेखक की सहायता करेगा।

जब थाने का भार साधक प्रधान कान्स0 पुलिस पैरा 57 के अनुसार थाना छोड़ते समय थाने का प्रभार ज्येष्ट कांस0 का होगा तथा 157 द0प्र0सं0 की विवेचना का कार्य तब तक करेगा जब तक किसी उपनिरीक्षक द्वारा मुक्त न कर दिया जाये यानी प्रधान कांस0 विवेचना नहीं करेगा।

प्रधान लेखक का प्रभार का लिया जाना दिया जाना जनरल डायरी में अंकित करेगा तथा दोनों के हस्ताक्षर होंगे।

जब चौकी को भार साधक हे0कांस0 होगा पुलिस रेगुलेशन की पैरा 58 के अनुसार चौकी पर रहने वाले कांस0 के व्यवस्थित आचरण, अनुशासन के

उत्तरदायी है। देखेगा कि अपने कर्तव्य का पालन ठीक ढंग से करते हैं यह थाने के भार साधक अधिकारी के सम्पर्क में अबिराम यानी निरन्तर रहेगा तथा चौकी क्षेत्र में घटित घटनाओं की रिपोर्ट देगा हे0कांस0 विवेचना नहीं करेगा किन्तु मृत्यु समीक्षा यानी पंचायतनामा भरेगा जिसे एस0पी0 साहब ने अधिकृत किया है। बदलते परिवेश में हे0कांस0 के बजाय उप निरीक्षक तैनात होते हैं।

अतः सभी पुलिस रेगुलेशन की पैरा 58 की धारा का अधिकार उन्हें समाहित है तथा उपनिरीक्षक को 157 द0प्र0सं0 के अन्तर्गत विवेचना का अधिकार प्राप्त है।

पंचायतनामा समस्त उपनिरीक्षकों को पुलिस रेगुलेशन के 131 पैरा के अनुसार समाहित है।

कान्स0 सिविल पुलिस - सिविल पुलिस के कान्स0 पुलिस पैरा 61 के अनुसार विशेष अवसरों के सिवाय आयुध धारण नहीं करेगा। उनका मुख्य कर्तव्य अपराध निवारण करना रोकना है। जनता के सेवक हैं, जनता के प्रति विनम्र और विचारित होना चाहिये हमेशा वर्दी में रहेगा सिवाय किसी सुरागरसी या किसी के काम के अलावा।

विवेचना का विवरण पुलिस रेगुलेशन 104 से पुलिस रेगुलेशन 128 तक के विभिन्न पैरा में वर्णित है जो इस पुस्तक के प्रथम भाग में निहित है। जब कभी थाने का भार साधक अधिकारी किसी मुकदमा का अन्वेषण कर रहा है तथा वह सन्तुष्ट हो जाय कि कोई ऐसा व्यक्ति धारा 41 द0प्र0सं0 के अन्तर्गत गिरफ्तार करने को सशक्त हो फरार हो गया है, पुलिस रेगुलेशन 215 के तहत उसकी 82 द0प्र0सं0 की कार्यवाही यानी उद्घोषणा या कुर्की हो चुकी है, तब न्यायालय फरार घोषित कर सकता है। धारा 216 के तहत वही फरार अपराधी होगा।

ग्राम अपराध रजिस्टर नं. 8 - पुलिस रेगुलेशन के पैरा 223 के तहत ग्राम अपराध नोट बुक हर थाने पर रखा जाने वाला एक गोपनीय अभिलेख है। यह पाँच भागों में होगा तथा स्थायी रिकार्ड है। भाग एक दो तीन भार साधक अधिकारी अपने अधीनस्थ किसी पदाधिकारी द्वारा लिखायेगा। परन्तु भाग 4 में भार साधक अधिकारी स्वयं पूर्ति करेगा तथा भाग 5 पुलिस पैरा 228 के तहत यानी हिस्ट्रीशीट (अपराध-लेख) निगरानी का समावेश होगा। निगरानी के अधीन अपराधियों का व्यक्तिगत अभिलेख होगा।

प्रथम भाग में ग्राम की जनसंख्या दूरी, थाने मे, हाट यानी बाजार जातियाँ मुखिया या प्रधान का नाम चौकीदार का वर्णन होगा जो पुलिस पैरा 224 के तहत अंकित किया जायेगा या लाइन्सेन्सी का नाम समाहित है।

भाग दो में थाना क्षेत्र में होने वाली घटनाओं का वर्णन अंकित होगा जो पुलिस पैरा 225 के तहत देय होगा।

भाग तृतीय में दोषसिद्ध व्यक्तियों का अपराध पुलिस पैरा 226 में तहत दर्ज होगा। भाग तीन क में थाना क्षेत्र से बाहर अपराध करने पर अंकित किया जायेगा या सजा याफ्ता होगा।

भाग 4 में धार्मिक त्योहार विवाद सम्पत्ति विवाद राजनैतिक पार्टी आदि सभी इस अंक में अंकित होगा।

अभिलेखों का रख-रखाव - थाने पर रखे जाने वाले रजिस्टर और वहाँ से भेजे जाने वाले विवरण और उनकी सूची प्रथम द्वितीय पुलिस रेगुलेशन की पैरा 283 के तहत इसमें शामिल है।

पुलिस अधीक्षक कार्यालय में अभिलेख - पुलिस रेगुलेशन की पैरा 285 के तहत जिला मजिस्ट्रेट द्वारा दी सूचना के अनुसार वार्षिक रूप से सूची तैयार की जायेगा, वर्ष के अन्त तक प्रत्येक थानों में रखने के लिये भेजी जाएगी।

(क) उन व्यक्तियों की सूची तो शस्त्रधारक जिले में निवास कर रहे हैं, शस्त्र धारक है या व्यापार कर रहे है।

थाना कार्यालय में रखी जाने वाली सूची - पुलिस पैरा 286 के तहत थाने में निम्नांकित सूची रखी जायेगी 1. सभी सरकारी सम्पत्ति की सूची 2. निर्देश के लिये सभी अधिनियमों और पुस्तकों की सूची 3. कान्स्टेबिल के ग्रामीण यानी बीट की सूची 4. थाने में बनाये गये रजिस्टरों की सूची 5. ग्रामीण पुलिस के द्वारा रिपोर्ट देने की दिनांक 6. थाने पर नियुक्त अधिकारी/कर्मचारी की सूची 7. 31 दिसम्बर तक थाने का निरीक्षण करने वाले की सूची 8. वेतन पारितोषक भत्ता की प्राप्ति का विवरण दर्शाने वाली सूची। 9. क वर्ग की हिस्ट्री शीट ख वर्ग की हिस्ट्रीशीट अवकाश का आवेदन- पत्र 10. ग्राम चौकीदार के सदाचार भत्ते 11. राजपत्रित अधिकारी के पर्यवेक्षण मामले 12. मोटर विहिकल एक्ट 13. ग्राम चौकीदार की सूची। समय के अनुसार कुछ सूची की उपयोगिता नगण्य हो गयी है।

जनरल डायरी (G.D.) - पुलिस रेगुलेशन की पैरा 291 के अनुसार व

पुलिस अधिनियम की धारा 44 के अनुसार जनरल डायरी यानी जी0डी0 जो रखी जायेगा, शासकीय केन्द्रीय मुद्रणालय से प्राप्त अभिलेखों से प्राप्त करने से पहले प्रत्येक पर अधीक्षक कार्यालय की मोहर अंकित किये गये जिल्दों की संख्या तथा थाना एवं चौकी पर जारी होने पर छपाई का वर्ष क्रमांक दर्ज हो। पुलिस रेगुलेशन के 294 के पुलिस प्रपत्र संख्या 217 में विवरण अंकित हो। थाने का भार साधक अधिकारी उत्तरदायी होगा। लिखित जो मूल प्रति सी0ओ0 के पास भेजी जायेगी। पुलिस पैरा 295 में जी0डी0 में निम्नांकित बातें वैधानिक पुलिस से सम्बन्धित लिखी जायेगी। अब यह जी0डी0 यानी जनरल डायरी कम्प्यूटर से लिखी जाने लगी है।

केस डायरी - पुलिस रेगुलेशन 291 के पैरा (7) के द0प्र0सं0 की धारा 172 के अनुसार प्रत्येक विवेचक केस डायरी की एक पृथक जिल्द जारी की जाय। विवेचक के स्थानान्तरण पर अपने उत्तराधिकारी के केस डायरी दे दें तथा प्रभार प्रमाण-पत्र में डायरी के प्रयोग किये जा चुके और बिना प्रयोग किये पृष्ठों की सख्या अंकित रहना चाहिये। पुलिस रेगुलेशन 291 के उप पैरा (10) में डायरी में अपने से अन्य कुछ न लिखा जाय। केस डायरी में खीचीं गयी पंक्ति पर एक से अधिक पंक्तियाँ न खींची जायँ। खींची गयी रेखा का जो भाग बिना प्रयोग का रह जाये उसके एक सिरे से दूसरे सिरे तक आड़ी रेखा खींच देना चाहिये। पुलिस रेगुलेशन के 292 के अनुसार कोई जिल्द प्रयोग में लायी जाय उसकी सूची के रूप में प्रारूप क्रमांक 280 जोड़ दिया जाय। अब कम्प्यूटर पर केसडायरी काटी जाती है।

न्यायालय द्वारा सी0डी0 को तलब करना - जब किसी न्यायालय द्वारा पुलिस रेगुलेशन के पैरा 299 के द्वारा पुलिस अधिकारी या अन्य किसी अधिकारी के माध्यम से सी0डी0 की माँग किये जाने पर पुलिस अधिकारी द्वारा पुलिस अधीक्षक से केसडायरी न्यायालय में प्रस्तुत करने की अनुमति प्राप्त करेगा जो जनहित में प्रतिकूल प्रमाण न हो द0प्र0सं0 जैसा पुलिस 172 में प्रावधान है।

अकाल के समय - पुलिस रेगुलेशन की पैरा 334 के अनुसार अकाल के समय पुलिस के कार्यों में वृद्धि हो जाती है। थाने का भार साधक अधिकारी पुलिस अधीक्षक को कर्मचारी में वृद्धि करने के लिये आवेदन करना चाहिये। पुलिस रेगुलेशन 335 के अनुसार अकाल का समय बन्द होने पर अकाल राशि कोषालय या पुलिस अधीक्षक को बता देना चाहिये। पुलिस रेगुलेशन के पैरा

337 के अनुसार भार साधक अधिकारी अकाल की बातें प्रशासन या अन्य मुसीबत से सम्बन्धित महत्वपूर्ण रिपोर्ट भेजेगा तथा पीड़ितों की सहायता करेगा।

विशेष पुलिस अधिकारी की नियुक्ति - पुलिस रेगुलेशन के 368 के तहत विशेष पुलिस अधिकारी की नियुक्ति पुलिस अधिनियम के धारा 17 व 19 के तहत की जायेगी। आपातकाल के समय नियुक्त किया जाय अपालकाल समाप्त होने पर भर्ती रद्द करनी चाहिये।

ट्रैफिक पुलिस की नियुक्ति - पुलिस पैरा 369 के तहत यातायात पुलिस की नियुक्ति की जाती है जिससे चलते-फिरते वाहन एक्ट के अधीन अपराधों के व्यवहार करने के लिये निश्चित की जाती है। इसमें एक निरीक्षक प्रभार के रूप में रहेगा जो रेंज के पुलिस उपमहानिरीक्षक के सीधे नियंत्रण में रहेगा। बदलते परिवेश में जिले का भार जब डी0आई0जी0 तक सँभालने लगे है तो हर जिले में निरीक्षक ट्रैफिक की नियुक्ति होने लगी। पुलिस अधिकारी मोटर वाहन एक्ट 1939 के तहत पदेन रूप नियुक्त किये जाते हैं।

पुलिस कर्मचारी का नशा न करना - पुलिस रेगुलेशन 373ए के तहत पुलिस फोर्स के सदस्यों से अपने कर्तव्य के दौरान या जब समुचित आशा की जाती है वे कार्य सरकार के लिये बुलाये जा सकते हैं। नशीले पदार्थ का सेवन करना सख्त मना है। इसका उल्लेख या थोड़ी-सी अहवेलना उनके विरुद्ध अनुशासनिक कार्यवाही किये जाने का कारण जिससे सम्बन्धित अधिकारी की सेवा मुक्ति भी शामिल है। पुलिस अधिनियम धारा 22 पुलिस अधिनियम 86 के अनुसार हर सदस्य कर्तव्य के रूप में समझा जायेगा।

समस्त उपनिरीक्षक या निरीक्षक अपने पास एक घोड़ा पालेगा जिसे भत्ता के रूप में सरकारी पैसा दिया जायेगा। पुलिस पैरा 379 के प्राविधान के तहत समय बदलता है इसलिये बुलेट मोटर साइकिल प्राविधान है, रखने का भत्ता दिया जाता है। स्थितियाँ बदलती जा रही हैं। मोटर साइकिल खरीदने में अनुदान का प्रावधान है। अब कोई मोटर साइकिल जो 150CC का होगा रख सकेगा

चिकित्सा की स्थापना - पुलिस रेगुलेशन की पैरा 380 के तहत पुलिस चिकित्सालय चिकित्सा विभाग के नियन्त्रणधीन है तथा पुलिस अधीक्षक चिकित्सा अधिकारिक को अवकाश पदोन्नति दण्ड आदि की कोई शक्ति प्राप्त नहीं है। वह रिपोर्ट लिखित सिविल सर्जन के माध्यम से असैनिक चिकित्सा के महानिरीक्षक को रिपोर्ट कर सकता है।

प्रत्येक पुलिस चिकित्सालय में दो अर्दली आवण्टित किये जायेंगे जिसमें से एक ब्राह्मण दूसरा मुसलमान हो। प्रतिसार निरीक्षक या राजपत्रित अधिकारी देखेगे।

थानाध्यक्ष का चौकी बैरक गार्ड के स्टाफ के प्रति कर्तव्य - पुलिस पैरा 384 के अनुसार प्रत्येक थानाध्यक्ष या भार साधक अधिकारी उसके क्षेत्र में तैनात चौकी, बैरक अनुरक्षण या अन्य टुकड़ी का भार साधक अपनी कमान में रहने वाले सिपाहियों के बीच अस्वस्थता की रिपोर्ट करने और चिकित्सालय में प्रवेश कराने के लिये उत्तरदायी है।

प्रधान कांस0/कांस0 के अस्वस्थता के बाद की कार्यवाही - अधिकारी जो उपनिरीक्षक की पंक्ति से नीचे का न हो, अपने पास चिकित्सा इतिहास-पत्र बनाकर रखेगा, जिसकी एक प्रति चरित्र नियमावली से संलग्न की जायेगी। दूसरी प्रति स्वयं के पास रखेगा। जब चिकित्सीय परीक्षण करायेगा उसकी पत्र के साथ जिला पुलिस अधीक्षक को आवेदन करेगा।

पुलिस पैरा 387 के तहत प्रधान कांस0 के और उसके निम्न स्तर से अधिकारी अनिवार्य चिकित्सा निरीक्षण के लिये दायित्वाधीन है प्रत्येक पुलिस अधीक्षक यह सुनिश्चित करेगा कि उनके कमाण्ड में रहने वाले सभी प्रत्येक कैलेण्डर वर्ष में एक बार चिकित्सीय परीक्षण करायेगा।

पेशकार या वाचक - प्रत्येक जिले के पुलिस अधीक्षक पुलिस पैरा 393 के अनुसार एक उप निरीक्षक को अनुमति है। अधीक्षक के वाचक का यह सदैव उप निरीक्षक के द्वारा ही धारण किया जाना चाहिये। अब नये प्राविधानों के अनुसार वाचक पद इंस्पेक्टर को कर दिया है।

पुलिस विभाग की शाखाएँ - पुलिस विभाग की सूचना प्रान्तीय सरकार द्वारा मंजूर की गयी पुलिस पैरा 396 के अनुसार सहायक सेवाएँ हैं- 1. वायरलेस शाखा 2. अश्रुगैस 3. कारखाने सहित मोटर वाहन शाखा। वाहन भारक व चालकों का प्रशिक्षण

राजपत्रित अधिकारी - पुलिस रेगुलेशन के पैरा 397 के अनुसार महानिरीक्षक उपमहानिरीक्षक अधीक्षक, सहायक अधीक्षक, उपाधीक्षक अराजपत्रित अधिकार -

पुलिस पैरा 398 के अनुसार निम्नांकित -

1. निरीक्षक

2. उप निरीक्षक

3. प्रधान कान्स0

4. कांस0

पुलिस रेगुलेशन पैरा 399 के अनुसार उपअधीक्षक या उससे उपर के अधिकारी परिषद सहित गर्वनर द्वारा नियुक्त होता है।

नागरिक पुलिस की नियुक्ति (सिविल पुलिस) - उप निरीक्षक की नियुक्ति पुलिस पैरा 406 के अनुसार उपमहानिरीक्षक द्वारा होती है। अब भर्ती स्थापना बोर्ड द्वारा किया जाता है तथा सशस्त्र पुलिस का वही प्राविधान है। पुलिस अधीक्षक द्वारा पुलिस पैरा 407 के अनुसार कांन्स0 की भर्ती किया जाता था, परन्तु अब यह भी भर्ती बोर्ड द्वारा किया जाता है। अब माननीय उच्चतम न्यायालय के अनुसार एक बोर्ड का गठन हो गया है जिले का बोर्ड परिक्षेत्र का बोर्ड जोन के बाद राज्य सरकार भर्ती की प्रक्रिया पुलिस प्रोन्नति भर्ती लखनऊ द्वारा किया जाता है।

ईनाम लेने के प्राविधान - पुलिस अधिकारी को पुलिस रेगुलेशन 471 के अनुसार प्राइवेट व्यक्ति द्वारा या कम्पनियाँ से सीधे ईनाम नहीं लेना चाहिये। नकद राशि प्राप्त करने के लिये पुलिस अधीक्षक के द्वारा भुगतान करना चाहिये।

(घ)

साक्ष्य अधिनियम 1872 की परिभाषा

भारतीय साक्ष्य अधिनियम 1872 के अनुसार परिभाषा धारा 3 के अनुसार न्यायालय शब्द के अन्तर्गत सभी न्यायाधीश और मजिस्ट्रेट तथा मध्यस्थों के साक्ष्य लेने के लिये वैध रूप से प्राधिकृत व्यक्ति आते हैं। भा0द0वि0 1860 की धारा 20 में भी न्यायालय की परिभाषा दिया गया है, जिसमें अकेले न्यायिक कार्य करने के लिये विधि द्वारा सशक्त स्थान का प्रतीक है।

भारत - भारत में भारत का राज्य क्षेत्र अभिक्षेत्र द0प्र0वि0 की धारा 2(च) के अन्तर्गत भी यही परिभाषा दिया गया है।

दस्तावेज - दस्तावेज ऐसा कोई विषय सम्बन्धित है, जिसको किसी पदार्थ पर अक्षरों, अंकों या चिन्हों साधनों द्वारा उसमें से एक से अधिक साधनों द्वारा अभिव्यक्त या वर्णित किया गया है। उस विषय के अभिलेखन के प्रयोग से उपयोग किये जाने की अशायित हो या उपयोग किया जाय। विधान की भा0द0वि0 की धारा 29 में भी यही वर्णन है।

तथ्य - ऐसी कोई वस्तु, वस्तुओं की अवस्था, वस्तुओं का सम्बन्ध जो इन्द्रियों द्वारा बोधगम्य हो यानी इन्द्रियों द्वारा जानकारी हो सके, कोई भी मानसिक द्वारा जिसका ज्ञान किसी व्यक्ति को है।

विश्वसनीयता - जहाँ साक्ष्य सफलता पूर्वक अपने पूर्ववर्ती कथनों के संदर्भ का विरोध नहीं करता उसे अविश्वसनीय साक्षी नहीं कहा जा सकता।

मौखिक साक्षी - चक्षुदर्शी या मौखिक साक्ष्य व्यवहारिक ढंग से निर्णीत करना चाहिए। घायल साक्षी क्षतिग्रस्त साक्षी के अपनी स्वयं की प्रासंगिकता एवं प्रभावकारिता होती है।

इलेक्ट्रॉनिक साक्ष्य - बिना वैज्ञानिक प्रमाण के इलेक्ट्रॉनिक साक्ष्य पर कोई विश्वास अधिरोपित नहीं किया जा सकता।

उचित पहचान - धारा 9 साक्ष्य अधिनियत के अन्तर्गत अभियुक्त की उचित पहचान के बिना दोष सिद्धि अभिलिखित नहीं की जा सकती।

स्वीकृति की परिभाषा - धारा 17 साक्ष्य अधिनियम के अन्तर्गत स्वीकृत वह कथन है। (मौखिक, दस्तावेजी, इलेक्ट्रॉनिक) जो किसी विवाद्यक, सुसंगत

तथ्य के बारे में कोई अनुमान इंगित करता है। जो ऐसे व्यक्ति में से किसी के द्वारा ऐसी परिस्थिति में किया गया है वर्णित है।

धारा 24 साक्ष्य अधिनियम के तहत उत्प्रेरणा धमकी द्वारा करायी गयी संस्वीकृति दण्डिक कार्यवाही के विसंगत या विरोधाभास होगी।

धारा 25 पुलिस ऑफिसर से की गयी संस्वीकृत का साबित न किया जाना किसी पुलिस अफसर से की गयी कोई भी संस्वीकृत किसी अपराध के अभियुक्त के विरुद्ध साबित नहीं होगा।

परन्तु टाडा अधिनियम की धारा 15 की दृष्टि से संस्वीकृति पुलिस ऑफिसर/पुलिस अधीक्षक के सामने मान्य होगा।

धारा 26 में पुलिस अभिरक्षा में होते हुए अभियुक्त द्वारा की गयी संस्वीकृति उसके विरुद्ध साबित नहीं किया जा सकता।

धारा 27 साक्ष्य अभियुक्त से प्राप्त जानकारी में कितनी स्पष्ट होगी, जब कोई अभियुक्त पुलिस अफसर की अभिरक्षा में हो प्राप्त जानकारी परिणाम स्वरूप पता चला है। उतनी जानकारी ग्रहण योग्य है या मान्य है।

धारा 32 साक्ष्य अधिनियम - वे दशाएँ जिनमें उस व्यक्ति द्वारा सुसंगत तथ्य का किया गया कथन सुसंगत है जिसकी मृत्यु हो गयी हो या मिल नहीं सकता। कथन मान्य होगा।

विशेषज्ञों की राय साक्ष्य अधिनियम के धारा 45 के तहत -

न्यायालय को विदेशी, विधि या विज्ञान की या कला की किसी बात पर या हस्तलेख या अँगुली चिह्न के अनन्यता के बारे में राय बनानी हो तब उस बात पर ऐसी विदेशी विधि कला में कुशल व्यक्तियों की राय सुसंगत है। ऐसे व्यक्ति विशेषज्ञ कहलाते हैं।

विशेषज्ञ - विशेषज्ञ केवल तब विशेषज्ञ है जब वह निष्कर्ष निकालने के लिये सुस्वीकृत मार्ग निदेशन, अनुसरण करता है और तार्किक तर्क विवेचन के साथ उसका समर्थन करता है।

विशेष राय का महत्व - विशेषज्ञ की राय दोनों पक्षकारों के लिए समुचित साक्ष्य पेश करने में और न्यायालय के लिये ऐसे विशेषज्ञ की राय की सहायता से समुचित राय निकालने में अत्यधिक सहायक होगी।

धारा 45(क) साक्ष्य अधिनियम इलेक्ट्रॉनिक साक्ष्य विशेषज्ञ की राय - जब

किसी कार्यवाही में न्यायालय को किसी कम्पयूटर साधन या किसी इलेक्ट्रॉनिक या अंकित प्रारूप में प्रेषित या भण्डारित किसी सूचना से सम्बन्धित किसी मामले में राय बनानी हो तो सूचना (प्रद्योगिक अधि0 21) 79 में निर्दिष्ट इलेक्ट्रानिक साक्ष्य के परीक्षक की राय सुसंगत होगी।

धारा 47 हस्तलेख के बारे में राय सुसंगत है। जब किसी न्यायालय को राय बनानी हो कोई दस्तावेज किसी व्यक्ति ने लिखी या हस्ताक्षरित की तब उस व्यक्ति के हस्तलेख से जिसके द्वारा वह लिखी या हस्ताक्षरित की गयी है। अनुमानित की जाती है। परिचित किसी व्यक्ति की राय कि यह उस व्यक्ति द्वारा लिखी या हस्ताक्षरित की गयी है लिखी या हस्ताक्षरित नहीं की गयी है। उसी तरह धारा 47(क) में इलेक्ट्रॉनिक हस्ताक्षर के बारे में राय है।

धारा 48 अधिकार या रूढ़ि का अस्तित्व या राय सुसंगत साधारण या अधिकार के अन्तर्गत वे रूढ़ियाँ अधिकार आते हैं जो व्यक्तियों के किसी काफी बड़े वर्ग के लिए मान्य है।

धारा 49 प्रथाओं सिद्धान्तों के बारे में राय - जब न्यायालय के मनुष्य के किसी निकाय या कुटुम्ब की प्रथाओं का सिद्धान्त के धार्मिक या खैराती प्रतिष्ठान में संविधान और शासक को मान्य करता है।

धारा 107 साक्ष्य अभिनियम की धारा 98 के अनुसार न पढ़ी जा सकने वाली लिपि के अर्थ के बारे में साक्ष्य दिया जा सकेगा आदि के तहत उस व्यक्ति की मृत्यु साबित करने का भार जिसकी वर्ष के भीतर जीवित होना ज्ञात है। जब प्रश्न यह है कि कोई मनुष्य जीवित है या मर गया है और यह दर्शित किया गया है कि वह तीस वर्ष के भीतर जीवित है, यह साबित करने का कि वह मर गया है उस व्यक्ति पर है तो उसे प्रतिज्ञात करता है।

धारा 113 (क) किसी विवाहित स्त्री द्वारा आत्महत्या के दुष्प्रेरण के बारे में अवधारणा - जब यह प्रश्न है कि किसी स्त्री द्वारा आत्महत्या का करना उसे पति या उसके पति के किसी नातेदार द्वारा दुष्प्रेसित किया गया है और यह दर्शित किया गया है कि उसने अपने विवाह की तारीख से सात वर्ष की अवधि के भीतर आत्महत्या की थी और यह उसके पति या उसके पति के नातेदार ने क्रूरता की थी तो न्यायालय मामले को सभी अन्य परिस्थितियों को ध्यान में रखते हुए यह अवधारणा कर सकेगा कि ऐसी आत्महत्या उसके पति या उसके पति के ऐसे नातेदार द्वारा दुष्प्रगति की गयी थी, क्रूरता का अर्थ धारा 498ए में है।

धारा 113 (ख) दहेज-मृत्यु के बारे में अवधारणा

जब यह प्रश्न है कि किसी व्यक्ति ने किसी स्त्री की दहेज मृत्यु कारित की है और दर्शित किया गया है कि मृत्यु के कुछ दिन पूर्व ऐसे व्यक्ति ने दहेज की किसी भाग के लिये या उसके उस स्त्री के साथ क्रूरता की थी उसको तंग किया था तो न्यायालय यह अवधारणा करेगा कि ऐसे व्यक्तियों ने दहेज मृत्यु कारित की थी।

टिप्पणी - दहेज मृत्यु अभिलेख पर साबित क्रूरता अथवा प्रताड़ना का तत्व आवश्यक है।

धारा 114क - बलात्संग के लिये कतिपय अभियोजन में सहमति न होने के बारे में अवधारणा - (भा0द0वि0 1860 का 45) की धारा 376 की उपधारा 2 के खण्ड क, ख, ग, घ, ङ, च, छ, ज, झ, ञ, ट, ठ, ड, एवं ढ के अधीन बलात्संग के किसी अभियोजन में जहाँ अभियुक्त द्वारा मैथुन किया जाना साबित हो जाता है और प्रश्न यह है कि क्या वह उस स्त्री की जिसके बारे में अभिकथन किया गया है, उससे बलात्संग किया गया है, सहमति के बिना किया गया है और ऐसी स्त्री सुरक्षा में न्यायालय के समक्ष यह कथन करती है कि उसने सहमति नहीं दी थी वहां न्यायालय यह अवधारणा करेगा कि उसने सहमति नहीं दी थी।

धारा 118 साक्ष्य कौन देगा - सभी व्यक्ति साक्ष्य देने के लिये सक्षम होंगे जब तक कि न्यायालय का विचार यह न हो कि कोमल, वयस, अति वार्घम्य शरीर के या मन के रोग या इसी प्रकार के किसी अन्य कारण से उनसे किये गये प्रश्नों को समझने या उन प्रश्नों के युक्ति संगत उत्तर देने से निवारित है। स्पष्टीकरण कोई पागल व्यक्ति साक्ष्य देने के लिये अक्षम नहीं है, जब तक कि वह अपने पागलपन के कारण उससे किये गये प्रश्नों को समझने से या उनके युक्ति संगत उत्तर देने से विवादित न हो।

धारा 121- न्यायाधीश और मजिस्ट्रेट - कोई न्यायाधीश या मजिस्ट्रेट न्यायालय में एसे न्यायाधीश या मजिस्ट्रेट के नाते अपने स्वयं के आचरण के बारे में या ऐसे किसी बात के बारे में जिनका ज्ञान उसे ऐसे न्यायाधीश या मजिस्ट्रेट के नाते न्यायालय में हुआ हो किसी प्रश्नों का उत्तर देने के लिये ऐसे किसी भी न्यायालय के विरोध आदेश के सिवाय जिसके वह अधीनस्थ विवश नहीं किया जायेगा, किन्तु अन्य बातों के बारे में जो उसकी उपलब्धि में उस समय घटित हुई थी जब वह ऐसे कार्य कर रहा था उसकी परीक्षा की जा सकेगी।

धारा 125 अपराध को करने के बारे में जानकारी - (मुखबिर के सम्बन्ध में) कोई भी मजिस्ट्रेट या पुलिस अफसर यह कहने के लिये विवश नहीं किया जा सकेगा कि किसी अपराध के बारे में उसे कोई जानकारी कहाँ से मिली और किसी भी राजस्व ऑफिसर को यह कहने को विवश नहीं किया जा सकेगा कि लोक राजस्व के विरुद्ध किसी अपराध के किये जाने के बारे में जानकारी कहाँ से मिली।

धारा 134 साक्षियों की संख्या - किसी मामले में किसी तथ्य को साबित करने के लिये साक्षियों की कोई विशिष्ट संख्या अपेक्षित नहीं होगी।

धारा 159 स्मृति ताजा करना - कोई साक्षी जबकि वह परीक्षा के अधीन है, किसी ऐसे लेख को देख करके जो कि स्वयं उसने उस व्यवहार के समय किसके सम्बन्ध में उससे प्रश्न किया जा रहा है या इतने शीघ्र पश्चात बनाया हो कि न्यायालय इसे सम्भाव्य समझता हो कि वह व्यवहार उस समय उसकी स्मृति में ताजा था, अपनी स्मृति को ताजा कर सकेगा।

धारा 165 प्रश्न करने या पेश करने या आदेश देने की न्यायाधीश के शक्ति - न्यायाधीश सुसंगत तथ्यों का पता चलाने के लिये या उनका उचित सबूत अभिप्राप्त करने के लिये किसी भी रूप में किसी भी समय किसी भी साक्षी या पक्षकारों से किसी भी सुसंगत या विसंगत तथ्य के बारे में कोई भी प्रश्न जो वह चाहे पूछ सकेगा तथा किसी दस्तावेज या चीज को पेश करने का आदेश दे सकेगा और न तो पक्षकार न उनके अभिकर्ता हकदार होंगे कि वे किसी ऐसे प्रश्न या आदेश के प्रति कोई भी आक्षेप करे ऐसे किसी भी प्रश्न के प्रत्युत्तर में दिये गये किसी भी उत्तर पर किसी भी साक्ष्य की न्यायालय की इजाजत के बिना प्रति परीक्षा करने के हक़दार होंगे।

धारा 166 स0 - किसी जूरी या असेंसरों की सहायता से विचारित मामलों में जूरी या असेंसर साक्षियों से कोई भी प्रश्न न्यायाधीश के माध्यम से या इजाजत से कर सकेंगे जिन्हें न्यायाधीश स्वयं कर सकता हो और वह उचित समझें।

(ङ)

पुलिस अधिनियम 1861 की परिभाषा

पुलिस बदल का उद्देश्य - पुलिस विभाग का गठन का उद्देश्य अपराधों को रोकना, अपराध हो जाये तो पता करना तथा अपराधी को उनके किये की सजा दिलाना प्रमुख कार्य था। इस बल के लिये एक अधिनियम पुलिस अधिनियम 1861 बना है। यह अधिनियम अँग्रेजों के काल का था। अब भारत 1947 में स्वतंत्र बना। हर राज्य में पुलिसबल है, केन्द्रीय बल है, परन्तु कानून पुराना है। प्रजातंत्र राज्य है। वैसे तो आवश्यकता संशोधन या परिवर्तन की है। समय समय पर कुछ नियमावली राज्य सरकारें संशोधित किया परन्तु अभी मानसिकता बदलने की बात करने के साथ-साथ पुलिस अधिनियम भी बदलना चाहिये। खैर इसी पर चर्चा किया जा रहा है।

धारा 1 में परिभाषा है

जिले का मजिस्ट्रेट - वह जिला अधिकारी है जिस पर जिले के कार्यपालिका प्रशासन का भार है जो मजिस्ट्रेट की शक्तियों का प्रयोग करता है चाहे ऐसे कार्यपालिका प्रशासन से भारित अधिकारी है।

मजिस्ट्रेट - मजिस्ट्रेट के अन्तर्गत मजिस्ट्रेटों की सब या शक्तियों का प्रयोग करने वाला साधारण पुलिस के सब व्यक्ति आते हैं।

पुलिस - पुलिस शब्द के अन्तर्गत सब व्यक्ति आते हैं जो इस अधिनियम के अधीन भर्ती किये गये हैं।

साधारण पुलिस जिला - ये कोई प्रेसीडेन्सी राज्य स्थान या किसी प्रेसीडेन्सी राज्य या स्थान का कोई भाग आता है जिसमें इस अधिनियम को प्रभावी करने के लिये आदेश दिया गया है।

जिला अधीक्षक - जिला पुलिस अधीक्षक शब्द के अन्तर्गत सहायक जिला पुलिस अधीक्षक या अन्य व्यक्ति आता है, जिसे किसी जिले में पुलिस अधीक्षक के सर्व कर्तव्यों का उसमें से किसी एक का पालन करने के लिये इस अधिनियम में अधीन राज्य सरकार के साधारण या विशेष आदेश द्वारा नियुक्त किया गया है।

सम्पत्ति - शब्द के अन्तर्गत कोई भी सम्पत्ति धन मूल्यवाद प्रतिभूत आती है।

व्यक्ति के अन्तर्गत कम्पनी या नियम आता है।

मास - शब्द के अन्तर्गत कलेन्डर मास है।

ढोर - शब्द के अन्तर्गत सींग वाले ढोर के अतिरिक्त हाथी, ऊँट, घोड़े, गधे, खच्चर, भेड़, बकरियाँ और सूअर आते हैं।

पुलिस बल के अधीनस्थ पंक्तियों के प्रति निर्देशों का अर्थ यह लगाया जायेगा कि वे निर्देशों से बल के उप अधीक्षक की पंक्ति के नीचे वाले सदस्यों के प्रति है।

राष्ट्रपति एवं राज्यपाल के अधिकार - संविधान के अनुच्छेद 310 में वर्णित है। अपने देश में जन-सेवा का हर सदस्य राष्ट्रपति या राज्यपाल से सन्तुष्ट बने रहने तक अपने पद पर आसीन रहता है। यह अधिकार अनुच्छेद 154 द्वारा राज्यपाल के कार्यपालिका शक्ति राज्य पाल में निहित होगी।

पुलिस बल का गठन -

धारा 2 के अनुसार राज्य सरकार के अधीन समस्त पुलिस स्थापना एक पुलिस बल समझा जायेगा। अधिकारियों और पुलिस जन की ऐसी संस्था से मिलकर बनेगा और ऐसी रीति से गठित होगा जो सरकार समय-समय पर आदेश करे।

इस अधिनियम के उपबन्धों के अधीन रहते हुए किसी पुलिस बल के अधीनस्थ व्यक्ति के सदस्यों का वेतन सेवा या एवं शर्तों के होगी जो राज्य सरकार पारित करे।

पुलिस अधीक्षक की व्याख्या - ए0आई0आर0 1970 सु0 की 122 में स्पष्ट किया कि जिला पुलिस अधीक्षक एवं पुलिस अधीक्षक एक ही है लेकिन अतिरिक्त पुलिस अधीक्षक, पुलिस अधीक्षक की कोटि में नहीं है। राज्य बनाम जितेन्द्र पाण्डे 1978 में यह माना । यानी पुलिस अधीक्षक द्वारा नियुक्त व्यक्ति सहायक पुलिस अधीक्षक द्वारा सेवाच्युत संविधान के 311 में अवैध है।

लिपिक वर्ग को पुलिस बल की धारा 2 के अनुसार सदस्य बनाया गया है।

धारा 3 के अनुसार साधारण पुलिस जिले में सर्वत्र पुलिस का अधीक्षण उस राज्य सरकार में जिसके अधीन ऐसा जिला है निहित होगा उसके द्वारा प्रयोग किया जायेगा।

पुलिस महानिरीक्षक - धारा 4 के तहत साधारण पुलिस जिले में सर्वत्र पुलिस

प्रशासन का एक पुलिस महानिरीक्षक कहलायेगा यानी अब पुलिस महानिदेश होता है।

जिले के मजिस्ट्रेट की स्थानीय अधिकारिता में सर्वत्र पुलिस का प्रशासन ऐसे मजिस्ट्रेटों के साधारण नियन्त्रण और निर्देशन के अधीन एक जिला अधीक्षक और ऐसे सहायक अधीक्षकों में जिन्हें राज्य सरकार आवश्यक समझे, निहित होगा।

पुलिस महानिरीक्षक/पुलिस महानिदेश के शक्तियों का प्रयोग -

धारा 5 के अनुसार साधारण पुलिस जिले में सर्वत्र पुलिस महानिरीक्षक की मजिस्ट्रेट की सम्पूर्ण शक्तियाँ प्राप्त होंगी परन्तु उन शक्तियों का प्रयोग राज्य सरकार द्वारा समय-समय पर अधिरोपित मर्यादाओं के अधीन रहेगी।

पुलिस पदाधिकारी के रूप में प्रमाण पत्र प्राप्त करना -

पुलिस अधिनियम की धारा 4 से भिन्न प्रत्येक पुलिस अधिकारी पुलिस बल के नियुक्तियाँ प्राप्त निरीक्षक अन्य अधिकारी की जिसे महानिरीक्षक नियुक्त को मुद्रित एवं प्रमाण-पत्र मिलेगा ऐसे पदधारण करने वाले व्यक्ति के पुलिस अधिकारी की शक्तियाँ कर्तव्य निहित होगा।

(ग) पुलिस अधिनियम 1861

पुलिस अधिनियम धारा 8 के अनुसार जब पुलिस अधिकारी नहीं रहता है तो प्रमाण-पत्र विभाग का वापस करेगा... किसी पुलिस अधिकारी बिना इजाजत या दो माह की सूचना के बाद पदत्याग करेगा।

पुलिस अधिक्षक धारा 9 के अनुसार अपने जिला प्रमुख या ऐसे पदाधिकारी को अधिकृत है, अनुज्ञा न दे कोई पुलिस अधीकारी अपने पद को नहीं छोड़ेंगे इस धारा सेवा में त्याग पत्र देने का स्वतंत्र अधिकार नहीं देता बल्कि सेवा के त्याग-पत्र पर सामान्य विधि पर रोक है।

पुलिस अधिकारी अन्य नियोजन में नहीं लगेगा -

पुलिस अधिनियम की धारा 10 में जब तक विभाग लिखित अनुमति न दे, अपने कर्तव्यों से भिन्न नियोजन में नहीं लगेगा

पुलिस अधिकारी सदैव कर्तव्यरूढ़ होंगे जो जिले के किसी भाग में नियोजित किया जायेगा।

पुलिस अधिनियम की धारा 22 के अनुसार प्रत्येक पुलिस अधिकारी इस

अधिनियम में सब प्रयोग के लिये सदैव कर्तव्य रूढ़ माना जायेगा किसी भी समय साधारण पुलिस अधीक्षक जिले के किसी भी मामले में पुलिस अधिकारी के रूप में नियोजित है।

पुलिस के कर्तव्य -

पुलिस अधिनियम की धारा 23 के अनुसार प्रत्येक पुलिस अधिकारी का कर्तव्य होगा कि किसी सक्षम अधिकारी द्वारा उसे विधि पूर्व जारी किये गये सब आदेशों/वारण्टों का तत्परतापूर्वक पालन या निदान करे, लोक शांति को प्रभावित करने वाली गुप्त सूचना संग्रह करे, अपराधों को रोके अपराधियों का पता लगाये, किसी भी मदिरालय जुआ-घर भ्रष्ट स्थानों पर सिपाही बिना वारण्ट प्रवेश करे

पुलिस अधिकारी द्वारा बिना दावे की सम्पत्ति पदाधिकारी होने के नाते अपने कब्जे में ले। इसका निस्तारण मजिस्ट्रेट के अधीन -

पुलिस अधिनियम की धारा 25 के अधीन यह कर्तव्य होगा कि वह सब बिना दावे की सम्पत्ति को अपने कब्जे में लेगा यानी लावारिस वस्तु को कब्जे में लेगा तथा इसकी सूचना मजिस्ट्रेट को दे। ऐसी सम्पत्ति का निस्तारण जिला मजिस्ट्रेट के निर्णय के अधीन होगा यानी बिना मजिस्ट्रेट के आदेश के वह सम्पत्ति किसी को नहीं देगा। द0प्र0सं0 बिना मजिस्ट्रेट के आदेश का निस्तारण नहीं देता, परन्तु किसी मुकदमों में पुलिस मुकदमें में अन्तिम रिपोर्ट लगा दी है। उसे मुकदमें से सम्बन्धित माल में द0प्र0सं0 में कोई प्राविधान नहीं दर्शाया गया है, परन्तु इस सम्बन्ध में अन्तिम निर्णय मजिस्ट्रेट का होगा।

लादावा सम्पत्ति को निस्तारण हेतु जिला मजिस्ट्रेट की कार्यवाही -

पुलिस अधिनियम धारा 26 के अनुसार मजिस्ट्रेट को यह अधिकार है कि उसको माल बदावा की सूचना के उपरान्त उस सम्पत्ति के बाबत उद्घोषणा करेगा। यदि कोई व्यक्ति उसको दावा करता है तो अपना दावा का अधिकारी नियत तारीख तक प्रस्तुत करे।

पुलिस अधिकारी न रहने पर प्राप्त प्रमाण-पत्र परिदान या देने से इन्कार करना -

पुलिस अधिनियम की धारा 28 के तहत यदि कोई पुलिस अधिकारी नहीं रहता है तथा प्राप्त प्रमाण-पत्र या साज-सज्जा देने से इंकार करता है तो दोषी सिद्ध पाये जाने पर छह माह का कारावास या दो सौ रुपया जुर्माना होगा।

पुलिस अधिकारी द्वारा कर्तव्य उपेक्षा के लिये शक्तियों - धारा 29 पुलिस एक्ट के प्रत्येक पुलिस अधिकारी जो कर्तव्य के किसी अतिक्रमण या सक्षम अधिकारी द्वारा बनाये गये किसी नियम का विनियम या दिये गये विधिपूर्ण आदेश को जान बूझकर भंग या उपेक्षा करने का दोषी होता है। पुलिस अधिनियम की धारा 29 के अनुसार दण्ड का प्राविधान है। अपने पद के कर्तव्यों से बिना अनुज्ञा के या बिना दो मास की कालावधि की पूर्व सूचना दिये प्रत्याहरण करता है या जो छुट्टी पर अनुपस्थित होने पर ऐसे छुट्टी के अवसान पर बिना युक्ति युक्त कारण के कर्तव्य पर उपस्थित नहीं होता जो बिना प्राधिकार के किसी भिन्न नियोजन/व्यवसाय/कार्य में लगता है। जो कायरता का दोषी है। जो अपने अभिरक्षा में किसी व्यक्ति के प्रति अवैध शारीरिक हिंसा करता है। दोष सिद्ध होने पर तीन मास के वेतन से अधिक या तीन मास से अधिक कठोर करावास सहित या रहित दोनों में दण्डनीय होगा।

जुलुसों, जमाओ के लिये अनुमति देना -

पुलिस अधिनियम की धारा 30 के अधीन जिला पुलिस अधीक्षक सहायक पुलिस अधीक्षक द्वारा यह सुनिश्चित करते हुए लोक सड़को पर लोग मार्गों पर या आम रास्तों में जल भराव व जुलूसों के आचरण के दिशा निर्देश दे सकेगा और व मार्ग जिनसे और वे समय ऐसे जुलूस जा सकेगे। जुलूस जाने वाले आवेदन-पत्र प्रस्तुत करेंगे।

पुलिस सड़कों पर व्यवस्था बनाये रखेगी -

पुलिस अधिनियम की धारा 31 के अनुसार पुलिस का कर्तव्य होगा कि सार्वजनिक मार्ग, सार्वजनिक रास्तों, घाटों और घाटों पर उतरने के स्थान लोग समागम व्यवस्था बनाये रखे। जमावो पुलिस के अवसर पर उपासना स्थलों पर उसके आस-पास पर बाधाओं को निराकरण करे। यानी ऐसे जगह यातायात ठीक ढंग से संचालन होगा।

जिला मजिस्ट्रेट के अधिकारों में अवरोध -

पुलिस अधिनियम की धारा 33 यह स्पष्ट करती है कि धारा 30, 30क, 31, 32 के धाराओं में दिये गये आदेश का यह अर्थ न समझा जाये कि मजिस्ट्रेट के साधारण नियंत्रण के अधिकार में हस्तक्षेप है।

धारा 30क के जुलूसों और जमाव के द्वारा नियम का पालन करने पर शक्ति

कोई मजिस्ट्रेट पुलिस का जिला अधीक्षक सहायक पुलिस अधीक्षक

पुलिस निरीक्षक या थाने का भार साधक अधिकारी ऐसे जुलूसों को जो अन्तिम पूर्वगामी धारा का अतिक्रमण करता है, रोक सकेगा। जमाव हो को बिखर जाने का आदेश देगा तथा ऐसा जुलूस विधि-विरुद्ध जमाव समझा जायेगा।

सड़कों और कतिपय अपराधो का दण्ड - पुलिस एक्ट धार 34 के तहत जो व्यक्ति किसी ऐसे शहर के सीमाओं के अन्दर धारा का विस्तार राज्य सरकार ने किया है। सड़क पर खुले मार्ग पर आम रास्ते में अपराध करता है, जिससे आगन्तुकों को क्षोभ होता है। जैसे ढोर वध, बेतहाशा सवारी करता है जीवन, जीव-जन्तु के साथ निर्दयता,यात्रियों को बाधा पहुँचाना, विक्रय की वस्तु को खूला रखना, मार्ग में धूल फेंकना, शराब के नशे में होना, शरीर के गुप्तांग प्रदर्शन करना संकट पूर्ण स्थान में संरक्षण उपेक्षा।

पुलिस अधिकारी डायरी रखेगा - पुलिस अधिनियम धारा 44 के अनुसार भार साधक अधिकारी का कर्तव्य होगा कि ऐसे प्रारूप में राज्य सरकार समय-समय पर निर्देश करे एवं एक साधारण डायरी रखेगा जिसमें सब परिवादों आरोपित के गिरफ्तारी यानी थाने में पूरा विवरण अंकित होगा। जिले का डी0एम0 ऐसे डायरी को देखने या निरीक्षण करने के लिये स्वतंत्र है। जिसे जी0डी0 कहते है।

(च)

विविध अधिनियम की परिभाषा

(i) जनसूचना अधिकार अधिनियम 2005

भारत एक लोकतांत्रिक देश है। लोकतांत्रिक व्यवस्था में आम आदमी ही देश का असली मालिक होता है। मालिक होने के नाते उसका हक है। इसमें हर व्यक्ति को अधिकार है वह जाने -

क- कोई भी भारतीय नागरिक सरकार से कोई भी सवाल पूछ सकता है या सूचना प्राप्त कर सकता है।

ख- सरकारी दस्तावेज की प्रामाणिक प्रति ले सकता है।

ग- सरकारी दस्तावेज की जाँच करा सकता है।

घ- सरकारी काम की जाँच करा सकता है।

धारा 3 के तहत जम्मू कश्मीर को छोड़कर सभी राज्यों केन्द्र शासित राज्यों केन्द्र पर राज्यों पर लागू होगा, परन्तु 5 अगस्त वर्ष 2019 को संविधान की धारा 370 व 35ए अनुच्छेद समाप्त होने के कारण यह बाध्यता खत्म और अब जम्मू कश्मीर पर भी लागू होगा।

अपवाद - केन्द्रीय मुद्दा पर, सुरक्षा एजेन्सी को इस धारा से विमुक्त किया गया है। अन्य एजेन्सियों पर लागू नहीं होगा, परन्तु भ्रष्टाचार तथा मानवाधिकार के अन्तर्गत छूट प्राप्त संगठनों पर लागू होगा।

धारा - 5 में लोक प्राधिकारी से सूचना प्राप्त करने का तरीका - सूचना प्राप्त अधिकारी से निवेदन अँग्रेजी/हिन्दी/अपने क्षेत्र की भाषा में आवेदन करेंगे अथवा ईमेल कर सकते हैं। यदि गरीबी रेखा से नीचे जीवन यापन नहीं करते है तो निर्धारित शुल्क जमा करना होगा।

(ii) आई0टी0 सूचना प्रौद्योगिकी 2000

भारतीय समाज में साइबर अपराध की वृद्धि हो गयी है। विवेचक को या किसी

भी पुलिस अधिकारी को बदलते समाज में इस अधिनियम की जानकारी महत्वपूर्ण है अतः इस पर आवश्यक जानकारी दी जा रही है।

कम्प्यूटर, कम्प्यूटर पद्धति एवं नेटवर्क आदि के नुकसान एवं शक्ति का प्रयोग धारा 43 के अधीन प्राविधान किया गया है।

(क) ऐसे कम्प्यूटर, कम्प्यूटर तन्तु कम्प्यूटर नेटवर्क, कम्प्यूटर से साधन में पहुँचता है या पहुँचना सुरक्षित करता है।

(ख) ऐसे कम्प्यूटर, कम्प्यूटर तन्त्र, कम्प्यूटर नेटवर्क की सूचनाएँ धारित विवरण सहित, कम्प्यूटर के विवरण के आधार पर किसी विवरण को निकालता या उसकी नकल करता था, उसका वजन कम करता।

(ग) किसी ऐसे कम्प्यूटर, कम्प्यूटर तन्त्र, कम्प्यूटर नेटवर्क के कम्प्यूटर वायरस अथवा कम्प्यूटर से परिचय करता है या परिचय कराने का कार्य करता है।

(घ) किसी कम्प्यूटर, कम्प्यूटर नेटवर्क के विवरण, कम्प्यूटर विवरण, आधार का नुकसान करता है या कम्प्यूटर नेटवर्क कार्यक्रम को नुकसान करता है।

(ड.) किसी कम्प्यूटर कम्प्यूटर तंत्र कम्प्यूटर नेटवर्क को तितर-बितर करता है या कारित करता है।

(च) किसी व्यक्ति को जो ऐसे कम्प्यूटर कम्प्यूटर तंत्र, कम्प्यूटर नेटवर्क तक पहुँचने के लिये प्राधिकृत है पहुँचने से इंकार करता है या इंकारित करता है।

(छ) इस नियम के उपबंधों या इसके अधीन बनाये गये नियमो और विनिमयों के उल्लघंन में किसी व्यक्ति को ऐसे कम्प्यूटर, कम्प्यूटर तंत्र या कम्प्यूटर नेटवर्क तक पहुँचने में सहायता या सुविधा प्रदान करता है।

(ज) एक व्यक्ति द्वारा ली गयी सेवा को दूसरे व्यक्ति के मद में मशीनी छेड़छाड़ करने के द्वारा अथवा किसी कम्प्यूटर पद्धति को अथवा कम्प्यूटर नेटवर्क को छलकारित करता है।

(झ) किसी कम्प्यूटर साधन में विद्यमान किसी सूचना को नष्ट करता है, हटाता है या उसमें परिवर्तन करता है या उसके महत्व उपयोगिता को कम करता है या उसे किसी साधन द्वारा हानिकारक रूप से प्रभावित करता है।

(ञ) किसी कम्प्यूटर साधन के लिये प्रयुक्त किसी कम्प्यूटर स्रोत कोड को नुकसान पहुँचाने के आशय से चुराता है, छिपाता है, नष्ट या परिवर्तित करता है या किसी व्यक्ति से उसकी चोरी करता या उसे छिपवाता है, नष्ट या परिवर्तित

करता है।

तो वह इस प्रकार प्रभावित व्यक्ति के प्रतिकार के रूप में नुकसानी या सदाय करने का दायी होगा।

स्पष्टीकरण धारा 43 में शब्दों को स्पष्ट रूप से परिभाषा दी गयी है।

कम्प्यूटर नेटवर्क (जोड़ा या संयुक्त उपकरण)

कम्प्यूटर नेटवर्क से अभिप्राय कम्प्यूटर निर्देशों में ऐसे सेट अथवा जोड़े से है जो इस तरह बनाये गये हैं कि कम्प्यूटर, कम्प्यूटर पद्धति अथवा कम्प्यूटर नेटवर्क में अवस्थित डेटा, अथवा कार्यक्रम को 1. संशोधित करे 2. नष्ट कर सके 3. अभिलिखित कर सके अथवा 4. पारेषित कर सके। साथ ही इसमें कम्प्यूटर पद्धति अथवा कम्प्यूटर नेटवर्क की समस्या क्रियाओं को किसी तरह से हड़पना भी सम्मिलित है।

कम्प्यूटर डेटा बेस - कम्प्यूटर डेटा बेस से अभिप्राय है कि सूचनाओं का ज्ञान, तथ्य संकल्पना या निर्देश प्रतिबिम्ब, ऑडियो/वीडियो जो भी तैयार किये जा रहे हैं अथवा तैयार किये जा चुके। एक औपचारिक तरीके से अथवा किसी कम्प्यूटर द्वारा निर्मित किये गये हैं अथवा किसी कम्प्यूटर पद्धति द्वारा अथवा कम्प्यूटर नेटवर्क द्वारा और कम्प्यूटर में प्रयुक्त किये जाने के लिये आशायित है अथवा कम्प्यूटर पद्धति अथवा कम्प्यूटर नेटवर्क का प्रतिनिधित्व।

कम्प्यूटर वायरस - कम्प्यूटर वायरस से अभिप्रेत है कि कोई कम्प्यूटर निर्देश, सूचना डेटा, अथवा प्रोग्राम जो विनाश करता है, नुकसान पहुँचाता है, अपमानित करता है अथवा कम्प्यूटर की कार्य प्रणाली को गलत तरीके से प्रभावित करता है जब एक प्रोग्राम डाटा अथवा निर्देश का क्रियान्वयन किया जाता है अथवा जब कोई अन्य घटना उस कम्प्यूटर स्त्रोत में घटित होता है।

कम्प्यूटर स्त्रोत कोड से कम्प्यूटर संसाधन के कार्यक्रमों, कम्प्यूटर समादेशों डिजाइन और रेखांक और कार्यक्रम विश्लेषण को किसी रूप में सूचीबद्ध करना अभिप्रेत है।

नुकसानी -

नुकसानी शब्द से अभिप्राय है कि कम्प्यूटर साधन को किसी भी प्रकार से 1. नष्ट करना 2. परिवर्तित करना 3.समाप्त करना 4. जोड़ना 5. रूपान्तरित (संशोधित) करना अथवा 5. पुनः व्यवस्थित करना है।

संसूचना सेवा आदि द्वारा अक्रामक सन्देश भेजने के लिये दण्ड धारा 66क के अनुसार जो कोई व्यक्ति कम्प्यूटर या किसी से सूचना के माध्यम से

(क) ऐसी किसी सूचना को जो अत्यधिक या धमकाने वाली प्रकृति की है।

(ख) ऐसी किसी सूचना को जिसका यह मिथ्या होना जानता है, किन्तु क्षेम असुविधा, खतरा, रुकावट, अपमान, क्षति या अपराधिक अभिलाषा शत्रुता, घृणा या वैमनस्यता फैलाने के प्रयोजन के लिये लगातार, ऐसे कम्प्यूटर संसाधन या किसी संसूचना युक्ति का उपयोग करके या (ग) ऐसी किसी इलेक्ट्रानिक डाक या इलेक्ट्रानिक डाक सन्देश को ऐसे सन्देशों के उपगम के बारे मे प्रेषित या पाने वाले को क्षोभ या असुविधा कारित करने या प्रवंचित या भ्रमित करने के प्रयोजन के लिये भेजता है तो कारावास 3 वर्ष तक जुर्माने से दण्ड की व्यवस्था है।

धारा 43(क) डाटा संरक्षित रखने में असफलता के लिये प्रतिकर-

जहाँ कोई निगमित निकाय ऐसे किसी कम्प्यूटर संसाधन में किसी संवेदनशील व्यक्तिगत डाटा या सूचना को रखता है। उनका समव्यवहार करता है या उसको सँभालता है जो उसके स्वामित्व में नियन्त्रण में है या जिसका वह प्रचालन करता है। युक्ति युक्त सुरक्षा पद्धतियों और प्रक्रियाओं के कार्यान्वयन और अनुरक्षण में उपेक्षा करता है और उसके द्वारा किसी व्यक्ति को सदोष हानि, या संदोष लाभ पहुँचता है। वहाँ ऐसा निगमित निकाय इस प्रकार प्रभावित व्यक्ति को प्रतिकार के रूप में नुकसानी का सदस्य करने के लिये उत्तरदायी होगा।

निगमित निकाय 1 से कोई कम्पनी अभिप्रेत है। इसके अन्तर्गत वाणिज्यिक या वृत्तिक क्रियाकलापों में लगी हुई फर्म एकल स्वामित्व या व्यक्तियों का कोई अन्य संगम भी है।

अपराध - सूचना प्रौद्योगिक अधिनियम 2000 की धारा 65 में कम्प्यूटर स्त्रोत, दस्तावेजों के साथ छेड़छाड़ को अपराध मानते हुए उसके लिये दण्ड की व्यवस्था की गयी है। जो कोई व्यक्ति जानबूझ कर एवं आशयपूर्वक किसी कम्प्यूटर कम्प्यूटर कार्यक्रम कम्प्यूटर प्रणाली, कम्प्यूटर नेटवर्क के लिये उपयोग में लाये जाने वाले कम्प्यूटर स्त्रोत कोड, जिसे रखा जाना एवं रक्षित किया जाना, तत्समय प्रवृत्ति विधि द्वारा अपेक्षित है को छिपाएगा नष्ट करेगा परिवर्तित करेगा ऐसा करने देगा तीन वर्ष का कारावास या दो लाख रुपया का दण्ड होगा। कम्प्यूटर स्त्रोत कोड का सम्बध या अभिप्रमाण (क) कार्यक्रमों को सूचीबद्ध करना (ख) कम्प्यूटर कमाण्ड (ग) डिजाइन (घ) ले आउट एवं (ड.)

कम्प्यूटर से सम्बन्धित अपराध धारा 66 के अनुसार -

यदि कोई व्यक्ति धारा 43 में निर्दिष्ट कोई कार्य बेईमानी से या कपट पूर्वक कार्य करता है। वह कारावास से जिसकी अवधि तीन वर्ष तक की होगी, जुर्माना 5 लाख तक या दोनों दण्डनीय है। बेईमानी का शब्द भा0द0वि0 की धारा 24, 25 में परिभाषित है।

धारा 66(ख) के अनुसार चुराये गये कम्प्यूटर संसाधन या संचार युक्ति को बेईमानी से प्राप्त करने के लिये दण्ड :-

जो कोई ऐसे किसी चुराये गये कम्प्यूटर संसाधन या संचार युक्ति को जिसके बारे में वह यह जानता है। या उसके पास यह विश्वास करने का कारण है। कि वह चुराया गया कम्प्यूटर संसाधन या संचार युक्ति है। बेईमानी से प्राप्त करेगा या प्रतिधारण करेगा। जिसमें तीन वर्ष की सजा और एक लाख जुर्माना दोनों दण्ड है।

धारा 66 (ग) पहचान चोरी के लिये दण्ड -

जो कोई कपटपूर्वक या बेइमनी से किसी अन्य व्यक्ति के इलेक्ट्रॉनिक चिह्न पासवर्ड या किसी अन्य विशिष्ट पहचान का प्रयोग कराये दण्ड तीन वर्ष जुर्माना एक लाख दोनों दण्ड का विधान है।

धारा 66(घ) कम्प्यूटर का उपयोग करके प्रतिरूपण द्वारा छल करने का

जो कोई किसी संचार युक्ति या कम्प्यूटर संसाधन के माध्यम से प्रतिरूपण छल करेगा, तीन वर्ष का दण्ड एक लाख जुर्माना या दोनों

धारा 66 (ड.) एकान्तता के अतिक्रमण के लिये दण्ड-

जो कोई साक्ष्य या जानबूझकर किसी व्यक्ति के गुप्तांग का चित्र उसकी सहमति के बिना उस व्यक्ति की एकान्त का अतिक्रमण करने वाली परिस्थिति में खींचेगा, प्रकाशित करेगा, परोषित करेगा तीन वर्ष का कारावास दो लाख जुर्माना या दोनों।

(क) पारेषण - किसी दृश्यमान चित्र को इस आशय से इलेक्ट्रानिक रूप में भेजना जिससे किसी व्यक्ति या व्यक्तियों द्वारा देखा जाय।

(ख) किसी चित्र के सम्बन्ध में- चित्र खींचना, विडियो टेप फोटोग्राफ फिल्म तैयार करना या किसी साधन द्वारा अभिलेख बनाना

(ग) गुप्तांग - से नग्न या अन्तः वस्त्र सज्जित जननांग जघनअंग, नितम्ब या स्त्री स्तन अभिप्रेत है।

(घ) प्रदर्शित कराने - से मुद्रित या इलेक्ट्रानिक रूप में पुनः निर्माण करना और उसे जन साधारण के लिये उपलब्ध कराना अभिप्रेत है।

(ड.) एकान्तता का अतिभ्रमण करने वाली परिस्थितियों के अधीन से ऐसी परिस्थितियाँ अभिप्रेत हैं या ऐसा भाव है कि किसी व्यक्ति को युक्ति युक्त प्रत्याशा हो सकती है।

(1) वह इस बात की चिन्ता किये बिना कि उसके गुप्तांग का चित्र खींचा जा रहा है। एकान्त में अपने वस्त्र उतार सकता या उतार सकती है या

(2) उसके गुप्तांग का कोई भाग इस बात पर ध्यान दिये बिना वह व्यक्ति किसी सार्वजनिक या किसी स्थान में है। जन साधारण के दृश्यमान नहीं है।

धारा 66 (च) साइबर आतंकवाद के लिये दण्ड -

(अ) भारत की एकता और अखण्डता सुरक्षा या प्रभुता को खतरे में डालने या जनता के किसी वर्ग में आंतक फैलाने के आशय से जनता के किसी वर्ग में या

1.कम्प्यूटर संसाधान तक पहुँच के लिये प्राधिकृत किसी व्यक्ति को पहुँच से इंकार करके इंकार कराके या

2. प्राधिकार के बिना प्रधिकृत पहुँच से अधिक किसी कम्प्यूटर संसाधन में प्रवेश या उस तक पहुँच करने के प्रयास करके या

3. किसी कम्प्यूटर से दूषक को सनिष्ट करके या सान्निविष्ट कराके

आतंक फैलाने के आशय से ऐसा करके एसा कार्य करता है जिससे व्यक्तियों की मृत्यु या उन्हें क्षति होती है या सम्पत्ति का नाश या विनाश होता है या होने की सम्भावना है। यह जानते हुए कि इससे समुदाय के जीवन के लिये आवश्यक आपूर्ति या सेवाओं का नुकसान उसका विनाश होने की सम्भावना है।

(आ) जानबूझकर या स्वरूप किसी कम्प्यूटर संसाधन में प्राधिकार के बिना या प्राधिकृत पहुँच से अधिक प्रवेश या पहुँच करता है। ऐसे कार्य द्वारा ऐसी सूचना डाटा या कम्प्यूटर या डाटा आधार सामग्री तक जो राष्ट्रीय सुरक्षा या विरोधी सम्बन्धों के कारण निर्बाधित है या कोई निर्बाधित सूचना डाटा या कम्प्यूटर द्वारा

आधार सामग्री तक यह विश्वास करते हुए प्राप्त करता है तो ऐसी सूचना डाटा या कम्प्यूटर डाटा आधार सामग्री का उपयोग करता है प्रभुता और अखण्डता राज्य की सुरक्षा विदेशों के साथ मैत्रीपूर्ण सम्बन्धों, लोक व्यवस्था शिष्टता या नैतिकता के हितों को या न्यायालय की अवमानना के सम्बन्ध में मानहानि है या किसी विदेशी राष्ट्र व्यक्ति समूह के फायदा को क्षति पहुँचाने के लिये तो साइबर आंतकवाद का अपराध करेगा।

(र) जो कोई साइबर आंतकवाद कारित या करने की कूट रचना करेगा, वह आजीवन कारावास तक का दण्ड होगा।

धारा 67 अश्लील सामग्री या इलेक्ट्रॉनिक रूप में प्रकाशन के लिये दण्ड-

जो कोई इलेक्ट्रॉनिक रूप में ऐसी सामग्री को प्रकाशित या पारेषित करता है या प्रकाशित या परवर्तित करता है; जो कामोत्तेजक है या कामुकता की अपील करता है। यदि इसका प्रभाव ऐसा है कि जो व्यक्तियों को कलुषित भ्रष्ट करने का आशय रखते हैं। जिसमें सभी सुसंगत परिस्थितियों को ध्यान में रखते हुये आरूढ़ सामग्री पढ़ने-देखने-सुनने की सम्भावना है। पहली दोष सिद्ध पर तीन वर्ष 5 लाख जुर्माना दूसरी दोषसिद्ध पर 5 वर्ष तक तथा जुर्माना 10 लाख का जुर्माना हो सकेगा, दण्डित किया जायेगा।

धारा 67(क) कामुकता व्याप्त करने वाले कार्य आदि सामग्री के इलेक्ट्रॉनिक रूप में प्रकाश के दण्ड -

जो कोई किसी ऐसी सामग्री को इलेक्ट्रॉनिक रूप में प्रकाशित करता है या पारेषित करता है। या प्रकाशित या पारेषित कराता है जिसमें कामुकता व्यक्त करने के कार्य या आचरण अंतवलित हैं। पहले दोष पर 5 वर्ष जुर्माना 10 लाख दूसरे दोष पर 7 वर्ष या दस लाख का जुर्माना

धारा 67(ख) कामुकता व्यक्त करने वाले कार्य आदि में बालकों को चित्रित करने वाली सामग्री को इलेक्ट्रॉनिक रूप में प्रकाशित या पारेषित करने के लिये दण्ड-

जो कोई (क) इलेक्ट्रॉनिक रूप में कोई सामग्री प्रकाशित करेगा या पारेषित करेगा या प्रकाशित या पारेषित करायेगा, जिसमें कामुकता व्यक्त करने वाले का आचरण में लगाये गये बालकों को चित्रित किया जाता है।

(ख) अश्लील या अभद्र कामुकता व्यक्त करने वाले रीति में बालकों का चित्रण करने वाली सामग्री का पाठ या अंकीय चित्र किसी इलेक्ट्रॉनिक रूप में तैयार करेगा, सग्रहीत करेगा, प्राप्त करेगा पढ़ेगा, डाउनलोड करेगा उसे बढ़ावा देगा

आदान प्रदान या वितरित करेगा या

(ग) कामुकता व्यक्त करने वाले कार्य और उसके सम्बन्ध में या ऐसी रीति में बालकों को एक या अधिक बालकों के साथ ऑनलाइन सम्बन्ध के लिये लगायेगा फुसलायेगा या उत्प्रेरित करेगा, जो कम्प्यूटर साधन पर किसी युक्ति युक्त वयस्क को बुरी लग सकती है।

(घ) ऑनलाइन बालकों को दुरुपयोग किये जाने को सुलभ बनायेगा या

(ड.) बालकों के साथ कामुकता व्यक्त करने वाले कार्य के सम्बन्ध में अपने दुर्व्यवहार को किसी इलेक्ट्रॉनिक रूप में अभिलिखित करेगा तो प्रथम बार करे 5 वर्ष जुर्माना दस लाख दूसरी बार में 7 वर्ष तथा जुर्माना दस लाख।

अपवाद

परन्तु धारा 67,67क और इस धारा के उपरोक्त का विस्तार निम्नलिखित किसी पुस्तक, पर्चे, पत्र रेखाचित्र, पेन्टिंग, प्रदर्शन या इलेक्ट्रॉनिक रूप में आकृति पर नहीं है।

(1) जिसका प्रकाशन इस आधार पर जन कल्याण के रूप में न्यायोचित साबित किया गया, हो ऐसी पुस्तक पर्चे, पत्र लेख, रेखाचित्र पेन्टिंग, प्रदर्शन या आकृति विज्ञान साहित्य, या शिक्षण या सामान्य महत्व के अन्य उद्देश्यों के हित में हो या

(2) जो सद्भाव पूर्वक परस्पर, धार्मिक प्रयोजनों के लिये रखी या प्रस्तुत की गयी है। बालक का प्रयोजन ऐसे व्यक्ति अभिप्रेत है जिसने 18 वर्ष की आयु पूरी नहीं की है।

धारा 67 ग - मध्यवर्गीय द्वारा सूचना संरक्षण और प्रतिधारणा

1. मध्यवर्ती ऐसी सूचना का जो विनिर्दिष्ट की जाय ऐसी अवधि के लिये ऐसी रीति तथा जो केन्द्रीय सरकार निहित करे और प्रतिधारण करे

2. ऐसा कोई मध्यवर्ती जो साशय जानबूझकर उपधारा(1) के उपलब्धों उल्लंघन करता है। 3 वर्ष की कारावास एवं जुर्माना से दण्डनीय होगा।

धारा - 68 नियंत्रण की निर्देश देने की शक्ति -

नियन्त्रण, आदेश द्वारा प्रमाण कर्ता प्राधिकारी या एसे प्राधिकारी के किसी कर्मचारी को विनिर्दिष्ट उपाय करने या क्रियाकलापों को बन्द कर देने का निर्देश दे सकेगा। यदि वे इस अधिनियम या इसके अधीन बनाये गये किसी विनियमों

के किन्ही उपबन्धों के अनुपालन को सुनिश्चित करने के लिये आवश्यक है। दण्डनीय अपराध घोषित जिसमें दो वर्ष की सजा या एक लाख रुपया का जुर्माना होगा

धारा 72क गोपनीयता को भंग करते हुए सूचना के के दण्ड-

इस अधिनियम या तत्समय प्रवृत्ति किसी अन्य विधि में तथा उपबंधित को यदि सिवाय कोई व्यक्ति जो अधिनियम नियम अथवा विनियम द्वारा प्रदत्त शक्तियों के अनुसरण में किसी (क) इलेक्ट्रॉनिक अभिलेख, (ख) प्रसंग (ग) रजिस्टर, (घ) पत्र व्यवहार, (ड.) सूचना (च) दस्तावेज अथवा (छ) अन्य सामग्री तक पहुँच रखता है के सहमति के बिना प्रकट करता है, दो वर्ष की सजा या एक लाख रुपये का जुर्माना अथवा दोनों से दण्डित किया जायेगा।

धारा 73 के अनुसार इलेक्ट्रॉनिक हस्ताक्षर प्रमाण-पत्र विशिष्टियों के मिथ्या प्रकाशन के लिये शक्ति -

कोई भी व्यक्ति निलम्बन अथवा विखण्डन से पूर्व सृजित इलेक्ट्रॉनिक हस्ताक्षर के प्रयोजन के सिवाय इलेक्ट्रानिक हस्ताक्षर प्रमाण-पत्र को प्रकाशित नहीं करेगा अथवा किसी अन्य व्यक्तियों को अन्यथा उपलब्ध नहीं करायेगा, यह जानते हुए कि (क) प्रमाण-पत्र में सूचीबद्ध प्रमाणन प्राधिकारी द्वारा इसे जारी नहीं किया गया। अथवा (ख) प्रमाण-पत्र में सूची वह ग्राहक/उपरोक्त द्वारा इसे स्वीकार नहीं किया गया है। (ग) प्रमाण पत्र निलम्बित या विखण्डन कर दिया गया है। जो व्यक्ति इसका उल्लंघन करेगा, दो वर्ष वर्ष की सजा या एक लाख जुर्माने या दोनों

धारा 74 कपट पूर्वक प्रयोजन के लिये प्रकाशन -

धारा 74 इलेक्ट्रॉनिक हस्ताक्षर प्रमाण-पत्र के कपट पूर्वक प्रयोजन के लिये प्रकाशन पर शक्ति का प्राविधान करते हैं। जो व्यक्ति कपटपूर्वक अथवा अवैध प्रयोजन के लिये जानबूझकर इलेक्ट्रॉनिक हस्ताक्षर प्रमाण (क) सृजित करेगा (ख) प्रकाशित करेगा अथवा (ग) अन्यथा उपलब्ध करायेगा। दो वर्ष की सजा या एक लाख जुर्माना या दो या दण्ड है।

धारा 75 के अनुसार यह अधिनियम भारत से बाहर किये गये अपराधों एवं उल्लंघनों पर भी लागू होगा; इस सम्बन्ध में राष्ट्रीयता बिन्दु विचारणीय नहीं होगा। लेकिन यह अपराध अथवा उल्लंघन भारत में अवस्थित (क) कम्प्यूटर (ख) कम्प्यूटर प्रणाली अथवा (ग) कम्प्यूटर नेट वर्क के सम्बन्ध में हो। भारत में

हो या अवास्थित कम्प्यूटर, कम्प्यूटर प्रणाली अथवा कम्प्यूटर नेटवर्क से जुड़े हों।

अधिग्रहण जब्ती धारा 76

धारा 76 कम्प्यूटर आदि के अधिग्रहण के बार में उपबंध करती है कि (क) कम्प्यूटर (ख) कम्प्यूटर प्रणाली (ग) फ्लॉपी (घ) कॉम्पैक्ट डिस्क तथा अ-टेप ड्राइव (च) अन्य सहायक उपकरण को अधिकृत या जब्त किया जा सकेगा। जिसके बारे में इस अधिनियम के उपबंध नियमों अथवा विनियमों का उल्लंघन किया जाता है।

लेकिन जहाँ जब्ती में आदेश देने वाले न्यायालय का यह समाधान करा दिया जाता है कि जिस व्यक्ति के कब्जे में अथवा नियंत्रण में कोई कम्प्यूटर प्रणाली फ्लापी काम्पैक्ट डिस्क, टेपचालन, कोई या उपकरण पाया जाता है। इस अधिनियम के उपबंधों नियमों अथवा विनियमों के उल्लंघन के लिये उत्तरदायी नहीं है। तब न्यायालय ऐसे व्यक्ति के सम्बन्ध अथवा के विरुद्ध ऐसा आदेश पारित कर सकेगा जो उचित समझे।

धारा 77(क) अपराधों का शमन -

(1) सक्षम अधिकारिता वाला न्यायालय उन अपराधों से भिन्न-भिन्न अपराधों का शमन कर सकेगा जिनके लिये इस अधिनियम के अधीन आजीवन या तीन वर्ष से अनधिक के कारावास के दण्ड का उपबन्ध किया गया है।

परन्तु उसे अपराधों का न्यायालय शमन नहीं करेगा जहाँ अपराधी उसकी पूर्व दोष सिद्धि के कारण या तो वांछित दण्ड या निम्न प्रकार के किसी दण्ड के लिये दायी होगा।

किसी ऐसे अपराध का शमन नहीं करेगा जहाँ ऐसा अपराध देश की सामाजिक आर्थिक स्थिति पर प्रभाव डालता है या अठारह वर्ष की आयु के कम आ चुके किसी बालक या किसी स्त्री के सम्बन्ध में किया गया है।

धारा 77(ख) तीन वर्ष के कारावास वाले अपराधों का जमानतीय होना-

द0प्र0सं0 1973 (1974 क2)में किसी बात के होते हुए भी तीन वर्ष और उससे अधिक के कारावास से दण्डनीय अपराध संज्ञेय होंगे और तीन वर्ष तक के कारावास से दण्डनीय अपराध जमानतीय होंगे।

अपराधों के अन्वेषण की शक्तियाँ धारा 78 के अनुसार -

विवेचना की शक्ति

अधिनियम की धारा 78 के अपराधों के अन्वेषण के बारे में प्राविधान किया गया है; इसके अनुसार इसे अधिनियम की परिधि में आने वाले अपराधों का अन्वेषण निरीक्षक की पंक्ति से निम्न पंक्ति के अधिकारी द्वारा नहीं किया जा सकेगा।

अन्वेषण निष्पक्ष होना अपेक्षित है। अन्वेषण में किसी संस्था का हस्तक्षेप नहीं है न ही किसी वरिष्ठ अधिकारी का अपराध पंजीकरण मे लिखित हस्तक्षेप है।

मामलों की प्रवृत्ति को देखते हुए जहाँ आवश्यक हो वहाँ किसी बालिका के कथन महिला पुलिस थाने पर लेख किये जा सकते हैं।

यहाँ यह उल्लेखनीय है कि अन्वेषण एक मात्र पुलिस की अधिकारिता का विषय है। सामान्यतः मजिस्ट्रेट द्वारा उसमें हस्तक्षेप नहीं किया जाता।

अन्वेषण की प्रक्रिया -

यहाँ पुलिस की अन्वेषण करने की शक्तियाँ एवं प्रक्रियों का उल्लेख किया जाना समीचीन होगा, दण्ड प्रक्रिया की धारा 154 से 176 तक में अन्वेषण की शक्तियाँ एक प्रक्रिया के बारे में उल्लेख है।

किसी स्त्री द्वारा जिसके विरुद्ध भा0द0स0 1860 की धारा 326क, 326ख, 354क, 354ख, 354ग, 354घ, 376क, 376ख, 376घ, 376ड., 509 के अधीन अपराध किये जाने का प्रयत्न किये जाने का अभिकथन किया गया है। कोई इत्तिला दिया जाता है धारा 154 द0प्र0सं0 के तहत दर्ज है। ऐसी इत्तिला किसी महिला पुलिस अधिकारी या किसी महिला अधिकारी द्वारा अभिलिखित की जायेगी।

ख- ऐसी इत्तिला के अभिलेखन की विधिक फिल्म तैयार की जायेगी।

ग- पुलिस अधिकारी द्वारा 164 की उपधारा (5क) के उपखंड के अधीन किसी न्यायिक मजिस्ट्रेट द्वारा उस व्यक्ति का कथन यथा सम्भव शीघ्र अभिलिखित करायेगा।

पुलिस अधिकारी की शक्ति -

धारा 80 प्रवेश करने तलाशी आदि के सम्बन्ध में पुलिस अधिकारी अन्य अधिकारी की शक्तियाँ-

धारा 80 अत्यन्त महत्वपूर्ण है। इसमें किसी स्थान की तलाशी लेने, उसमें प्रवेश करने, अभियुक्त को गिरफ्तार करने आदि के सम्बन्ध में पुलिस अधिकारी की शक्तियों का उल्लेख किया गया है। निरीक्षक से अन्यून व्यक्ति का कोई पुलिस अधिकारी अथवा केन्द्रीय सरकार द्वारा निमित्त प्राधिकृत किया गया है या राज्य सरकार का कोई अन्य अधिकारी किसी लोक स्थान में प्रवेश कर सकेगा, उसकी तलाशी ले सकेगा; ऐसे व्यक्ति को वारण्ट के बिना गिरफ्तार कर सकेगा जिसके पास में युक्ति युक्त संदेह है। उसके द्वारा इस अधिनियम के अधीन कोई अपराध किया गया हो। लोक स्थान का शाब्दिक अर्थ - लोक वाहन, होटल, दुकान या ऐसा स्थान जो जन साधारण के उपयोग में आ सके। द0प्र0सं0 की संहिता का अधिकार प्रवेश का प्रविधान लागू होगा।

धारा 81(क) इलेक्ट्रॉनिक चेक, अंकित चेक पर अधिनियम लागू होगा। इलेक्ट्रॉनिक चेक व शक्ति चेक का अर्थ वही होगा जो परक्राम्य लिखित अधिनियम 1881 (1881 का 26) के प्रयोजनों को क्रियान्वित लिखित करने के लिये आवश्यक हो।

धारा 84(ख) अपराधों के दुष्प्रेरण के लिये दण्ड - दण्ड होगा जो अपराध में वर्णित है। अपराध का दुष्प्रेरण या दुष्प्रेरित कार्य के परिणाम स्वरूप कार्य होगा।

धारा 84(ग) अपराध करने के प्रयत्न के लिये दण्ड- जिस अपराध के प्रयत्न है उसे अपराध के आधे को सजा है। जुर्माना आधा है।

धारा 86 कठिनाइयों को दूर किया जाय -

यह धारा 86 कठिनाइयां को दूर करने के बारे में प्रावधान करती है। इसके अनुसार इस अधिनियम को लागू करने में कोई कठिनाई उत्पन्न होती है। तो केन्द्रीय सरकार ऐसी कठिनाई को दूर करने के लिये इस अधिनियम के लागू होने के दो वर्ष के भीतर राजपाल के अधिकारी को सूचना जारी करे।

(iii) लैंगिक अपराधों से बालकों का संरक्षण अधिनियम 2012

धारा (i) में इस अधिनियम का संक्षिप्त नाम लैंगिक अपराधों से बालकों का संरक्षण अधिनियम 2012 है।

(ii) इसका विस्तार जम्मू-कश्मीर राज्य के सिवाय सम्पूर्ण भारत में होगा। परन्तु अनुच्छेद 370 व 35ए निकल जाने के बाद सम्पूर्ण भारत में लागू होगा।

(iii) यह उस तारीख को प्रवृत्त हो गया जिस दिन केन्द्रीय सरकार राज-पत्र में अधि सूचना द्वारा नियत कर दिया।

धारा 2 की परिभाषा (घ) बालक से ऐसा कोई व्यक्ति जिसकी आयु अठारह वर्ष से कम है का सम्बन्ध है।

(ठ) विशेष न्यायालय से धारा 28 के अधीन - राज्य सरकार उच्च न्यायालय के मुख्य न्यायाधीश के परामर्श से राज-पत्र में अधिसूचना द्वारा प्रत्येक जिला के लिये इस अधिनियम के अधीन अपराधों का विचारण करने के लिये सेशन न्यायालय के जो एक विशेष न्यायालय होगा।

इस न्यायालय के अन्तर्गत सूचना प्रौद्योगिकी अपराध में बालक को चित्रित करने वाली लैंगिक शोषण करने वाले के सामग्री के प्रकरण या शोषण सम्बन्धी है। बालक का ऑन लाइन सुकर बनाते हैं के विचारण की अधिकारिता होगी।

धारा - 3 प्रवेशन लैंगिक हमला

(क) अपना लिंग, किसी भी सीमा तक किसी बालक की योनि, मुँह, मूत्र मार्ग या गुदा में प्रवेश करता है या बालक से उसके साथ या किसी अन्य व्यक्ति के साथ ऐसा करवाता है।

(ख) किसी वस्तु या शरीर के किसी ऐसे भाग को जो लिंग नहीं है। किसी सीमा तक बालक की योनि, मूत्र-मार्ग या गुदा में घुसेड़ता है या बालक से उसके साथ किसी अन्य व्यक्ति से करवाता है।

(ग) बालक के शरीर के किसी भाग के साथ ऐसा अभिचालन करता है जिससे कि वह बालक की योनि, मूत्र मार्ग या गुदा में बालक के शरीर के किसी भाग में प्रवेश कर सके या बालक से उसके साथ या किसी अन्य व्यक्ति के साथ ऐसा करवाता है।

(घ) बालक के लिंग, योनि, गुदा या मूत्र मार्ग पर मुँह लगाता है या ऐसा व्यक्ति या किसी अन्य व्यक्ति के साथ बालक से ऐसा करवाता है।

धारा 4 में दण्ड 7 वर्ष से कम की नहीं होगी या आजीवन करावास तक होगी एवं साथ में जुर्माना भी

धारा 5 गुरुतर (गम्भीर) प्रवेशन लैंगिक हमला :-

(क) जो कोई पुलिस अधिकारी होते हुए किसी बालक पर

(1) थाना परिसर में जहाँ नियुक्त है प्रवेशन लैंगिक हमला

(2) थाने पर के परिसर चाहे उस पुलिस थाना से अवस्थित है या नहीं है, जहाँ उसकी नियुक्ति की गयी है में प्रवेश लैंगिक हमला

(3) अपने कर्तव्य के अनुक्रम में अन्यथा प्रवेशन लैंगिक हमला

(4) पुलिस अधिकारी के रूप में हो या ज्ञात हो या उसकी पहचान की जाय

(ख) जो कोई सशस्त्र बल का सदस्य या सुरक्षा बल का सदस्य होते हुए बालक पर

(1) तैनाती स्थल या ऐसे क्षेत्र के सीमाओं में प्रवेशन लैंगिक हमला

(2) बलों या सशस्त्र बलों की कमान के अधीन क्षेत्रों में प्रवेशन लैंगिक हमला

(3) अपने कर्तव्यों के अनुक्रम में या अन्यथा प्रवेशन लैंगिक हमला

(4) जहाँ सुरक्षा या सशस्त्र बलों की सुरक्षा के रूप में ज्ञात या पहचाना गया, उस व्यक्ति प्रवेशन लैंगिक हमला करता

(ग) जो कोई लोक सेवक हेतु हुए किसी बालक पर प्रवेशन लैंगिक हमला

(घ) जो किसी जेल, प्रतिप्रेषण, गृह (रिमाण्ड होम) संरक्षण गृह संप्रेषण या अभिरक्षा या किसी विधि द्वारा संरक्षक या देखरेख या प्रबंधक कर्मचारी के अभिरक्षा में प्रवेशन लैंगिक हमला करता

(ड.) अस्पताल, चाहे सरकारी चाहे प्राइवेट या प्रबंधक या कर्मचारी वृन्द हुए अस्पताल में किसी बालक पर प्रवेशन लैंगिक हमला करता।

(च) किसी शैक्षिक संस्थान, धार्मिक संस्था का प्रबंधक या कर्मचारी किसी बालक पर प्रवेशन लैंगिक हमला करता है।

(छ) जो कोई किसी बालक पर सामूहिक प्रवेशन लैंगिक हमला।

(ज) घातक आयुध आग्नेयास्त्र गर्म पदार्थ संरक्षरक पदार्थ का प्रयोजन करते हुए किसी बालक पर प्रवेशन लैंगिक हमला करता है।

(झ) जो कोई प्रवेशन करने बालक पर घोर उपदृति कारित करता है या उसकी जननेद्रियों को शारीरिक क्षति पहुँचाता है या शारीरिक नुकसान पहुँचाता है।

(ञ) जो कोई किसी बालक पर प्रवेशन लैंगिक हमला करता है। जिससे-

(1) बालक शारीरिक रूप से अशक्त हो जाता है या मानसिक स्वास्थ्य अधिनियम 1987 की धारा 2 खण्ड (ठ) के अधीन परिभाषित है या मानसिक रोगी या किसी प्रकार ह्रास कारित करता है, कार्य करने में अयोग्य हो जाता है।

(2) बालिका की दशा में वह लैंगिक हमले के कारण गर्भवती हो जाती है।

(3) बालक को ह्यूमन इम्म्यु नोडे फिसियन्सी वायरस या अन्य प्राण घातक रोग ग्रसित हो या बालक शारीरिक रूप से अयोग्य या नित्य प्रतिदिन काम करने के लिये मानसिक रूप से अयोग्य करके स्थायी या अस्थाई रूप में ह्रास करता है।

(ट) जो कोई बालक की मानसिक और शारीरिक रूप से अशक्ति का लाभ उठाकर बालक के साथ प्रवेशन लैंगिक हमला।

(ठ) जो किसी बालक पर एक से अधिक बार प्रवेशन हमला करता है।

(ड.) जो कोई 12 वर्ष से कम आयु के किसी बालक पर बेबस लैंगिक हमला

(ढ़) जो कोई बालक का रक्त या दत्तक या विवाह या संरक्षता या पोषण करने वाला नातेदार या बालक के माता पिता के साथ घरेलू सम्बन्ध बालक के साथ साझे गृहस्थान में रहकर प्रवेशन लैंगिक हमला

(ण) कोई बालक को सेवा प्रदान करने वाली किसी संस्था या स्वामी या प्रबंध या कर्मचारी होते हुए बालक पर प्रवेशन हमला।

(त) जो कोई किसी बालक का न्यासी या प्राधिकारी की स्थिति में किसी संस्था बालक के गृह या कई और प्रवेशन लैंगिक हमला

(थ) जो कोई यह जानते हुए कि बालक गर्भ से है वे प्रवेशन लैंगिक हमला

(द) बालक पर प्रवेशन लैंगिक हमला करता है और बालक की हत्या करने का प्रयास करता है।

(घ) सामुदायिक या पाथिक हिंसा के दौरान कोई बालक पर प्रवेशन लैंगिक हमला करता है।

(न) जो कोई बालक या प्रवेशन हमला करता है। किसी लैंगिक अपराध में पूर्व से दण्डित है।

(प) जो कोई बालक को प्रवेशन हमला करके बालक को सार्वजनिक रूप से नंगा करता है या नंगा करके प्रर्दशन करता है।

उपरोक्त कार्य गुरुतर प्रवेशन हमला माना जायेगा

धारा 6 में दण्ड दस वर्ष से कम का कारावास नहीं होगा, किन्तु जो आजीवन कारावास तक हो सकेगी व जुर्माना होगा।

धारा 7 लैंगिक हमला - किसी व्यक्ति द्वारा लैंगिक हमले के आशय से किसी बालक का योनि, लिंग गुदा या स्तनों को छूता है या बालक को ऐसे व्यक्ति या किसी दूसरे व्यक्ति द्वारा योनि, लिंग, गुदा या स्तन को छूने के लिये तैयार करता है, जिसमें प्रवेशन किये बिना शारीरिक सम्पर्क के अन्तर्गत होता है लैंगिक हमला माना जायेगा।

धारा 8 में दण्ड - तीन वर्ष से कम नहीं परन्तु 5 वर्ष से तक हो सकेगी।

धारा 9 में जो कोई पुलिस अधिकारी होते हुए गुरुत्तर लैंगिक हमला यानी पुरी परिमाषा घारा 5 में दी गयी है। बस केवल प्रवेशन नहीं होगा। अन्य सभी बिन्दु होगा।

धारा 10 में जो धारा 9 में अपराध करेगा वह दण्ड का भागी होगा, जिसकी अवधि 5 वर्ष से कम की नहीं होगी किन्तु 7 वर्ष तक हो सकेगी जुर्माना

धारा 11 लैगिक उत्पीड़न -

(1) जो कोई लैंगिक आशय के शब्द, अंग विक्षेप, शरीर का भाग प्रदर्शित करेगा जिसको बालक द्वारा सुना जाय या देखा जाय।

(2) बालक से अंग प्रदर्शित करने के लिये कहता है।

(3) अश्लील साहित्य प्रयोजन के लिये मीडिया का बालक को कोई वस्तु दिखाता है।

(4) बालक का इलेक्ट्रॉनिक अंकीय साधनों के माध्यम से बार-बार पीछा करता या देखता है या सम्पर्क करता है।

(5) बालक का लैंगिक कृत्य के अन्तर्गत इलेक्ट्रॉनिक फिल्म या अन्य रीति के माध्यम से बनावटी तस्वीर खींचकर मीडिया के किसी रूप में उपयोग करता है।

(6) अश्लील प्रयोजन के लिये बालक को प्रलोभन देता है या उसके लिये पारितोषण देता है।

धारा 12 दण्ड का विधान है; तीन वर्ष तक जेल होगी

धारा 13 अश्लील साहित्य के प्रयोजन के लिये बालक का उपयोग करते हैं।

(क) बालक की जननेंद्रियों का प्रदर्शन

(ख) बालक का उपयोग वास्तविक या नकली लैंगिक कार्य (प्रवेशन के साथ या बिना)

(ग) किसी बालक का अश्लील प्रदर्शन करता है।

धारा 14 में दण्ड का विधान 5 वर्ष या जुर्माना। यदि दूसरी बार सजा है तो 7 वर्ष तक होगी।

यदि धारा 3 के अपराध का प्रदर्शन करता है तो सजा 10 वर्ष या आजीवन कारावास

(3) धारा 5 में निर्दिष्ट अपराध का प्रदर्शन आजीवन कारावास

(4) धारा 7 में निर्देश कार्य का अश्लील प्रदर्शन 6 वर्ष की समय अवधि 8 वर्ष तक

(5) धारा 9 में निर्देशित कार्य का प्रयोग अश्लील पत्र सजा 8 वर्ष से कम नहीं

धारा 15 बालक को अन्तर्गत करने वाले अश्लील साहित्य भण्डारण - बालक के प्रभावित करने वाली व्यापार के लिये अश्लील साहित्य या भण्डारण का तीन साल की सजा या जुर्माना।

धारा 16 किसी अपराध के दुष्प्रेषण कोई किसी व्यक्ति को अपराध करने के लिये उकसाता है या प्रेरणा करता है।

धारा 17 में उस व्यक्ति को वही दण्ड दिया जायेगा जिस धारा में दुष्प्रेरण करने किया जाता है तथा उक्त धारा में जो प्रावधानिक है।

धारा 18 किसी अपराध को कारित करने के प्रयास का दण्ड- जो किसी कार्य को करने का प्रयास करता है या करवाने का प्रयास करता है तो उस धारा की दण्ड की अवधि से दण्ड का प्रविधान है। आजीवन कारावास के आधे तक हो सकेगा या उप अपराध के दण्ड का आधा हो सकेगा।

धारा 19 में अपराधों के रिपोर्ट का प्राविधान है जो जिस संस्था का दायित्व बनता है वह रिपोर्ट करे।

धारा 20 मे मामले की रिपोर्ट करने के लिये मीडिया, स्टूडियो और फोटो विलण सुविधाओं की बाध्यता मीडिया या होटल या लॉज या अस्पताल या क्लब या स्टूडियो या फोटो चित्रण सम्बन्धी का कोर्स कार्मिक चाहे जिस नाम से ज्ञात हो, लैंगिक अपराधों की सूचना पुलिस को देगा।

धारा 21 में धारा 19 व 20 का उल्लंघन करने पर दण्ड का प्राविधान है... 6

माह का कारावास या जुर्माना से या दोनों दण्ड होगा।

धारा 22 - मिथ्या सूचना देने के लिये दण्ड- जो कोई किसी बालक पर मिथ्या सूचना देता है, बालक पर कोई दण्ड नहीं होगा तो 6 माह का कारावास या जुर्माना सूचना देने वाले के खिलाफ होगा।

धारा 23 - मीडिया के लिए प्रक्रिया कोई व्यक्ति किसी भी प्रकार के मीडिया या स्टूडियो या फोटो चित्रण सम्बन्धी से पूर्ण अभि प्रभावित सूचना रखे बिना बालक के सम्बन्ध में कोई रिपोर्ट नहीं करेगा, उस पर कोई टिका-टिप्पणी नहीं करेगा जिससे बालक की प्रतिष्ठा हनन हो या गोपनीयता का अति उल्लंघन होना प्रभावित होता हो। दण्ड 6 माह से न्यून नहीं होगा तथा एक वर्ष संकेत जुर्माने भी दण्ड होगा।

अपवाद - धारा 41 के अनुसार कतिपय मामले में लागू नहीं होगा। धारा 3 से 13 तक के उपबन्धों में बालक की चिकित्सीय परीक्षा या चिकित्सीय उपचार के मामले में तब लागू नहीं होगे जो उसके माता-पिता की सहमति से किया जाता है।

(iv) मोटर वाहन अधिनियम

धारा 177 अपराध के दण्ड जो कोई इस अधिनियम या उसके अधीन बनाये गये नियमों का उल्लंघन करेगा नये नियम वर्ष 2019 के अनुसार नये आदेश के अनुसार जुर्माना राशि

(1) 177- बिना हेलमेट, तीन सवारी के अपराध - 500, रेडलाइट पार करना एम्बुलेंस को पास न देना रू. 1000/-

(2) धारा 181 - धारा 3 या 4 के यानी डी0एल0 लेकर चलने पर नियमों का उल्लघंन के लिये दण्ड कारावास तकरीबन - रु. 5000

(3) 184 खतरनाक तरीके से - जो कोई मोटर पास ऐसे गति या तरीके से चलायेगा जो मामलों की सब परिस्थिति के जिनके अन्तर्गत उस स्थान का स्वरूप हालत उपयोग हो रू. 5000/-

(4) धारा 185 - शराबी व्यक्ति द्वारा शराब के नशे में वाहन चलाने पर दण्ड 10000/- रु.

(5) धारा - 192 में रजिस्ट्री के बिना गाड़ी चालान रू. 10000/-

(6) धारा- 192क अधीन परमिट के (धारा 66 परमिट की आवश्यकता) चालान एक कार्य की सजा रु. 10000/-

(7) धारा - 196 बीमा न करने पर दण्ड धारा 146 के अनुसार धारा उपर्युक्त में जोखिम बीमा की आवश्यक रु. 2000/-

धारा - 200 में 177, 178, 179, 180, 181, 182, 183, (I) (ii), 184, 186, 191, 192, 194, 196, 198 समन होगा

धारा - 202 में वारण्ट के बिना गिरफ्तार - कोई भी पुलिस अधिकारी किसी व्यक्ति को, जिसने उसकी उपस्थिति में अपराध किया जो धारा 184, 185 या 197 जो दण्डनीय है बिना वारण्ट गिरफ्तारी होगी। परन्तु धारा 185 के अधीन दण्डनीय आधार के लिये धारा 203 व 304 निरीक्षक अधिकारी दो घण्टे के भीतर परीक्षण करायेगा, नही ंतो छः (1) जो वादी में एक अपराध करने पर अपना नाम-पता बताने पर धारा 206 में पुलिस अधिकारी के द्वारा दस्तावेज परीक्षण करने की शक्ति वाहन का परमिट लाइसेंस रजिस्टर पुलिस अधिकारी द्वारा माँगे जाने पर प्रस्तुत करे।

धारा - 207 रजिस्ट्री प्रमाण-पत्र परमिट आदि के बिना गाड़ी को निरुद्ध का उल्लंघन 10000 जुर्माना।

परिशिष्ट

(I) किसी मुकदमे में बरामदगी फर्द नमूना है।

फर्द बरामदगी नाजायज वस्तु ग तथा गिरफ्तार अभियुक्त 4 नम्बर सम्बन्धित मुकदमा अपराध संख्या नाजायज शराब/गाँजा अवैध शस्त्र या अन्य वस्तु जो मुकदमे से सम्बन्धित है।

आज दिनांक को मैं हमराही कर्मचारीगण थाना जीप में चालक के दिनांक ....रपट संख्या ....समय.........वास्ते गश्त/देखभाल क्षेत्र/विवेचना में रवाना होकर अमुक स्थान क पर आया कि जरिये मुखबिर सूचना दिया कि । व्यक्ति अपने पास नाजायज अ समान लेकर बेचने/छिपाने/देने जा रहा है, जिसका नाम/पता हुलिया यह है। कपड़ा अमुक प्रकार का पहना है। यदि जल्दी करेंगे तो सामान भी मिल जायेगा आरोपित भी पकड़ा जायेगा। मुखबीर की सूचना पर विश्वास करके अपने साथ कर्मचारी की आपस में तलाशी ले देकर यह इत्मिनान करके कि किसी के पास कोई वस्तु नाजायज नहीं है। आप पास दो स्वतंत्र साक्षी को तलाश कुछ मिले अपना नाम पता बताने से कतराये/सूनसान जगह होने के कारण साक्षी नहीं मिला। सूचना में विलम्ब से पहुँचने का अर्थ अपराधी को मौका देना है। बिना विलम्ब के रवाना होकर वाहन ब जगह खड़ा किया तथा पैदल चलकर टार्च की रोशनी/बिजली के रोशनी दिन था या रात्रि थी। देखा एक/दो/तीन/चार व्यक्ति दिखे। ऐसी जगह इकट्ठा थे जहाँ सामान्य जन इकट्ठा नहीं होते हैं। रोका एवं नाम-पता पूछा कि हमें पुलिस जानकार पश्चिम/उत्तर/दक्षिण/पूरब दिशा की ओर भागे कि सन्देह होने पर स्वयं अपने हमराही के साथ 10/15/20/25 कदम की दूरी पर पकड़ लिया। पकड़े व्यक्ति ने अपना नाम पता य/र/व बताये क, ख, ग की मेरे एवं मेरी उपस्थिति में हमराही द्वारा तलाशी ली गयी तो उनके पास अ वस्तु बरामद हुई जो नम्बरी/बिना नम्बर की थी। बरामद सामान को रखने का कागजात। लाइसेंस/अधिकार पत्र/मांगा तो दिखाने में असफल रहे। तथा नजायज वस्तु को रखने का जुर्म बताकर समय उपरोक्त तिथि को मौके पर गिरफ्तार किया गया एवं बरामद सामान का माल की मात्रा की जानकारी के लिये अमुक साहू/व्यापारी के तराजू का प्रयोग किया गया जिसमें बरामद वस्तु का वजन... ग्राम है। तमंचा या अन्य वस्तु निम्नवत् है। मौके पर माल को एक सफेद/काला छींटदार कपड़े में रखकर सर्वमुहर करके नमूना मुहर अलग से बनाया गया। फर्द मौके पर मेरे द्वारा

हमराही कर्मचारी पदाधिकारी द्वारा स्वयं लिखकर अभियुक्त को पढ़कर/सुनाकर उसके हस्ताक्षर तथा स्वयं के हस्ताक्षर किये गये। माल पर आरोपित के हस्ताक्षर कराये गये। आरोपित की गिरफ्तारी की सूचना (द0प्र0सं0 की धारा 50(क) के प्राविधान के तहत) अभियुक्त के मित्र/रिश्तेदार या व्यक्ति को दी गयी।

मानवाधिकार/या अन्य प्राविधानों के तहत बनाये नियमों का पालन किया गया।

पुलिस रेगुलेशन की पैरा 114 के प्राविधान के अनुसार घटना-स्थल का निरीक्षण/नक्शा तैयार अवश्य करे। यह फर्द का प्रारूप रहा।

जब एन0डी0पी0एस0 एक्ट में गिरफ्तारी की जाती है तो कम से कम सब इन्सपेक्टर पद से नीचे का पदाधिकारी न हो तथा पुलिस उपाधीक्षक पद के अधिकारी द्वारा गिरफ्तारी होती है। एन0डी0ए0एस0 एक्ट में अरोपित को स्पष्ट बताया जाता है कि राजपत्रित अधिकारी चाह कर भी नहीं मिल सकते। फर्द में यह शब्द आना चाहिये कि राजपत्रित अधिकारी को सूचना फोन/वायरलेस सेट या अन्य साधन से दी तथा मौके पर नहीं आ सकते कारण स्पष्ट लिख दे।

गिरफ्तारी मेमो अवश्य तैयार करे इसमें किसी प्रकार की चूक न हो जैसा मा0 उच्च न्यायालय का आदेश है। गिरफ्तारी मेमो पर सूचना किसको दिया गया, नाम-पता लिख दे तथा डाक्टरी कराये।

ध्यान रहे, विवेचना के दौरान अगर अभियुक्त या सम्बंधित मुकदमे का माल मिले तो फर्द बरामदगी या फर्द गिरफ्तारी अवश्य बनाये। जैसे आला कत्ल, लड़की की बरामदगी, चोरी की वस्तु की बरामदगी आदि।

(II) घटनास्थल का नक्शा (मॉडल)

(अ)

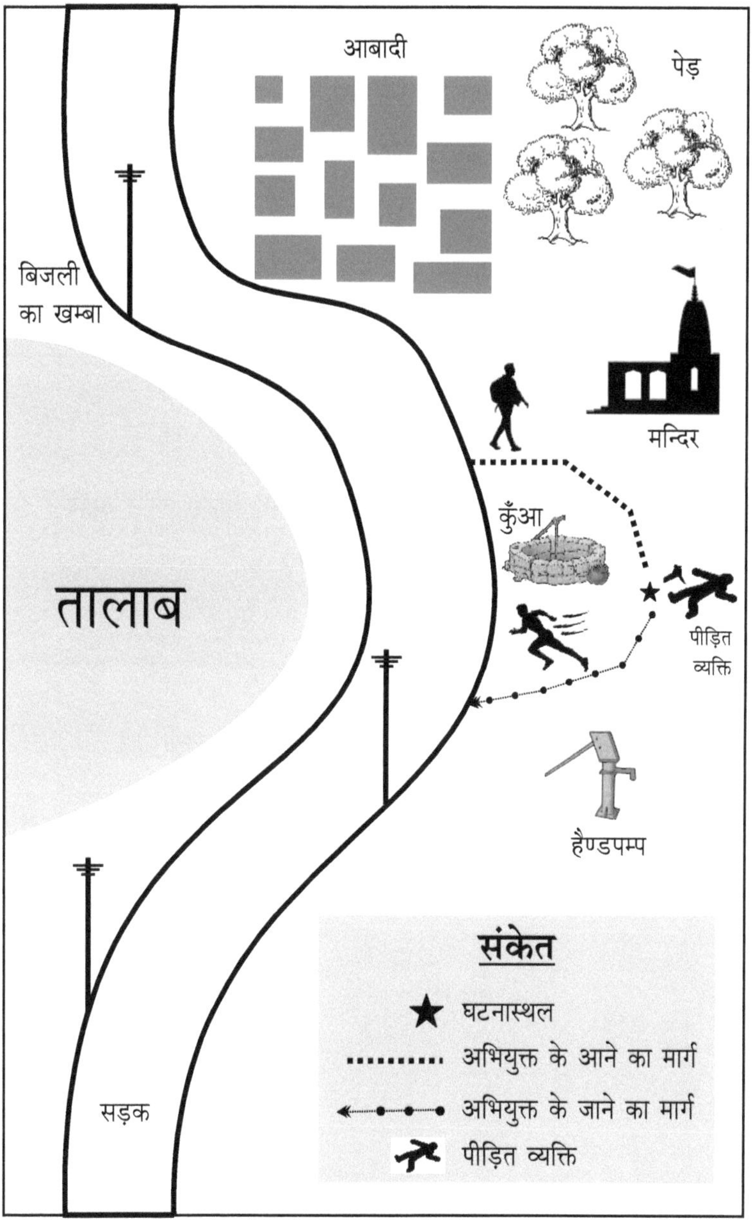

(ब)

विवेचना पूर्ण करते समय विवेचक को निम्न बातों का ध्यान रखना आवश्यक है-

- घटना का समय रात या दिन क्या था?
- सड़क पक्की या कच्ची क्या थी?
- आरोपित-पीड़ित के बीच दूरी क्या थी?
- घटना स्थल पर पीड़ित क्यों एवं कैसे पहुँचा?
- बिजली है या नहीं?
- जिस साधन से पीड़ित या आरोपी पहुँचा वो क्या था?
- अपराध करने का तरीका क्या है?
- लैण्डमार्क से घटना स्थल की दूरी कदम, मीटर, फीट आदि?
- कुआँ या तालाब में पानी था या नहीं?
- साक्षी कौन-कौन थे?
- साक्षी ने घटना को कितनी दूरी से देखा?
- पीड़ित व अभियुक्त की उम्र, शिक्षा व हुलिया क्या है?
- सड़क से किस दिशा में घटनास्थल था, व आबादी से कितनी दूर है?
- घटना के समय मौसम क्या था?

(III) जिला पुलिस प्रमुख एवं अन्य की तैनाती

जिला पुलिस प्रमुख की तैनाती राजनीतिक तथा शासन स्तर पर होती है। उनकी व्यक्तिगत क्षमता होती है कि वह चाहे जिसे नियुक्त करे; उस पर टिप्पणी लेखक के रूप में किये जाने का कोई औचित्य नहीं है फिर भी इस पर विचार कर लेना चाहिये।

जब कोई शिक्षित व्यक्ति चरित्रहीन या नशेड़ी हो जाये तो समाज में सबसे ज्यादा नुकसान होता है; यह बात डाक्टर भीम राव अम्बेडकर, अनुसूचित जाति (विलियमन) के मसीहा का कथन था।

यानी किसी व्यक्ति के विषय में शासन को जानकारी हो जाती है और उसकी जिम्मेदारी पदों पर तैनाती करना है। यदि गलत आदमी की तैनाती हो जाती है तो समाज में घुन की तरह काम करती है।

उदाहरण- एक बार जनपद महोबाद में एक एस0पी0 की तैनाती 2008 के आस पास रही होगी। वे रात्रि के करीब दस बजे शराब पीकर अपने अधीनस्थों को गाली देना शुरू करते थे तथा अनावश्यक हरासमेन्ट करते थे। नाम लेना उनके नाम को इतिहास में नाम देना उचित नहीं होगा। एक जिला कप्तान का सरेआम यह शौक कितना उचित है, कितना अनुचित यह शासन के मंशा पर है। कहते हैं किसी का व्यक्तिगत जीवन है। जब किसी के कारण से कोई अन्य अनावश्यक प्रभावित होता है तो फिर किसी का व्यक्तिगत जीवन कहाँ रह जाता है।

फिर चुनाव के समय आयोग भी अपनी तरफ़ परख कर तैनाती करता है। तैनाती का एक सूत्र होना चाहिये ।

हर व्यक्ति की दो- तरफा जिम्मेदारी होती है। दोनो निभाना तराजू के पलड़े जैसा है।

1. परिवार की जिम्मेदारी

2. नौकरी या राजकीय पद की जिम्मेदारी यानी दोनों एक-दूसरे के पूरक है तथा दोनों किसी एक के अभाव में मकसद पूरा नहीं कर सकते... अतः निम्नांकित बातें ध्यान रखने की जरूरत है।

1. निरीक्षक/उपनिरीक्षक अपनी तैनाती नजदीक चाहता है, मगर इसकी तैनाती अपना परिक्षेत्र छोड़कर किया जाता है यह सही है।

2. कान्स या हे0कान्स की नियुक्ति कम से कम 100 किलोमीटर की दूरी पर होना चाहिये। इस क्षेत्र में उसके रिश्तेदार दोस्त या परिचित नहीं हैं।

3. राजपत्रित अधिकारी का कोई मापदण्ड नहीं बना है। इसके लिये सरकार को नीति बनाना चाहिये। जब निरीक्षक/उप निरीक्षक/हे0का0/का0 विभाग का तन, हाथ पैर है तो यह भी विभाग की खोपड़ी है। जब खोपड़ी ही काम नहीं करेगी तो तन या हाथ-पैर क्या काम करेगा। यह लेखक का लोगों के साथ समाहित विचार है।

4. किसी पद के पदाधिकारी की एक वर्ष की सेवा शेष हो तो केवल जिला बचा ले तथा नजदीक से नजदीक तैनाती करने का प्राविधान हो यानी अधिकारी/कर्मचारी चाहे जैसी तैनाती कराता है।

जब नौकरी से वापस जाने का समय होता है तब दूरी नहीं जिम्मेदारी दिखाई देती है।

यह लेखक का विचार है, निर्णय अधिकारी तथा शासन करती है। उसकी नीति नियमावली पर कोई अपनी टिप्पणी नहीं है।

www.ingramcontent.com/pod-product-compliance
Ingram Content Group UK Ltd.
Pitfield, Milton Keynes, MK11 3LW, UK
UKHW041845031026
15587UKWH00004B/1027

9 789388 556248